"形式意识形态"的文化实践

论20世纪80年代中国先锋文学

Vanguard literature

陈守湖 著

中国社会科学出版社

图书在版编目（CIP）数据

"形式意识形态"的文化实践：论 20 世纪 80 年代中国先锋文学／陈守湖著 .—北京：中国社会科学出版社，2021.9
ISBN 978-7-5203-9289-1

Ⅰ.①形… Ⅱ.①陈… Ⅲ.①先锋文学—文学研究—中国—当代 Ⅳ.①I206.7

中国版本图书馆 CIP 数据核字（2021）第 214532 号

出 版 人	赵剑英
责任编辑	张 潜
责任校对	李 剑
责任印制	王 超

出　　版	中国社会科学出版社
社　　址	北京鼓楼西大街甲 158 号
邮　　编	100720
网　　址	http://www.csspw.cn
发 行 部	010-84083685
门 市 部	010-84029450
经　　销	新华书店及其他书店

印　　刷	北京明恒达印务有限公司
装　　订	廊坊市广阳区广增装订厂
版　　次	2021 年 9 月第 1 版
印　　次	2021 年 9 月第 1 次印刷

开　　本	710×1000　1/16
印　　张	21
字　　数	313 千字
定　　价	109.00 元

凡购买中国社会科学出版社图书，如有质量问题请与本社营销中心联系调换
电话：010-84083683
版权所有　侵权必究

目　　录

绪　论 ……………………………………………………………（1）
 第一节　研究选题缘起 …………………………………………（1）
 第二节　研究对象描述 …………………………………………（5）
 第三节　研究现状评析 …………………………………………（18）
 第四节　核心概念阐释 …………………………………………（26）

第一章　80 年代先锋文学的人文语境 ……………………………（38）
 第一节　一种对抗——逃离元叙事 ……………………………（39）
 第二节　一种诉求——启蒙又重来 ……………………………（47）
 第三节　一种思潮——审美政治化 ……………………………（54）
 第四节　一种梦想——现代性追求 ……………………………（62）
 第五节　一种标举——先锋的姿态 ……………………………（71）

第二章　80 年代先锋文学的历史谱系 ……………………………（84）
 第一节　地下文学的先锋萌动 …………………………………（85）
 第二节　朦胧诗的先锋内蕴 ……………………………………（96）
 第三节　意识流小说的先锋探索 ………………………………（106）
 第四节　寻根文学的先锋意指 …………………………………（115）
 第五节　形式实验的先锋革命 …………………………………（127）

第三章　80年代先锋文学的语言风格 ……………………（142）
　　第一节　能指游戏:所指的遮蔽 ……………………………（143）
　　第二节　间离陌生:奇幻的体验 ……………………………（151）
　　第三节　声色涂抹:异端的修辞 ……………………………（160）
　　第四节　私性拼贴:官能的狂欢 ……………………………（171）

第四章　80年代先锋文学的叙事伦理 ……………………（180）
　　第一节　文学真实的解构 ……………………………………（181）
　　第二节　叙事时空的重置 ……………………………………（190）
　　第三节　叙事威权的拆解 ……………………………………（199）
　　第四节　隐秘历史的阐释 ……………………………………（207）
　　第五节　文本互文的制造 ……………………………………（216）

第五章　80年代先锋文学的精神意象 ……………………（226）
　　第一节　荒诞:现实的异化 …………………………………（227）
　　第二节　疾病:晦暗的隐喻 …………………………………（236）
　　第三节　死亡:在世的呓语 …………………………………（244）
　　第四节　欲望:人性的沉沦 …………………………………（253）
　　第五节　暴力:畸变的生存 …………………………………（259）

第六章　80年代先锋文学的文化遗产 ……………………（269）
　　第一节　是终结,还是转型 …………………………………（271）
　　第二节　先锋文化与大众文化 ………………………………（281）
　　第三节　先锋文化与消费主义 ………………………………（291）
　　第四节　形式实验的价值重审 ………………………………（300）

结　　语 ……………………………………………………………（315）

主要参考文献 ………………………………………………………（322）

绪　　论

第一节　研究选题缘起

　　对于中国当代思想史来说，20世纪80年代是一个重要的时段。在人文社会科学研究领域，"80年代"不仅是一个坐标式的参照，更是一个持续不衰的研究对象。启蒙主义、人本价值、个性解放、自由思潮，诸如此类的标签用于80年代，似乎已经成为自然而然的学界共识。因此，在人文思想领域，80年代有"黄金时代"之誉。

　　21世纪以来，"重返80年代"逐渐成为一种人文思想潮流。在查建英的《80年代访谈录》中，洪晃甚至说："其实现在哪有什么真正的文化，要说文化还得说80年代。"[1] 这本重访80年代人文思潮见证者的书籍[2]，令人意外地成为畅销书。在20世纪90年代初，作为80年代文学的亲历者，马原带着一个摄制组，采访了一百位文化名人，后来出版了《重返黄金时代：80年代大家访谈录》，这是一部具有文献价值的口述实录。

---

　　[1]　查建英：《80年代访谈录》，生活·读书·新知三联书店2006年版，第5页。
　　[2]　受访者包括北岛、阿城、刘索拉、李陀、陈丹青、栗宪庭、陈平原、甘阳、崔健、林旭东、田壮壮。

"重返80年代"在文学研究领域影响颇大。①"重返80年代"这一研究范式，2005年由学者程光炜、李杨率先提出。他们不仅开设了相关的教学课程供博士研究生选修，同时还组织相关学者以及参与选修"重返80年代"课程的博士生在学术刊物上发表了一批颇具学术价值的研究成果，扩大了"重返80年代"研究范式的影响。总的来看，"重返80年代"文学研究的理论支撑是知识考古学、知识社会学等西方理论，研究者将"80年代文学"历史化、陌生化，重审"80年代文学"建构中的意识形态和文学体制，以及"80年代文学"如何被文学史叙述并不断加以"经典化"的过程，试图打破"启蒙"这个关键词主导的对"80年代文学"的描述，并恢复"80年代文学"与前期文学的联系，比如与"十七

---

① 笔者参阅的有关"重返80年代"的主要文献有：程光炜：《怎样对"新时期文学"做历史定位？——重返80年代文学史之一》，《当代作家评论》2005年第3期；程光炜：《经典的颠覆与再建——重返80年代文学史之二》，《当代作家评论》2005年第3期；李新宇：《如何反思80年代》，《文艺争鸣》2006年第1期；李杨：《重返80年代：为何重返以及如何重返——就"80年代文学研究"接受人大研究生访谈》，《当代作家评论》2007年第1期；王尧：《"重返80年代"与当代文学史论述》，《江海学刊》2007年第5期；程光炜：《历史重释与"当代"文学》，《文艺争鸣》2007年第7期；南帆：《深刻的转折》，《当代作家评论》2008年第1期；程光炜：《文学史研究的"陌生化"》，《文艺争鸣》2008年第3期；程光炜：《当代文学学科的"历史化"》，《文艺研究》2008年第4期；赵牧：《"重返80年代"与"重建政治维度"》，《文艺争鸣》2009年第1期；程光炜：《重访80年代的"五四"——我看"中国现代文学研究"并兼谈其"当下性"问题》，《文艺争鸣》2009年第5期；程光炜：《文学讲稿："80年代"作为方法》，北京大学出版社2009年版；洪子诚等著，程光炜编：《重返80年代》，北京大学出版社2009年版；杨庆祥等著，程光炜编：《文学史的多重面孔》，北京大学出版社2009年版；杨庆祥：《在"大历史"中建构"文学史"》，《文艺研究》2010年第2期；王尧：《冲突、妥协与选择——关于80年代文学复杂性的思考》，《文艺研究》2010年第2期；罗岗：《在"缝合"与"断裂"之间——两种文学史叙述与"重返80年代"》，《文艺研究》2010年第2期；程光炜、杨庆祥：《文学、历史和方法》，《当代作家评论》2010年第3期；颜水生：《论"重返80年代"的知识范式及其反思》，《阿坝师范高等专科学校学报》2010年第4期；罗长青：《"重返80年代"研究述评》，《海南师范大学学报》（社会科学版）2010年第6期；贺桂梅：《"新启蒙"知识档案——80年代中国文化研究》，北京大学出版社2010年版；王尧：《如何现实，怎样思想》，《文艺研究》2011年第4期；王尧：《关于中国当代文学研究的"向后转"问题》，《当代作家评论》2011年第4期；程光炜、杨庆祥主编：《文学史的潜力：人大课堂与80年代文学》，文化艺术出版社2011年版；程光炜：《当代文学的"历史化"》，北京大学出版社2011年版；张旭东、徐勇：《"重返80年代"的限度及其可能——张旭东教授访谈录》，《文艺争鸣》2012年第1期；张慎：《"重返80年代"的"新左翼"立场及其问题》，《当代作家评论》2015年第4期；杨丹珂：《"重返80年代"怀旧思潮之反思》，《小说评论》2015年第5期。

年文学"甚至"50年代至70年代文学"的联系。尽管倡导"重返80年代"也引起了一些学者的质疑，比如启蒙信仰的动摇、"新左翼"立场、对研究对象的再本质化等，但"80年代"成为人文知识分子回望的一个原点，并自觉不自觉地从"80年代"出发思考当下中国社会的现实，却是不争的事实。

"重返80年代"为什么会成为一种现象？怀旧、反思、研究，三者兼而有之。80年代的亲历者对于那一段历史有着刻骨铭心的记忆，怀旧心理的弥漫自然而然。这是在个人记忆现场重述的意义上来说的。而作为一种集体记忆和文化现场，80年代就不仅仅是一段旧时记忆而已，它应当成为一个文化样本或历史切片，提供给中国人文思想的研究者。"重返80年代"的意义，可以从两个维度上来探讨：一是时间维度上的80年代，二是空间维度上的80年代。作为"时间"的80年代已经流逝，在这个意义上的"重返"，是一种回望，研究者希望对历史谱系进行梳理，在知识学意义上重新认知80年代；作为"空间"的80年代，实际上是一种"现场"体验的衍化。从某种意义上说，即使80年代对于当下中国社会来说，已经是上一世纪的事情，但80年代并未远离当下中国。作为文化传承和思想源流，人文意义上的80年代和当下中国同生共在。正是在这两个维度上，80年代在人文思想研究领域中的重要价值不言而喻。

当下中国文学文本的生产是海量的，从图书到网络，还有各种移动终端，技术时代的文学阅读其实更为便利，但我们不得不承认的是：文学在这个时代已经不那么崇高，至少在精神价值的引领上，其作用已经大大消解。当一部部架空历史的网络小说，被改编为古装剧后收视率节节攀升；当虚拟网络空间里自嘲为码字匠的写手们，在点击率中收获财富与成就自我；当武侠、悬疑、惊悚、穿越、宫斗等为题材的各类通俗小说，堂而皇之地霸占了书店畅销书展台；当郭敬明、天下霸唱、南派三叔们的作品，不仅收获了丰厚码洋，更赢得了高额票房……文学在当下的际遇和80年代相较，已经是沧海桑田。即使莫言2012年荣获诺贝尔文学奖，也无法改变文学在大众文化时代的边缘化际遇。发出这样的感慨，其中就包含着80年代的某种价值标准，即根深蒂固的"纯文学"观念。在文学意义上"重返80年代",实际上亦包括对"纯文学"观念的重审。"纯文学"观念看起来是一个文学问题,实际上却有着溢出文本的社会学意旨。甚至,当我们回到80年代,置身于整体渴望回归世界话语体系、进而广泛容纳吸收来自西方世界的各类文化的历史语境之中,我们就会发现:80年代文学价值的判定,其实和政治、文化、经济诸种因素的裹挟相关。对于"纯文学"的标榜,走得最远也最激烈、最极端的莫过于先锋文学。先锋文学的叙事伦理彻底颠覆了传统的文学观,但却能独领风骚数年,至今依然可以认为是中国当代文学史的奇观。当年先锋文学的代表作家在90年代以后的走向,不论栖身大学从教(如马原),还是继续高光地吸引文坛关注(如余华、苏童、格非),或是慢慢地成为新一代读者陌生的名字(如孙甘露、潘军、吕新),当然有精英文化在大众文化时代日趋式微的因素,但最根本的还是先锋文学历史语境的彻底改变。80年代中后期先锋文学在文本上的信马由缰,使先锋作家那种极端化的表达与呈现已经成为遥远的绝唱。回到"重返80年代"这个话题,作为80年代重要文学思潮的先锋文学,它的没落本来就是值得思忖的一种文化现象。它悄然的崛起,它盛大的加冕,它寂寥的没落,其实都暗含着中国现代性某种必然的话语逻辑。

近代以来,东西方文化在古老的中国大地上就一直处于交锋抗拒状态,总体的趋势自然是中西文化的融合,但其中多有反复。文学这样的载体,在中国传统的主流文化审读中,讲究文以"道"存,"文学政治"的魅影并不是当代中国文学才出现的。而在80年代的意识形态话语中,并不承载文学之"道",甚至是离经叛"道"的先锋文学,竟然被通畅无阻地接受,还堂而皇之进入了当代文学经典的殿堂,成为当代中国文学史的叙写对象,这一奇观耐人寻味。尽管被罩上了无数神圣光环,但若剔除怀旧的审美化沉溺和某种自我陶醉的文化政治幻想,80年代其实也只是"中国现代性内部一个充满问题性的瞬间"[1]而已。在本书中,笔者选择以先锋文学作为切口,进入80年代的特定语境,观察先锋文学话语

---

[1] 张旭东:《改革时代的中国现代主义——作为精神史的80年代》,崔问津等译,北京大学出版社2014年版,第1页。

制造和意义生产的特殊背景，期待通过对这样一个 80 年代样本的审读，为中国文化现代性提供文学意义上的佐证和参考。

第二节 研究对象描述

"先锋文学"这一概念从广义上说，包括先锋小说、先锋诗歌和先锋戏剧等文本，在狭义上说，中国当代文学史叙事中的先锋文学与先锋小说是同一概念。本书将主要以 80 年代先锋文学中的小说作为研究聚焦，以对先锋话语的考察作为研究展开的基本逻辑，在先锋文学话语的悄然生成、发展衍生、消遁沉寂中，进入 80 年代的历史语境、文化场域和文学现场。

以韦勒克、沃伦提出的"外部研究"和"内部研究"来切入 20 世纪 80 年代中国先锋文学无疑是适宜的。一方面，先锋文学话语的生成和延展，只会在 80 年代经济建设加速、政治相对宽松、思想空前活跃的历史语境中出现，说它昙花一现未尝不可，但先锋文学的昙花一现却足够惊艳，它给中国当代文学留下的遗产也可堪记取；另一方面，先锋文学的出现极大地颠覆了中国人对于文学传统的理解，不管是抒情言志的中国古典文学传统，还是西学东渐之后建立起来的现实主义文学成规，统统在先锋文学话语面前失效，它建立起了另外一套文学价值观和叙事方法论。韦勒克、沃伦在他们的文学理论中尤其强调"历史"和"环境"这两大关键要素，认为这两大要素对特定的艺术作品产生均有重要影响。[①]"外部研究"给我们的启示是：任何文学思潮的出现绝不仅仅是纯粹的"文学性"冲动使然，离开具体的历史、社会、文化语境孤立地去作文本研究，都可能得出不完整甚至偏颇的结论。文学社会学并不是庸俗社会学，而是使文学认知更为丰富和多元的必然。文学与政治的纠缠不休，对于从极"左"年代走过来的中国人来说，无疑有着不堪回首的痛楚记忆，但"特定时空语境中产生的文艺学与政治的关系并不具备普遍有效

[①] [美] 勒内·韦勒克、奥斯汀·沃伦：《文学理论》，刘象愚等译，江苏教育出版社 2010 年版，第 73 页。

性，据此而得出的文艺学自主性和其政治性不能共存的观点同样不具普遍有效性"[1]。文学话语的确具有一定自主性，但潜在或显在的文学政治却是文学研究不能忽略的。依据政治分期来书写文学史这样的模式虽然受到诟病，但同样也体现了某种历史理性——特定时期里文学意义生产的合法性，往往来自历史进程中政治逻辑的赋权。80年代先锋文学的迅速崛起，正是某种历史契机作用的结果。也正是在这个意义上，有学者认为，中国当代先锋文学是"一个以启蒙主义思想为内核，以现代性的价值标尺为指向，以现代主义（或接近现代主义）的表现方法与文本追求为基本载体，以一个不断幻形递变的系列文学现象为存在形式的文学与文化的变革潮流"[2]。再回到韦勒克和沃伦的"内部研究"的主张，他们尽管看重文学与时代、社会、历史的关系，但他们又特别警惕文学自主性的丧失。所以，在《文学理论》中反复地强调这样的观点：文学、政治、哲学三者之间有着本质的区别，因此，企图用政治或哲学的观念去简单化图解文学是行不通的。因为，文学具有它自己独有的审美价值。对于文学价值的认定，也绝不能采用社会或历史文献这样的标准。从根本上说，判定文学作品的优劣，审美价值是最为关键的。文学的审美价值不仅体现于当代，而且应当延伸到后世，"能使人在不断的阅读中获得新意和审美快感"[3]。在某种意义上，中国当代文学史的书写是一个充满了悖论的书写，之所以这样说，就在于当代文学的"历史化"[4]。一方面，"历史化"可以使当代文学史研究告别以论代史的缺憾，对当代文学这一学科的自律性、规范性有一定作用。但另一方面，当代文学史研究若过于追求历史的自主性，这一倾向也有可能导致当代文学现象迅速地被抽离具体语境，放到历史的维度上予以考量。很显然，历史阐释若无相应

---

[1] 陶东风：《文学理论的公共性——重建政治批评》，福建教育出版社2008年版，第2页。
[2] 张清华：《中国当代先锋文学思潮论》，中国人民大学出版社2014年版，第3页。
[3] 刘象愚：《韦勒克与他的文学理论》（代译序），参见[美]勒内·韦勒克、奥斯汀·沃伦《文学理论》，刘象愚等译，江苏教育出版社2010年版，第25页。
[4] 程光炜：《当代文学学科的"历史化"》，参见程光炜、杨庆祥主编《文学史的潜力——人大课堂与80年代文学》，北京大学出版社2011年版，第1页。

时间长度和空间广度来保障,其有效性就难免让人生疑。若以"85新潮"①作为中国当代先锋文学的发端,这种文学现象或文学思潮已经历经三十余年,这样一个时间节点,显然为重审80年代先锋文学提供了时间和空间契机。

从先锋文学的外部和内部生成机制出发,对于80年代先锋文学的重评,笔者以为,核心应当建立在其话语的塑形上。先锋文学话语在90年代的消遁,本质上也正是因为构建先锋话语的基础已经不复存在。回到80年代的历史现场,我们会发现,先锋文学话语成功塑形,与它和总体化、元叙事之间的紧张关系密切相关。这种总体化话语与元叙事,既是政治意义上的,同时也是文学意义上的。先锋文学话语的塑形,正是在对总体化话语与元叙事的逃逸中完成的。基于这样的认知,我们不妨从以下六个方面进入对先锋文学话语塑形的探讨。

一 先锋文学话语政治的塑形

在詹姆逊看来,文学的自主性和社会语境密切相关。所以,对于文学自主性的研究,不仅要着眼于文学作品本身,更应当把考察的视角向"直接的社会环境"中扩展,真正地找到塑造文学作品自主性的特定的社会环境因素。②

把80年代先锋文学视为一种纯文学实验,这当然没有错。但若简单地把80年代先锋文学当作纯粹的文人游戏,那同样是对历史的误解。即使我们认为先锋文学这种文学实验在当时具有一定的偶发性,也并不妨

---

① "新潮"文学广义上还应包括诗歌,狭义上则专指"新潮"小说。有学者曾归纳"新潮"小说的基本特征:"在文学观念上更注重创作主体个人的内心体验,而不似以往文学那样单一地遵循反映论甚至是机械反映论的原则;在形式上也不同于以往现实主义的细节描写、典型刻画和浪漫主义的理想张扬而更多地向西方现代主义文学的美学原则靠拢。"1985年,韩少功、刘索拉、王安忆、莫言、徐星、李杭育、郑万隆、何立伟、陈村、马原等一大批作家相继推出了自己的"新潮"作品,引起了整个文学界的关注和反响,"新潮"概念也由此应运而生。参见潘凯雄、贺绍俊《我们缺什么?——对几种文学畸变现象的描述与剖析》,《上海文学》1989年第6期。

② [美]詹姆逊:《洞穴以外:解秘现代主义意识形态》,郭军译,王逢振主编《詹姆逊文集》(第4卷),中国人民大学出版社2004年版,第222页。

碍我们从"文学政治"这个维度来理解80年代先锋文学。

吴亮谈到80年代"纯文学"观念时认为，不管自觉还是不自觉，在80年代的历史语境中，"纯文学"其实并不"纯"，它对总体化充满了天然排斥，对教条与指令采取了总体上回避的态度。所以，"纯文学"同样是一种话语政治表达，即逃避"确定性"、漠视"主旋律"。[①] 吴亮在这里所强调的是一种潜在的文学场域自主性的逻辑，即文学应当是自由的。自由表达本就包含着与主流话语抗拮的政治诉求。如果把自主性视为一种权利，文学的自主性并非天赋"文"权，它更多地来自意识形态的某种规定性。无论是古典文学还是现代文学，其自主性从来就不会是一种先验存在，而是来自某种隐在的政治抗辩。先锋文学文本的自足只是表象，它在形式上的自由来自作家的自我创造，但同样也来自其话语政治的成功。

有研究者认为80年代先锋文学这一纯粹的文学实验同样具有启蒙价值，正是从其话语政治的塑形上讲的。启蒙是80年代最为鲜亮的人文底色。对于启蒙主义的皈依，实际上也是先锋文学实现自身合法性认证的最好凭借。更何况，经过了70年代末到80年代中期的思想交锋，启蒙主义的政治风险是可控的，这一点已经得到充分验证，启蒙色彩成为文学政治"正确的外衣"就再自然不过了。因此，启蒙主义语境中的现代主义选择，成为80年代文学基本的文化政治策略。[②] 先锋文学的自主性其实有着自己的现实政治诉求，它的纯文学主张和实践，看起来仿佛放逐了政治，但也只是一种"权宜策略"，形式的狂野、个性的张扬、叙事的狂飙突进等，文化政治的象征喻指尤其明显。由此我们可以认为，先锋文学所谓的自主性其实只是某种"集体幻觉"，是在80年代的特定历史时空中建构起来的一种"文学策略"。[③] 这也正好验证了布迪厄关于三大场域"同源"的经典论断，布迪厄认为，权力场、社会场、文学场看起来仿佛是不相关的，其实三者具有"同源性"。也因此，"文学策略"也

[①] 吴亮：《我对文学不抱幻想》，李陀《雪崩何处》，中信出版集团2015年版，第5页。
[②] 张清华：《新时期文学的文化境遇与策略》，《文史哲》1995年第2期。
[③] 李建周：《先锋小说的兴起》，中国社会科学出版社2014年版，第3—4页。

就不仅仅是一种文学选择,它"既是美学的又是政治的,既是内部的又是外部的"①。

二 先锋文学知识谱系的塑形

80年代先锋文学并不是一个自动生成的话语体系,先锋文学的命名,最为关键的因素是知识谱系的建构。先锋文学的合法性也并非是一个顺理成章的过程,而是知识话语权力斗争的结果。

在80年代文学中,先锋是漫溢于各种文本的文学实践。不管是从现代主义还是后现代主义来讨论先锋文学,其实都有简单化理论框定的嫌疑。回到80年代的文学现场,西方学术话语在新时期被广泛接受,即使其中伴随着意识形态争论,但在现代性的总体追求中,西方学术话语作为现代性的一种必然附着物,进入中国文化与文学场域,终归是畅通无阻的。当我们聚焦于80年代先锋文学话语知识谱系的建构,更能真切地感受到知识社会学维度在先锋文学认知上的不可或缺。80年代的中国,对于"现代国家"这一身份的渴望弥漫于顶层设计与民间期待中。按照"经济基础决定上层建筑"这个广为中国人熟知的政治经济学模式,实现现代化的过程中必然伴生着意识形态意义上的变革,在四项基本原则的前提之下,文化意识形态的修正在80年代的语境中是被默许的。

徐迟1982年发表的《现代派与现代化》一文,就是这一语境中对于现代派文学合法性的论述。徐迟认为,中国的现代化需要现代派文学的参与。② 高行健1981年出版的小册子《现代小说技巧初探》是当时的"名著",8月出版时首印就是1.7万册,上市不久就销售一空。由于读者强烈的购书愿望,出版社此后进行了多次加印。③ 这样的盛况在今天无法想象,但这也正是中国后发现代性在文化上的必

---

① [法]皮埃尔·布迪厄:《艺术的法则——文学场的生成与结构》,刘晖译,中央编译出版社2001年版,第248页。
② 徐迟:《现代化与现代派》,何望贤编选《西方现代派文学问题论争集》,人民文学出版社1984年版,第395—400页。
③ 苏晨:《高行健从花城起步》,《粤海风》2008年第6期。

然体现。"充分掌握当前世界文学的潮流与动态，与世界的文学交流，进而参与世界的文学活动，无疑也是我们从事各方面'现代化'中不可忽视的一个方面。"① 从叶君健为高行健这本小册子写的"序言"中，我们也能解读到这样的信息：在80年代，"现代化"其实是文化政治的重要组成部分。同样，80年代翻译热的兴起，亦是从阶级革命向经济建设转型的中国向西方知识界求解现代化密码的必然，这和"五四"时期改造国民性的文化理路如出一辙。这种知识谱系的建构和伯曼的描述极为契合："欠发达的现代主义被迫建立在关于现代化的幻想和梦境上，与各种幻象、各种幽灵既亲密又斗争，从中为自己汲取营养。"②

先锋作家对于西方文学知识的学习是自觉而主动的。他们的知识谱系首先就是受到西方作家尤其是现代主义及后现代主义作家的影响，如果说他们也注重传统，西方现代主义文学就是他们选择的一个"传统"。这样的"传统"是依靠阅读来获得的。就像余华说的："任何一个作家首先都是一个读者，一个好的读者才能成为一个好的作家。"③ 这一点，可以从先锋作家们的创作谈和读书随笔中看到。马原、格非、孙甘露受到博尔赫斯的影响，是显而易见的。格非写过一篇《博尔赫斯的面孔》，这篇献给博尔赫斯的致敬之作，显然是格非多年来阅读与写作对参的结果。卡夫卡对余华、残雪的影响尤其深远。而福克纳、马尔克斯之于莫言，可谓是其文学从乡土书写走向诺奖殿堂的灯塔。"文革"时期，《麦田里的守望者》《在路上》对于中国年轻读者产生的振荡，成了他们永不消逝的青春记忆。这样的记忆也同样影响了先锋作家，在苏童、余华的成长题材小说中都可以强烈地感受到塞林格和凯鲁亚克两位作家的影响。学者贺桂梅曾考察过先锋作家的书单，这无疑是探讨他们知识谱系的一个

---

① 叶君健：《序》，高行健《现代小说技巧初探》，花城出版社1981年版，第6页。
② ［美］马歇尔·伯曼：《一切坚固的东西都烟消云散了——现代性体验》，徐大健、张辑译，商务印书馆2015年版，第304页。
③ 余华：《说话》，春风文艺出版社2002年版，第83页。

绝好路径。① 尽管先锋作家的阅读是芜杂的，但真正触动他们的往往是那些对个人创作产生重大影响的作家。比如卡夫卡之于余华，就具有解放他写作的意义，因为在此之前，他一直是模仿川端康成的。② 我们经常标签化地认为莫言仅仅从马尔克斯和福克纳处获得文学营养，因为在莫言的某些小说文本中可以明显地看到这两位作家的影响。事实上，影响莫言的外国作家很多。《白狗秋千架》就从川端康成的《雪国》获得灵感，小说整体腔调也来自《雪国》。③ 先锋作家的知识结构当然不是单一的，但仅就先锋写作这个意义来说，西方现代主义文学无疑是他们开始先锋探索的最重要的文学知识。阅读使得先锋作家向西方现代主义的文学传统靠拢，使自身获得了文学自主、形式自律的"美学抗体"，从而集体性地向现实主义文学成规宣战。正是在这个意义上，莫言真诚地表达了自己的敬意："翻译家功德无量。"④

三 先锋文学精神意象的塑形

尽管可以为先锋文学贴上启蒙主义的标签，但若以1985年为先锋文学的时间起点，80年代中后期，启蒙话语其实已在淡出，思想解放亦面临着或被指斥为精神污染和自由化的潜在风险。在这样的语境中兴起的

---

① 贺桂梅在考察中发现，马原的书单涉及的作家有：罗布·格里耶、萨洛特、梅勒、巴思、乔伊斯、福克纳、博尔赫斯等。余华经常提及的作家有川端康成、卡夫卡、博尔赫斯、福克纳、罗布·格里耶、加缪、乔伊斯、三岛由纪夫等。苏童喜欢的作家多为美洲作家，如海明威、福克纳、约翰·巴思、诺曼·梅勒、厄普代克、纳博科夫，同时包括博尔赫斯、加西亚·马尔克斯。格非尽管不标榜自己的书单，但卡夫卡、普鲁斯特、雷蒙德·卡弗、加西亚·马尔克斯的名字依然被他列为影响中国作家的重要作家。参见贺桂梅《先锋小说的知识谱系与意识形态》，《文艺研究》2005年第10期。

② 余华曾说："川端康成和卡夫卡是对我影响最大的两位作家。当川端康成教会了我如何写作，然后又窒息了我的才华，卡夫卡出现了，卡夫卡是一个解放者，他解放了我的写作。"参见余华《说话》，春风文艺出版社2002年版，第79页。

③ 莫言2002年2月与日本作家大江健三郎曾有一次对话，莫言说："这部小说受到日本作家川端康成的影响，因为我在阅读他的《雪国》的时候，其中有一句话说秋田这个地方出产一种黑色的大狗，站在河边的石头上伸出舌头舔着河里的热水。我的灵感产生了，他写的那个黑狗使我的眼前突然出现了白狗，原产于高密东北乡的全身雪白的大狗，流传代数以后已经没有很纯的种子，即便白狗的身上也带着一块黑色的杂毛。《雪国》这句话确定了《白狗秋千架》这篇小说的腔调。"参见莫言《碎语文学》，作家出版社2012年版，第44页。

④ 莫言：《用耳朵阅读》，作家出版社2012年版，第60页。

先锋文学思潮，在文学接受上却发生了意想不到的蹊跷现象：相对于"朦胧诗"初兴时所引发的轩然大波，对于先锋文学的接受，其实是较为平和的。一个很重要的原因就在于：在1985年前后，经过70年代末以来各种文学实验的反复冲击，整齐划一的旧有文学场域已经不复存在。现实主义文学凭借制度庇护和历史惯性，依然有足够的威慑力，但已经无法形成对非现实主义文学的致命性打压。

先锋文学在其兴起的过程中，的确也引起了一些风波。比如《人民文学》1987年1、2期合刊发表马健的《亮出你的舌苔或空空荡荡》惹了大麻烦，但并非小说本身在艺术探索上引发的风波，而是涉及敏感的民族问题。由于文学政治氛围的相对宽松，先锋文学精神意象的塑形也就迥异于传统文学。它不再追求意义的深度与厚度，而是着力于对意义的消解与逃离。正因如此，荒诞、死亡、血腥、暴力、欲望、身体、梦魇、幻觉等传统文学中的边缘要素，一下子成为先锋文学精神意象的最基础构件。

理性在先锋文学的创作中被搁置，非理性的因子在先锋文学文本中四处散溢。先锋文学的精神意象具有后现代的特征，它对认知理性充满了解构冲动。先锋文学的荒诞感正是这种反理性的体现。表面上看，其人物是荒诞的，其故事是荒诞的，其结构是荒诞的，其语言是荒诞的，但最根本的是先锋文学精神意象本身追求的荒诞。所以，我们也可以认为，80年代先锋文学精神气质上最重要的策略就是对荒诞的修辞和诗化。"荒诞的诗化"所带来的美学体验在80年代文学中是具有独特价值的。荒诞不经与边缘放逐其实正是80年代人文思想启蒙背景下审美民主化的文化表征——破除审美的精英化和美学话语霸权，赋予普通人参与美、阐释美、创造美的权利，使"审美向弱者最终敞开"[①]。而荒诞作为先锋文学精神意象的基色，对于其文本创造、话语组构、意义表达都具有重要影响。因此，有学者认为："现实的'不完整性'被人们认同之后，

[①] 任亚荣：《荒诞：美学向弱者的敞开》，《云南师范大学学报》（哲学社会科学版）2004年第2期。

'荒诞感'恰当地为语词自律运作提供了娱乐的场所。"①

四 先锋文学历史阐释的塑形

在80年代的主流文学叙事中，文学对于历史的承诺是一种必然。这种观念来自历史理性——历史往往被认为是一个不断向前进步的必然过程，历史具有一种不可逆的规定性。正因如此，传统文学中的历史，是概念的、宏大的、理性的、抽象的。传统文学批评对于文学价值的判定中，一个标配的句式就是"再现了那段……历史"。这种历史自觉在先锋文学中被彻底抛弃。

尽管不对历史践诺，但先锋作家同样热衷于写历史，尤其是在80年代后期和90年代初期，先锋小说家对书写历史兴致盎然。如苏童的《罂粟之家》《一九三四年的逃亡》，格非的《青黄》《大年》《风琴》，叶兆言的《枣树的故事》《追月楼》《状元境》，余华的《一九八六年》《鲜血梅花》《古典爱情》，等等。先锋文学的历史叙事其实是对宏大叙事的解构。他们对历史的必然性没有兴趣，却往往对历史的偶然性更钟情。他们对历史的集体记忆没有冲动，却对历史的个人叙事兴致很高。他们对历史的走向漠不关心，却对历史的断裂充满激情。从这样的历史观出发，先锋作家更愿意将历史还原到混沌模糊的状态。在他们的历史认知中，混沌模糊的非理性的历史比清晰铁定的理性状态的历史更值得信任。因此，在先锋小说中，我们看到的历史其实并不是确定的历史，而是似是而非、年代不明的，历史的必然性被放逐，让位于"历史宿命论和不可知论"②。

对于历史宿命论的迷恋，对于历史不可知论的崇拜，带来的便是先锋作家对于颓败的家族故事的迷恋。家族故事当然是历史的一种，但这种模糊的历史却更容易在叙事中被重新组装，把历史重置为凌乱的记忆和奇怪的逻辑。陈晓明在对先锋小说历史叙事的考察中即发现了作家们

---

① 陈晓明：《无边的挑战：中国先锋文学的后现代性》，中国人民大学出版社2015年版，第158页。
② 刘云生：《先锋的姿态与隐在的症候：多维理论视野中的当代先锋小说》，巴蜀书社2009年版，第118页。

改装历史的密钥之一——性。性在先锋小说中成为一种推动内在情节的力量,同时也成为历史颓败感的重要原因。家族的衰亡总是与性的推动不可分离,性成为颓败历史的动力之源,"性的错位"与"性的罪孽"左右了家族的命运。① 但"性"这样的一个符号只是先锋文学把历史非理性化的一个凭借而已。历史的神秘化,历史的宿命论,先锋作家对于历史的重装,最重要的意义在于他们由此找到了一个在历史与现实之间自由切换的空间,历史也就成为一种虚化的历史,其空间意义大于时间意义。先锋小说中的"历史"由于成功地阉割了"历史的起源性"②,因而本质上也就是一种现实转喻。

五 先锋文学叙事伦理的塑形

先锋文学固然可以施加诸多文学之外的解读,但就其文学性而言,给当代中国文学带来的最大冲击无疑是它掀起的叙事革命。先锋文学将写作真正地还给了个体,使承担着宏大使命的创作变成了私人化写作。先锋文学之所以被认为对总体化元叙事具有抗拒与反拨的作用,在于它写作的全部目的就是对个人化意义经验的重视和不遗余力的表现。

先锋文学对于个人化意义经验的标举,不仅仅是在内容上,它更为鲜明的表达在于形式。余华曾回忆说,在那个时候,自己对于叙述方式、语言、结构、时间和人物的处理等都特别用力,目的"就是寻求更为真实的表现形式"③。对文学作品内容与形式两者关系的阐述,实际上也是正统与异端的分野。传统的文学观认为,内容是第一性的,形式是第二性的,所以内容决定了形式。而在先锋文学作家的创作观念中,形式是第一性的,内容是第二性的,形式同样可以决定

---

① 陈晓明:《无边的挑战:中国先锋文学的后现代性》,中国人民大学出版社2015年版,第237页。

② 陈晓明:《无边的挑战:中国先锋文学的后现代性》,中国人民大学出版社2015年版,第244页。

③ 余华:《我能否相信自己》,人民日报出版社1999年版,第165页。

内容。① 正是对于形式的标举，决定了先锋文学叙事对于传统叙事方式是翻天覆地的革命，而不仅仅是简单的修修补补。这种革命首先就体现在对文学真实性的解构上。基于现实主义文学观建构起来的文学真实，强调的是经验法则，作者人生经验与读者人生经验的某种契合，显得尤其重要。但先锋文学理解的文学真实，却是一种自我认证的真实，它根本不需要他者的验证。余华理解的"真实"并不来自生活，他认为，生活本身是不真实的，"只有人的精神才是真实的"②。先锋文学自我认证的真实强调的是一种主观真实，而要接近这种"精神真实"，只能通过背离了现实秩序与逻辑的"虚伪的形式"来实现。③ 苏童也认为，形式同样是具有生命活力的，"一个好作家的功绩也在于提供永恒意义的形式感"④。格非对法国新小说体现出来的"感觉的真实"颇为认同，认为一个作家要想展现出现实的真实属性，就得借助于主观感觉对现实世界进行重构。⑤ 正是这种自我认证的真实观使先锋文学的叙事伦理告别了反映论的羁绊，作家实现了在叙事中的自由驰骋，所以马原能够在小说中时常出场而毫无避讳，因为他想告诉读者的是，小说就是虚构的，是一种纯然的叙事游戏而已。

先锋文学叙事革命的另一个重要方面是对叙事时空的全新建构。在传统的文学叙事中，时间是确定无误的，即对物理时间的信仰，空间同样是确定无误的，即对物理空间的信仰。但先锋文学的时间和空间，是一种变形的时间和空间，使其变形的就是意识主体本身。时间与空间在先锋文学中不过是一种精神现象。先锋文学叙事革命还有一个重要特征

---

① 先锋作家对于"怎么写"的迷恋和对于"写什么"的轻慢，即是对形式的张扬和对内容的贬抑。评论家吴义勤认为："'怎么写'的形式主义策略把小说从'写什么'的阴霾下解放出来，其对于中国新时期文学的冲击是其他任何文学形态都无法相比的。"（参见吴义勤《秩序的他者——再论"先锋小说"的发生学意义》，《南方文坛》2005年第6期）先锋作家马原亦认为，先锋文学在文学观念和形式上的革命，正是在"写什么"向"怎么写"转向的过程中实现的（参见马原《虚构之刀》，春风文艺出版社2001年版，第55页）。

② 余华：《我能否相信自己》，人民日报出版社1999年版，第164页。

③ 余华：《我能否相信自己》，人民日报出版社1999年版，第160页。

④ 苏童：《想到什么说什么》，《文学角》1988年第6期。

⑤ 格非：《小说叙事研究》，清华大学出版社2002年版，第5页。

就是叙事结构的繁复。有研究者对于迷宫般的先锋小说的叙事结构进行了剖析，认为其结构主要有并置、交叉、嵌套、空缺、重复五种，这五种方式在先锋小说中杂合相融。①

当然，先锋文学叙事的互文性和寓言表达亦不可忽视。互文性使其文本意义的生成溢出了文本，文本内外、文本之间，意义的交织强化了文本的歧义性。大多数先锋作家对于寓言书写有着极致的偏爱，这种寓言书写既有对于域外文学的借重（比如拉美魔幻现实主义），更有对于中国文学抒情传统的转换。因此，先锋文学的寓言叙事往往能使其文本变得神秘而细腻，也消解了对于形式过分追求的文本粗糙感。

六　先锋文学语言风格的塑形

文学表达最基本的工具就是语言。语言是作家的密友。不管文学流派如何标榜，最终都得在语言上体现自己的文学理念，而对语词的组构往往能看出某些作家的共同追求，先锋性就表现在语词组构的标新立异上。

马原之所以被认为是 80 年代先锋文学"作家中的作家"，除了著名的"叙事圈套"，一个很重要的原因就在于他的语词试验。他通过对于熟悉的汉语语词的重新组构，制造了一种陌生化的语言经验。孙甘露在语词组构上更为大胆深入，在他的某些文本中，语词是一种混编，并不考虑逻辑关系，甚至也无视语义本身的冲突，他追求的是语词之间碰撞所产生的意义的"奇幻漂流"。现实主义文学的语词组构来自外部世界的规定性，即语词本身的联结遵循的是现实世界的意义逻辑，是确定无误的，即使要制造文学的复调效果，也不是语词组构所承载的，而是通过意识主体本身的能动性来实现。先锋文学的语言革命最核心的就是放逐了语词本身的确定所指，使语词的能指变得空洞起来。叙述不再具有确定的及物性，与现实世界的确定的联结亦被阻断，"叙述的意指活动回到自

---

① 刘云生：《先锋的姿态与隐在的症候：多维理论视野中的当代先锋小说》，巴蜀书社 2009 年版，第 149 页。

身"①。

能指的漂移、所指的遮蔽，给先锋文学带来了"语词暴动"的可能性。先锋作家不再为语词在辞典和语用成规中的意义承担任何责任。语词在某些先锋文学作品中的出场，从一开始就是悬置所指的。语词意义被流放的同时，叙述主体同样被驱逐，语词组构因此带来了"语言间离"的效果。对于这种间离的语言效果，有学者曾以苏童为例进行过分析，认为苏童主要通过四个方面带来了语言间离的陌生化体验，即模糊人称、故事零碎化、无引号对话的大量使用、白描语言。②

先锋文学的出现改变了人们对于文学创作的固化认知。"写什么"在传统文学认知中具有绝对的重要性，但在先锋文学的探索中，"怎么写"超越了"写什么"，成为先锋作家痴迷的文学游戏，从而把"创作"变成了"写作"，在作品中确立了语言的本体意义。先锋文学的主体性诉求也正是在语言主体这个维度上确立起来的。直到今天对于先锋文学的评价还存在分歧，但一个共识就是：80年代先锋文学很快确立自己的文学地位，和它在文学语言上执着的反动不无关系。格非即认为，语言是先锋小说家向传统小说挑战的武器，所以语言的反叛成了先锋小说的鲜明特征。③吴亮在80年代末期曾指出了先锋文学的"破坏性"特征：打破了阅读习见创造的"安全感"，挑拨了阅读者与世界的常态关系，颠覆了日常言语思维。所以，先锋文学在外部特征上体现为"一系列前所未闻、见所未见的形式"④。很显然，先锋文学对于语词组构实验的迷恋，就是"形式意识形态"⑤的文化实践，这既是先锋文学兴起的"推手"，又是

---

① 陈晓明：《无边的挑战：中国先锋文学的后现代性》，中国人民大学出版社2015年版，第49页。
② 王一川：《间离语言与奇幻性真实——中国当代先锋小说的语言形象》，《南方文坛》1996年第6期。
③ 南帆、格非：《先锋小说：永恒的反叛》（对话录），阿正编《对话——文化嬗变与中国命运》，西苑出版社2002年版，第212页。
④ 吴亮：《真正的先锋一如既往》（原载《文学角》1989年第1期），吴亮《吴亮话语·批评者说》，浙江文艺出版社1996年版，第13页。
⑤ [英]伊格尔顿：《历史中的政治、哲学、爱欲》，马海良译，中国社会科学出版社1999年版，第114页。

其走向衰落的"原罪"。

第三节　研究现状评析

80年代先锋文学的研究几乎与先锋文学创作是共时的。一个很重要的原因就在于，80年代先锋文学进入中国当代文学史，本来就是不断将其"经典化"的过程。在80年代特殊的历史时空中，文学场的生成过程就是对于文化权力的争夺过程。先锋文学作品作为一种"有意味的形式"①，具有"自律文本"与"社会事实"的双重性，因此，它与所有现代艺术进入文化场域时的情形一样，是话语权力抗争与妥协的结果。② 正是在这个意义上，先锋文学研究在80年代即已开始。而且许多批评家与先锋作家私交甚笃，对于先锋文学既有观察者的客观冷静，也有参与者的情绪冲动。

以先锋文学现象或思潮作为研究对象的论著，笔者目前查阅到的主要有：《无边的挑战——中国先锋文学的现代性》（陈晓明著），《中国当代先锋文学思潮论》（张清华著），《守望先锋——兼论中国当代先锋文学的发展》（洪治纲著），《中国当代新潮小说论》（吴义勤著），《先锋试验：八九十年代的中国先锋文化》（尹国均著），《新时期先锋文学本体论》（焦明甲著），《先锋的姿态与隐在的症候——多维理论视野中的当代先锋小说》（刘云生著），《中国先锋诗歌批评研究》（崔修建著），《中国后现代——先锋小说中的精神创伤与反讽》（杨小滨著），《20世纪中国先锋诗潮》（罗振亚著），《欧美先锋文学与中国当代先锋小说》（王永兵著），《先锋的魅惑》（张立群著），《启蒙视野中的先锋小说》（叶立文著），《先锋及其语境——中国当代先锋文学思潮研究》（程波著），《叙述的狂欢与审美的变异：叙事学与中国当代先锋小说》（南志刚著），《先锋小说的兴起》（李建周著），《审美的悖反：先锋文艺新论》（王洪岳

---

① ［英］克莱夫·贝尔：《艺术》，马钟元、周金环译，中国文联出版社2015年版，第4页。

② 李建周：《先锋小说的兴起》，中国社会科学出版社2014年版，第12—13页。

著）等。综合研析现有文献和成果，目前学界对于先锋文学的研究主要呈现以下两种类型。

一　80年代先锋文学的思潮研究

后"文革"时代开始后的十年是中国人文思想领域极大活跃的十年。对人文社会科学研究者来说，80年代是一个绕不开的参照系。文学社会学的法则对于80年代文学研究来说，是一个有效的方法和路径。也因此，把先锋文学纳入80年代的文化思潮来考察，是一个最常见的研究范式。这一研究范式产生的研究成果，在先锋文学研究中是最为出彩的。以研究先锋文学而成名的几位批评家，如陈晓明、张清华、洪治纲等，都是将先锋文学视为一种人文思潮的。

陈晓明的《无边的挑战——中国先锋文学的后现代性》在先锋文学研究中具有重要价值。这部论著1993年首次出版，而其写作开始在80年代末，这几乎是一部对先锋文学进行同步观察的著作。陈晓明和余华、格非等先锋作家有着良好的日常生活沟通，因此，他不仅仅是一个文本意义上的批评家，同时也是对先锋作家生活有着情感介入的参与者。《无边的挑战》多次再版，也证明了这种熔作家观察与文本研究为一炉的治学路子是有重要价值的。

张清华的《中国当代先锋文学思潮论》也是一部具有相当影响的先锋文学研究力作。这部初版于1997年的论著，理所当然地成为研究中国当代先锋文学的必备参考书。张清华这部著作受到了陈晓明《无边的挑战》的一定影响，但张清华扩展了先锋文学的历史纵深，以启蒙主义、存在主义为精神基因来观察中国当代文学中的先锋思潮，历史语境、叙事策略和文化逻辑的三位一体构成了张清华这本论著的显著特色。《中国当代先锋文学思潮论》既有逻辑论证，又有文本分析，同时亦颇有创见的文本价值判断，甚具相当的历史厚度和理论创新。

2000年开始，洪治纲在《小说评论》开辟了"先锋聚焦"专栏，发表了系列研究文章18篇，约20万字，在先锋文学研究同行中引起了广泛关注。在先锋文学出现二十年后的2005年，洪治纲的博士学位论文《反叛与超越——论现代性语境中的中国当代先锋文学》通过答辩。当年，即以《守望先锋——兼论中国当代先锋文学的发展》为书名出版。洪治纲的论著同样是着眼于先锋文学思潮的。因此，历史境遇、主体向度、艺术实践、文本动向成为洪治纲考察先锋文学的重点。

除了前述三位学者，着眼于先锋文学思潮和现象研究的重要著作还有：叶立文的《启蒙视野中的先锋小说》，刘云生的《先锋的姿态和隐在的症候——多维视野中的当代先锋小说》，尹国均的《先锋试验：八九十年代的中国先锋文化》，焦明甲的《新时期先锋文学本体论》，王永兵的《欧美先锋文学与中国当代先锋小说》，李建周的《先锋小说的兴起》，杨小滨的《中国后现代——先锋小说中的精神创伤与反讽》等。此外，张旭东的《改革时代的中国现代主义——作为精神史的80年代》，程光炜主编的"重返80年代"丛书（《重返80年代》《文学讲稿："80年代"作为方法》《文学史的潜力——人大课堂与八十年代文学》等），以及李杨、洪子诚、程光炜、王尧、张旭东、贺桂梅、杨庆祥、黄平、李建周等学者的"重返80年代"的相关论文论著中，亦有对于80年代先锋文学思潮颇有学术价值的反思。程波的《先锋及其语境：中国当代先锋文学思潮研究》，郝魁锋的《先锋之后的文学踪迹——20世纪90年代后"先锋小说"转型研究》（博士学位论文），对80年代先锋文学的兴起与90年代先锋话语的渐变进行了结合文本的探究。

思潮研究注重的是先锋文学产生的特定语境，并把它作为一种思想文化现象来予以审读。由于西方理论在研究材料中的注入，对于先锋文学思潮研究的一个共同特点就是其学理性很强，体现了学者们对于80年代先锋文学的理性思考。

二 80年代先锋文学的文本研究

先锋文学之所以在中国当代文学史上脱颖而出，一个很重要的原因就是其文本的独具一格，先锋文学掀起的文学革命就是一场形式的革命。把作家作品作为文学批评的样本，是先锋文学研究最为基础的工作，对于先锋文学的命名，就是在此基础上实现的。

80年代中后期,上海的批评家群体①对先锋文学迅速扩大影响产生了很大作用。吴亮的《向先锋派致敬》《马原的叙述圈套》等先锋文学批评名篇即是那个特定年代的产物。北京的李陀同样是先锋文学的吹鼓手,他为现代派的辩护至今仍对先锋文学研究具有启示性。在以先锋作家作品作为研究对象的论著中,吴义勤1997年出版的《中国当代新潮小说论》是重要的论著之一。吴义勤通过自己敏感的文学阅读和扎实的理论素养,对重要的先锋作家以及重要的先锋作品进行了评析,即使现在翻阅这本论著,其评论依然相当精当,且具有一定前瞻性。洪治纲的《余华评传》是以评传方式对先锋作家进行深入研究的论著,该书将余华的人生履历、创作历程、作品呈现结合起来评价,具有史料价值,也具有一定的理论意义。王琮的《90年代以来先锋小说创作的转型——以苏童、余华、格非为代表》,对三位先锋作家既有整体风格的把握,亦有具体文本的精细解读,对90年代之后先锋姿态的转变进行了综合评价,对先锋风格流变有很好的基于文本个案的分析;南志刚的《叙述的狂欢与审美的变异——叙事学与中国当代先锋小说》,立足于文化本土化和审美主体性两个基点,对马原、余华、莫言、苏童、格非等作家的先锋小说进行了叙事以及审美特征的分析,比较叙事学的视野为该著增色不少;翟红的《论80年代中国先锋小说的语言实验》,聚焦于先锋小说的最基础构件——语言,在文本细读上颇见功力,可视为对中国当代先锋小说先锋性的"语言实证";黄韬的《怪诞意识的自觉与实践——论王小波、莫言、残雪、刘震云、余华等作家笔下的怪诞美》,对先锋文学的怪诞风格进行了美学分析,探究了先锋怪诞美的由来和成因,并对作家作品进行了文学史价值的评价。

对于先锋文学代表作家的研究,21世纪以来不断增加,仅以余华、格非、苏童三人为例,在中国知网博硕士学位论文数据库分别输入三位作家的名字,2000—2018年,以余华为研究对象的有309篇,以格非为研究对象的有104篇,以苏童为研究对象的有177篇。其中,蔡志诚的博

---

① 主要有吴亮、程德培、李劼、蔡翔、周介人、殷国明、许子东、夏中义、王晓明、陈思和、毛时安等人。参见程光炜《如何理解"先锋小说"》,《当代作家评论》2009年第2期。

士学位论文《时间、记忆与想象的变奏——格非小说创作研究》，张学昕的博士学位论文《南方想象的诗学——论苏童的当代唯美写作》，薛美秀的博士学位论文《基于修辞学视角的苏童小说语言研究》，张枫的博士学位论文《新时期现代主义小说的生命意识书写研究——以余华、残雪、格非、苏童为中心》，在先锋作家个案研究上较为突出。

对于80年代先锋文学的研究，目前成果丰硕。但先锋文学研究依然只是开了一个很好的头而已。中国当代先锋文学作为一种文学现象或文学思潮，已经在20世纪90年代渐趋沉寂，但80年代先锋文学对中国文学和中国文化依然有着潜在影响，80年代先锋文学的"遗产"值得更加深入地追问和开掘。本书将在吸收既有成果的基础上，重点从以下两个方面介入80年代先锋文学研究。

其一，以话语塑形为考察中心，以80年代的人文、历史语境为背景，梳理80年代先锋文学话语的塑形、弥散与消融。

80年代先锋文学最重要的贡献无疑是给中国当代文学提供了全新的文学知识话语。这种全新的知识话语就是一种文学本位的话语。在80年代先锋文学之前，从来没有任何一种文学样式真正是"唯文学"的。中国新文学的出现本来就是革命政治的产物，新文学运动的许多主将同时也是政治活动家。救亡、图存、启蒙、革命，这样的规定性一直伴随着中国新文学。中国现代文学史上的文学研究会和创造社，似乎可以作为中国新文学话语建构史上的两个典型样本，前者主张"为人生而艺术"[1]，后者主张"为艺术而艺术"[2]，但实际上两者在文学话语的本质上是一致的，即对于文学"外化"功能的强调，文艺被认为是改造社会（当然包括被认为是"一切社会关系总和"的"人"）的工具。因此，"从文学革命走向革命文学"[3]成为两者最后的历史命运，一点都不奇怪。新民主主

---

[1] 《文学研究会宣言》中称："我们相信文学是一种工作，而且又是于人生很切要的一种工作。"（原载《小说月报》第12卷第1号），转引自钱理群、温儒敏、吴福辉《中国现代文学三十年》（修订本），北京大学出版社1998年版，第13页。

[2] 创造社的主要成员郁达夫认为："真正的艺术家是非忠于艺术冲动的人不可的。"参见郁达夫《文学概说》，《郁达夫全集》第10卷，浙江大学出版社2007年版，第319页。

[3] 陈伟：《中国现代美学思想史纲》，上海人民出版社1993年版，第166页。

义革命取得胜利后，新的国家政权建立。由于东西方阵营意识形态的对立，加之革命政治话语的统摄性影响，改革开放前的社会主义中国，政治意识形态对于文学话语具有支配性的控制。即使是80年代前期，响应政治口号，紧密配合形势，依然是相当一部分作家的"政治自觉"（事实上也是认知惯性支配下的"文学自觉"）。正因如此，先锋文学话语在中国当代文学史上的出现是革命性的，它"具有无可比拟的话语价值"，因为先锋文学"把本世纪几代中国作家一直想完成而又一直未能如愿以偿的对于文学本体的审美还原现实化了"[①]。

基于上述认知，对于先锋文学话语塑形过程的考察将是本书的一个关键着力点。在主流意识形态的推动下，后"文革"时代开始后的中国社会萌生的"解总体化"的运动，为文学新变提供了可能性。1949年国家新政权建立之后的社会总体化，其根本策略是"意识形态化的政治运动"[②]。因此，后"文革"时代的解总体化运动，在意识形态维度上，其实就是从革命政治的总体化元叙事中逃离。这种逃离带来了"政治意识形态的边际化"，正是"政治意识形态的边际化给文学带来了相对自由的发展空间"[③]。除了国家（政党）意识形态的转向，解总体化必须还得有国民的觉醒作为支撑。正因如此，80年代是一个启蒙话语主导的年代。启蒙的重点就是"人"，作家主体性正是在启蒙语境中复苏的。作家主体性的重拾，为文学的激进探索提供了主体基础。政治、社会、历史等外在价值一直左右着中国当代文学，在新的历史时期开始后，文学价值判断却无法提供新的标准。"伤痕文学""反思文学""改革文学"等尽管在当时引发巨大关注，但同样没有走出文学政治化的既有逻辑。80年代"美学热"的兴起，恰当其时地为文学新变提供了另外的价值判断体系。尤其"美学热"由人道主义、人性论的审美

---

① 吴义勤：《秩序的他者——再谈"先锋小说"的发生学意义》，《南方文坛》2005年第6期。

② 冯黎明：《走向全球化——论西方现代文论在当代中国文学理论界的传播和影响》，中国社会科学出版社2009年版，第73页。

③ 冯黎明：《走向全球化——论西方现代文论在当代中国文学理论界的传播和影响》，中国社会科学出版社2009年版，第78页。

政治狂热向美学学科自律转向之后，审美主义成为"美学热"的重要成果，审美自律也因此成为文学的重要价值标准。在80年代，现代化是社会主义中国新的总体化，西方现代主义（后现代主义）文学在现代化期待中成为文学接受的热点。充满了技术主义特征的西方现代主义（后现代主义）文学作品，自然而然地成为意欲实现"文学现代化"的中国作家的首选参照物。所以，形式实验为主要特征的80年代先锋文学，完全可以视为中国现代性的附属物。在文化本质上，它对改革时代中国人文知识领域来说，是一种基于现代性梦想的形式意义上的"替代性满足"[1]。"形式的选择"同样是"主体的选择"[2]，逃离总体化叙事→启蒙话语→美学热→现代性追求→形式实验，这样一条历史线索大体上提示了先锋文学话语的发生学背景，而这也正是本论著重要的考察路径。除了对人文历史语境的考察，中国当代文学现象和思潮中隐在或显在的先锋性，亦将是先锋话语谱系考察的另外一个关键点。如果说支撑先锋话语塑形的人文、历史语境是抽象的，那么，文学现象和思潮则是具象的，它包孕或彰显了先锋话语的历史源流。本书将聚焦于"地下文学""朦胧诗""意识流小说""寻根文学"等文学新变与探索，力图从这些文学现象和思潮中，找出被文学史中"先锋文学"概念剪辑过滤掉的"前先锋""准先锋""类先锋"的文学因子，通过先锋文学基因的梳理，最大限度地勾勒出80年代先锋文学的历史谱系，并将其与80年代特定的人文历史语境对参，揭示先锋文学形式实验的历史渊源和文学成因。

其二，以"形式意识形态"为理论基点，以文本细读为支撑，探讨"形式自律"为特征的先锋文学在80年代语境中的原生属性。

仅仅就文本来看，80年代先锋文学最显著的特征无疑是形式。在80年代先锋文学的形式实验中，"形式"这个在主流文学意识形态中长期受

---

[1] 朱羽、张旭东：《访谈：从"现代主义"到"文化政治"》（中文版代序），张旭东《改革时代的中国现代主义——作为精神史的80年代》，崔问津等译，北京大学出版社2014年版，第3页。

[2] 毛时安：《小说的选择——新时期小说发展的一个侧面速写》，《当代作家评论》1986年第6期。

到贬抑的概念获得解放,迸发出巨大的文学能量,震动了80年代的中国文坛。当然,80年代先锋文学的意义绝非仅止于形式。在意识形态丛林中诞生的先锋文学是一种"有意味的形式"①,其"意味"的核心就是"形式意识形态"。80年代中国先锋文学的形式革命,表面上看是对主流意识形态的逃离,即从政治意识形态的"他律"转向文学形式本身的"自律",但触发这种革命性转型的原动力依然来自意识形态。伊格尔顿曾言:"文学形式的重大发展产生于意识形态发生重大变化的时候。"② 80年代整个中国社会发生重大转型,国家意识形态由阶级斗争向经济建设转型,革命政治慢慢消融于经济政治和文化政治,正是在这样的背景下,文学新变成为80年代的独特文化景观。文学形式发生重大变化,当然来自主流意识形态的松动,这是主流意识形态默许的结果,但我们同时也应注意到,文学形式本身就包含着它内生的意识形态,在形式这个"掩体"之下,它对主流意识形态事实上形成了政治抗辩。形式化的文本与意识形态其实不可能完全割裂,阿多诺即指出,形式自律的艺术实际上是"凭借其存在本身对社会展开批判"③。

本书将借助西方马克思主义文学批评的"形式意识形态"理论,通过具体的先锋文学文本细读,重点考察80年代先锋文学的语言风格、叙事伦理和精神意象,并对形式实验的文化遗产进行重审,在理论视野和具体文本的对照中,探秘先锋文学形式实验与80年代意识形态的"转换关系",重现"文本得以产生的通常被取消的意识形态的轮廓",④ 以期为80年代先锋文学研究提供具有一定新意的阐释视角和成果。

---

① [英]克莱夫·贝尔:《艺术》,马钟元、周金环译,中国文联出版社2015年版,第4页。
② [英]特里·伊格尔顿:《马克思主义与文学批评》,文宝译,人民文学出版社1980年版,第28页。
③ [德]阿多诺:《美学理论》,王柯平译,四川人民出版社1998年版,第386页。
④ Terry Eagleton, *Criticism and Ideology: A Study in Maxist Literary Theory*, London: NLB, 1976, p. 82.

第四节　核心概念阐释

一　80年代先锋文学

"80年代先锋文学"这个概念，从广义上说，应当包括先锋小说、先锋戏剧和先锋诗歌等；而狭义的先锋文学与先锋小说具有同一性。

批评家陈晓明在《无边的挑战——中国先锋文学的后现代性》中使用的就是狭义的先锋文学概念。先锋小说之所以在某些时候等同于先锋文学，一个很重要的原因就在于先锋小说在80年代先锋文学中影响最大，有许多出色的作品文本，同时还因先锋小说家在90年代之后直至今天，还有着相当的文学影响力。相对而言，先锋诗歌探索其实最早，甚至在反叛性和挑战性上更加突出，比如"文革"时期的地下诗歌，新时期开始后的"朦胧诗"，1986年的现代诗群体大展，非非主义，莽汉主义，新传统主义等，诗歌领域的艺术探索和前卫行动比小说更为频繁。但诗歌这种文体介入世俗生活的能力，在现代性语境中其实是较为缺乏的，而小说作为一种"高度现代性的文学形式"[①]，显然更具有文化冲击力。正因为这样的原因，先锋小说的影响比先锋诗歌要大得多。尤其是在中国社会一步步走向市场化之后，诗歌的介入功能更是大大消解，成为真正的小圈子游戏。形式自律的先锋小说尽管同样面临消费主义和大众文化的夹击，但先锋小说家在转型中找到了对接新时代的合适路径，同时借助大众文化实现了自身价值的安放。因此，讨论80年代先锋文学，将目标聚焦于先锋小说无疑是可行的。很显然，以先锋小说为先锋文学样本进行研究，主要聚焦于文学文本内部，这有助于研究中使文本的细读更为精细，也更为贴近文学性这样的特质。陈晓明的研究就体现了这样的特点。在对先锋文学文本的细读和阐释上，陈晓明所取得的成就尤其突出。

先锋是一个变动不居的概念。如果把先锋性视为一种自由精神的超越，任何文学创新其实都是充满"先锋性"的。格非的观点或许有助于理解这种"先锋性"。格非认为，文学自由并不是一个空洞的口号，也不仅仅是话

[①] 李茂增：《现代性与小说形式》，东方出版中心2008年版，第4页。

语权力的争夺,最重要的是"写作过程中的随心所欲","主要是'语言'与'形式'"。①文学精神探索的先锋性,为先锋文学这一概念的扩展提供了可能性,即文学思潮意义上的先锋文学。在中国学者的研究中,以张清华为主要代表。张清华在《中国当代先锋文学思潮论》这本论著中,采用的就是一个宽域的文学思潮意义上的先锋文学概念。也正是得益于这样的概念扩展,使得张清华对于中国当代先锋文学的阐释具有了相应的时间纵深和历史厚度。由于张清华的研究是将先锋精神作为考察对象,他就必须在总体上对先锋文学的精神进行把握,因此,他没有将先锋小说作为先锋文学的对等概念,而是将先锋性扩展至所有文学形式。同时,为避免空泛,他将启蒙主义、存在主义作为中国先锋文学的基本精神特征来展开他的研究。在先锋文学思潮研究这个层面上,张清华所取得的成就无疑是最具代表性的。

在本书中,笔者对于先锋文学的研究,同样需要对研究对象作框定。尽管由于先锋文学概念的多义性,作出框定本身就是困难的,但为了使研究更为精准,提升研究的质量,做出研究对象上的界定也是相当有必要的。笔者总的选择原则是:作家及其作品须具有形式实验的鲜明特色,对现实主义文学成规有自觉的拮抗意识。

首先,在文本选择上,笔者认同先锋文学与先锋小说在实际研究中的同一性,所以总体上使用的是狭义的先锋文学概念,即是对先锋小说的形式实验作定向研究。当然,在讨论发生学意义上的先锋文学时,其他文学体裁的先锋性也是需要考察的,比如"文革"时期"地下文学"(主体是诗歌)的先锋性,以及新时期"朦胧诗"所确立的新的美学原则,对于先锋小说家的创作无疑是有影响的,所以在考察先锋文学历史谱系时将其纳入。而进入先锋文学文本具体解读和分析时,只将先锋小说文本作为研究对象并进行文本细读。

其次,在时间维度上,本书主要聚焦于20世纪80年代中后期的先锋小说,更确切地说就是1985—1989年这一时间段的先锋小说,但考虑到作家创作风格本身的延续性以及文学作品发表的时间滞后(比如,北村

---

① 格非:《塞壬的歌声》,上海文艺出版社2001年版,第66—67页。

的"者说"系列就是从 80 年代末期一直延续到 90 年代初的），部分先锋小说家在 90 年代初期发表的作品也纳入文本考察。

再次，在作家选择上，基于"形式意识形态"的理论视域，笔者选择的是得到公认的在形式实验上具有突出特点的先锋作家[①]。但即使是以形式实验这样的特征来圈定先锋作家，也是有一定难度的。综合学者主流观点，结合本书选题的定位，笔者选择的先锋代表作家主要有：马原、莫言、残雪、洪峰、余华、格非、孙甘露、苏童、叶兆言、北村、潘军、吕新等。[②] 这样的选择，显然是基于形式实验考察而做出的。事实上，仅仅从小说创

[①] 当代文学史上"先锋文学"这一概念的形成和对"先锋作家"的指认，文学期刊和批评家在其中起了很大作用。以《收获》编辑程永新为例，他在 1986 年、1987 年、1988 年连续三年的第 5 期或第 6 期，都组织了青年作家小说专号，先后入选的作家有马原、史铁生、洪峰、苏童、余华、格非、北村、孙甘露、扎西达娃、王朔、皮皮、色波等人，许多作家及其作品其实都具有强烈的先锋意识（参见程永新《一个人的文学史》，天津人民出版社 2007 年版，第 307 页）。而"先锋文学"这一概念得到批评家的共同认可，以及相应地界定在格非、余华、苏童、孙甘露、叶兆言等先锋作家身上，与 1988 年 10 月《钟山》和《文学评论》共同举办的"现实主义与先锋派文学学术研讨会"不无关联（参见李兆忠《旋转的文坛——"现实主义与先锋派文学"研讨会纪要》，《文学评论》1989 年第 1 期；张清华《谁是先锋，我们该如何纪念》，《文艺争鸣》2015 年第 10 期；程光炜《如何理解"先锋小说"》，《当代作家评论》2009 年第 2 期）。

[②] 陈晓明曾指出，对于先锋作家群，达成共识的是指马原、洪峰、苏童、余华、格非、孙甘露、北村、潘军、吕新（有时也包括残雪），尽管扎西达娃也具有相当的先锋性，但因其小说浓郁的藏地色彩、数量少，没有形成一定的写作长度，也就难以持续讨论（参见陈晓明《2015 年版自序》，《无边的挑战——中国先锋文学的后现代性》，中国人民大学出版社 2015 年版，第 5 页）。陈晓明 2015 年开出的先锋作家名单，与他早年在《最后的仪式——"先锋派"的历史及其评估》一文中所列稍有变化，在这篇发表于 1991 年的论文中，陈晓明对"先锋派"的作家群体进行了界定。他认为，尽管中国的"先锋派"并没有紧密的同盟关系，但同样也应当有"先锋"的判定标准，最关键的就是要有创新意识和叙事风格，这样的一些作家主要是指"马原、洪峰、残雪、扎西达娃、苏童、余华、格非、叶兆言、孙甘露、北村、叶曙明等人"（参见陈晓明《最后的仪式——"先锋派"的历史及其评估》，《文学评论》1991 年第 5 期）。当代文学史书写也大体认同陈晓明提出的先锋作家名单，核心作家没有太大出入。如孟繁华、程光炜的《中国当代文学发展史》中的先锋作家群体就指的是马原、洪峰、余华、格非、孙甘露、苏童、北村、叶兆言、潘军、吕新等（参见孟繁华、程光炜《中国当代文学发展史》，北京大学出版社，第 312 页）。洪子诚在《中国当代文学史》中提及的先锋小说家则是马原、洪峰、余华、格非、孙甘露、苏童、叶兆言、北村等人（参见洪子诚《中国当代文学史》，北京大学出版社 2016 年版，第 370—371 页）。笔者选择的先锋作家，无疑受到了陈晓明等学者的影响，但考虑到残雪独特的先锋性（她奇异的精神形式以及她对于先锋的执着坚守）和莫言写作对于先锋文学的重要意义（他从先锋试验中获得了开阔的文学可能性，2012 年荣获诺贝尔文学奖而走向世界），故将残雪、莫言两位作家列入。

新这样的角度来看,意识流小说在当时的先锋性也是可堪记取的。刘索拉、徐星的现代派小说也足够先锋前卫,但刘索拉和徐星的小说昙花一现,文学史的意义更显著,而"形式意识形态"的特征并不突出。王朔小说在广义上亦可归入先锋文学,但其小说主要着力于对主流价值的嘲讽和戏谑,形式的先锋性不显著,90年代之后他过于商业化的标签,也消解了他的先锋性。因此,这些作家的作品不是本书文本细读的重点。

二 形式意识形态

"形式意识形态"概念来自西方马克思主义文学批评。这一概念的提出,是对"内容"与"形式"的关系这一马克思主义文学批评难题的破解。"形式意识形态"理论是马克思主义与形式主义"从对抗走向对话"的历史产物。①

对文学形式与意识形态关系较早予以关注并且形成理论体系的马克思主义批评家应当是卢卡契。总体性与形式的关系是卢卡契一生都在持续关注的研究主题。② 在卢卡契看来,艺术其实就是一种"借助形式的暗示"③。卢卡契1909年即在《现代戏剧发展史》中提出过这样的观点:"文学中真正的社会因素是形式。"④ 这充分显示了他对文学形式的重视。

---

① 杨建刚认为,作为20世纪西方文学理论影响力最大、持续最久的两大流派,两者走过了从"对抗"到"对话"的历史过程。20世纪20—30年代,在苏联发生的马克思主义与形式主义的论争,体现为一种对抗姿态。60年代以后,随着政治对抗性的消解和学术壁垒的破除,两者之间的对话成为历史必然。作为形式主义理论的全新形态,结构主义理论在60年代之后渐趋繁荣,西方马克思主义者看到了借助形式主义实现文学批评科学化的可能性,引入形式主义理论由此成为西方马克思主义文学理论新的学术倾向(参见杨建刚《文本与意识形态——马克思主义与形式主义对话中的一个关键问题》,《文艺研究》2010年第1期)。"把'形式的意识形态'作为马克思主义文学批评的主要对象,是西方马克思主义批评家对马克思主义与形式主义长期以来持续不断的论争的回应,也是在他们之间进行对话的结果"(参见杨建刚《形式的意识形态——马克思主义的形式观及其意义》,《山东社会科学》2015年第3期)。

② 傅其林:《从"形式的意识形态"理论审视文学审美意识形态论的合法性》,《文化与诗学》2009年第2期。

③ [美] E. 巴尔:《乔治·卢卡契的思想》,张伯霖等编译《关于卢卡契哲学、美学思想论文选译》,中国社会科学出版社1985年版,第66页。

④ [英] 特里·伊格尔顿:《马克思主义与文学批评》,文宝译,人民文学出版社1980年版,第24页。

一般认为,青年卢卡契和晚年卢卡契的思想有较大的变化。但是,在文学形式与社会历史之间建立联系,却一直是卢卡契自觉的学术追求。美国学者 E. 巴尔认为,"形式史"是卢卡契诗学的本质所在,他最初关注的是"心灵与形式",后来研究"精神与形式",最后探讨的则是"社会与形式","卢卡契的整个一生都致力于研究形式的历史"。① 在早期的《心灵与形式》中,卢卡契认为"形式"是作家的"世界观"和"生活态度",② 而在《小说理论》中,他将小说视为"成熟男性的艺术形式"和现代性的产物。③ 在晚年的《审美特性》中,卢卡契依然将"艺术形式"的本体价值作为重要的研究对象。④ 概而述之,卢卡契承认意识形态对于文学艺术有"先导"作用和"持久影响",但他同时认为,意识形态的正确与错误(或先进与落后)与作品美学价值之间并不能建立简单的对应关系。艺术并不是一种纯粹的意识形态形式,其意识形态具有非自觉的特征。作家在运用文学形式时或许并没有感受到"意识形态的动力",因为文学形式是具有高度自主性的。⑤

巴赫金在其文学批评理论体系的建构中,一直在努力寻找文学形式与意识形态的结合点⑥,即他所说的:"填补在意识形态上层建筑的一般学说与对特殊问题的具体研究之间的空缺"。⑦ 巴赫金一方面反对忽视作品内在形式属性的庸俗马克思主义,即巴赫金所说的"非诗学的社会

---

① [美] E. 巴尔:《乔治·卢卡契的思想》,参见张伯霖等编译《关于卢卡契哲学、美学思想论文选译》,中国社会科学出版社 1985 年版,第 66 页。

② [匈] 卢卡契:《卢卡契早期文选》,张亮、吴勇立译,南京大学出版社 2004 年版,第 125 页。

③ [匈] 卢卡契:《小说理论》,燕宏远、李怀涛译,商务印书馆 2012 年版,第 63 页。

④ 卢卡契在这部论著中说:"当人的生活——最广义地说来——成为对象,生动的具有人的存在价值的人成为审美的主体时,艺术作品的结构就以内在与外在绝对同一的形式表现出这种统一性。这种规定直接看来也是一种形式的规定……艺术形式把人提高到人的高度。"参见卢卡契《审美特性》(第 1 卷),徐恒醇译,中国社会科学出版社 1986 年版,第 442—443 页。

⑤ 马驰:《艺术不是纯粹的意识形态形式——卢卡契对艺术与意识形态关系的论述》,《河北师范大学学报》(社会科学版) 1997 年第 1 期。

⑥ 赵志军:《寻找意识形态和文学形式的结合点——巴赫金的批评方法论》,《广西大学学报》(哲学社会科学版) 1997 年第 3 期。

⑦ [苏] 巴赫金:《文艺学中的形式主义方法》,李辉凡、张捷译,漓江出版社 1989 年版,第 90—91 页。

学"。另一方面,巴赫金也反对割裂作品外部要素的形式主义,他认为这样的形式主义只是一种"非社会学的诗学"。而他要建立的正是融合了马克思主义与形式主义文学批评之长的整体性的"社会学诗学"。在巴赫金看来,文学形式从来都不会仅仅体现为某种孤立现象,它是内外因素交织共同作用的结果。内部因素主要体现为文学传统,而外部因素则主要是社会文化环境。前者体现的是文学性,后者则体现为意识形态。[1]

对文学形式与意识形态关系的阐释,亦是法兰克福学派文学批评的重点内容之一。本雅明的小说理论延续了卢卡契的"现代性与形式"这一主题,只不过,卢卡契认为小说可以拯救现代性,而本雅明则认为小说这种艺术形式加剧了现代性危机。[2] 阿多诺分析了艺术形式实现的隐在政治内涵,在阿多诺看来,形式解放其实是现代艺术的根本特征,它暗合着社会解放的总体欲求,而艺术作品的"形式"作为一种"审美综合体",本质上是对"艺术作品与社会的关系"的再现。[3] 马尔库塞对艺术形式与现实存在两者关系的解析遵循的是社会学的思路。他认为,"形式的作品"具有某种调节功能,它调节的是"一种不可解决的冲突",而这样的"冲突"就来自"现实世界"与"可能世界"的紧张关系。[4]

阿尔都塞在马克思主义文论与形式主义文论的融合上有独特贡献。阿尔都塞认为,意识形态不过是人类的一个"表象体系","真实关系"与"想象关系"融于其间。所以,"艺术使我们看到的,因此也就是以'看到''觉察到'和'感觉到'的形式(不是以认识的形式)所给予我们的,乃是它从中诞生出来、沉浸在其中、作为艺术与之分离开来并且暗指着的那种意识形态。"[5] 正是从阿尔都塞开始,注重历时性的马克思主义的文学批评渐渐关注共时的理论观照,"文学形式与社会形势同构"

---

[1] 杨建刚:《在形式主义与马克思主义之间对话——巴赫金学术研究的立场、方法与意义》,《文学评论》2009年第3期。

[2] 李茂增:《现代性与小说形式》,东方出版中心2008年版,第89—90页。

[3] [德]阿多诺:《美学理论》,王柯平译,四川人民出版社1998年版,第435页。

[4] [美]赫伯特·马尔库塞:《审美之维》,李小兵译,广西师范大学出版社2001年版,第65页。

[5] [法]阿尔都塞:《一封论艺术的信》,陆梅林选编《西方马克思主义美学文选》,漓江出版社1988年版,第520—521页。

这一存在着天然缺陷的认知模式被西方马克思主义文论家扬弃，形式主义文论由此获得了马克思主义文论的接纳。① 对阿尔都塞思想有着师承关系的马歇雷亦认为，"文学生产的客观性与特定的意识形态的国家机器中特定的社会实践不可分割"②。文学文本对于新的话语的生产，总是采用不断变化的形式，旨在通过不同的文学效果来实现"意识形态的再生产"，"它使个体能够占用意识形态，使自身成为意识形态的'自由'携带者，甚至成为它的'自由'创造者"。③

伊格尔顿与詹姆逊明确提出了"形式意识形态"概念。从20世纪70年代开始，两位批评家同时关注了"文学形式"与"意识形态"这一文学命题，并从理论上进行了极有价值的探讨。④

在伊格尔顿的理论体系中，意识形态批评的创新是最为核心的，这也是他文学理论的最突出特点和最重要的成就。伊格尔顿在《批评与意识形态》中专门讨论过意识形态与文学形式的关系。通过对19世纪英国文学的考察，伊格尔顿认为，19世纪后半期，"有机形式"这一诗学概念向小说这一最主要的文学形式扩展，从而迎合了资产阶级的意识形态。因此历史与文学生产正是在"有机形式"这一关键点上结合起来的。⑤ 在《马克思主义文学理论》中，伊格尔顿提出马克思主义批评必须倚重"双重视角"，即既要重视"形式主义"，又要坚持"语境主义"。他认为，只有采用这种"几乎不可能的双重视角"，才可能获得这样的独特发现——"它所寻找的那种永远避退的话语可能以一种寓言的方式同时讲

---

① 汪正龙：《马克思主义与形式主义对话的可能性》，《文艺理论研究》2008年第3期。
② ［法］埃蒂安纳·巴利巴尔、皮埃尔·马歇雷：《论作为一种观念形式的文学》，［英］弗朗西斯·马尔赫恩编《当代马克思主义文学批评》，刘象愚等译，北京大学出版社2002年版，第44页。
③ ［法］埃蒂安纳·巴利巴尔、皮埃尔·马歇雷：《论作为一种观念形式的文学》，［英］弗朗西斯·马尔赫恩编《当代马克思主义文学批评》，刘象愚等译，北京大学出版社2002年版，第58页。
④ 杨建刚：《形式的意识形态——马克思主义的形式观及其意义》，《山东社会科学》2015年第3期。
⑤ ［英］特里·伊格尔顿：《意识形态与文学形式》，《历史中的政治、哲学、爱欲》，马海良译，中国社会科学出版社1999年版，第4—5页。

到艺术手法和整个物质历史,叙事的转折和社会意识的形式"。① 伊格尔顿在《马克思主义文学理论》中详细阐明了"形式意识形态"这一概念。伊格尔顿认为,马克思主义批评大体上可以分为人类学模式、政治模式、意识形态模式、经济学模式四种。"形式意识形态"正是意识形态批评这一模式的核心所在。伊格尔顿指出:"如果马克思主义批评的第三次浪潮最好被称为意识形态的批评,那是因为它的理论着力点是探索什么可以称为形式的意识形态,这样既避开了关于文学作品的单纯形式主义,又避开了庸俗社会学。"② 他在《美学意识形态》中论述了意识形态的审美化与审美的意识形态化,并提出这样的观点——"美学著作的现代观念的建构与现代阶级社会的主流意识形态的各种形式的建构,与适合于那种社会秩序的人类主体性的新形式都是密不可分的"③,这一观点完全可以视为其"形式意识形态"理论在美学领域的延伸。

詹姆逊的"形式意识形态"理论来自卢卡契的启迪。④ 詹姆逊对于形式主义与结构主义皆有深入的研究,这为他将形式批评引入马克思主义文学理论,并着手语言学维度的改造提供了坚实基础。⑤ 这一点在《马克思主义与形式》中有充分的体现。詹姆逊在论著中强调了引入形式批评的重要性。在他看来,"一部艺术作品的内容,归根结底要从它的形式来判断,正是作品实现了的形式,才为作品中产生的那个决定性的社会阶

---

① [英]特里·伊格尔顿:《马克思主义文学理论》,参见《历史中的政治、哲学、爱欲》,马海良译,中国社会科学出版社1999年版,第109页。
② [英]特里·伊格尔顿:《马克思主义文学理论》,参见《历史中的政治、哲学、爱欲》,马海良译,中国社会科学出版社1999年版,第114页。
③ [英]特里·伊格尔顿:《美学意识形态》,王杰等译,中央编译出版社2013年版,第3页。
④ 詹姆逊坦承:"卢卡契教给了我们许多东西,其中最有价值的观念之一就是艺术作品(包括大众文化产品)的形式本身是我们观察和思考社会条件和社会形势的一个场合。有时在这个场合人们能比在日常生活和历史的偶发事件中更贴切地考察具体的社会语境。"参见[美]詹姆逊《马克思主义与理论的历史性》,张旭东译,王逢振主编:《詹姆逊文集》(第1卷),中国人民大学出版社2004年版,第136页。
⑤ 詹姆逊曾说:"以意识形态为理由把结构主义'拒之门外'就等于拒绝把当今语言学中的新发现结合到我们的哲学体系中去这项任务。我个人认为,对结构主义的真正的批评需要我们钻进去对它进行透彻的研究,以便从另一头钻出来的时候,得出一种全然不同的、在理论上较为令人满意的哲学观点。"参见[美]詹姆逊《语言的牢笼》,钱佼汝译,百花洲文艺出版社1995年版,第3页。

级中种种有力的可能性提供他最可靠的钥匙"①。在詹姆逊的批评理论体系中，文学是"社会的象征性行为"②，而这种"社会的象征性行为"具有意识形态属性，其意识形态属性正是通过形式表现出来的。詹姆逊认为："只有从这一高度——把文学不仅仅理解为一种构成形式检验，而是理解为一个既定形式的过程，这个过程要履行历史的、意识形态的，甚至是政治原型的功能——今天的文学研究才能重获一种紧迫的使命感。"③詹姆逊的"形式意识形态"这一概念是在《政治无意识》中明确提出来的，他认为，对于马克思主义的意识形态批评来说，形式研究同样是至为重要的，因为意识形态批评的局限性可以借助于形式批评来加以克服。就"形式意识形态"的生产而言，为其提供动力机制的是不同生产方式的符号系统，正是这些动力构成了"形式的意识形态"，"即由共存于特定艺术过程和普遍社会构成之中的不同符号系统发放出来的明确信息所包含的限定性矛盾"④。詹姆逊指出，通过对于文本"形式意识形态"的考察，可以"揭示文本内部一些断续的和异质的形式程序的能动存在"⑤。当然，詹姆逊尽管时时不忘意识形态批评，但值得注意的是，他提出"形式意识形态"这一概念实际上是基于文化维度的。詹姆逊提供了三种分析文本的模式：一是狭义上的政治（历史）阐释模式；二是社会解析模式，即阶级论的意识形态阐释；三是文本生产考察的模式。⑥"形式意识形态"是一种将文本与生产关系相联系起来的批评方法。因此，"形式意识形态"从本质上说其实就是"由不同符号系统的共存而传达给我们

---

① [美]詹姆逊：《马克思主义与形式》，李自修译，百花洲文艺出版社1995年版，第43—44页。
② [美]詹姆逊：《政治无意识》，王逢振、陈永国译，中国社会科学出版社1999年版，第8页。
③ [美]詹姆逊：《具象的相对主义和历史编纂诗学》，胡亚敏、梅启波译，王逢振主编《詹姆逊文集》（第1卷），中国人民大学出版社2004年版，第190页。
④ [美]詹姆逊：《政治无意识》，王逢振、陈永国译，中国社会科学出版社1999年版，第86页。
⑤ [美]詹姆逊：《政治无意识》，王逢振、陈永国译，中国社会科学出版社1999年版，第86页。
⑥ 王伟：《社会形式的诗学：詹姆逊文学形式理论探析》，上海三联书店2015年版，第23页。

的象征性信息，这些符号系统本身就是生产方式的痕迹或预示"①。"形式意识形态"考察的是"文化革命"的信息，因为，"全部生产方式都伴随着它们的文化革命"②。

　　如伊格尔顿所指出："意识形态批评着力于文学作品与社会意识形式的关系"。③ 西方马克思主义批评家对于"形式意识形态"的重视，无疑是新的历史条件下对于意识形态批评的发展。面对形式主义批评的繁荣和发展，马克思主义批评家不可能无动于衷。而苏联马克思主义文艺理论对于内容的绝对地位的标举，对于形式主义艺术和研究的压抑，更使意识形态批评成了一种庸俗社会学，文学成为政治的附庸。"形式意识形态"理论破除的正是内容与形式二元对立的批评专制。詹姆逊和伊格尔顿都将形式的历史性作为"形式意识形态"分析的重要基础。詹姆逊认为，从"外部形式"（即文学素材初始的形式）到"内部形式"的运动过程中，社会历史的内容必然会进入"形式的形式"中，"就像在时间中展开的一种形式一样，也反映自己具体的社会和历史语境"④。伊格尔顿也认为，"形式是历史的"，不可能脱离"内容"的历史性单独存在。⑤ "形式意识形态"概念的理论创新，对传统的意识形态批评忽视形式批评的倾向进行了纠偏，使得形式主义批评被纳入马克思主义文学批评体系，同时又丰富和完善了政治意识形态批评这一马克思主义传统。通过对"语言与意义复杂机制研究"的吸收，"形式意识形态"理论实现了"审美意识形态的文本分析"，在"认识论转向"的基础上体现了马克思主义文学批评的"语言论转型"。⑥ 正是在这个意义上，詹姆逊对"形式意识

---

　　① ［美］詹姆逊：《政治无意识》，王逢振、陈永国译，中国社会科学出版社1999年版，第65页。
　　② ［美］詹姆逊：《政治无意识》，王逢振、陈永国译，中国社会科学出版社1999年版，第84页。
　　③ ［英］特里·伊格尔顿：《马克思主义文学理论》，《历史中的政治、哲学、爱欲》，马海良译，中国社会科学出版社1999年版，第115页。
　　④ ［美］詹姆逊：《马克思主义与形式》，李自修译，百花洲文艺出版社1995年版，第340页。
　　⑤ ［英］特里·伊格尔顿：《马克思主义与文学批评》，文宝译，人民文学出版社1980年版，第26页。
　　⑥ 傅其林：《从"形式的意识形态"理论审视文学审美意识形态论的合法性》，《文化与诗学》2009年第2期。

形态"理论的文学批评功能充满期待,认为形式主义与马克思主义之间的冲突可以通过"形式意识形态"来加以调和。①

苏联马克思主义文论对于中国文艺理论曾有深远影响,在革命意识形态为主导的批评模式之下,文学艺术形式一度失去了自身的价值。形式自律性的失去,也导致了庸俗社会学对于文艺批评的野蛮统治,文学艺术成为政治的传声筒。这样的状况在后"文革"时代得到了根本改变,而先锋文学在中国的出现,更为"形式"突破"内容"的压抑提供了文艺批评的"物证"。尽管没有西方马克思主义批评家明晰的"形式意识形态"自觉,但形式的本体地位亦由此得到了批评家的共同确认。黄子平在1985年的一篇文章中自觉地将文学形式新变与社会生活的变化融合起来考察,他摒弃了题材、主题这样的宏大批评命题,而选择"结构—功能"这样的切口,提出了"艺术形式是特殊内容的特殊形式"这样的观点,认为文学结构与形式就是时代变迁的折射。② 对于先锋文学形式实验的本体价值,李劼有较早的理论自觉。李劼认为,先锋派小说的文学性与其他小说的文学性有显著区别,文化寻根或现代意识只是一种文学表象,先锋派小说最重要的文学贡献"在于文学形式的本体性演化"③。童庆炳则敏锐地洞见了"形式"所具有的"攻击性",他指出:"它(形式)不是消极之物,而是一种'攻击性'的力量。它与内容相对抗,并组织、塑造、改变内容,最终是征服、消融内容。"④

对于80年代先锋文学来说,"形式意识形态"的特征不言而喻。它对于已经成为主流文学趣味并形成了强大的泛政治规训力量的现实主义文学成规的反拨,是形式性的,是审美性的,同时也是政治性的。因此,本研究选择了"形式意识形态"这个理论视角,进入80年代先锋文学的

---

① [美] 詹姆逊:《马克思主义与形式》,李自修译,百花洲文艺出版社1995年版,第347页。
② 黄子平:《沉思的老树的精灵》,浙江文艺出版社1986年版,第199页。
③ 李劼:《试论文学形式的本体意味》(原载《上海文学》1987年第3期),李洁非、杨劼选编《寻找的时代——新潮批评选萃》,北京师范大学出版社1992年版,第187—188页。
④ 童庆炳:《在历史与人文之间徘徊:童庆炳文学专题论集》,北京师范大学出版社2007年版,第126页。

历史语境和文本内部，展现先锋文学形式自律背后的"政治无意识"，无疑是适宜的，也是具有一定研究价值的。这样的研究理路显然来自詹姆逊的启示。这位卓有成就的西方马克思主义批评家提醒从事文学研究的人们：绝不能简单地从社会、政治、历史的角度来着手阐释文学作品，而"应当从审美开始，关注纯粹美学的、形式的问题，然后在这些分析的终点与政治相遇"①。事实上，中国先锋派与西方先锋派产生的语境有很大差异，中国的先锋派"出现在对社会历史作自我反思的时代"，这注定了它强烈的社会历史文化介入冲动。而西方先锋派"出现于对艺术史作自我反省的时代"，所以它的诉求是艺术本质论意义上的。② 因此，在这样的语境中，无论是语言上的"反动"，还是形式上的"革命"，80年代先锋文学本质上也是一种"意识形态革命"。③ 张扬"形式意识形态"的先锋作家群体"以不避极端的态度对文学的共名状态形成了强烈的冲击"④。

---

① ［美］詹姆逊：《马克思主义与理论的历史性》，张旭东译，王逢振主编《詹姆逊文集》（第1卷），中国人民大学出版社2004年版，第131页。
② 尹国均：《先锋试验——八九十年代的中国先锋文化》，东方出版社1998年版，第9页。
③ 贺桂梅：《"新启蒙"知识档案——80年代中国文化研究》，北京大学出版社2010年版，第156页。
④ 陈思和主编：《中国当代文学史教程》，复旦大学出版社2005年版，第291页。

第一章

80年代先锋文学的人文语境

对于当代中国来说，20世纪80年代无疑是具有特殊意义的。70年代末期，整个中国社会从阶级斗争向经济建设转轨，中国主流话语由"政治挂帅"向"经济挂帅"渐变。基于促进经济转轨的改革开放政策，其意义不仅体现于经济上，更从政治、经济、社会、文化等诸多层面对中国产生了深刻影响。服从于国家整体转型的需要，"技术政治"成为最具特色的时代话语。现代化的国家向往，带动了现代性的梦想，"现代化"成为那个时代最具蛊惑力的关键词。从知识社会学的角度来理解80年代的中国文学，之所以频频出现"文学实验"，也正是来自后发现代性的动力机制。急于与世界接轨的中国文学，俨然是一个你方唱罢我登场的"实验场"。回到80年代的历史现场，我们不难发现，从元叙事中出逃的文学话语，启蒙为基调的人文底色，审美自由为旨归的美学热，对现代主义的热情相拥，这样的人文语境最终催生了先锋文学话语。因此，对于80年代中国先锋文学的研究，秉持伊格尔顿提出的"形式主义"与"语境主义"相结合的研究思路，对"物质条件和社会权力的复杂领域"[①]予以研究聚焦，应当成为一个基本的路径。其中，"形式与内容的历史性，各种语言可能性出现的历史时刻，及其美学的特定环境功能"[②]，尤其值得我们重视。

[①] ［英］特里·伊格尔顿：《马克思主义文学理论》，《历史中的政治、哲学、爱欲》，马海良译，中国社会科学出版社1999年版，第109页。

[②] ［美］詹姆逊：《政治无意识》，王逢振、陈永国译，中国社会科学出版社1999年版，第3页。

第一节 一种对抗——逃离元叙事

"拨乱反正"与"彻底否定文化大革命",是20世纪70年代末期到80年代初的中国政治主体话语。这意味着当时的中国社会着手的是一项全面重建的工程。政治上如此,经济上如此,文化上同样如此。也正是在这样的时代背景下,人文思想显得异常活跃。文化的重建有可能是恢复,但同样也伴生着打破,所谓不破不立。即使对于西方思想是囫囵吞枣,即使人文思想界自身的学术准备并不充分,但并不妨碍一个人文思想多元化时代的渐行渐近。而这种空前繁荣的知识话语都有一个鲜明的特点——对于"泛政治大一统"的打破,也就是要获得文化领域的相对独立的话语空间。所以,80年代人文知识话语其实是有着相当的"社会政治性"的。[①]

文学作品作为与大众密切交流的知识媒介,理所当然地成为人文观念的重要载体。也就是说,80年代特殊语境中的文学,事实上是充当着某种文化政治媒介角色的。对于文学自主性的集体追求,表面上看是一种文本主张,但其深层的意义是在改革开放、建设现代民族国家的背景下对"文学政治"的标举,即从革命政治的总体化元叙事中抽离出来,建立新型的、适应国家整体转型需要的、与发达国家能够对话的"新文学"。20世纪80年代的中国文学现象纷繁复杂,但概而述之,亦可以从"文学去政治化""文学自主性"这个主要的维度上去解读它。这样的解读,并非是将研究对象简单化,而是在事物的主要矛盾上着力,去获得对其总体特征的认知。而"文学去政治化"与"文学自主性"之所以在80年代中国文学实践中拥有如此广泛的响应,最核心的诉求就在于对革命政治总体化元叙事的反拨。

总体化元叙事的形成和1949年以后国家权力总体化的规制密切相关。在整齐划一的制度性安排中,政治话语统摄了中国人的日常生活,这种语境中产生的文学艺术,自然而然成为政治的附庸。但前述观点也只是对总

[①] 甘阳主编:《80年代文化意识》,上海人民出版社2006年版,第4页。

体化元叙事在政治制度层面的简单化切入而已。20世纪80年代中国文学所要去挑战的总体化元叙事，事实上还应从近代以来中国社会演进的逻辑来分析，这样才可能不至于将总体化元叙事简单化。半殖民地的心理阴影、现代性的民族梦想、救亡图存的历史逼迫、政党政治的复杂试验、社会主义国家意识形态等，在具体的历史条件下形成合力，在文学领域造就了简单化的"文学政治"。总体化元叙事将文学创作简单地规训为某种"形象政治学"，[1] 它"既要求全部意识形态形式遵从总体化，也要求意识形态在政治总体性的规定下走向观念的一体化"[2]。由此，文学创作即使不是纯然的国家意志和政党话语的"意译"，也在总体化元叙事的规训中，主动去创造"卡里斯玛"典型[3]，而完全摒弃了个性化的文学叙事。[4]

20世纪80年代文学对于元叙事的逃离，并不是纯粹的一种艺术主张和艺术实践，它同样包含那个特定年代叙事艺术对于另外一种社会总体化的"政治自觉"，即在建设社会主义现代化国家的过程中重建正常的精

---

[1] 关于总体化元叙事的形成，甚至也可以向前推及中国传统文化设定的认知范式，即对"泛政治大一统"的迷信。甘阳在《80年代文化意识》的前言（写于1988年）中即认为，80年代的文化反思在很大程度上就是对"泛政治大一统"的质疑，他说："人们在思考的过程中日益认识到，几千年来的中国传统文化机制和几十年来的'左'的僵化社会体制实际上有一共同的根本弊病，这就是它的强烈的'泛政治大一统'倾向，亦即要求一切服从政治，一切都首先从政治的尺度来衡量"，"根本的问题乃是要彻底打破'泛政治大一统'本身，使各文化领域充分摆脱政治的过分羁绊，真正取得自身的相对独立性"。参见甘阳主编《80年代文化意识》，上海人民出版社2006年版，第4页。

[2] 冯黎明：《走向全球化：论西方现代文论在中国当代文学理论界的传播与影响》，中国社会科学出版社2009年版，第7页。

[3] "卡里斯玛"是"Charisma"的音译，该词产生于早期的基督教，其本来的语义是"神圣的天赋"，指那些得到了神助的超常之人。在现代语境使用"卡里斯玛"一词，往往意味着"赋予社会结构以中心或中心价值体系"，"卡里斯玛是特定社会中具有原创力和神圣性、代表中心价值体系并富于魅力的话语模式。它可以指人也可以指人的素质。在话语系统中，它是活跃的因素，以自身的独特魅力起着示范作用，成为社会结构中举足轻重的或中心的结构要素，也是意识形态冲突中的强有力的权威载体"。参见王一川《修辞论美学——文化语境中的二十世纪中国文艺》，中国人民大学出版社2009年版，第113—114页。

[4] 王一川曾以"十七年"中社会总体化运动为例，论及中国社会总体化运动与"卡里斯玛"典型之间的关系。王一川认为，总体化运动试图摧毁的是旧有的、私人的、个体的生活方式，把社会的一切都变成"公共的"，这种总体化与阶级化的矛盾由此产生，意识形态的任务就是去创造卡里斯玛典型。参见王一川《修辞论美学——文化语境中的二十世纪中国文艺》，中国人民大学出版社2009年版，第114—120页。

神和文化生活图景。后"文革"时代开始后的中国文学,必须要对"文学政治"这个让中国作家战战兢兢、如履薄冰的主题做出重新的阐释。这种阐释,首先是在政治层面突破的。

"文艺为政治服务""文艺从属于政治"这样的文艺观念,对于改革开放前的中国人来说,是一个"经典论述"。但在80年代却首先受到了质疑,并在此后被抛弃。这种"抛弃",首先来自执政党。周扬作为党内文艺政治的理论家和领导人,他在1979年10月30日所作的第四次文代会报告《继往开来,繁荣社会主义新时期的文艺》中,依然含有"文艺为政治服务""文艺从属于政治"的提法。胡乔木在讨论此报告时即认为,这样的提法还是不提为好,因为它在理论上也是站不住脚的。① 最终定稿时,亦删去了"文艺为政治服务""文艺从属于政治"这样的表述。邓小平在此次文代会上致的《祝词》中明确提出:"党对文艺工作的领导,不是发号施令,不是要求文学艺术从属于临时的、具体的、直接的政治任务,而是根据文学艺术的特征和发展规律,帮助文艺工作者获得条件来不断繁荣文学艺术事业,提高文学艺术水平,创作出无愧于我国伟大人民、伟大时代的优秀文学艺术作品和表演艺术。"②《祝词》中释放出来的政治信号显然就是:要对政治直接、强制介入文艺创作的极"左"路线进行纠偏。这是执政党文艺政策的重大调整。由此,1949年以来的文艺政策发生了重大变化③。尽管对于新时期文学

---

① 胡乔木在讨论周扬的报告时说:"周扬同志的报告中有一个问题——关于文艺为政治服务、文艺从属于政治的提法……我认为这个提法现在还是不提为好。它在理论上是站不住脚的,马恩也从来没有这样讲过,在他们的著作中找不到文艺必须'从属'于政治的根据。照这样,难道哲学、科学等也必须从属于政治吗?这种话,马恩从未讲过,全世界也没有人讲过。我们说'文以载道',但没有人讲'文以载政'。把文艺看成一种工具,是讲不通的。这在理论上也是站不住脚的。"参见刘锡诚《文坛旧事》,武汉出版社2005年版,第15页。

② 中国文学艺术界联合会编:《中国文学艺术工作者第四次代表大会文集》,四川人民出版社1980年版,第7页。

③ 十七年的文艺政策在第四次文代会上是被肯定的,"百花齐放,百家争鸣"的方针也被重申和强调,邓小平在《祝词》中说:"文化大革命前的十七年,我们的文艺路线基本上是正确的,文艺工作的成绩是显著的","真正实现'百花齐放,百家争鸣'这个马克思主义方针的条件,也在日益成熟。我国文学艺术蓬勃繁荣、争奇斗艳的新阶段,必将通过广大文艺工作者的辛勤劳动,展现在我们面前。"参见中国文学艺术界联合会编《中国文学艺术工作者第四次代表大会文集》,四川人民出版社1980年版,第8页。

的理解在当时依然存在分歧,但"创作自由""作家自主"逐渐成为共识。执政党意志在文艺领域的调整,必然带来文学实践层面的调整。尽管政治意识形态这根弦实际上依然不时被绷紧,但现代化国家这样的总体化方向给予了作家们更多的创作自由,"一体化"的文学格局就此走向瓦解。文学领域的"现代化"实践,获得了自身的合法性。在从官方到民众的共同的"现代化憧憬"中,文学创新获得了源源不断的"能量供给"。这种"能量供给"赋予了新时期文学在后革命时代的"革命理想",即找到一条与世界同声共气、与现代化进程相合相契的文学道路。正是在这个意义上,进化论的文学观在20世纪80年代的中国表现得尤为突出。①

　　国家意志的整体转轨,呼唤着文学领域的响应,一种新的"总体化"替换了以往政治全面侵入日常生活的"总体化"。80年代文学因此成为一个"半自主性"的精神空间。新型的"文学政治"(即审美意识形态)不断地被强化,"并向人们允诺了某个光明的未来"②。政党意志的默许(尽管不是无限制的宽容),文人政治的敏感和冲动,两者的叠加必然导致文学叙事的全面调整,从革命政治的总体化元叙事中逃离成为一种必然。尽管这样的逃离亦可能会有一定的"政治风险"③,但文学政策全面调整已是大势所趋。形式实验为主要特征的先锋文学也因此受惠,而由于它在审美意识形态上走得更远,它获得

---

　　① 钱理群、黄子平、陈平原提出了"二十世纪中国文学"这一概念。在他们看来,"所谓'二十世纪中国文学',就是由上世纪末本世纪初开始的至今仍在继续的一个文学进程,一个由古代中国文学向现代中国文学转变,过渡并最终完成的进程,一个中国文学走向并汇入'世界文学'总体格局的进程,一个在东西方文化的大撞击、大交流中从文学方面(与政治、道德等诸多方面一道)形成现代民族意识(包括审美意识)的进程,一个通过语言的艺术来折射并表现古老的中华民族及其灵魂在新旧嬗替的大时代中获得新生并崛起的进程"。参见钱理群、黄子平、陈平原《二十世纪中国文学三人谈》,人民文学出版社1988年版,第1页。
　　② 张旭东:《改革时代的中国现代主义——作为精神史的80年代》,北京大学出版社2014年版,第105页。
　　③ 洪子诚认为:"'新时期'政治、文学体制对文学生产的控制、规范方式,与50—70年代并没有很大的不同。一方面是对'越界'的观点、创作的批评、惩戒,另一方面则是对合乎规范的作家作品加以褒奖。"参见洪子诚《中国当代文学史》,北京大学出版社2016年版,第240页。

的宽容度更高。张扬"形式意识形态"的先锋文学，在主流意识形态之间巧妙地构建了自己的话语场域，并不断地获得了自己的话语权力。

由"阶级斗争为纲"向"以经济建设为中心"的转型，不仅带来了国家政治治理的重大转变，更深层次地重构了中国社会的日常生活。此前"泛政治"的生活世界被世俗社会图景所重置，伴随经济要素交换的不断繁荣，尤其是都市生活逐渐走向正常化，"市民社会"① 的雏形在改革开放后的中国悄然萌生。尽管中国市民社会雏形并不具备与西方市民社会同构的形态，但从对总体化元叙事的抵抗来说，却是有着高度一致性的。这种一致性并非来自政治结构和社会治理的同质化，而是一种商品经济繁荣带来的必然结果。而已经被放逐的"文革"时期一元化的"政治话语"，与市民社会渐兴的20世纪80年代的"经济话语"之间，天然地形成了一种话语张力，这种张力的生活图景就是愈发繁荣的世俗生活。世俗生活图景的形成，表面上是经济要素活跃建构起来的，实际上却是政治向日常生活隐匿的结果。尤其是对于经历十年"文革"之后的80年代中国来说，重现百姓世俗生活的本真状态自然而然。正是在这个意义上，笔者认为，西方学者念念不忘的"市民社会"当然不可能在中国找到对应的模子，但我们不能否认市民社会的基本特质存在于改革

---

① "市民社会"是一个舶来的社会学概念，具有特定的西方内涵。西方学者认为，在国家的政治生活领域与市场的经济生活领域之外，还存在着一个公共社会生活空间，其主要的组织形式是高度自治的民间组织。英国学者泰勒指出，"市民社会"是"一个自治的社团网络"，"它独立于国家之外，在共同关心的事物中将市民联合起来，并通过他们存在本身或行动，能对公共政策发生影响"（参见［英］查尔斯·泰勒《吁求市民社会》，汪晖、陈燕谷主编《文化与公共性》，生活·读书·新知三联书店1998年版，第171页）。中国学者邓正来认为，"市民社会是指那些源出于保护个人自由的思考以及反对政治专制的近代自由主义政治思想、源出于对市场经济的弘扬以及对国家干预活动的应对的近代自由主义经济思想的基础上而逐渐产生的相对于国家以外的实体社会"（参见邓正来《国家与社会——中国市民社会研究的研究》，邓正来、［美］杰弗里·亚历山大主编《国家与市民社会》，上海人民出版社2006年版，第483页）。

开放后的中国。① 而从西方现代艺术理论视域来观察，正是市民社会与世俗生活的萌生与兴起，为"审美自足""艺术自律"这样的观念提供了社会背景。②

总体化元叙事的形成，无疑有政党意志和国家权力的强大统摄力，但还有着中国传统文化自身的因素在其中，追根溯源，"文以载道""文章，经国之大业，不朽之盛事"这样的观念绵延不绝，即使是"言志""抒情"这样的传统，所谓的"志"与"情"，同样也难免"江湖之忧""庙堂之思"。由此可见，总体化元叙事在知识社会学意义上，还带有前现代社会的鲜明痕迹。正是这种"文以载道"的前现代遗迹与威权政治的结合，使得中国当代文学的总体化元叙事有着超乎寻常的规训力量。

回到欧洲人文思想"艺术自律"观念的肇始，我们不难发现，它一方面需要破解世俗社会中宗教功能大大削减的精神窘境，另一方面则要打破艺术作为一种观念（真理）承载物的古典社会成规。面对现代性隐忧，西方思想家之所以将"艺术自律"提高到这么高的地位，就在于面对世俗社会价值坐标的缺失时，艺术（审美）或许成为一根"救命稻草"。他们普遍相信，自律艺术的最大保障就是自由的人格，人类最终解放必须要保住这一弥足珍贵的感性人格。艺术自律观念的确立，艺术的独立和自由使得艺术家"自我立法"，独立性、超然性成为艺术家信奉的

---

① 尽管市民社会理论为中国学者广泛使用，但在中国是否存在实体意义上的"市民社会"这个问题上，存在着诸多分歧，有些观点甚至是针锋相对的。夏维中认为，传统的中国社会不可能存在市民社会传统，市民阶层更无从谈起，"不仅没有市民社会的传统，相反还存在强大的反市民社会的传统"。构建中国市民社会将中国农民排除在外，这完全不符合中国国情。农民问题如果不能得到有效解决，中国的市民社会就不能建立起来。尽管改革开放之后中国商品经济获得了极大发展，但缺乏构建市民社会的中坚力量，而被学者们寄予期待的知识分子、企业家、个体经营者，由于现代独立人格的缺失，缺乏构建市民社会的必要素质［夏维中：《市民社会：中国近期难圆的梦》，原载《中国社会科学季刊》（香港）1993 年 11 月号总第 5 期。参见罗岗、倪文尖编《90 年代思想文选》（第 2 卷），广西人民出版社 2000 年版，第 30—39 页］。俞可平则指出，中国市民社会主要存在于"官方政治领域和市场经济领域之外的民间公共领域"（参见俞可平《中国公民社会：概念、分类与制度环境》，《中国社会科学》2006 年第 1 期）。

② 冯黎明：《艺术自律与艺术终结》，《长江学术》2014 年第 3 期。

律条,"超凡脱俗的气派"被艺术家奉为圭臬。① 这种"超凡脱俗的气派"显然是包括了先锋派实验的。而西方美学家的"艺术自律""审美救世",最重要的外部基础就是市民社会在西方的全面兴起。因为市民社会在威权政治之外开辟了自己的公共场域,从而为先验的艺术自律提供了生存空间。

20世纪80年代的中国文学,文学自主性的主张没有西方那么宏大的救世愿景,但它同样有着在威权政治默许下的审美自足标举。后"文革"时代世俗生活的日趋正常化,都市生活的日益多元繁复,使得作家自觉不自觉地在这样的生活场景中获得启迪,并用文学的方式来对接全新的社会生活。由此,80年代文学从最初的反思"文革"、痛定思痛,到响应改革、图解改革,最终转向了新潮文学实验,要么在文化反思中求解中国之路(如寻根文学),要么在与他者对话中畅想加盟世界文学(如拉美文学对中国作家的影响),或再极端些,成为一种形式自足、自我指涉的文学游戏(如先锋文学)。不管他们的形式如何变换,我们始终不能忽略支撑他们从总体化元叙事中逃逸,最终将其拆解的后"文革"时代中国社会生活背景——市民社会渐兴和世俗生活的繁荣。去政治化、去中心化、去历史化的文学实验也正是在这样的生活背景之下获得了自身的合法化认证。"形式意识形态"对主流文学观念的抗争也就成为必然,文学自主性、主体性问题、形式革命、纯文学,这些概念充当了抗争的工具和武器。那个时代的许多文学家们都相信,摒弃当代中国经验(即社会主义经验)是优选,也就是要虚化中国当代史的集体记忆。②

对于总体化元叙事的逃离,除了前述政治层面的松绑(国家意志的重心转换)和改革开放时代带来的世俗生活的繁荣,作家主体性的作用无疑是最为能动的要素。对于文学这样一种充满个人创造的文化载体来说,任何时代背景下,我们都不能遗忘文学家的独特作用。关于这一点,韦勒克有过经典的论述。在他看来,对于文学"外因"的过分强调,就

---

① 冯黎明:《艺术自律与市民社会》,《文艺争鸣》2011年第11期。
② 程光炜:《当代文学的"历史化"》,北京大学出版社2011年版,第50页。

有可能走向"因果式"研究的偏执。① 以"认识论""因果论""批判论""互动论"为主要知识学形态的文学社会学分析法②，会有助于我们深化对 20 世纪 80 年代中国文学外因的认知，但也同样不可能提供一个完美的文学意义生产范式来。80 年代作家对于革命政治总体化元叙事的逃离之所以成为一种集体行动，一个极其重要的原因就是作家的主体自觉。

　　洪子诚在对 80 年代作家的构成进行分析时认为，作家主体可以分为两类。一类是"复出作家"（亦称"归来作家"），这些作家曾在 50 年代因政治或艺术的原因受到过国家权力的惩戒。另一类是"知青作家"，他们因为知青这样的身份，经历了独特的革命话语和国家意识形态教育。③ 这两类作家在知识结构上有重合之处，对革命政治总体化元叙事带来的对中国社会和文化生活的巨大影响有切肤之痛。政治上曾经的"失败"、艺术实践上受到的长期压抑和独特的生活经历，使这些作家在 80 年代充满了从总体化元叙事中出逃的激情和梦想。因此，前述两大作家群的作品在 80 年代，尤其是 80 年代前期可谓独领风骚。但这种"生活经历型"的作家，也很容易在面对过去经历时陷入重申与怀念的悖论之中。加之自身知识结构和意识形态规训的双重作用，在处置世俗生活经验时有着相应的局限性。正是由于这样的原因，在反思"文革"与响应改革的 80 年代初期文学主流中曾经风云一时的部分作家，在 80 年代中后期却淡出了文学话语中心地带。相当一部分作家创作不复初期的活力和激情。超越自身经历，走出题材困境，成为不少作家的共同尴尬。④

---

①　[美] 勒内·韦勒克、奥斯汀·沃伦：《文学理论》，刘象愚等译，江苏教育出版社 2010 年版，第 73 页。

②　冯黎明：《文学研究的学科自主性与知识学依据问题》，《湖北大学学报》（哲学社会科学版）2012 年第 2 期。

③　"复出作家"主要有：艾青、汪曾祺、蔡其矫、流沙河、李国文、刘绍棠、牛汉、绿原、郑敏、丛维熙、邵燕祥、公刘、唐湜、王蒙、张贤亮、昌耀、邓友梅、高晓声、刘宾雁、陆文夫等；"知青作家"主要有：韩少功、叶辛、张承志、史铁生、铁凝、何立伟、阿城、贾平凹、王安忆、郑义、张辛欣、张抗抗、李杭育、陈建功、梁晓声、孔捷生、严力等。参见洪子诚《中国当代文学史》，北京大学出版社 2016 年版，第 244—245 页。

④　洪子诚：《中国当代文学史》，北京大学出版社 2016 年版，第 246 页。

第二节 一种诉求——启蒙又重来

总体而言，20世纪80年代的中国，人文思想充满了启蒙色彩。当我们在三十多年后回望那个被许多人文学者畅想为"黄金时代"的历史现场，进入那个年代的文学文本，感受到的并不仅仅是理想主义的流淌，同样还有伤感主义的横阵，甚至还有颓废主义的余响。传统中国文人心目中执着的家国情怀，"准现代"的中国知识分子中的个性张扬，在20世纪80年代奏响了续接"五四"启蒙传统的序曲，也曾有不错的高潮迭起的片断，但最终曲终人散遗憾收场。也正因如此，亲历80年代的李泽厚2010年接受媒体采访时坦言，对当代中国来说，"启蒙远未完成"[①]。在此引用李泽厚的说法，并不是否定80年代启蒙主义的历史贡献，将"启蒙远未完成"作为本节论述的引子，恰恰是作为历史回望者本应有的立场。

人道主义毫无疑问是80年代启蒙思想最重要的武器。现在回过头去看，对于人道主义的张扬，是现实形势变革的需要，同时也是一种"学术政治"。经历过1949年以来反反复复的政治运动尤其是"文革"十年的知识分子，对于政治权力的无所不能始终是忌惮的。"实践是检验真理的唯一标准"的官方口径所激起的思想解放运动，提供了一个重拾"五四"启蒙传统的契机，而人道主义正好成为与"五四"传统重新接续的主要接口。当然，对于"五四"启蒙传统的重归，也是需要找到合法化的策略的：其一，对于政党意识形态的响应；其二，对于启蒙观念的马克思主义化。对于"文革"的否定，这样的官方意志为当时的作家们所领悟，自觉配合国家意识形态，也就成为一种启蒙策略。尽管当下对于80年代"伤痕文学""反思文学"的评价有分歧，有学者认为其作家作品依然是一种政治跟班式的创作，多数作品现在

---

① 萧三匝：《李泽厚：改良不是投降，启蒙远未完成》，《南方周末》2010年11月4日。

看来文学价值并不大,[①] 但并不能否定这些作品对于当时国人思想的解蔽作用。作为个体的"人",在新时期开始后得到了主体价值的确认,这是探讨80年代文学的一个重要视角。文学创作是一种充满了个人创造的意义生产活动,"文革"期间文艺的凋敝固然有政治的因素,但人的主体性的消失才是万马齐喑的关键所在。"五四"时代强调对人的发现,后"文革"时代同样是重申人的价值。"五四"时期无数启蒙先贤主张"人的文学",后"文革"时代同样要恢复"人的文学"。

80年代人道主义知识话语风行一时,其最根本的诉求就是启蒙,80年代初期人道主义大讨论仿佛具备了超意识形态的属性。体现到文学作品中,就是呼唤"人"的觉醒,就是人的主体意识的确立,就是对人性的整体肯定,"人学"成为当时的"显学"。朱光潜从"人性""人道主义""人情味"探讨"共同美"。王若水"征用"了欧洲文艺复兴时代的人文主义为人道主义辩护。李泽厚借用康德哲学"先验主体"的理论资源,对主体创造性进行全新的美学阐释。刘再复的"主体论"直接以文学创作为研究对象,从人的主体性入手确认文学的主体价值。回到文艺政策层面,尽管人的全面发展是马克思主义所追求的终极目标,但现实的社会主义实践依然充满了曲折和反复,更因阶级斗争思想的长期统摄,对于文学作品对人的丰富精神世界的探索,必然是充满了警惕而且严加防范的。80年代人道主义成为启蒙的"核武器",正是对长期弹压创作自由的极"左"文艺政治的一种反拨。这种反拨产生的话语张力成为了80年代文学创作的内生动力。

---

① 李扬认为,《班主任》实际上是缺乏基本的历史反思的,它本质上依然属于政策指导下的文学创作,领袖崇拜的思想在其中亦有隐现。标语口号虽然改变了,但对文学的功能认知却没有变(参见李扬《拯救与逍遥:新时期文学发展的精神向度》,上海交通大学出版社2013年版,第49页)。德国汉学家顾彬认为,伤痕文学"如今令人不忍卒读","也很难作为高质量文学作品的保证",因为它往往"留一条'光明的尾巴'以讨得批评界欢心"(参见顾彬《二十世纪中国文学史》,范进等译,华东师范大学出版社2008年版,第310—311页)。陈晓明认为,80年代反思"文革"的作品,往往采用的是揪出"罪魁祸首"方式,属于政治控诉的文学化表达,所以"历史及人性的问题被悬置起来"(参见陈晓明《中国当代文学主潮》,北京大学出版社2015年版,第251页)。叶立文认为,"伤痕文学"并未达到启蒙的高度,其话语依然属于"文革"的政治话语体系,"在倡导思想解放的同时,所使用的语言却未冲破政治神话的语言牢笼"(参见叶立文《启蒙主义视野中的先锋小说》,湖北人民出版社2007年版,第54页)。

从本质上说，80年代文学领域"人道主义"的核心主题就是——到底是把人作为一个精神主体来看待，还是把人作为国家意志的附属物。①刘心武的《班主任》、卢新华的《伤痕》等均以极"左"年代对于青少年精神的伤害为题材，这似乎是对20世纪初鲁迅所发出的"救救孩子"的启蒙"呐喊"的再次重现，从题材来看，本身就是一种"戏仿"。这些文学实践总体上依然是对国家意识形态的文学响应，但是，文学创作实践与政治权力控制之间的矛盾慢慢缓解。令人遗憾的是，试图告别政治权力控制的新时期初期文学，仍然依赖于总体话语（来自历史性和现实性两个层面），并自觉接受总体话语的支配。②而80年代中期之后新潮小说的兴起，则使文学形式逐步获得了"自我"，不再简单对应意识形态的总体性话语。这样的转型也决定了后"文革"时代中国文学的一个基本走向——解构"阶级决定论"，同时也走出"政治决定论"，③恢复文学与世俗生活和人的精神世界的紧密联系。80年代文学对于"人"的发现无疑是一个重大的历史进步，只有依靠"人"这个核心要素，文学才有可能具备"解神话"的力量，作家自身才有可能走出林林总总的"决定论"，纯粹地回归到文学本身。由此，以"文学性"为旨归的新潮小说开始了真正的文学（文化）启蒙。

"85新潮"往往被认为是新时期小说的一个转折点。这种"转折性"是文学创作意义上的，同时也是思想启蒙意义上的。在文学创作意义上，"新潮小说"的出现极大地挑战了长期以来被奉为圭臬的现实主义文学成规，并从此开辟了另外一种文学可能性——以形式自律和文本自足为主要追求的作品成为中国当代文学的重要一极。马原的《虚构》进入当代文学史的书写，正是因为这种创作主体价值受到极力张扬的思潮推动的。

---

① 孟繁华、程光炜：《中国当代文学发展史》，北京大学出版社2015年版，第223—224页。
② 谢有顺：《先锋就是自由》，山东文艺出版社2004年版，第4页。
③ "阶级决定论"和"政治决定论"的差别在于，前者重在检视作者的阶级立场，后者则侧重检视作品的政治立场。政治决定论不属于文学性的范畴，但以进步性来看待作家作品，这为现代主义文学在中国的兴起提供了"政治保障"。参见叶立文《启蒙视野中的先锋小说》，湖北人民出版社2007年版，第26—27页。

马原以《虚构》挑战了当时的文学观念，他使"虚构"成为小说家的"行为艺术"，虚构的文字对马原来说不再是一个想象空间，"他是真的生活在自己虚构的文字里"①。这种完全屏蔽外在世界的创作，在80年代中后期受到推崇，和后"文革"时代开始以来无数作家执着地追求作家主体性不无关联。

　　作家并不天然地具备启蒙的角色。中国当代作家在20世纪80年代作为一个精神主体的群像存在，既有他们对于受众的启蒙，还有着他们自我的启蒙，他们同样需要去除强加在自己身上的"不成熟状态"（康德语）。这是中国作家的自我革命。诚然，如今去打开80年代诸多文学创新文本，不少的作品有着那个时代的明显烙印，甚至带着令人难以忍受的模仿痕迹，但其中充溢的自我革新求变的力量让人动容。"宁愿在中国文坛看到第二个博尔赫斯，也不想看到一百个巴尔扎克。"② 这样的表达不仅代表了部分文学批评家的心声，更是当时执着于文学形式革命的一大批作家的自我苛责。现实主义创作没有原罪，但在统摄性的极"左"年代的总体性话语中，现实主义文学成规不仅束缚了作家们的创作自由，关键还在于它成为"政治正确"的唯一文学标准。对于巴尔扎克的厌倦，不是对于巴尔扎克作品的不敬，而是对扼杀文学创作多元化强行确立一元化标准的文学（政治）观念的挑战。实际上，极"左"政治阐释的现实主义也是一种伪现实主义。80年代即有批评家指出，现实主义的核心本质就是批判性，真正的现实主义文学是充满了批判眼光的，对于现实世界的审视与透视是有力的，它不会与既有秩序保持协调，它总是持"一种失望、怀疑和挑剔的态度"③。对于现实主义成规的破除，考验的是作家自我的意义生产能力。告别巴尔扎克并不是一个简单的观念对立问题，而是文学能力重新回到作家自我的问题。

　　"形式意识形态"的潜在文化政治，实际上也并非充满实验勇气的作

---

① 吴亮：《马原的叙述圈套》，《当代作家评论》1987年第3期。
② 李兆忠：《旋转的文坛——现实主义与先锋派文学研讨会简记》，《文学评论》1989年第1期。
③ 李兆忠：《旋转的文坛——现实主义与先锋派文学研讨会简记》，《文学评论》1989年第1期。

家们的自我赋权,而是在文学政治与文学消费那个实实在在的权力场域中反复博弈的结果。刘索拉、徐星、马原、莫言、残雪、余华、格非、苏童、洪峰、孙甘露等,这些作家和他们的作品出现在80年代的中国文坛,本就意味着一种"文学断裂"。尽管作为作家个体,他们不可能以统一的声音宣扬自己的文学主张,不管以现代主义文学还是新潮文学、先锋文学来命名,都无法弥合其文学实践的断裂性。但他们所创造的文学形态是对持续占领主流地位的传统文学成规的刷新,因此,这些作家及其作品成为80年代文学或文化革新的高光关注点。[①] 当代文学史对于形式实验为创作目标的先锋文学群体的肯定,在很大程度上皆因先锋文学从形式上开始的"解神话"运动,对于文学本身就是一种自我解构。先锋作家真正地挑战了写作的难度,现实主义叙事成规所主张的"写什么",在先锋作家的形式实验中被屏蔽,"怎么写"被放到了最重要的位置。由宏大叙事向微观叙事的转轨,隐含着一场文学观念的巨大革命。语言的意义承担转向纯粹的语词游戏,其间的逻辑不言自明:文学不必为历史书写承担沉重的意义,它更应该为语词的自由组构负责。致力于创造"有意味的形式"[②],由此成为中国当代作家的重要体认。也因此说,先锋文学实验对于作家群体是一次"形式意识形态"的整体启蒙丝毫不为过。

20世纪80年代你方唱罢我登场的文学变革思潮,意味着作家主体性的苏醒。[③] 他们不再满足于总体性的现实主义文学成规和叙事话语,在启蒙语境和现代民族国家寓言的召唤下,80年代的中国作家群体充满着"存在的焦虑"[④]。正因这种焦虑感,使80年代文学创作在总体上有着"回归"的特质。

[①] 贺桂梅:《"新启蒙"知识档案——80年代中国文化研究》,北京大学出版社2010年版,第115页。

[②] [英]克莱夫·贝尔:《艺术》,马钟元、周金环译,中国文联出版社2015年版,第4页。

[③] 李扬在对新时期文学思潮的反思中亦提出这样的观点:"从'四五'文学、反思文学、伤痕文学、改革文学到寻根小说、先锋小说、新写实小说以及个人化写作的演进均标志着作家文体意识的自觉和思想的渐趋成熟。"参见李扬《拯救与逍遥:新时期文学发展的精神向度》,上海交通大学出版社2013年版,第1页。

[④] 焦明甲:《新时期先锋文学本体论》,中国社会科学出版社2012年版,第3页。

回归大体上有两个路径：回到"十七年"文学，回到"五四"文学。对于"十七年"文学的回归，一方面因为官方意识形态对于"十七年"文学的肯定，那一时期确定的文学政策是得到认可的，"双百方针"在新时期也得到了具有思想解放意义的阐释。对于"文革"文艺路线的总体清算，也遮蔽了"十七年"中此起彼伏的政治运动对于文艺创作的极大干扰和破坏。同时，在"拨乱反正"与"正本清源"中，一大批曾经受到"错误批判"的作家及其作品获得了"正名"。因此，80年代初期的"新时期文学"和"十七年"文学如出一辙，题材选择、表现手法、思想情境等看得出"十七年"文学的影响，这种"历史的相似性"就是国家意识形态规训的结果。也因此，许多作家的"新时期"创作实际上是对"十七年"文学的"戏仿"，以文学介入政治生活的惯性依然很强劲。文学家自觉地加入政治动员中，屡屡冲击理论禁区和创作禁地，文学的政治功能性依然强烈。这种现象一方面是对于政党意志的响应，将文学领域的"正本清源"置换为复归"十七年"文学，在对"文革"极"左"文艺路线的批判中确立"十七年"的"主流"地位，即对毛泽东思想中"人民文学"这一概念的重新确认。① 另一方面的原因，则与作家个体相关，80年代初期回到文坛的不少作家，本身就是"十七年"文学的亲历者，在与1949年后共和国政体的磨合中本就已实现了成功转型，重回"十七年"可谓轻车熟路。但即使是这样的简单化"转型"，也意味着中国作家主体性的重塑。尽管后"文革"时代初期对于政治与文学之间的纠缠还心有余悸，至少作家们已认识到：政治与文学完全意义上的分离是不可能的，但"政治符号"与"审美符号"之间需要一种文学性的再"翻译"。正如刘再复所指出的："艺术的现实功利目的必须建立在审美目的基础之上，只有通过审美作用才能实现文学艺术的社会功利作用，而不能简单地把'政治法庭'与'审美法庭'混同起来。"②

80年代文学的另一个回归路径——回到"五四"文学，显然来自新时期文学探索开始后的观念分歧，承认文学与政治无法完全分离，但同

---

① 洪子诚：《中国当代文学史》，北京大学出版社2016年版，第239页。
② 刘再复：《文学十八题——刘再复文学评论精选集》，中信出版社2011年版，第440页。

时也得承认文学对政治的拮抗功能。即在更为广泛的意识形态意义上，将在极"左"年代里（包括"十七年"文学）一度受到打压贬抑并长期处于边缘甚至失语状态的"非主流文学"重新恢复，同时与"五四"文学的启蒙性重新续接。① 这一"回归路径"选择，同样有着重要的文学权力背景。70年代末到80年代中期，"五四"以来即已成名的前辈作家，由于其文学成就和名望，自然而然地占据了文联和作协的权力中枢。他们本身有着丰富的文学实践，对于中国语境中政治与文学之间的复杂历史有刻骨铭心的记忆，因此在文学观念上充满了反思色彩。因为这样的一种身份和经历，对于"十七年"文学也就有了一定的批判性，而对"五四"文学的启蒙性有更深切的重温和期待。80年代初期到中期文学作品强烈的启蒙色彩，也自然而然地和这种文学场域权力博弈相关联。

在两条路径的回归中，作家自身的主体性不断澄明，走出生硬的"文学政治"的历史怪圈，张扬文学文本自身的独特价值，成为启蒙与反启蒙话语斗争的"意外收获"。对于文学文本自身主体地位的推崇，其动力机制理所当然地来自作家这一创作主体。80年代文学革新一个显著的特征正是作家文本意识的不断增强。文体是作家人格的重要载体。文体上的大胆变革，是一种基于文学自主性的冒险游戏，但正是这种敢于游戏的勇气和精神，使得80年代文学在中后期愈发成为一种形式自律的游戏。这种"形式自律"游戏不仅挑战着现实主义这一统摄性的"文学习惯法"，为形式自律的文学文本自我立法，还改变了文学接受主体的心理期待和阅读习见。② 李庆西认为，新潮小说不论艺术观念还是艺术形式均体现了中国当代小说的进步，"怎么写"受到创作主体的重视，也体现了作家的主体自觉，正是这种主体的自觉，使他们走出了题材或主题

---

① 洪子诚：《中国当代文学史》，北京大学出版社2016年版，第239页。
② 夏中义曾以"外积淀"和"内积淀"这两个概念阐释文体实验与主体精神的关系："形式积淀属于外积淀，它是将缠绕作家心头的无形相的情趣、情绪物态化为某种可被感官捕捉的、形态抽象的节奏、句式、布局或造型法则，还有一种内积淀，它是将作家对人生、历史、世界的总体倾向或社会政治——伦理规范渗透在日常情绪或态度反应中，即把理性积淀为感性，使之成为外部形式积淀赖以发生的文化心理动因。"参见夏中义《接受主体结构的调整与文体实验》，《文艺理论研究》1987年第4期。

决定论（即"写什么"）的文学樊笼。① 80 年代文学实验"形式自律"的启蒙，至今仍深远影响着中国作家的文学实践与读者的文学接受。

第三节　一种思潮——审美政治化

　　破除庸俗的文学政治，是后"文革"时代开始后中国文学最重要的特征。解除极"左"思潮对于文学的禁锢，固然需要国家意识形态的整体转轨，但文学作为一种充满着个人创造色彩的精神载体，并非通过行政指导和国家规划就可以迅速回到文学自身的。也正是由于这样的原因，70 年代末到 80 年代初期，大量文学作品依然是对"形势"与"任务"的文学响应。文学史的意义自然是有的，但仅就文学文本自身来说，其文学性是乏善可陈的。要想从某些已经成为禁锢力量的文学成规中解脱出来，需要确立一个普适的"文学标准"。在这样的历史转型期，审美成为检视文学性的选择。

　　几乎与文学的转型同步，20 世纪 80 年代，中国兴起了一场声势浩大的"美学热"。这既可以认为是文学与美学在同一历史时期的"偶遇"，也可以看作 80 年代文学与美学所奏响的"二重奏"。作为"艺术哲学"的美学是文学创新的理论资源。在知识学意义上，研究人类审美精神现象的美学近代以来和文学创作、文学接受就从未分离过。② 但 80 年代"美学热"一个鲜明的特点就是乌托邦色彩，不管是对美的本质的认识，还是对于美的实践的标举，主观论美学、客观论美学、主客观融合论美学，都还带有后"文革"时代中国思潮的典型特点，即寄寓着强烈的文化政治梦想。刚刚从"文革"中走出来的中国，"左"与"右"的意识形态摇摆不定，这使得即使是讨论"美"这样的问题，也充满了政治意

---

① 李庆西：《寻根：回到事物本身》，《文学评论》1988 年第 4 期。
② 冯黎明认为，古典时代的文艺作品并不承载审美功能，其更重要的价值是认知和伦理。美学在近代才真正地介入文学和艺术领域。康德美学赋予了审美先验性，艺术场域因此独立于政治、知识、宗教、伦理之外，而使其独立的核心要件就是审美意义。由此，对于文学艺术审美意义的阐释和标举在学理上也具备了合法性。参见冯黎明《文学研究的学科自主性与知识学依据问题》，《湖北大学学报》（哲学社会科学版）2012 年第 2 期。

识形态色彩。

按照伊格尔顿"审美意识形态"的理论,美学话语与社会意识形态密不可分。时代语境、文化意识、生产方式、政治规约、思想革新、文学实践等,都对美学这种理论话语有着重要影响。20世纪80年代中国的"美学热",在为美学理论获得话语自律的同时,其自律诉求亦向整个社会领域弥散。精神独立、审美自由,以及挥之不去的意识形态属性,使80年代美学话语"获得了对抗政治、阐释现象、引领思潮和促进变革的独特阐释空间"[①],自由追寻、历史反思、审美政治也因此成为80年代"美学热"的精神追求。当审美主义成为揭橥文学性的共识,"美学热"的政治意识形态自然而然地向文学文本中渗透,而文学作为美学观照的对象,亦同样附着了政治无意识的显著特征。

在本体论意义上,80年代"美学热"始终围绕着"人"这个核心展开。它的整个知识话语塑形皆充满了个人主义的强烈诉求。人性解放、人道主义、主体自由,贯穿了"美学热"的始终。和西方文艺复兴从"人"这个原点开始一样,"五四"启蒙和后"文革"时代的启蒙,亦是从"人"开始的。这里的"人"当然指的是个人,而不是"国家的人""集体的人""社会的人"这样一些关于人的概念化的群体性指认。"小我"在思想解放这一新的总体化语境中,成为"大我"的对立概念。"美学热"的参与者正是从"小我"破题,掀起了以人道主义、人性为话语内涵的美学声浪。而在具体的话语策略上,美学家采用的是中国传统的"六经注我"的阐释模式,只不过,这个"六经"是马克思主义,具体而言就是《1844年经济学哲学手稿》。由于这种阐释策略的选择,马克思青年时代的著作一下子成了美学家必研的经典。关键并不在于马克思的《手稿》是否谈论美,而是他在其中对"人"予以了充分的肯定,对于人道主义、主体性等有着充分的确认。对于充满"解神话"冲动的80年代美学家来说,找到这样的经典自然是如获至宝。"手稿热"也因此成为80年代"美学热"的重要热源之一。

---

① 裴萱:《20世纪80年代"美学热"的理论谱系与价值重估》,《西南民族大学学报》(人文社会科学版)2016年第3期。

现在看来，以人道主义来简单代替马克思主义，以青年马克思的著作来佐证人道主义、人性论的正确，把一部经济学、哲学著作作为美学经典来使用，实际上是有着强制阐释嫌疑的①。但《手稿》在那个时代却成为美学讨论"政治正确"的最好掩体，从而有利于美学家们在本体意义上确认"人"的价值，并将这样的认知"经典化""神圣化"。也因此，朱光潜在自己的美学论述中不惜"以偏概全"，将"人性论"作为《手稿》的核心价值来突出强调。② 朱光潜作这样的解读，无疑是基于《手稿》中"自然的人化"这个"元典"的。热衷于解读"自然的人化"的学者，是当时"手稿热"中的一个庞大群体。在美与自由这个话题的阐释中，刘纲纪即坚定地把"自然的人化"作为其理论依据，在他看来，"自然的人化"本身即是"马克思主义美学的哲学前提"③。程代熙论述的"自然的人化"是从主体和客体两个层面进行的，人这一主体是否直接参加到创造活动中是程代熙"自然的人化"范畴界分的重要标准。④ 程代熙对于"自然的人化"的阐释，实际上是在实践论上对人这一主体的审美精神进行了合法性论证。李泽厚对于"自然的人化"的阐释则更加深入，其实践美学体系的重要基础亦来自"自然的人化"。在李泽厚的美学理论中，"人化"是一个关键性的实践"触媒"，它一方面激活了人的主体性，另一方面还深化了人的本质。所以，美的根源就是"自然的人化"。他创造的"积淀说"巧妙地将自然美与社会美在理论上契合起来。

---

① 蔡仪认为，青年马克思对费尔巴哈的人本主义和机械唯物主义予以吸引但并没有进行批判与反思，所以"自然的人化"是唯心主义的，而不是唯物主义的。因为人本主义的出发点是唯物主义的，但其归宿点却是主观唯心主义（参见蔡仪《论人本主义、人道主义和"自然人化"说》，《文艺研究》1982年第4期）。蔡仪还认为，正是由于青年马克思当时批判和反思能力的缺乏，"虽然马克思在一些具体的说法上都有和费尔巴哈的不同之处，但总的看来，没有超出费尔巴哈的人本主义思想的界限则是很显然的"。正是在这个意义上，蔡仪认为《手稿》在马克思主义理论体系中不具有经典性（参见蔡仪《〈经济学——哲学手稿〉初探》，程代熙编：《马克思〈手稿〉中的美学思想讨论集》，陕西人民出版社1983年版，第281—305页）。

② 朱光潜说："马克思《经济学——哲学手稿》整部书的论述，都是从人性论出发，他证明人的本身力量应该尽量发挥，他强调的'人的肉体和精神两方面的本质'便是人性。"参见朱光潜《关于人性、人道主义、人情味和共同美问题》，《文艺研究》1979年第3期。

③ 刘纲纪：《美学与哲学》，武汉大学出版社2006年版，第61页。

④ 程代熙：《试论马克思、恩格斯"人化的自然"的思想》，《马克思〈手稿〉中的美学思想讨论集》，陕西人民出版社1983年版，第365—391页。

在他看来，正是审美主体带有历史性和实践性的"积淀"的存在，自然风光的美才能够为人类所欣赏并且产生审美愉悦。当然，"积淀"是具有公共属性的，它被作为一种普遍的认知融入了人类共同体，"积淀"要成为一种个体的审美能力还得经历三个方面的转化——"由历史转化为心理，由理性化为感性，由社会化为个体"①。

美学家对于《手稿》中"自然的人化"兴趣盎然，看起来是在讨论审美问题，实际上不过是在青年马克思的"掩护"下突围，希望借助审美中体现出来的人的主体性，验证人的解放、人的自由的合法性，也就是将审美问题"主体化""历史化""政治化"。基于这样的"美学意识形态"，《手稿》一时间仿佛成了"美学经典"。但从当时"美学热"中学者的解读来看，我们也不难看出，众多美学家与其说在探讨美学，倒不如说是探讨"人学"，即在本体论的意义上从美学学科话语建构中实现人的主体性的确立。这种话语策略实际上也实实在在地获得了一定的场域自律性。既是学者又是官员的周扬亦认同从马克思主义入手探讨人道主义问题，甚至还在1983年的一次大会上作了对于马克思主义的人道主义予以肯定的报告。② 这也说明，对于"人"的张扬并不仅仅是一种美学思维，刚刚从不堪回首的"文革"中走出来的中国知识分子，自身就是忽视人、践踏人的极"左"思潮的受害者，对于恢复人道主义、人性当然有着切肤之感。人的尊严、人性（人道）至上这样的思想在"美学热"中四处弥散。正是在这个意义上，朱光潜说："人道主义可以说是人的'本位主义'。"③

对于人的主体性的确认，由此成为80年代"美学热"的重要成果。而与美学话语的"人学"视域如出一辙的是，后"文革"时代的文学，亦是从"人"这个原点出发的。文学作品中"人"的形象愈加丰富，人

---

① 李泽厚：《美学四讲》，天津社会科学院出版社1999年版，第317页。

② 1983年3月7日，时任中宣部副部长的周扬在中央党校礼堂作纪念马克思逝世一百周年的报告——《关于马克思主义的几个理论问题的探讨》。这个报告的第四部分专门论述了马克思主义与人道主义的关系。参见刘锡诚《文坛旧事》，武汉出版社2005年版，第37页；周扬《关于马克思主义的几个理论问题的探讨》，《人民日报》1983年3月16日。

③ 朱光潜：《关于人性、人道主义、人情味和共同美问题》，《文艺研究》1979年第3期。

的精神世界在作品中不断地繁复起来。"文学即人学",这样的知识话语在新时期中国作家的创作中重新得到了确认。伤痕文学、反思文学、改革文学、寻根文学、现代派文学等,不管是在政治总体规定性的范畴中肯定人,还是在"文化政治飞地"上去虚构人,其实都因"人"在80年代总体上被赋予了主体性价值。

在知识学意义上,80年代"美学热"在中后期由鲜明的政治意识形态转向了美学知识话语的自律性建设。"美学"在近代西方的创制,就是基于认知功能的一种领域拓展。伊格尔顿指出,西方"美学"概念的出现来源于哲学的"觉醒",即在哲学意义上意识到:在人的理性认知领域之外,还有一个理性难以企及的"感性生活的领域"①。正是在这个意义上,伊格尔顿认为,鲍姆嘉通的"美学"其实就是"理性的殖民化"②。人道主义、人性等固然也可以成为美学考察的对象,但真正作为一种学科建构,知识话语的自足性才是最为关键的。美学讨论最终与政治意识形态揖别,反而使得美学家从自身学科话语体系的角度来思考美学的前途,而不仅仅是一种或激昂或含蓄的"美学政治"表达。80年代"美学热"最重要的知识学成果——实践论美学,正是在这种反思中不断壮大起来的。

80年代实践论美学的代表人物李泽厚选择的是"马克思+康德"的混搭模式。③ 李泽厚对于马克思的选择,当然和马克思主义在1949年以后中国政治制度中的统摄性不无关联,这也是"政治正确"的重要基础。但在知识学意义上,李泽厚选择马克思,主要还在于马克思对于人类实践的深刻认知。对于康德的钟情,显然因为康德对审美先验性的深刻的

---

① [英]特里·伊格尔顿:《美学意识形态》,王杰等译,中央编译出版社2013年版,第1页。

② [英]特里·伊格尔顿:《美学意识形态》,王杰等译,中央编译出版社2013年版,第3页。

③ 李泽厚是中国实践论美学的创立者和代表人物。实践论美学在20世纪50年代的美学大讨论即初步确立。1957年,李泽厚在《人民日报》《哲学研究》上分别发表《美的客观性和社会性》《关于当前美学问题的争论——试再谈美的客观性和社会性》等论文,其美学观中的实践论色彩已极其强烈。参见王元骧《实践论美学的思想精髓和理论价值》,《文艺研究》2016年第9期。

哲学洞见。马克思主义哲学对人的社会性有着深刻的剖析,康德哲学对人类感性审美有着充分的先验张扬,"实践"正好将人类审美的社会性和先验性成功搭接起来。从这样的建构理路出发,李泽厚在自己的美学理论中对主体性予以重新塑形。这一"全新主体"建构的基础就是李泽厚反复强调的"实践性"以及"积淀"。所以,李泽厚的"主体"与"美学热"中人道主义或人性论所阐释的"主体"有着显著区别。其"主体"是具有历史意识的,而不仅仅表现为个体存在。[1] 尽管李泽厚同样在讨论主体,但他是在一个更宏大的认知结构中着手的,即"在肯定人类总体的前提下来强调个体、感性和偶然"[2]。高尔泰在20世纪50年代的美学大讨论中即是中坚力量,他对审美的主观性向来颇为推举。在高尔泰的美学体系中,"人的感觉"是一个核心的出发点,所以,人类审美自由的获得首先就是要超越生物性的制约。[3] 不论是李泽厚谈论美的"客观性"和"社会性",还是高尔泰所言的"主观性","实践"都是其中的关键性的能动要素。实践论美学表面上看仿佛是人道主义(人性论)的美学诉求受到挫折后的妥协,实际上,转向知识学意义建构的美学话语其自主性更为突出。

"美学热"由人学启蒙乌托邦转向学科知识话语的内在建构之后,美学的主体性反而显示出潜隐却有力的抗拒价值。理论话语的夯实,有利于美学的学科建构,更重要的是,强化了自律伦理的形成。在主体性的建构上,从人道主义和异化这个"敏感话题"退而求其次[4],转向对主体概念的知识学建构,这或许更符合美学本身的发展逻辑。这种从政治显意识向政治无意识的后退,使得80年代"美学热"的末期,感性启蒙超越理性启蒙成为美学知识话语的共同体认,在文艺创作领域早就萌生的

---

[1] 裴萱:《1980年代"美学热"研究》,博士学位论文,武汉大学,2015年。
[2] 李泽厚:《实用理性与乐感文化》,生活·读书·新知三联书店2005年版,第122页。
[3] 高尔泰:《论美》,甘肃人民出版社1982年版,第46页。
[4] 据秦川回忆,《人民日报》全文刊发周扬的《关于马克思主义的几个理论问题的探讨》引发风波后,中宣部向中央书记处呈报了《中宣部关于人民日报擅自全文发表周扬同志长篇讲话的情况和处理意见》,他看到了《处理意见》的第三稿,其中有这样的表述:"关于人道主义的问题,作为学术问题,今后仍允许进行不同意见的讨论。"参见徐庆全《知情者眼中的周扬》,经济日报出版社2003年版,第66—67页。

审美主义，成为一种具有广泛影响的美学话语。从"白洋淀诗群"① 开始，到"朦胧诗"，再到新潮小说，其中的审美趣味显而易见，即以"向内转"的审美表达彻底脱离了呼应总体化意志的"伪美学"，感性审美的价值在文学文本中得到更为充分的确认。孙绍振的《新的美学原则在崛起》之所以引发轩然大波，就是因为这篇文章对于感性审美的极端化推崇。这种"新的美学原则"对于"时代精神"不再作简单化的呼应，对自我感情世界的表现也不再着力于"丰功伟绩"，而主要关注"人的心灵是否觉醒，精神生活是否富有"②。审美主义转向使得80年代"美学热"整体嬗变，社会学（抑或政治学）与美学的疏离日益加剧，美学在自身的话语生成中也出现了裂变。从解神话的政治冲动，逐渐转向文化生活和精神世界的审美信仰重建。也正因如此，"译介热"也成为80年代"美学热"的一个重要组成部分。李泽厚主持编译的"美学译文丛书"一共出版了49本，在当时有着无数追捧者。对于中国当代美学学科建构，至今仍产生着影响。苏珊·朗格、科林伍德、阿恩海姆、卢卡契、杜夫海纳、克罗齐、弗洛伊德、巴特等西方美学的代表性人物及其著作皆在丛书中。另一套丛书"现代西方学术文库"由甘阳和"文化：中国与世界"编委会主编，尽管选择的并非全是美学著作，但现代性的启蒙特征极其强烈，影响现代西方人文思想的重要学者及其著作基本上收入其中。"译介热"对于总体处于启蒙语境的80年代中国来说，实实在在地起到了向西方学习的推动作用。而且，这样的推动并非在学术的小圈子内，而是刺激了中国社会的人文追求。"美学"由此成为80年代的显学，美学家和美学著作受到热烈追捧。萨特、尼采、弗洛伊德、海德格尔等成为年轻知识分子崇拜的对象，他们的著作成为那个时

---

① "白洋淀诗群"是"文革"时期的地下诗歌写作群体，因为这个群体的骨干诗人基本上是1969年从北京到河北省安新县白洋淀地区的知识青年，所以被称为"白洋淀诗群"。代表诗人有根子（岳重）、多多（栗世征）、芒克（姜世伟）、林莽（张建中）等人。"白洋淀诗歌"在知青和其他诗人中广泛流传，食指、北岛、江河等后来在新时期诗歌中成为领军人物的诗人，都与这个诗群有着密切联系。参见孟繁华、程光炜《中国当代文学发展史》，北京大学出版社2015年版，第196页。

② 孙绍振：《新的美学原则在崛起》，《诗刊》1981年第3期。

代的"畅销书"。80年代的知识话语中充斥着"存在主义""力比多""酒神精神"等西方概念杂合而成的人文气息，非理性、无意识、个性自由等学术话语，被成功置换为推动知识青年群体认知自身和社会的重要推力。在西方知识话语与现代性中国梦想的融合中，审美主义成为80年代"美学热"的重要成果。文学领域对于西方现代主义文学的翻译和引进，成为80年代"译介热"的又一道风景，这些著作成为审美主义理所当然的载体。

"美学热"从本体论向知识学的转向，意味着人道主义启蒙的退场和审美主义启蒙的彰显。80年代话语形态的塑形主要来自三个方面：其一，主流意识形态话语；其二，启蒙主义话语；其三，西方人本主义哲学话语。[①] 三者共同组构了80年代思想文化场域。从美学话语的塑形来看，主流意识形态话语主要体现为一种均和与监控功能，为美学设定"边界"和政治红线。启蒙主义则重在树立审美的主体性，人道主义、人性论等皆是主体性建构策略。西方人本主义哲学话语却在存在论的意义上对主体性进行了审美主义的重申，因为它关注的兴趣在于主体存在本身的悖论，诸如存在的焦虑、主体的欲望、情感的困境等。主流意识形态和启蒙主义，其哲学基础无疑是理性主义的。西方人本主义哲学话语却充斥着非理性。美学话语对于非理性哲学的引入，开创了80年代文学的另外一种可能性：不再纠缠于社会学意义上的客观真实，而着力于虚构世界中的主观真实；不再强调主体的认知性功能，而着力于主体的存在复杂性。同时，由于商品经济在中国社会的日渐繁荣，世俗社会的主体性功能日益加强，理性启蒙也日益让位于感性启蒙，鲜明的文学政治诉求渐渐被模糊的政治无意识替代，伴随现代主义文学在中国被日益接受，文学的先锋话语终于有了妥善安放自身的空间，并最终实现了美学意义上的野蛮生长。

[①] 王德领：《混血的生长——20世纪80年代（1976—1985）对西方现代派文学的接受》，中国社会科学出版社2011年版，第138页。

第四节　一种梦想——现代性追求

80年代，从"文革"中走出来的中国，终于中断了"阶级斗争为纲"的政治路线，回到了经济和社会发展的正常轨道。随着改革开放这个"基本国策"的确立，中国人终于有了向外看的视角自觉。域外文明的日新月异，极大地冲击了中国人对于民族和国家前途的认识。长期封闭落后带来了从国家到社会甚至到个人的集体焦虑，"现代化"由此成为一个新的总体性话语。

"现代化"这样的总体性话语，并不是20世纪80年代才被创造出来的。近代以来中国历史的总体进程，就是一个不断向现代西方国家学习探索建立现代民族国家的过程。鸦片战争之后，不断受到列强欺凌的国家和民族命运史，使得曾经的"天朝大国"的走向成为中国知识分子代代相传的痛苦思考。尽管对于国家道路的主张在政治上有不同甚至严重分化，但有一个关于国家和民族命运的判断始终是同一的：传统中国已经全面落后，向现代化的西方学习，是中国重新走向强大的必选项。尽管由于外族侵略（比如日本军国主义对中国的侵略）或国际意识形态的斗争（比如冷战时期，西方对社会主义中国的封锁）等，都对中国现代化的进程产生了影响，但"现代化"这样的梦想从来都没有停止过。1949年新的国家政权建立后，同样没有中断对于"现代化"的畅想。1964年，就有了发展"现代农业""现代工业""现代国防""现代科学技术"的提法。[①] 而正是在"文革"末期（1975），"四个现代化"这个概念被明确。[②] 被视为具有重大转折意义的1978年中共十一届三中全会

[①] 1964年，周恩来在党的三届全国人大第一次会议上的《政府工作报告》中提出："要在不太长的历史时期内，把我国建设成为一个具有现代农业、现代工业、现代国防和现代科学技术的社会主义强国。"参见周恩来《周恩来选集》（下卷），人民出版社1984年版，第439页。

[②] 1975年，周恩来在党的四届全国人大第一次会议上的《政府工作报告》中提出："在本世纪内，全面实现农业、工业、国防和科学技术的现代化。"参见周恩来《周恩来选集》（下卷），人民出版社1984年版，第479页。

上,"四个现代化"再度被提到"党的政治路线"的高度予以强调。①1982年召开的中共十二大上,"四个现代化"依然是国家层面的战略,仅仅在次序上将"工业现代化"调整到了第一位。② 一直到1987年中共十三大,"四个现代化"的提法才被"社会主义现代化"取代。③ 被称为"改革开放的总设计师"的邓小平同志对于现代化的认知,对后"文革"时代的中国现代化有着决定性的影响。正是在邓小平同志这里,"现代化"被提升到了政治的高度。④"现代化"由此成为新时期的国家总体化运动,也是执政党意识形态的核心组成部分。

　　资本主义尽管在政治上依然是一个与执政党意志有可能发生冲突的概念,但在"现代化"的集体想象中,它代表了中国必须去经历的一个"物质化"的过程。也就是说,中国要想成为现代化国家,首先就需要在器物意义上"现代"起来。从政党执政策略上说,需要动员全国人民投身到现代化的建设中来。对于新政权成立以来执政的反思,对于极"左"路线的批判和否定,一个重要的目的也是要赋予"现代化"这样的国家总体性话语以新的政治阐释,即抛弃"阶级斗争为纲",转向"以经济建设为中心"。器物意义上的"现代"由此成为一种打通国家意志和个人愿景的新时期共识。后"文革"时代,全面落后于西方国家的中国,不可

---

①　1978年召开的中国共产党十一届三中全会,做出了把党的工作重点转移到社会主义现代化建设上来的战略决策。参见邓小平《邓小平文选》(第2卷),人民出版社1993年版,第158页。

②　1982年召开的中国共产党第十二次全国代表大会上,胡耀邦作政治报告,报告对"四个现代化"的顺序进行了调整,把"工业现代化"放在了"农业现代化"之前。参见胡耀邦《胡耀邦文选》,人民出版社2015年版,第417—467页。

③　1987年中国共产党第十三次全国代表大会召开,提出了"把我国建设成为富强、民主、文明的社会主义现代化国家"的奋斗目标。参见中共中央文献研究室编《十三大以来重要文献汇编》,人民出版社1991年版,第4—61页。

④　邓小平多次从政治的高度来谈现代化。1979年3月30日,在党的理论工作务虚会上说:"对实现四个现代化是有利还是有害,应当成为衡量一切工作的最根本的是非标准。"1979年10月4日,在中共省、市、自治区委员会第一书记座谈会上说:"所谓政治,就是四个现代化。"1979年10月30日,在中国文学艺术工作者第四次代表大会上致《祝词》说:"同心同德实现四个现代化是今后一个相当长的时期内压倒全国人民一切的中心任务,是决定祖国命运的千秋大业。"参见邓小平《邓小平文选》(第2卷),人民出版社1993年版,第162—163、194、208—209页。

能一下子达到西方发达国家的现代化，这样的"现代"注定是漫漫征途，但"现代性"却由此成为80年代中国一个不断繁复起来的独特景观。而现实与想象复合叠加的"现代性"，对80年代中国社会来说，最重要的意义就是带来了一种"替代性满足"①，这种"替代性满足"对于人文思想的自由开放有着极为重要的影响。

"现代性"从西方发轫以来，一直是一个充满歧义的概念。它既可以用来标记时间或历史范畴，展示"一种断裂或一个时期的当前性或现在性"②。所以，吉登斯将现代性定义为"大约17世纪出现在欧洲，并且在后来的岁月里，程度不同地在世界范围内产生着影响"的"社会生活或组织模式"。③ 它还可以用来描述一种总体性的"心理体验"，即身处"现代"的人们对于"这一巨变的特定体验"，"一种对时间与空间、自我与他者、生活的可能性与危险的体验"。④ 当然，更重要的是，它在社会学意义上始终是与物质"现代化"相生相伴的，就政治、经济、社会和文化四个层面的现代性而言，文化现代性是"现代化"最繁复的表征。社会范畴意义上的现代性，与现代化的种种追求，诸如工业化、城市化、科层化、体制化、世俗社会等体现了同构性，对于工具理性的推举、对于知识经济的崇拜、对于制度文化的迷信等，同样是现代性的核心内容。但现代性内部从来就天然充满悖论，也就是说，一种"自反性的现代性"与生俱来，现代性的歧义性正来源于此。波德莱尔往往被视为最先精准描述西方现代性体验的经典作家，在很大程度上，皆因他不是在哲学角度上去阐释现代性，而是在诗学意义上呈现了现代性的复杂和歧义。所以，"现代性就是短暂性、飞逝性、偶然性；它是艺术的一半，艺术的另

---

① 朱羽、张旭东：《访谈：从"现代主义"到"文化政治"》（中文版代序），参见张旭东《改革时代的中国现代主义——作为精神史的80年代》，崔问津等译，北京大学出版社2014年版，第3页。

② 周宪、许钧：《现代性研究译丛总序》，参见［英］杰拉德·德兰蒂《现代性与后现代性：知识、权力与自我》，李瑞华译，商务印书馆2015年版，第2页。

③ ［英］安东尼·吉登斯：《现代性的后果》，田禾译，译林出版社2014年版，第1页。

④ 周宪、许钧：《现代性研究译丛总序》，参见［英］杰拉德·德兰蒂《现代性与后现代性：知识、权力与自我》，李瑞华译，商务印书馆2015年版，第3页。

一半则是永恒性和不变性"①，这个句子被现代性研究者广泛使用。不过，在现代性研究中倾向于将"现代""现代性""现代主义""现代化"几个概念相对明确的学者不少。一般认为，"现代"可以视为比"现代性""现代主义"和"现代化"层级更高的一个概念；"现代性"可以理解为一种"现代状况"或者"现代时期"；对于"现代主义"的理解则往往要从思想文化层面入手，视其为"一种社会思潮或文化运动"。做出这样的界分之后，"现代化"的"技术"要素就被抽离出来，它本质上是"实现'现代性'的一种过程"。②

在现代化被赋予政治属性之后，对于现代化的探索就成为"政治正确"的一种表征。向西方学习，在近代以来的中国历史上已经有了较为充分的探索。器物层面，清末洋务运动即是最为功利的"现代化"，最主要的目的就是借助西方技术手段，拥有洋枪洋炮，保住天朝大国免受亡国之祸。而这种功利主义的器物现代化，最终的结果已被国人所熟知。国家和民族命运的炙烤，使得现代化之路充满了悲怆。从制度和文化层面来实现现代化，也由此成为中国知识分子思考社会问题的一个重要维度。也因此，现代性的梦想和追求纵贯19世纪末以来的中国历史。尤其是在"文革"这样一段让中国人不堪回首、阻滞国家现代化的历史过去之后，现代性的激情重新被点燃，成为推动中国社会进程的强大力量。在"制度"③和"经验"意义上向西方世界看齐，也自然而然地成为中国现代性的题中之义。在对现代性的追求中，"技术主义"的思维被充分放大，技术至上也在某种意义上得到中国社会的总体认同。而在西方现代性形成的过程中，技术主义的确具有重要的推动作用，甚至具有决定性的影响。即使对资产阶级和资本的野蛮有着毫不留情的批判，马克思对资产阶级带来的技术进步亦给予了充分肯定。而且，马克思还认为技

---

① ［法］波德莱尔：《1846年的沙龙：波德莱尔美学论文选》，郭宏安译，广西师范大学出版社2002年版，第424页。

② 谢立中：《"现代性"及其相关概念词义辨析》，《北京大学学报》（哲学社会科学版）2001年第5期。

③ 笔者在这里使用的"制度"是一个普泛的文化概念，而非狭义的政治制度或社会制度概念。

术能使人获得解放，有助于人的全面发展。对于80年代的中国来说，技术主义无疑是最令人信服的解决中国问题的方案之一。技术主义这把"钥匙"，避开了政治意识形态的争端，从而被赋予了一种超验性，在追求现代性的过程中，由于技术主义表面上的意识形态中立①，也更容易得到主流话语和民间话语的共同认同，以技术主义为先导的中国现代性，也因此自动拥有了"政治豁免"。中国的"现代性"在"制度"和"经验"层面着力，而在想象和表达层面，中国的"现代主义"也得以生成。② 在经典的西方现实主义和浪漫主义文学之外，现代主义文学在文学形式上提供了"文学现代化"的可能性。这不仅仅是关于文学知识的可能，而且是新的审美形式确立、作家想象力解放的可能。这种可能性挑战了既有的文学知识和经验，"通过一种新的体验的强度的文学技术，向我们保证了一个更本质、更形而上但同时又更具体、更不可能还原的内心状态和同它所对应的历史真实"③。形式实验色彩浓郁的现代主义文学实践，也在这种新的可能性中走到了20世纪80年代中国文学舞台的中心地带。

现代主义文学对于中国作家来说并不陌生，"五四"文学革命的启蒙成果，除了现实主义和浪漫主义，其中同样包含了现代主义文学。1919年，茅盾即对象征主义作品有过译介，在《解放与改造》杂志上发表了梅特林克的剧作《丁泰琪之死》，这就是一部象征主义的神秘剧。茅盾可

---

① 在许多西方马克思主义学者看来，技术其实同样具有意识形态属性。霍克海默说："之所以说科学是意识形态，是因为它保留着一种阻碍它发现社会危机真正原因的形式。"（参见[德]霍克海默《批判理论》，李小兵等译，重庆出版社1985年版，第5页）马尔库塞认为，技术理性是资产阶级维护其统治的重要手段，"发达的工业文化较之它的前身是更为意识形态性的。因为今天的意识形态就包含在生产过程本身之中"（参见[美]马尔库塞《单向度的人》，刘继译，上海译文出版社2015年版，第11页）。哈贝马斯则看到了技术意识形态强大的控制力："技术统治的意识是不可能受到反思和攻击的，因为它不再仅仅是意识形态"（J. Habermas, *Theory and Practice*, Beacon Press, 1978, p.69）。

② 朱羽、张旭东：《访谈：从"现代主义"到"文化政治"》（中文版代序），参见张旭东《改革时代的中国现代主义——作为精神史的80年代》，崔问津等译，北京大学出版社2014年版，第3页。

③ 朱羽、张旭东：《访谈：从"现代主义"到"文化政治"》（中文版代序），参见张旭东《改革时代的中国现代主义——作为精神史的80年代》，崔问津等译，北京大学出版社2014年版，第4页。

谓是把象征主义介绍到中国的第一人。① 在作家创作上，就诗歌领域而言，20世纪20年代中国现代文学史上的"象征派"，如李金发、王独清、穆木天等人都曾效仿过法国象征派。30年代的"现代派"诗人，如戴望舒的诗歌，同样对法国象征派有模仿，而且成就要比李金发等人高得多。30年代至40年代，"九叶"诗派的创作对现代欧美诗歌的手法多有借鉴。再如20年代至30年代的新感觉派，如施蛰存、穆时英、刘呐鸥等人的小说创作，除受到日本新感觉派影响外，也常使用意识流、象征主义等现代主义表现手法。

在80年代，尽管现代主义文学对于国人来说睽违已久，但并不那么陌生。后"文革"时代开始后，大力译介外国文学的翻译家，不乏对现代派文学熟谙的学者。如袁可嘉，他本来就是"九叶"诗派的重要诗人，新中国成立之后专事外国文学尤其是诗歌和文论研究，对于现代主义文学的创作和理论皆极其熟悉。再如柳鸣九，50年代末大学毕业后即在中国社会科学院从事外国文学研究，在法国文学研究方面颇有建树，他80年代对于法国现代主义文学的介绍尤其用力。这些学者对于西方现代文学的研究，即使在极"左"思潮泛滥的时期也依然有延续，一方面由于本人在艰难世事中的学术坚守，另一方面更因他们的研究也具有批判"资本主义腐朽文化"的价值。当物质层面现代化的国家总体话语与精神层面的现代性集体梦想相融合，袁可嘉们留存的"现代主义"火种终于找到了投放地，并点燃了"文学现代化"的篝火。

现代主义文学的"重归"并不是一帆风顺的。在80年代，曾经爆发过关于"现代派"的激烈论争。人民文学出版社1984年曾经编选过《西方现代派文学问题论争集》（上、下册，内部发行，以下简称《论争集》），其中收录的文章多为当时具有较大影响的论争文章，也包含了部分译介西方文学研究的论文。在现代派论争过去三十多年后重读这些文章，当时引发激烈争议的问题现在已经成为一种文学常识，但回到当时的语境，依然能感受到文学要"现代"起来的不易，以及参与论争者的激情与真诚。对《论争集》进行细读和解析，我们发现，现代主义（现

---

① 周敬、鲁阳：《现代派文学在中国》，辽宁大学出版社1987年版，第9页。

代派）文学在80年代中国的兴起，看起来似乎是新时期思想解放的结果，是改革开放的现代中国在文学上向世界贴近的必然，实际上同样是"形式意识形态"话语抗辩的结果。这种话语抗辩的复杂性，即使是借助日渐丰富的文学史料，其实也是难以条分缕析的。但将论争纳入本节论述展开的现代性视点之下聚焦，不妨从两个维度来认知80年代现代主义文学的"抗辩"特征：

一是对话语政治的修正。西方现代派文学以何种意识形态面目进入中国文学的知识话语中来，是主张向西方现代派文学学习者必须要考量的。在《论争集》的《出版说明》中，编者即"旗帜鲜明"地提出，对于西方现代主义文学的推崇，其实"是同整个意识形态领域里热衷引进西方资产阶级思想的错误倾向相联系的"，"这种错误倾向反映到文艺上来，就是抹煞社会主义文艺与资本主义文艺的原则"[1]。既然如此，为何又要编选这样一本《论争集》？编者的观点是，尽管西方现代主义文艺存在着种种问题，但是，"这并不意味着，我们应当对西方资本主义文艺一概视若敝屣，或者皂白不分地把西方现代派文艺的任何介绍和精神污染等同起来。相反，西方现代主义文艺作为西方资本主义制度下社会危机和精神危机的艺术表现之一，是一种相当复杂的文艺现象和社会现象，不能简单地加以对待"，所以，要"在批判其中谬误意识内容的同时吸收其艺术要借鉴的成分"，"目的是更好地促进具有中国特色的社会主义文艺的繁荣和发展"[2]。这份《出版说明》的用意很明显，编选《论争集》并不是为可能带来"精神污染"的西方现代派文学张目，而是在批判的基础上为我所用。经过这一番煞费苦心的"话语修正"，公开地讨论西方现代文学也就实现了"政治正确"。这样的"修正"策略，在为现代主义文学鼓与呼的文章中时有体现。叶立文对新时期西方现代主义文学在中国的传播与接受进行研究时，将这种"修正"策略称为"误读"。在他看来，除了以唯物辩证法来统摄西方

---

[1] 人民文学出版社编辑部：《出版说明》，参见何望贤编选《西方现代派文学问题论争集》，人民文学出版社1984年版，第1页。

[2] 人民文学出版社编辑部：《出版说明》，参见何望贤编选《西方现代派文学问题论争集》，人民文学出版社1984年版，第2页。

现代主义文学传播的认识论外,传播者还在政治、思想、美学、历史四个层面通过"误读",在 80 年代的文学政治环境中实现了现代主义文学的合法化认证。①袁可嘉在对欧洲现代派文学进行常识普及时强调要"坚持实事求是的态度","我们要从这些流派的成就中获得借鉴来发展我们的文学艺术,也要从它们的失败中吸取教训"。②陈焜认为:"对于现代派的思想,我们不可能完全同意。但是,对于它认识现实、解释现实和表现现实的基本思想,还是值得我们考虑的。"③柳鸣九在介绍萨特时刻意强调了萨特对于马克思主义是持亲善态度的,"承认马克思主义的价值"④。对现代主义文学的"话语修正",当然有可能使得对某些现代主义文学作品的"误读"现在看起来有些匪夷所思,也有着将所有文学现象予以一元化解读的嫌疑,但在客观上却极大地促进了现代主义文学在中国的传播。毕竟,有了现代主义文学实实在在的文本,到底是"六经注我"还是"我注六经",这就由不得"出版说明"或"编选者序"来规定了。你方唱罢我登场的现代主义文学,最重要的一个成果就是将"形式"这样的文学性载体重新送还了读者,也启蒙了作者,为新的文学样式的产生提供了文本和思想资源。在后"文革"时代国家转型的大的历史背景下,"现代主义作为对后革命时代现代化和现代性规划的更为积极的艺术表达,本身是无法脱离社会主义国家意识

---

① 叶立文认为,"政治误读"指的是学者们往往选择政治立场与无产阶级较为接近的现代主义作家进行推介,并不遗余力地赋予其政治正确性;"思想误读"指的是通过马克思主义经典著作来解读西方现代主义文学,使其马克思主义化;"美学误读"指的是借用现实主义的话语资源,对西方现代主义文学加以现实主义化;"历史误读"指的是中国学者将西方现代主义文学与中国五四新文学联系起来,在历史谱系上给予其合法性。参见叶立文《"误读"的方法——新时期西方现代主义文学的传播与接受》,中国社会科学出版社 2009 年版,第 75、136、168、203 页。

② 袁可嘉:《欧洲现代派文学概述》,参见何望贤编选《西方现代派文学问题论争集》,人民文学出版社 1984 年版,第 11 页。

③ 陈焜:《漫评西方现代派文学》,参见何望贤编选《西方现代派文学问题论争集》,人民文学出版社 1984 年版,第 249 页。

④ 柳鸣九:《〈萨特研究〉编选者序》,参见何望贤编选《西方现代派文学问题论争集》,人民文学出版社 1984 年版,第 431 页。

形态而存在的"①，如何与主流意识形态相融合，孕育着"形式意识形态"的现代主义文学，开始了自己的艰难探索。话语策略是适应主流意识形态的必然，同时也是80年代文学议程设置的时代选择，对于全新的社会、生活和文化体验，需要一种新型的文学样式来加以把握和表达，以克服现代性追求中的那种"表意的焦虑"。

二是对技术主义的标举。西方现代主义文学在80年代的传播中，基本上是被作为一种"文学装置"放在技术平台上来考量的。在这个意义上，对西方现代主义文学的译介，与生产领域从西方引进成套设备、流通领域进口新潮的消费品，其实并无二致，皆是"技术崇拜"的结果。李陀在接受查建英访谈时认为，80年代文学有一种强烈的"技术主义"倾向，那个时候的作家都在追求创新，但在创作实践中，大多集中在语言和形式上。李陀本人也曾为这种技术主义的文学创新摇旗呐喊，在《文艺报》发表了《艺术创新的焦点是形式》一文。② 现实主义小说同样具有技术性，但现实主义的文学技法却不是短时间内就能为创作者所掌握的。宏阔的人文知识背景、丰富的人生阅历、对于社会与历史的深刻体悟等，并不是所有作家都可以拥有。即使在80年代文学革新求变的氛围中，也没有人否定欧美现实主义和浪漫主义经典作品的经典性，但要在中国产生托尔斯泰、福楼拜，这样的难度的确太大，而且很容易让人绝望。但在对西方现代主义文学的接受和传播中，却让中国文学界看到卡夫卡、博尔赫斯在中国生根落地的某种可能性。因为，现代派"可以把一种技术抽离出经验的混沌，通过它把时间强行悬置起来，以达到某种形式的自律性和强度"③。文学上向西方看齐，文学的现代化，也在这种"技术主义"的崇拜中成为那个时代的文学冲动。而由于这样的冲动，

---

① 朱羽、张旭东：《访谈：从"现代主义"到"文化政治"》（中文版代序），参见张旭东《改革时代的中国现代主义——作为精神史的80年代》，崔问津等译，北京大学出版社2014年版，第7页。

② 查建英：《80年代访谈录》，生活·读书·新知三联书店2006年版，第284页。

③ 朱羽、张旭东：《访谈：从"现代主义"到"文化政治"》（中文版代序），参见张旭东《改革时代的中国现代主义——作为精神史的80年代》，崔问津等译，北京大学出版社2014年版，第7页。

更使相当一部分作家滋生出这样的创作心理：将技术引入文学生产，使其在形式上屏蔽伦理、政治、文化、价值判断等文学社会学要素，通过技术上的养成和习得，迅速地使自身文学创造能力倍增。对于西方现代主义文学的阐释和接受，也自然而然地成为一种结构、一种形式和一种符号。80年代的现代主义文学想象，既是技术理性时代的一种隐喻，同时也是后发现代性国家的一种国家和民族"寓言"。文学的技术主义响应的是建设现代化的国家总体性，而这个总体性后面是一个东方古老民族重新回到世界中心的集体企望。

后"文革"时代初期的中国对现代主义的接受，其实是作为一个整体概念来看待的。重新打开视野看待世界的中国知识分子，把西方的文化现代性整合为一个具有启蔽功能的特殊装置，希望以此触发中国文学的革命性能量，在文学上拥有和西方世界对话的地位和能力。由于创作主体的能动性，这种可能性的确是存在的。同处第三世界的拉美作家加西亚·马尔克斯获得诺贝尔文学奖，更刺激了浪漫的文学现代化想象。由于对自我主体性的强化和对形式自律性的推崇，"一个新的形式空间和意识形态想象空间"因时而生，这样的空间更进一步强化了"社会总体性本身的动感"和"主体性想象"，"现代主义为这种主体性提供了一个游离于历史时间之外的形式空间，但这个形式空间却恰好为历史时间的发展、重叠、交错提供了一个表达的媒介"。① 80年代先锋文学正是在这个空间中被生产出来的。

第五节　一种标举——先锋的姿态

何谓先锋？这的确是一个问题。在某种意义上说，对先锋的理解不同，范畴也不尽相同。词源学的考察有一定意义，以"先锋"这个词为

---

① 朱羽、张旭东：《访谈：从"现代主义"到"文化政治"》（中文版代序），参见张旭东《改革时代的中国现代主义——作为精神史的80年代》，崔问津等译，北京大学出版社2014年版，第6页。

例，东西方皆是从军事中的术语开始的。① "先锋"就是先头部队的将领。但我们在文学上来说"先锋"，自然只能是一种思想文化意义上的转喻。而要理解文学意义上的"先锋"，自然要回到西方语境中去追问"先锋"一词的来源。在这方面，卡林内斯库已然有清晰的探析与溯源。在《现代性的五副面孔》这部著作中，卡林内斯库对"先锋"一词的辨析，为我们提供了一个理解"先锋"的词源学背景。而且，他是将"先锋"放在现代性的视野下进行考察的，对现代性发生后西方人文语境中的"先锋"有一个提纲挈领的研析，就更有助于我们来认知"先锋"的本质。

在卡林内斯库的"先锋"溯源中，先锋在现代性进程中其实是富于政治含义的，这样的"先锋"概念开始于法国大革命之后，当时即被赋予了激进政治思想。而文学艺术这个领域运用"先锋"这一概念，正是从激进的政治思潮转义而来的。受圣西门的影响，罗德里格斯在《艺术家、学者与工业家》一文中，将"先锋"一词用于表述艺术："将充任你们先锋的是我们，艺术家；艺术的力量是最直接、最迅捷的。"② 受傅立叶思想的影响，拉韦尔认为，判断艺术家的先锋性，必须要与人性去向、人类命运相联系。③ 也就是说，先锋派艺术要关注宏大的人类社会命题。很显然，受到圣西门、傅立叶空想社会主义影响的"先锋"语义，是一种政治激进的乌托邦想象。

文学批评家圣伯夫对于"先锋"这一概念的使用是在比喻意义上的，

---

① 据考察，汉语中"先锋"一词最早出现在《三国志》的《马良传》中，"时有宿将魏延、吴壹等，论者皆言以为宜令为先锋"（参见洪治纲《守望先锋——兼论当代中国先锋文学的发展》，广西师范大学出版社2005年版，第3页）。卡林内斯库的考察发现，法语中的"先锋"（avant-garde）作为一个战争术语在中世纪时即已出现，但政治、文学艺术、宗教意义上的"先锋"，在19世纪前并未始终一贯地使用。这就充分说明，"先锋"的隐喻意义是伴随现代性的发生而被广泛理解的（参见马泰·卡林内斯库《现代性的五副面孔》，顾爱彬、李瑞华译，译林出版社2015年版，第104页）。

② ［美］马泰·卡林内斯库：《现代性的五副面孔》，顾爱彬、李瑞华译，译林出版社2015年版，第111页。

③ ［美］马泰·卡林内斯库：《现代性的五副面孔》，顾爱彬、李瑞华译，译林出版社2015年版，第114页。

但他是"第一人"①。被视为"现代性之父"②的波德莱尔,其文学作品充满了先锋性,但他本人却是极其讨厌"先锋派"这样的概念的。在波德莱尔看来,在军事意义上使用先锋,就意味着"纪律"与"服从"。正是在这个意义上,卡林内斯库肯定了波德莱尔在先锋认知上的先驱价值,因为波德莱尔最早指出了"先锋"文化的困境。③波德莱尔对于"先锋派"这一概念的不屑一顾,其实也预示着当我们将某一文学艺术作品、作家、现象命为"先锋"时,或许本身就是一种扼杀"先锋"的行为。命名意味着一种体制化,这对于"先锋"来说,或许是最为致命的。但不管如何,先锋派所带来的审美精神正是在这种命名与阐释中确立起来的。文学的先锋与政治的先锋,似乎从来都是如影随形。卡林内斯库对"先锋"的知识学考察发现,19世纪70年代以后,在法国以及其他一些拉丁国家,"先锋"与文学艺术话语的联系愈加密切起来,并成为一种"美学极端主义"④。这种美学上的极端就表现在对传统的轻蔑和对新事物的崇拜上。由此,"先锋"概念开始了"历史化"的过程,当然也开始了"歧义性"的历程。所以,卡林内斯库对于"先锋"的考察也给出了一个并不那么明确的结论。他认为,对于文学艺术风格的塑造而言,先锋派的价值不言而喻。因为,先锋派是时代的艺术先驱,不断创造新的表现形式并使其泛化为一种普遍化的文学艺术形式,是先锋派当然的职责和使命。但卡林内斯库同时也指出:"文化意义上的先锋一词的历史——我仅简略述及过——却与此相反。先锋派并没有宣扬某种风格;它自己就是一种风格,或者不如说是一种反风格。"⑤卡林内斯库对"先锋"的知

---

① [美]马泰·卡林内斯库:《现代性的五副面孔》,顾爱彬、李瑞华译,译林出版社2015年版,第117页。

② [法]安托瓦纳·贡巴尼翁:《现代性的五个悖论》,许钧译,商务印书馆2013年版,第52页。

③ [美]马泰·卡林内斯库:《现代性的五副面孔》,顾爱彬、李瑞华译,译林出版社2015年版,第119页。

④ [美]马泰·卡林内斯库:《现代性的五副面孔》,顾爱彬、李瑞华译,译林出版社2015年版,第127页。

⑤ [美]马泰·卡林内斯库:《现代性的五副面孔》,顾爱彬、李瑞华译,译林出版社2015年版,第128页。

识学考察表明,先锋话语的形成其实是一个"历史化"的过程。

何种意义上的革新算得上先锋?需要理论的支持。贡巴尼翁敏锐地意识到:对于先锋的界定,"历史化"的过程就是一个"理论化"的过程,"先锋派试图借助于理论来保证自己的未来。"[①] 贡巴尼翁在这里提醒我们,"先锋"需要不断地进行阐释,其先锋性不是一个自明的概念,而是一个被用于理论推演的对象。也就是说,有什么样的先锋理论,也就有什么样的先锋派。

奥尔特加所理解的先锋是"非人化",是一种反传统的倾向并不断地与普通大众渐行渐远的"艺术家的艺术","他们明目张胆地把实在变形,打碎人的形态,并使之非人化"[②]。同样,在阿多诺的"否定美学"体系中,由于对资本主义社会拜物教异化功能的强烈批判,阿多诺对于先锋派的肯定,其中一个重要原因就在于它的"非人化","惟独艺术的非人化道出了它对人类的诚意"[③]。后现代主义哲学家利奥塔对于先锋的理解,也基本上遵循反传统、反现实的理路。在他看来,先锋艺术家的价值正是在于用艺术上的"非人"来抵抗资本主义对人的异化,因为,"放纵的非人力量"对于制度化与理性精神具有超强的破坏力和威胁性。[④] 从奥尔特加、阿多诺、利奥塔对于先锋的"非人化"的推崇,似乎可以看到西方学者眼中先锋的一个最为重要的特征——以先锋的姿态对抗资本主义社会对人的异化,"非人"其实就是回到人的本真,而不是已经制度化的那个"人"。显然,西方的先锋派亦是被赋予了启蒙色彩的,尽管它是以激烈的反抗姿态出现的。

就先锋派理论建构而言,雷纳托·波吉奥利(亦译为波焦利)和彼得·比格尔是两位重要的人物,他们都曾出版过名为《先锋派理论》的

---

① [法]安托瓦纳·贡巴尼翁:《现代性的五个悖论》,许钧译,商务印书馆2013年版,第72页。
② [西]何塞·奥尔特加·伊·加塞特:《艺术的非人化》,周宪译,参见周韵主编《先锋派理论读本》,南京大学出版社2014年版,第158页。
③ [德]阿多诺:《美学理论》,王柯平译,四川人民出版社1998年版,第338页。
④ [法]让-弗朗索瓦·利奥塔:《非人——时间漫谈》,罗国祥译,商务印书馆2001年版,第5页。

著作。波吉奥利说自己的理论"是把先锋派艺术作为一个历史概念和思想倾向的核心来探讨"①。基于这样的理论建构主旨,波吉奥利考察了先锋派的历史脉络。他考察发现,先锋概念起源于法国。波吉奥利认为,法国先锋派出现的最初,政治上和艺术上的激进主义曾经结盟,并且平行发展,但在19世纪末分而行之,先锋概念仅仅只是作为政治的修辞,而文学艺术上的先锋开始活跃起来。波吉奥利一方面看到先锋派与大众的隔膜,他们的艺术实践不与大众合作,让大众产生敌意;但在另一方面,先锋派其实对现实也有相应的妥协,与"官方文化"和"一部分公众"实现了和谐相处。先锋派也由此衍生了"时尚"和"俗套"。正是因为屈从于时尚这样的"趣味社会学",先锋的形式变成"陈词滥调""庸俗之物"成为必然。② 马克思主义批评家卢卡契对于波吉奥利影响颇深,由于卢卡契的影响,对于异化与先锋派,波吉奥利同样进行了深入探讨,而且成为他先锋理论的一个重要部分。所以,波吉奥利认为:"先锋派不仅是一种否定的文化关系的直接表现,而且也是在该文化秩序中导致这种分离的人与社会状况的表现。"③

彼得·比格尔的《先锋派理论》最为核心的关键词是"艺术体制"。他正是从这个理论原点出发建构先锋派理论的。比格尔认为先验性的艺术概念并不可靠,只有对艺术体制进行"精确的""历史化的"考察,才能获得对于艺术本质的科学认知。④ 比格尔念念不忘的"艺术体制"是从两个方面来认识的:一是生产性(亦包括分配性)的体制,二是思想性的体制。艺术是社会的子系统,不论是具象意义上的艺术,还是抽象意义上的艺术,艺术体制在其中皆有决定性的影响。比格尔从艺术体制的角度切入近代以来的西方艺术并将其划分为三大类——"即宗教艺术、

---

① [意]雷纳托·波吉奥利:《先锋派三论》,周宪译,参见周韵主编《先锋派理论读本》,南京大学出版社2014年版,第52页。
② [意]雷纳托·波吉奥利:《先锋派三论》,周宪译,参见周韵主编《先锋派理论读本》,南京大学出版社2014年版,第58—65页。
③ [意]雷纳托·波吉奥利:《先锋派三论》,周宪译,参见周韵主编《先锋派理论读本》,南京大学出版社2014年版,第75页。
④ [英]约亨·舒尔特-扎塞:《现代主义理论还是先锋派理论》(英译本序言),参见[德]彼得·比格尔《先锋派理论》,高建平译,商务印书馆2002年版,第40页。

宫廷艺术、资产阶级艺术"①。在比格尔看来，"供养人"制度催生了"宗教艺术"和"宫廷艺术"，"资产阶级艺术"则是"供养人"制度土崩瓦解之后的产物，"艺术自律"就是在这样的历史进程中被确立起来的。因此，"艺术自律是一个资产阶级社会的范畴"②。通过对艺术自律概念的历史化分析，比格尔指出了"艺术自律"的意识形态属性，正是这种"意识形态"使得艺术脱离了具体的生活实践，同时也在这种分离中被"实体化"，而这正是"艺术'本质'发展的结果"③。毫无疑问，对"自律"这个资本主义社会的艺术体制的否定，是西方先锋派兴起的重要原因。艺术的个性化生产与接受、艺术对生活实践的疏离等被"艺术自律"高度认同的要素被先锋派彻底否定，"先锋派要废除自律艺术，从而将艺术与生活实践结合起来"④。但先锋派是否真的在特立独行的艺术狂热中驱逐了"艺术自律"呢？实际上的情形恐非如此。B. 林德纳（B. Lindner）即认为，先锋派艺术实际上也是具有高度自律性的，它与其他社会领域总是保持着对立和隔膜状态，而先锋派艺术的意义也正是在这种对立与隔膜中获得的。所以，先锋派并不是要彻底废除艺术体制，亦无与"自律"这一资产阶级意识形态彻底决裂的欲求，先锋派"是一个在同一意识形态层面上的逆转现象"⑤。先锋派在反"艺术自律"的同时也确立了另外一种艺术自律，只不过，先锋派的"自律"并不是来自艺术作品本身的自律以及艺术体制上的自律，它主要是"伦理意义上的审美自律"⑥。

作为一种文化或思想的先锋，由于其概念的开放性，在西方其实也一直是存在多义性的。纷繁复杂的文学艺术实验，更使得先锋的形态和姿态不尽一致，对于先锋的理解莫衷一是。但总体来看，西方语境中的

---

① 冯黎明：《艺术自律：审美现代性的思想资源》，《江汉论坛》2014 年第 1 期。
② [德] 彼得·比格尔：《先锋派理论》，高建平译，商务印书馆 2002 年版，第 117 页。
③ [德] 彼得·比格尔：《先锋派理论》，高建平译，商务印书馆 2002 年版，第 117 页。
④ [德] 彼得·比格尔：《先锋派理论》，高建平译，商务印书馆 2002 年版，第 125—126 页。
⑤ [德] 彼得·比格尔：《先锋派理论》，高建平译，商务印书馆 2002 年版，第 192 页。
⑥ 刘海：《艺术自律与先锋派——以彼得·比格尔的〈先锋派理论〉为契机》，《文艺争鸣》2011 年第 11 期。

先锋，其鲜明的特征就是对于"体制"的反拨，以及对于"异化"的抵抗。也正是因为这样的原因，以激进、张扬、叛逆的面目出场往往会成为先锋派的"标配"。所以，文学艺术意义上的先锋，既有强烈的思想特征，又有鲜明的行为特征。在思想特征上，对于自由的激情追求是先锋性的第一要义。从这一要义出发，先锋是一个宽泛的概念。卡林内斯库指出，"先锋"这个有着军事内涵的词向文学艺术领域的泛化，正是因为先锋派的"战斗意识"、永不停歇的艺术探索的勇气、打破传统战胜传统的强烈信心，以及对于"不遵从主义的颂扬"。[①] 很显然，先锋政治就是自由政治，在政治意识形态上，广义的"政治自由主义"是先锋的思想根源，所以尤奈斯库说"先锋就是自由"[②]。而在行为特征上，先锋往往被视为一种行动，它需要一种形式化、符码化的载体来承载激进的艺术思潮。因此，在美学意义上，先锋体现为一种美学极端主义，先锋突破了既有传统的先验性，用艺术行为为自己立法。一种新的美学知识被先锋艺术创造，并在不断地阐释中被经典化。

中国文学艺术领域中的先锋思潮是一个舶来品。近代以来，中国被纳入了现代性的历史进程，"现代"显然不是一个中国知识学概念，而是一个纯粹西方化的知识学概念。兰波所说的"必须绝对地现代"[③]，其实完全可以理解为现代性泛化的一种诗学表达。"现代"是人类社会的一个必然的方向，近代以来的世界图景，总体上就是一个现代性不断"殖民"的过程。在这样的"殖民"过程中，现代性的知识体系自然不断地被传播，进而改变了后发现代性地区的人文知识话语，先锋文化正是在这样的人文交流中得以扩散的。当然，对于后发现代性的国家和地区来说，其实更多地体现为一种现代性的驯化。近代以后"睁开眼看世界"的中国知识分子，从技术层面的设想（如魏源的"师夷长技以制夷"、张之洞的"中学为体，西学为用"）到文化层面的设计（如胡适的"充分世界

---

① [美] 马泰·卡林内斯库：《现代性的五副面孔》，顾爱彬、李瑞华译，译林出版社2015年版，第101页。
② [法] 尤奈斯库：《论先锋派》，参见《法国作家论文学》，王忠琪等译，生活·读书·新知三联书店1984年版，第579页。
③ [美] R. S. 弗内斯：《表现主义》，艾晓明译，昆仑出版社1989年版，第90页。

化"），实际上就是一个接受现代性"殖民"的过程。20世纪30年代，中国曾经发生过"全盘西化"派和"中国本位文化"派的文化论战，但两派最终统一于"最低限度的共同信仰"，即用"现代化"的主张来调和各执一词的"中国化"或"西化"。① 先锋艺术也正是在这个现代性的总体趋势中被引入中国并被接受的。

关于中国先锋话语的考察，绝大多数学者的时间起点都定格于20世纪70年代末。这样的"先锋时间"指认，无疑来源于一种先验的艺术政治理想。艺术批评家高名潞认为，20世纪70年代晚期出现的被视为"异类"的中国先锋派是"将政治和社会结构向着更为进步的方向推进"②。文学批评家张清华也认为，"中国先锋文学的前引"始于20世纪六七十年代的地下诗歌。③ 这样的指认，很显然是对于后"文革"时代中国融入世界的"政治正确"的艺术化阐释。但从先锋派与现代性的历史渊源和思想纠缠来看，这样的"先锋时间"指认又是相当令人生疑的。如卡林内斯库所指出，如果从历史性这样的角度来考察，先锋派的特性总是被广义上的现代性概念所包孕着。④ 现代性的知识体系并非在20世纪70年代才来到中国，在1949年前，现代性的激情和梦想同样弥漫于中国社会和文化结构中。鲍曼所理解的"现代性"无疑符合中国现代性的实际。鲍曼认为，"现代性的历史"反映了社会存在与文化之间一以贯之的紧张状态，所以，现代性在文化特征上其实是充满了自反性的，也是充满了冲突和不和谐的，但"这种不和谐恰恰正是现代性所需要的和谐"。⑤ 如果在更宽泛的意义上看待中国先锋派历史，中国的"先锋时间"自然可以向前推进。唐小兵认为，20世纪30年代的现代木刻运动，其实最为充

---

① 李韦：《在"全盘西化"与"中国本位文化"之间——以胡适为中心的探讨》，《理论学刊》2010年第2期。

② ［美］唐小兵：《试论中国现代当代艺术史中的先锋派概念》，朱羽译，《杭州师范大学学报》（社会科学版）2012年第3期。

③ 张清华：《中国当代先锋文学思潮论》，中国人民大学出版社2014年版，第31页。

④ ［美］马泰·卡林内斯库：《现代性的五副面孔》，顾爱彬、李瑞华译，译林出版社2015年版，第102页。

⑤ Zygmunt Berman, *Modernity and Ambivalence*, Cambridge: Polity, 1991, p.10. 译文参见周宪《现代性的张力——现代主义的一种解读》，《文学评论》1999年第1期。

分地体现了"先锋"的含义,即"在艺术与生活之间导入新的关系、进行新的实验"①。而柯提斯·L.卡特对于中国先锋艺术的考察更认为,在20世纪刚刚启幕后的10年时间里,中国的先锋派艺术就已经出现了。②当然,20世纪30年代的现代主义文学思潮,其异质性也同样是可以在先锋性上得到指认的,而且初步确立了中国文学在现实主义之外的另外一种可能性。而20世纪70年代晚期到80年代,先锋意识的萌生和泛化,毫无疑问是一元化政治话语中现代性的"复苏"。改革开放之后,西方现代主义(后现代主义)知识话语的汹涌进入,更对中国先锋话语塑形产生了深刻影响。伴随现代性知识体系和现代化的中国社会进程而确立起来的中国先锋话语,和西方先锋派的政治自由追求具有同质性。这里所说的政治并不对应政治制度,而是一种广义上的文化政治,先锋话语所追求的正是一种文化政治的自由。"文革"时期的地下文学被学者指认为中国80年代先锋话语的前奏,也正是基于其文化政治自由追求这样的精神特征的。同样,西方先锋派在美学上的极端主义也被中国先锋派所接受,由于泛政治大一统的传统文化和政治意识形态的一元化,形式自由这样的先锋姿态更容易成为先锋派的表达策略。也因此,在1985年前后,戏剧、美术、诗歌、小说等创作,都呈现出先锋的"共同性嬗变"。诗歌是以大量的"实验诗"为代表,美术以"八五美术运动"为标志,小说则以残雪、马原、莫言的小说为肇始。相对而言,先锋戏剧创作的探索实验还更早一些。

80年代先锋戏剧的出现,以1982年高行健和林兆华合作的《绝对信号》作为标志。《绝对信号》是中国首部小剧场话剧,在当时连演百余场,引起了圈内的极大关注。《绝对信号》是中国先锋实验戏剧的拓荒之作。在80年代先锋戏剧创作中,高行健无疑成就最大。他80年代的剧作,如《绝对信号》《车站》《独白》《野人》等,显示出强烈的实验色彩。他强调演员与观众在剧场空间的交流,强调话剧本身的表演性,提

---

① [美]唐小兵:《试论中国现代当代艺术史中的先锋派概念》,朱羽译,《杭州师范大学学报》(社会科学版)2012年第3期。

② [美]柯提斯·L.卡特:《那时与现在:中国当代艺术中的全球化与先锋派》,安静译,《社会科学战线》2013年第6期。

出"完全的戏剧"的概念,借鉴各种表演艺术,将叙述的表现方法引入戏剧,追求演出的开放与自由,探索戏剧的复调结构等。在80年代,林兆华、牟森等人也进行了先锋戏剧实验。《绝对信号》《车站》《野人》就是高行健与林兆华合作的。牟森是国内独立戏剧制作第一人,创立了蛙实验剧团和戏剧车间。目前国内实验话剧的领军人孟京辉则在80年代末进入中戏开始研究生学习。[1] 在80年代,传统戏剧奉为圭臬的"三一律"被先锋戏剧抛弃,"离经叛道"成为先锋戏剧最鲜明的特点。

后"文革"时代开始后,美术领域即开始了先锋探索。1976—1984年,在"学院写实主义""学院形式主义"之外,以"星星"和"无名"为代表的"在野"的业余画家群体颇为令人关注,其先锋性主要体现于"新的人性价值"的"新奇表现方式"。进入1985年,中国美术界出现的"85美术运动",使中国美术界先锋、前卫的艺术实验获得更大范围的释放。全国各地涌现出数十个青年画家群体性画展,许多是民间自发的。这一场以"新思维""新时代""新空间"等为主题话语的美术领域的"观念更新"运动,把艺术的触角伸向了"非艺术甚至是反艺术的领域"。[2]

在80年代的文学领域,语言与叙事的先锋价值获得了极大的认同。"语言作为自足的存在,它的自我主张构成了社会政治表达的中介"[3]。"现代化"的国家民族向往和现代性的西方知识驯化,使得自律性(或半自律性)的先锋话语场域得以形成;市场法则的不断侵入,使得日常生活秩序被重整。这样的重整同样代入了人与世界想象性关系的调整,"写作与语言"这对关系在文学创作中得到了更为充分的确认,社会、历史、现实、意义等以往施加于文学的既定阐释话语失去了规制功能,从而走向解体。[4] 这样的变化当然会分化文学知识话语,在现实主义的文学成规

---

[1] 周文:《中国先锋戏剧批评》,中国广播电视出版社2009年版,第12—59页。
[2] 高名潞:《"八五美术运动"的"玄想"叙事——基于个人批评实践的反思》,《文艺研究》2015年第10期。
[3] 张旭东:《改革时代的中国现代主义——作为精神史的80年代》,崔问津等译,北京大学出版社2014年版,第144页。
[4] 谢有顺:《先锋就是自由》,山东文艺出版社2004年版,第11页。

和叙事程序面前,文学创作的代际冲突不可避免。

先锋小说家显然属于"晚生代",在他们前面横亘着早已经典化的来自西方的古典主义和现代主义的无数大师,这是他们难以逾越的。但更为现实的阻隔是,这些年轻作家又缺乏"知青作家"身上与历史融为一体的悲欢离合。因此,他们"永远摆脱不了艺术史和生活史的晚生感"[①]。这种"晚生感"必然带来文学意义生产的焦虑,借助美学上的极端主义来为自己立法,成为晚生代作家的一种话语争夺策略。在对1987年的先锋文学作品进行评析时,陈晓明就指出了这种"晚生感"所带来的创作变化。这些作家对于"晚生感"充满了焦虑,急于通过形式化的艺术表达对自我身份予以标注。因此,他们对于传统小说观念总体上是拒斥的,表现出迥异于传统小说家的写作风格,如语言的修辞策略更为讲究、角色在先锋小说中受到压制、情节亦被淡化处理、寓言化写作受到热捧等。[②]

在诗歌领域,由地下诗歌始,从"朦胧诗"的兴起,再到"第三代"诗人群体的"诗学挑衅",我们也能看到这种"晚生感"的弥散。"朦胧诗"一代诗人的精英意识、英雄情结以及对于家国民族的宏大诗学想象,就被"第三代"诗人群体大加鞭挞,"打倒北岛""PASS舒婷"成为一种诗学造反口号。1986年《诗歌报》与《深圳青年报》的诗歌大展,就是对"朦胧诗"以来诗学观念的颠覆和置换。从"莽汉主义""非非主义""野牛派""霹雳诗""三脚猫""离心原则""四方盒子"等命名与标榜中即可看出强烈的先锋叛逆情绪。[③]

先锋派在中国文学艺术领域的出现,一个极为重要的契机就是:随着世俗生活、商品经济、个人主义在整个社会的日益弥散,"国家权威话语无力再提供凌驾一切的内聚力或一致性"[④],"意识形态弱化"和"文

[①] 陈晓明:《最后的仪式——"先锋派"的历史及其评估》,《文学评论》1991年第5期。
[②] 陈晓明:《最后的仪式——"先锋派"的历史及其评估》,《文学评论》1991年第5期。
[③] 罗振亚:《二十世纪中国先锋诗潮》,人民出版社2008年版,第8—9页。
[④] 张旭东:《改革时代的中国现代主义——作为精神史的80年代》,崔问津等译,北京大学出版社2014年版,第150页。

学向内转"成为先锋派登上历史舞台的两大基石。① 在文学观念上,"怎么写"僭越了"写什么"的内容决定论,形式的意义受到了推崇。"现代主义""现代派""前卫""新潮""后新潮""实验""探索"等词语,在 20 世纪 80 年代的中国艺术氛围中,始终存在着一种激进主义的创新追求,这种激进主义的文化思潮就是 80 年代文学艺术领域中的先锋性。

尽管 1985 年集中出现的"新潮小说"可以作为先锋文学的发端,但"新潮小说"事实上和"先锋文学"并不是完全可以对等的概念。陈晓明认为,"85 新潮"由两种不同风格的小说构成,一是寻根文学(以韩少功、李杭育、阿城等人为代表),二是现代派(以刘索拉、徐星为代表)。"85 新潮"之后,"先锋派"这样命名才出现。② 即使《人民文学》和《收获》等知名文学期刊当时都刊发不少我们今天认定的先锋作家的作品,但"先锋文学"这样一个统筹性的概念,在 1988 年之前是没有的。1988 年 10 月 12 日至 10 月 16 日,由《文学评论》和《钟山》编辑部联合筹备,在江苏太湖召开了"现实主义与先锋派文学研讨会"。此次会议被认为是对于"先锋文学"的首次正式命名。进入 1989 年之后,"先锋文学""先锋小说""先锋派"这样的名称被广泛使用。比如吴亮的《向先锋派致敬》(《上海文论》1989 年第 1 期),朱大可等人的《保卫先锋文学》(《上海文学》1989 年第 5 期),陈晓明、王宁的《后现代主义与中国先锋小说》(《人民文学》1989 年第 6 期)等,在这些学者的文章中,"先锋文学"的概念与今天文学史书写中的"先锋文学"已经大体一致,即把精神反叛、形式实验这样的特征作为先锋文学命名的基础。而在此之前,"××小说"这样的命名成为先锋文学探索过程中的不同称谓,这种命名规则既有整体性的,如新小说、探索小说等,也有表象性的,如魔幻现实主义、结构主义小说等。③ 尽管"先锋"用来命名新时期

---

① 陈晓明:《中国当代文学主潮》,北京大学出版社 2015 年版,第 341 页。
② 陈晓明:《无边的挑战——中国先锋文学的后现代性》,中国人民大学出版社 2015 年版,第 3—4 页。
③ 在"先锋文学"概念确立之前的名称主要有:新小说、探索小说、实验小说、现代派小说、新潮小说、魔幻现实主义、结构主义小说、荒诞派小说、象征主义小说、意识流小说、后现代主义小说等。参见李建周《先锋小说的兴起》,中国社会科学出版社 2014 年版,第 5—6 页。

文学的某一种精神特征在80年代后期才达成共识，但先锋性的标举其实是一直存在的，而且成为80年代中国文学的一种特别的"魅惑"。南帆在1988年指出了这种巨大"魅惑"的根源所在——在特殊历史时期中的压抑与停顿，使得中国文学与世界文学水平的差距越拉越大。正是这样的巨大反差为先锋作家顺利登场提供了历史契机，更由于当时中国文学"整体上的单调和贫乏"，"即便是小小的艺术创造也能赢得整个文学界的注目"[①]。正是在80年代特殊的语境中，先锋文学"形式意识形态"的价值得到了确认。80年代先锋文学的"吹鼓手"吴亮2008年接受访谈时依然认为，先锋文学与政治其实是联系密切的，"它的形式感、探索性，甚至是模仿性，它本身就是一种政治，它在开拓一种空间，开拓一种'异质'表达的空间"[②]。

[①] 南帆：《先锋文学与大众文学》，《文艺理论与研究》1988年第3期。
[②] 吴亮、李陀、杨庆祥：《80年代的先锋文学与先锋批评》，《南方文坛》2008年第6期。

第 二 章

80年代先锋文学的历史谱系

  对历史的书写当然是一种理性的"马后炮"式的阐释行为。历史事件和历史时间本身并不是依赖某种编纂原则来进行的。由于文学本身的感性、偶然性特征，文学史的书写更面临着这样的悖论——当我们以社会学的法则去观照文学发展史，这其中就必然包含着某种强行植入文学进化论的嫌疑。尽管如此，在对具体文学现象进行研究时，我们依然需要依赖历史语境，否则，就将陷入一无所获的历史虚无之中。詹姆逊即喊出了"永远历史化"这一"绝对的口号"，他同时还提供了"历史化操作"的策略——在客体研究和主体探索上同时着手开掘，超越概念和范畴，在"历史根源"的梳理中把握"难以捉摸的历史性"。[1] 就笔者的理解，在20世纪80年代的具体历史语境中，先锋文学和众多文学思潮一样，其实就是那个时代的一种精神现象。在研究的意义上，将文学置换为某种精神现象学，把文学价值转换为某种精神价值，其实不失为有效的学理路径。任何一种精神现象都不可能是瞬间生成的，都会有丝丝缕缕的迹象提示其精神源流。尽管众多文学史文本书写将"85新潮"作为先锋文学兴起的标志，但若将先锋文学作为文学创作突破"禁忌"，并在形式上打破现实主义文学成规压制的一种反抗姿态和自由精神，中国当

---

[1] ［美］詹姆逊：《政治无意识》，王逢振、陈永国译，中国社会科学出版社1999年版，第3页。

代先锋文学的历史则可以向前延伸。① 由此，本章将沿着从"地下文学""朦胧诗""意识流小说""寻根文学"到先锋"形式实验"这个历史脉络考察20世纪80年代中国先锋文学的历史谱系。

第一节 地下文学的先锋萌动

作为一种精神价值创造活动，文学创作当然会受到外在因素的影响，比如文化的专制、政治的高压、时代的禁锢，都有可能对文学产生重大影响。但另一方面，文学创作本身是一种主体性选择，天然地蕴含着自由意志，身体所处的具体社会环境与心灵所憧憬的精神世界，又可能充满着强烈冲突。这种强烈的冲突，同样会对文学史产生重大影响。

后"文革"时代开始后，"走向历史原在"还是"全新结构历史"②，一直是当代文学史书写的两难处境。考察20世纪80年代以来的当代文学史，在如何对待"文革"文学上，本身也是一个不断思想解放的过程。③"文革"文学的入史，除了学科自律的合法性之外，其实还有着一个重要的认识论策略——不再将"文革"文学视为一个被政治判定的整体性概念，而是把"文革"期间的主流文学与非主流文学分而论之。这样一来，以文化法西斯主义面目出现的"文革"主流文学就成为一种特别的研究

---

① 张清华教授的观点对于笔者的研究有很大启迪。他在论及中国先锋文学的历史时认为："我所理解和阐释的'先锋文学'不是单指20世纪初期的'朦胧诗'，也不只是1985年或1987年前后两个波次的'新潮小说'与'试验小说'的现象，而是从中国当代文学和整个新文学的历史大逻辑出发所梳理的一个流脉，一个以启蒙主义为内核，以现代性的价值标尺为指向，以现代主义（或接近现代主义）表现方法与文本追求为基本载体，以一个不断幻形和递变的系列文学现象为存在形式的文学与文化的变革潮流。这样一个潮流当然不是横空出世的，而是有着深远的精神踪迹与思想根基的，有着其'地火'或'冰山'的前史，有着可发掘的历史源头。"参见张清华《自序：个人记忆与历史遗产》，《中国当代先锋文学思潮论》，中国人民大学出版社2014年版，第3页。

② 席扬：《关于"文革文学""文学史叙述"的历史变迁——以五部中国当代文学史为例》，《广西社会科学》2008年第6期。

③ 席扬将"文革"文学入史的过程分为四个阶段：其一，"一笔抹杀"阶段（"空白论""废墟说"）；其二，"替代叙述"阶段；其三，"等级划分"阶段；其四，"真正面对"（即"学术化"）阶段。参见席扬《关于"文革文学""文学史叙述"的历史变迁——以五部中国当代文学史为例》，《广西社会科学》2008年第6期。

对象，而"文革"期间潜涌于地下的文学则作为"文革"文学的另外一个重要部分被彰显出来。"地下文学"在中国当代文学史书写中也得到越来越多的认同。

"地下文学"这一概念其实有着相当的歧义性，在学者的表述中，与其语义交叉的概念不少。洪子诚从"异端因素"和写作的"半秘密或秘密"状态来解析"文革"的"地下文学"世界。[①] 孟繁华、程光炜以"隐秘的文学世界"来表述"地下文学"，认为文化专制在制造文学世界分裂的同时，也孕育出了文学的"异质力量"。[②] 杨健将"文革"文学的主流称之为"遵命文学"，将"文革"非主流文学命名为"地下文学"。[③] 董健、丁帆、王彬彬在"文革"文学这个概念之下分列了"显流文学"和"潜流文学"[④] 两个子概念，"潜流文学"指的就是地下状态的"文革"文学。陈思和则将"在当时客观环境下不能公开发表的文学作品"命名为"潜在写作"[⑤]，"潜在写作"这一概念对于时间长度进行了相应延展，也就是说，在陈思和提出的"潜在写作"概念中，1949—1976年处于地下状态的写作皆可以划入其中。"地下文学"这一概念接受者虽然众多，但同样面临着一个问题，即忽视了文学文本之间的差异性。在杨健的《1966—1976的地下文学》中，"地下文学"就是一个外延很大的概念，所以，红卫兵文艺、知青歌曲、旧体诗词、黄色文学、知青文学、监狱写作、地下文学沙龙写作等混合在一起，变成了一个无所不包的泛概念。这样一来，"地下文学"和"遵命文学"的对峙性也就大大消解了。"潜在写作"固然延展了"地下文学"的历史考察长度，却失去了"潜在写作"本身在特殊历史时段的文学政治含义。因此，有必要对本文使用的"地下文学"概念进行重新定义。被笔者纳入中国当代先锋文学历史谱系考察的"地下文学"，指的是在极"左"政治环境中坚持自由创作，在文学意识和文学形式上对当时的主流文学有着鲜明拒斥的、对于

---

① 洪子诚：《中国当代文学史》，北京大学出版社2016年版，第226页。
② 孟繁华、程光炜：《中国当代文学发展史》，北京大学出版社2015年版，第195页。
③ 杨健：《1966—1976的地下文学》，中共党史出版社2013年版，第1页。
④ 董健、丁帆、王彬彬：《中国当代文学史新稿》，人民文学出版社2005年版，第220页。
⑤ 陈思和主编：《中国当代文学史教程》，复旦大学出版社2005年版，第12页。

新时期文学思想启蒙和审美启蒙有着"前引"意义的文学作品和文学现象。对于"地下文学"的指认可以从创作状态、作品本体两个层面进行。在创作状态层面，是指作家当时处于不相容于主流或被遮蔽和放逐的环境之中；在作品本体层面，它透露出来的思想是"独立的"和"异端的"，它在艺术表现上也是"前卫的"甚至是开创性的。[①]简言之，本书所考察的"地下文学"，最重要的选择标准就是异质性。因为，先锋派追求的就是异质性。"形式意识形态"的异质性，其萌发的基础需要思想的异质性。具体到中国语境中，从与先锋话语相关的角度来溯源，无疑是指那些有一定现代主义意识（哪怕是萌芽状态）的文学作品。

"文化大革命"时期，青年人对于国家和民族饱含着热情，他们对信仰有着无比的执着，他们的人生理想也曾充满革命浪漫主义的斑斓色彩，但无情的社会现实和残酷的人生境遇，使他们的革命热情日渐消退，对政治、社会、人生等有了更多自己的思考。"上山下乡"运动造就的知识青年群体，由于生活场域的转换，与政治中心话语有了一定程度的疏离，一些具有独立思考能力的知青，对于自己身处的时代有了理性的思考。一些青年在身体和心灵的疯狂之后，开始打量身边不可理喻的世界，困惑感愈发增强。未曾消失的政治想象，英雄主义的时代热情，难以自抑的青春幻灭，使得"地下文学"成为一部分青年知识分子对于那个时代的诗学隐喻。

从先锋性这个研究视角回溯"地下文学"，"地下文学"的三个特征尤其值得我们去关注：人性本位、诗性政治、文本探索。

一 "地下文学"的人性本位

新时期文学的一个显著特征就是"人"在文学中的地位得到了重新的确认。"文学即人学"再度成为新时期文学的一个富于启蒙色彩的响亮口号。20世纪80年代中国人文思潮中鲜明的"人学"启蒙，当然不可能旗帜鲜明地出现于"地下文学"中，但通过对"地下文学"具体文本的

[①] 李润霞：《关注边缘，重写诗史——从"文革地下诗歌"的概念谈起》，《江汉论坛》2008年第8期。

细读，我们不难发现：恢复人的本性，张扬个体价值，其实是"地下文学"主体性的重要体现。

在高度一元化的极"左"思潮下，个体意义上的"人"其实是被漠视的。人格政治化，生活政治化，是极"左"年代中国人生活的常态。在这样的制度规训下，高度服从的、集体化的、抹去个性的"人"，其实就是政治总体化的结果。尽管一度被遮蔽，但"地下文学"还是进入了当代文学史的书写，而且有着并不算低的评价，一个重要的原因就是——"地下文学"在万马齐喑的环境中强调的是个体的人、个性的人。与80年代思想解放语境中的"人学"启蒙相联系，"地下文学"中的人性本位尤其值得尊敬。

食指那首著名的《相信未来》之所以在知青中广泛流传、激动人心，就在于这首诗中"我"这个抒情主体确凿地存在，"我要用手指那涌向天边的排浪/我要用手掌托起那太阳的大海/摇曳着曙光那枝温暖而漂亮的笔杆/用孩子的笔体写下：相信未来//我之所以坚定地相信未来/是因为我相信未来人们的眼睛/她有拨开历史风尘的睫毛/她有看透岁月篇章的瞳孔"（食指《相信未来》）[1]。这样的诗句犹如暗夜里闪亮的星星，也因此，《相信未来》成为启蒙无数青年的诗歌文本。

再来看食指当时影响广泛的另外一首诗《这是四点零八分的北京》——"这是四点零八分的北京/一片手的海浪翻动/这是四点零八分的北京/一声尖厉的汽笛长鸣//北京车站高大的建筑/突然一阵剧烈地抖动/我吃惊地望着窗外/不知发生了什么事情//我的心骤然一阵疼痛，一定是/妈妈缀扣子的针线穿透了心胸/这时，我的心变成了一只风筝/风筝的线绳就在妈妈的手中//线绳绷得太紧了，就要扯断了/我不得不把头探出车厢的窗棂/直到这时，直到这个时候/我才明白发生了什么事情//一阵阵告别的声浪/就要卷走车站/北京在我的脚下/已经缓缓地移动//我再次向北京挥动手臂/想一把抓住她的衣领/然后对她亲热地叫喊/永远记着我，妈妈啊北京//终于抓住了什么东西/管他是谁的手，不能松/因为这

---

[1] 食指：《食指诗选》，人民文学出版社2000年版，第10页。

是我的北京/这是我的最后的北京"①。在知识青年"上山下乡"的运动中，国家意志和青春狂躁的混合使得这场运动在年轻人的心中崇高而悲情，食指诗歌的重要意义在于，他用"一个北京时间"定格了那场被政治运动裹挟的一代人的疼痛与迷茫，而他的体验不是"广场"体验，而是"一根针"带来的疼痛，"我"的意义在国家主义和政治威权的缝隙中艰难生长。

食指在地下诗人中地位很高，也正是由于他的诗歌成为那一代人的精神营养。② 同时，尽管在残酷的政治环境中，他的诗歌却没有像其他诗人的作品一样被禁绝，所以影响最为巨大。诗人、评论家陈超指出，食指的诗歌能成功躲过严苛的政治网罗过滤，皆在于他的"双声话语"③，食指的"未来"和"理想"没有明确所指（红色话语中也对这一类概念念念不忘），而食指诗歌对于人生挫败和困惑的表达并未体现出直白的抗争。因此，当时主流意识形态的审查也就将食指定性为"一个小小的灰色诗人"④ 而已，食指诗歌由此获得了意想不到的公共空间。"人"的价值和尊严在这个意外的空间中得到张扬。更何况，在那样的政治氛围中，"相信未来"又何尝不是对诗人身处"现在"的否定？⑤ 正像"白洋淀诗人"宋海泉所指出的：正是食指使诗歌向人性复归，阶级性对于诗歌不再具有控制性的支配作用，诗的尊严、人的尊严、个体独立在食指的诗歌中获得了自身的价值。⑥

而"X小组"的诗人郭世英（郭沫若之子），由于家庭的原因，对于主体性的诗性思考更早也更为自觉。郭世英曾说："一种理论是不是真

---

① 食指：《食指诗选》，人民文学出版社 2000 年版，第 47—48 页。
② 食指被认为是"真正、也是唯一带着作品从 60 年代进入 70 年代的诗人，他在中国新诗中的地位相当于惠特曼在美国诗歌中的地位"。参见廖亦武主编《沉沦的圣殿》，新疆青少年出版社 1999 年版，第 53 页。
③ 陈超：《食指论》，《文艺争鸣》2007 年第 6 期。
④ 廖亦武主编：《沉沦的圣殿》，新疆青少年出版社 1999 年版，第 68 页。
⑤ 据称，江青当时看到《相信未来》时表达过对该诗倾向性的不满，认为"相信未来"就是在否定现在。参见张闳《"文革"后新文学的曙光——从食指到白洋淀诗群的诗歌写作》，《南方文坛》2010 年第 2 期。
⑥ 宋海泉：《白洋淀琐忆》，《诗探索》1994 年第 4 期。

理，必须通过自己的独立思考来检验。"① 诗人之思拥有着相当的独立性，"人"的存在价值，诸如自由、民主、权利、尊严等，在郭世英短暂的人生中始终是最为核心的关注点。② 郭世英的遗诗《一星期三天一天，两天，三天》（1963年3月21日）中有这样的诗句："条件反射/实验品/不准确？/改造！/一架机器/怕坏一个螺丝钉/不准确？/不能！"③ 这其中已然涉及对思想专制压抑个人自由意志的诗学抵抗。

二 "地下文学"的诗性政治

"诗性政治"实际上是一种普遍化的话语表达，甚至可以说是人最基本的精神生存方式之一，"人就是在政治性实践中的艺术性想象和艺术性想象中的政治性实践中生存的"④。"地下文学"产生的时代，政治对于社会领域的渗透无所不在，文学的政治性全面压倒文学性，"地下文学"尽管是以对文学性的张扬为起点的，但其往往有着强烈的政治意识。而且，那个特殊年代的政治情怀以及青春献祭的个人英雄主义，使得"地下文学"群体整体充满"诗性政治"的冲动和激情，其中许多人甚至不惮于触碰政治高压线，哪怕是付出自己的生命也在所不惜。

这种青春献祭冲动与时代悲情裹挟的"诗性政治"，在当时往往是群体性的而非自发性的。一个最鲜明的例子就是"文艺沙龙"的兴起。1972年林彪事件的发生对于"文革"走向具有转折性的影响，由于对"左"的纠偏，"文革"也进入了一个"波谷时期"。正是在这样的背景下，文艺沙龙在首都悄然兴起，而且还颇具影响。1972—1974年，北京的文艺沙龙很活跃。1973年文艺沙龙达到高潮，而其最主要的文学活动

---

① 周国平：《岁月与性情》，长江文艺出版社2004年版，第90页。
② 陈超：《"X小组"和"太阳纵队"：三位前驱诗人——郭世英、张鹤慈、张郎郎其人其诗》，《当代作家评论》2007年第6期。
③ 陈超：《"X小组"和"太阳纵队"：三位前驱诗人——郭世英、张鹤慈、张郎郎其人其诗》，《当代作家评论》2007年第6期。
④ 张秀宁：《想象的政治与政治的想象——"诗性政治"的几个重要问题》，《海南大学学报》（人文社会科学版）2015年第4期。

就是诗歌创作。比如徐浩渊①主持的沙龙里，后来"白洋淀诗群"②的重要成员岳重（根子）、栗世征（多多）都是其中的成员。60年代初成立的"X小组"③和"太阳纵队"④两个诗社，同样具有沙龙性质。后来名重一时并对"白洋淀诗人"影响很大的诗人食指，当时即是"太阳纵队"的一员。"太阳纵队"的发起人张郎郎1966年被通缉外逃时，在诗社成员王东白的本子上写下了"相信未来"四个字，这就是后来食指著名诗篇《相信未来》题名的由来。⑤ 在当时北京的文艺沙龙中，不能不提到赵一凡。他的文艺沙龙是当时最大的，与许多文学青年都有交集，食指、芒克、依群、北岛等诗人，包括后来成为小说家的史铁生，都与赵一凡的沙龙有联系。赵一凡当时自觉地收集了许多地下诗歌作品，所以被认为是"同新诗歌运动渊源最深、联系最广泛的、最密切，影响最大的人

---

① 徐浩渊是"文革"中的著名人物，属于老红卫兵一代，曾写下《满江青》一诗以影射江青，因此入狱两年。她当时组织的沙龙在国务院宿舍、铁道部宿舍开展活动，成员多为一些青年诗人和业余画家。参见杨健《1966—1976的地下文学》，中共党史出版社2013年版，第72—73页。

② "白洋淀诗群"主要成员有芒克、多多、根子、方含、林莽、宋海泉、白青、潘青萍、陶雒诵、戎雪兰等。未到白洋淀插队，但与这些人交往密切的文学青年，还有北岛、江河、严力、彭刚、史保嘉、甘铁生、郑义、陈凯歌等人。参见陈默《坚冰下的溪流——谈"白洋淀诗群"》，《诗探索》1994年第4期。

③ "X小组"成立于1963年2月12日，核心成员有郭世英、张鹤慈、孙经武、叶蓉青四人，和"X小组"有联系但属于边缘成员的有牟敦白、金蝶等。这个小组有一本手抄刊物《X》。"X"指代的是认知上的未知领域。1963年5月17日，"X小组"被定性为"反革命"案件，郭世英、张鹤慈、孙经武三人被捕。郭世英先是被送到黄泛区劳改，后进入中国农业大学就读。"文革"开始后，郭世英屡屡被批斗。1968年4月22日，被拘押并残酷虐待的郭世英"坠亡"（到底是自杀还是他杀，其实一直是个谜）。张鹤慈、孙经武二人被拘后本是劳教两年，但因"文革"开始，整整被关押了15年。1978年，"X小组"案获平反。参见陈超《"X小组"和"太阳纵队"：三位前驱诗人——郭世英、张鹤慈、张郎郎其人其诗》，《当代作家评论》2007年第6期。

④ "太阳纵队"成立时间约在1962年底或1963年初，由张郎郎发起，主要成员有牟敦白、郭路生（即后来成名的诗人食指）、甘恢理、王东白、张寥寥、邬枫、陈乔乔、耿军、张大伟、巫鸿、蒋定粤、袁运生、丁绍光、张士彦、吴尔鹿等。1966年"文革"开始，张郎郎被公安部通缉，罪名是非法组织"太阳纵队"及刊物、秘密集会、偷出被批判的袁运生的油画《水乡的记忆》，张郎郎被捕后被判死缓，1978年才获平反。参见陈超《"X小组"和"太阳纵队"：三位前驱诗人——郭世英、张鹤慈、张郎郎其人其诗》，《当代作家评论》2007年第6期。

⑤ 食指曾对张郎郎说："我那首《相信未来》，题目得自于你。"参见杨健《1966—1976的地下文学》，中共党史出版社2013年版，第63页。

物之一"①。

　　在哈贝马斯和阿伦特的政治学阐释中，沙龙天然地具有公共领域属性。两位西方学者的研究对象是资产阶级社会中的"沙龙"，对中国"地下文学"沙龙的认知我们不能全然照搬，因为他们的讨论有一个很重要的背景——西方市民社会。但我们不能否认的是，即使是在极"左"政治高压的"文革"中，"沙龙"依然是对政治意识形态的一种抵抗性存在，它实质上创造了一个"准公共领域"，它同样体现出了"专业性沙龙"的重要特质——"自发生成机制"和"自洽性谈论方式"，② 尽管它的这种"自洽性"往往昙花一现。不管是自觉还是不自觉，从沙龙走出来的"地下诗人"们，天然地被赋予了抵抗诗学的色彩。尽管他们自己或许也未意识到这种"诗性政治"③，但他们的作品表达出来的与"文革"主流文学完全不相容的自由气质，本身就是一种"政治无意识"。

　　由于"地下诗人"基本上出生在城市，而且许多人有条件阅读到当时的"灰皮书""黄皮书"④，西方作品对于这些文学活动的组织者和参与者，都有着重要的影响。"白洋淀诗群"的诗人宋海泉曾经回忆那时西方文学和哲学著作对诗人们的影响：《在路上》《麦田里的守望者》曾在青年人中间广泛流传，俄罗斯诗人茨维塔耶娃、西班牙诗人洛尔迦、苏联诗人叶甫图申科等，当时的诗人们对他们都很着迷。他认为，这些西方著作对"白洋淀诗群"的影响体现在四个方面：一、"主体与价值的变换"；二、"注重感性与个人经验"；三、"怀疑主义与荒诞"；四、"形式

---

① 杨健：《1966—1976 的地下文学》，中共党史出版社 2013 年版，第 57 页。
② 冯黎明：《论沙龙》，《江汉论坛》2015 年第 11 期。
③ 张郎郎后来曾说："那时候我们'太阳纵队'不是一个政治组织。秘密写诗，只是怕别人破坏我们的游戏。但我们也没想用诗来反对'现政'，对抗当局。"参见廖亦武主编《沉沦的圣殿》，新疆青少年出版社 1999 年版，第 47 页。
④ "灰皮书"和"黄皮书"发行对象为党内中高级干部。20 世纪 60 年代初开始出版，大约持续了 20 余年，其正式的名称为"外国政治学术书籍"。一般来说，被认定为极其敏感不宜大范围扩散的图书用的是灰色封面，故称"灰皮书"，而内容相对而言不太敏感的图书用的是黄色封面，故称"黄皮书"。参见郑瑞君《"灰皮书"、"黄皮书"在知识青年"上山下乡"前后的流传及其影响》，《河北师范大学学报》（哲学社会科学版）2015 年第 2 期；《"内部发行"制度与"灰皮书""黄皮书"的发行》，《出版发行研究》2014 年第 11 期。

与语言的探索"。①

　　文化专制使得地下诗歌充满了那个特定年代的悲怆感。因此,"X小组"诗人张鹤慈的诗句"挣断了蛛网般的血管/从我的心里/我!站了起来"(张鹤慈《我在慢慢地成长》)②,不啻于黑屋中破空而出的一声呐喊。因此,多多的诗并不赋予自己生存的大地以多少诗情画意(事实上也绝无可能),而是着力于对现实的"血"色描摹——"歌声,省略了革命的血腥/八月像一张残忍的弓/恶毒的儿子走出农舍/携带着烟草和干燥的喉咙/牲口被蒙上了野蛮的眼罩/屁股上挂着发黑的尸体像肿大的鼓/直到篱笆后面的牺牲也渐渐模糊/远远地,又开来冒烟的队伍……"(多多《当人民从干酪上站起》)③。也因此,在根子的诗《三月与末日》中,春天是虚伪的,本是春光明媚的三月其实就是"末日"。即使是被称为"自然之子"的诗人芒克也在诗中呼号——"这正义的声音强烈回荡着:/放开我"(芒克《太阳落了》)④。黄翔的诗中则充满了直接的诗性抗辩,"我是一只被追捕的野兽/我是一只刚捕获的野兽/我是被野兽践踏的野兽/我是践踏野兽的野兽//我的年代扑倒我/斜乜着眼睛/把脚踏在我的鼻梁架上/撕着/咬着/啃着/直啃到仅仅剩下我的骨头//即使我只仅仅剩下一根骨头/我也要哽住我的可憎年代的咽喉"(黄翔《火炬之歌》)⑤。

三　"地下文学"的文本探索

　　"地下文学"之于20世纪80年代先锋文学,其"先锋性"除了"人"的主体性在文学中的悄然彰显和对现实的诗性抗辩,最根本的还在于其文本探索上体现出来的现代主义萌芽意识和初步的形式自律。

　　惨遭厄运的诗人郭世英留下来的诗歌仅仅十余首,但其对于西方现

---

① 宋海泉:《白洋淀琐忆》,《诗探索》1994年第4期。
② 陈超:《"X小组"和"太阳纵队":三位前驱诗人——郭世英、张鹤慈、张郎郎其人其诗》,《当代作家评论》2007年第6期。
③ 多多:《多多诗选》,花城出版社2005年版,第1页。
④ 芒克:《芒克诗选》,江苏文艺出版社2015年版,第28页。
⑤ 陈思和主编:《中国当代文学史教程》,复旦大学出版社2005年版,第170—171页。

代主义的追随已颇为明显。陈超对郭世英留下来的诗作进行考察发现，其核心的艺术特征就是"荒诞体验"，诗人心灵上的痛楚是对压抑的时代的转喻，诗人以激昂的诗情和前卫的探索体现出对那个压抑人性的时代毫无畏惧的诗性对抗①。和西方现代主义所隐喻的发达的资本主义对于人的异化不同，80年代中国现代主义的源头在于极端化政治环境对于人的异化。郭世英的《一星期三天一天，两天，三天》极好地印证了这样的区别。不论是诗的主题、诗的色彩，还是诗的形式，都堪称一首具有"先锋"意蕴的作品。"一星期过完/七天？七天！/三天？三天！/七天等于三天"②，这样的句子，在诗的开头即透露了这首诗的隐匿主题——现实政治环境弹压而造成的人的存在的荒谬感。郭世英的诗和他短暂的人生一样，被一种对抗性话语支撑着，不惮牺牲，毫无惧色。

对于大量的"地下文学"写作者来说，文本上的探索和革新，其实还有更重要的原因——现实政治环境不允许他们自由歌唱，随时有可能厄运来袭，必须要使自己的文本表现得不那么激烈地对抗政治。再加上被革命政治意识形态群体性驱逐，以诗歌为代表的"地下文学"，表现出来的是一种退回到身体与心灵的孤独与内省，诗艺的琢磨成为驱逐孤独的最好凭借。当然，还有一个原因就是西方现代主义文学的影响。"白洋淀诗群"阅读的西方文学作品不乏现代主义的名著。多多谈及那时的阅读经历亦曾说，贝克特的《椅子》、萨特的《厌恶及其他》都曾在圈子中广泛传阅。③ 徐浩渊沙龙里的成员鲁双芹称，自己写的诗歌主要是受到波德莱尔的影响，"比较喜欢黑暗的、绝望的、死亡的、痛苦的，偏爱这类的东西"④。

芒克诗歌的意象已经具备了"异端"性："天空"是"血淋淋的一

---

① 陈超：《"X小组"和"太阳纵队"：三位前驱诗人——郭世英、张鹤慈、张郎郎其人其诗》，《当代作家评论》2007年第6期。

② 陈超：《"X小组"和"太阳纵队"：三位前驱诗人——郭世英、张鹤慈、张郎郎其人其诗》，《当代作家评论》2007年第6期。

③ 多多：《被埋葬的中国诗人（1972—1978）》，参见廖亦武主编《沉沦的圣殿》，新疆青少年出版社1999年版，第195—202页。

④ 王士强：《一代人的"诗·生活"——口述历史中的"白洋淀诗群"》，《扬子江评论》2013年第3期。

块盾牌"(《天空》),深夜里的风是"迷路的孩子"(《城市》),"酒"是座"寂寞的小坟"(《酒》)。芒克这一类诗风格偏于冷峻,他仿佛是时代的旁观者,总能攫取到倏忽而过的诗性,并将其捏合到具有自我视角的意象中去。《天空》中的"太阳"这个意象,反反复复地被研究者提起,就在于芒克提炼出来的这个太阳意象,"是新诗有史以来最摄人心魄,最具打击力的意象之一"[1]。

多多的诗有着强烈的诗歌本体意识,诗中的意象同样具有强烈的异质性。他偏爱阴暗(甚至是恐怖)的诗境营造。《当人民从干酪上站起》中,多多给意象叠加的是"血腥""残忍""恶毒""野蛮"这样一些修饰词。在《祝福》中,多多组构"祝福"的是这样的句子——"当社会难产的时候/那黑瘦的寡妇,曾把咒符绑到竹竿上/向着月亮升起的方向招摇/一条浸血的飘带散发无穷的腥气/吸引四面八方的恶狗狂吠通宵"[2]。

根子的长诗《三月与末日》,即使放在当下来观察,依然是一首充满着先锋探索意识的现代主义佳作,"三月是末日//这个时辰/世袭的大地的妖冶的嫁娘/——春天,裹卷着滚烫的粉色的灰沙/第无数次地狡黠而来,躲闪着/没有声响,我/看见过足足十九个一模一样的春天/一样血腥假笑,一样的/都在三月来临,这一次/是她第二十次领略失败和嫉妒"[3]。根子为"地下文学"的诗性政治提供了一个绝好样本,对于充满着欺骗、暴力、专制的时代,根子的诗作《三月与末日》通过多维的意象进行了审读,可谓那个年代"最复杂深刻,也最具现代性特征的一首诗作"[4]。

在"文革"中,"地下文学"的保存是一大问题,不相容于"文革"主流的文学样态被清剿,几乎是一种常态。哪怕是当时地下流传很广,也在政治高压下被收缴,作者与作品均可能遭受"灭顶之灾"。"地下文学"作品的收集和整理,是研究者必须面对的难度。杨健1993

---

[1] 唐晓渡:《芒克:一个人和他的诗》,《诗探索》1995年第3期。
[2] 多多:《多多诗选》,花城出版社2005年版,第1页。
[3] 根子:《根子诗二首》,《诗探索》2008年第2期。
[4] 张清华:《中国当代先锋文学思潮论》,中国人民大学出版社2014年版,第39页。

年整理出版的《文化大革命中的地下文学》①是一本史料较为丰富的著作。廖亦武主编的《沉沦的圣殿：中国20世纪70年代地下诗歌遗照》，也是一本研究"地下文学"的重要文献。近年，与"地下文学"联系密切的当事人的回忆，以及写作者的口述，也还原和丰富了"地下文学"的史料。从目前已经进入公众视野的"地下文学"作品来看，"地下文学"中最有价值的无疑是诗歌作品。即使是放在21世纪的今天来审视，部分作品的纯诗价值依然不曾削减。

历史其实往往会提供某种意料之外的"耦合"细节——诗人芒克和画家彭刚曾经成立两个人的"先锋派"。芒克回忆说，当时他们就是受到法国"先锋派"绘画的启发成立"先锋派"的。在他们当时的理解中，先锋就是"标新立异的""前卫的""与众不同的"，先锋派"永远是走在最前面的人"。②尽管这个诗史的细节只存在了两个月，但足以反映出"地下文学"在诗学观念上的"先声"价值。"诗是负载具有'异端'性质的情感和艺术经验的'先锋性'样式"③，20世纪80年代新诗的重新崛起，并非是直接从"十七年文学"承接过来的，它赓续的其实还有"地下诗歌"的源流。从"地下文学"溯源20世纪80年代中国先锋文学，也并非仅仅出于某种历史理性，同样亦基于对中国人现代诗学体验的真实历史指认。

第二节 朦胧诗的先锋内蕴

"朦胧诗"这个概念并不严谨，甚至算不上一个学术性的概念。"地下诗歌"从"地下"转为"地上"，以1978年11月民刊《今天》的创办为标志，一种和1949年以来传统诗歌在题材选择、表现形式、精神特质迥异的"新潮诗"迅速地成为中国新时期文学的一个"异类"。"朦胧诗"指的就是这种"新潮诗"。

---

① 《文化大革命中的地下文学》，朝华出版社1993年版。
② 王士强：《一代人的"诗·生活"——口述历史中的"白洋淀诗群"》，《扬子江评论》2013年第3期。
③ 洪子诚：《中国当代文学史》，北京大学出版社2016年版，第226页。

其实，这一类"新潮诗"在"文革"中即已出现，《今天》的创刊人就是来自当年"地下诗歌"群体。芒克自不必言，这位"白洋淀诗人"的诗，本来就是因挑战传统诗学而赢得知青群体追捧的。北岛尽管没有插队白洋淀，但他和"白洋淀诗群"的成员联系密切，甚至在广义上也可以归入"白洋淀诗群"。芒克和北岛是《今天》创刊的主要推动者。①《今天》在某些学术话语中，往往被解读为对主流意识形态的一种对抗。事实上这种所谓"对抗"是一种述史想象的产物而已，《今天》的编者从一创刊其实就是谋求合法化的。在"思想解放"的时代氛围中，他们期待着官方意识形态的支持。② 引发论争的"朦胧诗"，尽管有相当程度的异质性，但主要是在艺术探索上，而非政治意识形态上。"朦胧诗"这一命名，之所以不是学理上的概念，也主要在于它是从文学接受的角度来认知的，而不是基于创作的角度来探究的。即使身处"思想解放"的时代新潮之中，久在樊笼的文艺领域也并不见得就解放得一下子接受所有新奇的探索。在诗歌创作领域，"朦胧诗"的论争就包含代际接受的冲突。而《今天》及其刊发的诗作在中国诗坛的出现，在文学话语权力的角力上，"标志着一个独立于'权力诗坛'之外的以民间形式存在的'先锋诗坛'的确立"③。

谢冕1980年5月7日发表于《光明日报》的《在新的崛起面前》，被认为是最先对"朦胧诗"进行诗学阐释的文章。在这篇文章中，谢冕以"史"评诗，认为中国新诗的道路在六十年里"越走越窄"。他主张对"写得很朦胧"的诗、"'古怪'的诗"，"听听、看看、想想，不要'急于采取行动'"④。他在文中以"五四"文学精神为参照，呼吁对诗歌创

---

① 芒克在与张清华的交流中曾提及，《今天》这个刊名就是他取的（参见张清华《朦胧诗：重新认知的必要和理由》，《当代文坛》2008年第5期）。北岛2008年接受媒体采访时亦曾说："在一次筹备会上，说起刊物名字，大家苦思冥想，名字都不合适。芒克提议叫'今天'，大家都觉得好，既新鲜又有某种紧迫感。"（参见田志凌《北岛专访：青春和高压给予他们可贵的能量》，《南方都市报》2008年6月1日）

② 《今天》创刊后，曾向有关领导人和文化主管部门官员赠送刊物，以寻求支持。参见廖亦武主编《沉沦的圣殿》，新疆青少年出版社1999年版，第386页。

③ 张清华：《中国当代先锋文学思潮论》，中国人民大学出版社2014年版，第43页。

④ 谢冕：《在新的崛起面前》，《光明日报》1980年5月7日。

作予以宽容。"新的崛起"代表着一种新的诗歌审美价值的确立,谢冕一反前辈诗人"同情+引导"①的姿态,全力为新的诗歌形式和新的审美突破鼓与呼。谢冕对"朦胧诗"的力挺唤醒了"朦胧诗"诗人群体性的诗学自觉,对"朦胧诗"流派形成具有重要影响。而"朦胧诗"获得批评家的命名与指认,更强化和刺激了"朦胧诗"诗歌风格的多元化探索,"朦胧诗"流派的存在亦因此更加"牢固起来"。②

力挺"朦胧诗"的代表人物除了谢冕外,还有孙绍振、徐敬亚这两位产生广泛影响的"论战者"。在论争中,孙绍振的《新的美学原则在崛起》③可谓是对"朦胧诗"的美学原则探讨最为深入的文章之一。孙绍振文中的三个"不屑于"直接对个人主体和人性论予以声援,这是对于传统诗学的极大挑战,因此引发"群殴"是自然而然的。徐敬亚的《崛起的诗群——评我国诗歌的现代倾向》④,由于作者写作此文时还是大学生,青春激情充溢其中,对于"朦胧诗"的支持表达得更为激烈。徐敬亚的核心观点在于强调了"朦胧诗"的"现代主义"属性,对于"现实主义"诗学有全面"宣战"甚至全面排斥的意味,因而对当时主流诗学的引爆效应更大,而出于对青年意识形态的引导,徐敬亚受到的批评也最突出。⑤

谢冕的文章尽管提及了《今天》所引领的那一群诗人及其诗作的"朦胧",并在诗学意义上进行了立场鲜明的声援,但他的"命名"只是一种泛指,真正为"朦胧诗"命名反而来自章明的批评文章。在题为《令人气闷的"朦胧"》中,章明把写得"晦涩""怪僻"的诗称之为

---

① 若从论争源头追溯,最早还可溯及公刘在1979年《星星》复刊号上的文章《新的课题——从顾城同志的几首诗谈起》。公刘在文中肯定年轻诗人的诗歌"冒险",但也强调要对年轻诗人进行"引导"。此文后被《文艺报》1980年第1期转载,并加了编者按。参见洪子诚《中国当代文学史》,北京大学出版社2016年版,第796页。
② 李书磊:《谢冕与朦胧诗案》,《文艺争鸣》1996年第4期。
③ 孙绍振:《新的美学原则在崛起》,《诗刊》1981年第3期。
④ 徐敬亚:《崛起的诗群——评我国诗歌的现代倾向》(原载《当代文艺思潮》1983年第1期),参见《崛起的诗群》,同济大学出版社1989年版,第47—117页。
⑤ 徐敬亚因《崛起的诗群》受到批评,并在1984年3月5日的《人民日报》发表检讨文章《时刻牢记社会主义的文艺方向——关于"崛起的诗群"的自我批评》。

"朦胧体"。① 尽管对让人看了一片"朦胧"甚至是莫衷一是、似懂非懂的新潮诗歌持批评意见，但章明与谢冕一样，皆是从诗学观念出发来指认"新潮诗"的。章明声明自己并非出于"扼杀"目的来批评"朦胧诗"，而且也认为一些读者会认可"朦胧诗"，只是不能让这种诗体占上风。由此，我们也不难看出，"朦胧诗"论争最初的出发原点就是诗学意义上的。但从对谢冕到孙绍振再到徐敬亚的反驳逐步升级后，从最初的诗学意义逐渐向政治意识形态泛化。诗歌被扯到"姓资姓社"这样的政治话语中。② 这样的发展轨迹，一方面由于当时"清除精神污染"的政治大背景，另一方面也是话语权力博弈的结果。批评的一方习惯性地祭出了政治这根狼牙棒，以争夺话语权。"三个崛起"③ 中的隐秘意识形态早被反对方洞悉：为"朦胧诗"辩护实际上就是"剥离诗与政治"，复兴"审美浪漫主义"。④ 斗争策略早已了然于胸：从政治上反击对手，往往是屡试不爽的。这样说，并不是对于"反崛起派"的贬斥。事实上，文学史事件的复杂性不是站边分派这么简单。附会政治既是一种"国民心理积习"，同时也是一种实实在在的批评理路，将文学事件本质化、立场化，对于双方来说，都是必然的选择。"三个崛起"在当代文学史中的经典化，在于它最终呼应的是国家迈向现代化的总体化企望。作为现代化进程中的一起文学公共事件，围绕"朦胧诗"的论争恰好说明，20世纪

---

① 章明：《令人气闷的"朦胧"》，《诗刊》1980年第8期。
② 对孙绍振观点的批评还有一定的节制，只是一种美学意识的争论。批评徐敬亚时，政治意识形态的加入已经极为明显。程代熙对孙绍振、徐敬亚的文章皆曾撰文反驳。对于孙绍振的批评是——"非常浓烈的小资产阶级的个人主义气味的美学思想"，"具有相当浓厚的唯心主义色彩"（参见程代熙《评〈新的美学原则在崛起〉》，《诗刊》1981年第4期）；而对徐敬亚的批评则严厉得多："其实你的这篇文章又何尝不是一篇宣言，一篇资产阶级现代派的诗歌宣言。如果你能恕我直言，我倒想说是一篇资产阶级自由化思想的宣言书"（参见程代熙《给徐敬亚的公开信》，《诗刊》1983年第11期）。
③ 《在新的崛起面前》《新的美学原则在崛起》《崛起的诗群——评我国诗歌的现代倾向》并称为"三个崛起"。
④ 余虹：《革命·审美·解构——20世纪中国文学理论的现代性与后现代性》，广西师范大学出版社2001年版，第235页。

80年代存在着这样的准公共场域。① 这个难得的公共场域的存在，使"朦胧诗"对于现代主义诗学观念的传播，达到了前所未有的深度和广度，对中国当代文学产生了重要影响。而正是在这个意义上，"朦胧诗"完全可视为先锋文学的温床。徐敬亚指出："小说在1985年的各种繁华'时髦'的先锋局面，不能不说大量地得益于朦胧诗的引爆……五年前，朦胧诗敲开了板结意识的大门。五年后，小说的大军得到了洒满鲜血的宽阔道路"。② 洪治纲也认为，从意识形态的开放和现代性精神诉求来看，对"朦胧诗"的反叛目标、探索成果以及艺术自律实践进行分析，其先锋实验对于既有艺术观念有着强烈反叛和冲击，因此，"朦胧诗"完全可以视为"中国当代先锋文学的开端"③。

"朦胧诗"之所以被认为是具有实验性和破坏性的先锋文学的重要缘起，就是因为它高举现代主义的文学观念，对曾经一统江湖的现实主义文学成规展开了对抗与冲击。更为重要的是，这场论争最后的结果是"朦胧诗"诗学观念的全面播撒，从而使现代主义的文学主张和审美追求获得了自己的话语权。而"朦胧诗"正是中国现代主义的最好"宿体"。现代主义对于21世纪的中国文学来说，当然是一个常识性的概念，已经不再是什么新鲜东西。但回到"文革"刚刚结束、传统文学知识体系拥有强大话语权的20世纪80年代初期，为现代主义张目依然是一种鲁莽的冒犯。极"左"政治环境中对于现实主义文学的极端张扬，对于非现实主义的粗暴放逐，事实上已经为现代主义文学在新时期的兴起提供了巨大的契机。

---

① "朦胧诗"论争尽管不无政治意识形态的介入，但极"左"年代以阶级斗争为纲的处理机制已被废止。谢冕在北大的教学丝毫不受影响；批评孙绍振的文章发出后，孙绍振照样上课，并受到学生们的鼓掌欢迎。孙绍振还接到朋友转来的贺敬之的口信，告诉他只是讨论，不会扣帽子、打棍子、抓辫子；徐敬亚尽管在《人民日报》上"被检讨"（据徐敬亚说，这份"检讨"实际上只是一份交给单位的行政检查，没有征求他的意见就在报纸上发表出来了），但他居然收到了稿费。而"检讨事件"之后，他就被公款安排游山玩水去了。之后徐敬亚要去深圳，省委领导亲自过问，还由副省长出面谈话挽留他。参见王尧《"三个崛起"前后——新时期文学口述史之二》，《文艺争鸣》2009年第6期。

② 徐敬亚：《圭臬之死（上）》（原载《鸭绿江》1988年第1期），参见《崛起的诗群》，同济大学出版社1989年版，第142页。

③ 洪治纲：《守望先锋——兼论中国当代先锋文学的发展》，广西师范大学出版社2005年版，第21页。

一元化文学知识的长期"驯化"导致的结果必然是现代主义这个"异端"的崛起。"朦胧诗"就是这股思潮在中国催生的首批现代主义"产品"。

"朦胧诗"的先锋意蕴首先就体现于现代主义文学成规的初步确立。现代主义在中国语境中的接受其实是走样的。西方现代主义的语境是资本主义对人的异化，所以它对于现实的抗辩是基于审美救世的乌托邦想象的，它所展现的荒诞、颓废、痛苦、孤独是人的命运和存在的表征。而中国现代主义对于现实的抗辩是建立在国家政治总体性基础上的，现代化的国家规划赋予了现代主义实现合法化自证的基础。尽管遭遇反抗，但现代主义作为"现代化"的"标配"这样的认知也不断成为共识。在这样的语境中，"朦胧诗"的诗人们开启了大规模的现代主义训练。比如形式的革命，比如题材的革新，比如思想的叛逆……不管是从哪一个角度来说，其目的旨在建构一个自主性的美学空间。作为冒犯者的"朦胧诗"群体，在挑战诗歌本体的主流意识观念的同时，也挑战着长期文学政治化的固化认知模式。

徐敬亚将"新诗潮"视为和"思想解放"运动同等重要的事件。在"新诗潮"中涌现出来的诗人，往往具有独立而自由的思考，这种思考既涉及政治背景，更触及诗歌创作的本质。[①] 从这个基点出发进行考察，我们不难发现"朦胧诗"强烈的反文化专制的思想特征。"卑鄙是卑鄙者的通行证/高尚是高尚者的墓志铭/看吧，在那镀金的天空中/飘满了死者弯曲的倒影"（北岛《回答》），无疑是对疯狂年代人性扭曲的诗性写真。信仰溃败，意义消遁，"朦胧诗"正好提供了一个所指悬置、能指漂移的绝佳"驿所"。意象化、象征化也因此成为"朦胧诗"意义生产链条中的两把"密匙"。这两把"密匙"其实对于熟悉中国新诗史的人来说，一点都不陌生。戴望舒、李金发等中国新诗的先行者，早就用它们来打开诗歌写作的另一种可能性。实际上，对"朦胧诗"直呼看不懂而大加批判的老诗人艾青，同样是钟情于意象与象征的，年青一代诗人也曾从他早

---

① 徐敬亚：《崛起的诗群——评我国诗歌的现代倾向》（原载《当代文艺思潮》1983 年第 1 期），《崛起的诗群》，同济大学出版社 1989 年版，第 50 页。

年意象朦胧的诗歌中获取过滋养。①

　　意象的纷纭是"朦胧诗"纯诗艺术的一大特点。"网"(《生活》)、"打成死结的星星"(《见证》)、"残垣断壁"(《红帆船》)、"栅栏"(《十年之间》)、"残存的阶梯"(《陌生的海滩》)等北岛诗歌中的意象,象征和隐喻的是人性、自由精神的困境;芒克对于诗的意象的精心锻造,使其诗句呈现出充分的主观变形后的审美效果。在芒克的笔下,月光是"一群赤裸的男男女女"(《邻居》),向日葵脚下的泥土,"你每抓起一把/都一定会攥出血来"(《阳光下的向日葵》),而时间"像是个屠夫","在暗地里不停地磨刀子"(《晚年》);舒婷诗歌的抒情色彩最为突出,她以女性特有的细腻和敏感,建构了一个现代主义与浪漫主义浑然一体的诗性世界。舒婷对于祖国、爱情、理想这类主题的表达,在"朦胧诗"诗人中往往更易被主流接受,但将舒婷这一类诗作放在后"文革"的时代语境来考察,舒婷的抒情就具有了一种"现代性"特质。这种现代性价值的获得正是来自诗人对"个人话语"的诗性张扬和对"国家话语"的总体逃避。② 舒婷诗歌的广泛传播,使其具有了情感启蒙的功能。舒婷诗中的意象有着女性特有的视角,"一只小船/不知什么缘故/倾斜地搁浅在/荒凉的礁岸上/油漆还没褪尽/风帆已经折断/既没有绿树垂荫/连青草也不肯生长……"(《船》),诗中搁浅的小船无疑是"文革"中残酷青春的象征。

　　自觉地将诗歌意象的提炼与主体觉醒、人性、自由精神等相融,并赋予其历史感和时代感,是"朦胧诗"引发广泛共鸣的重要原因。梁小

---

①　艾青与北岛曾经是忘年交,但随着"朦胧诗"论争开始后,艾青对北岛的诗歌《生活》的贬斥引来了青年诗人的攻击,其中尤以贵州诗人群体最为极端。贵州大学中文系的民刊《崛起的一代》专门组织了批驳艾青的文章,因《野兽》《火神交响曲》等诗作而颇有诗名的黄翔最为激烈:"我们现在要做的,就是要拆掉你的诗歌的'纪念堂',把我们的大合唱的队伍开进去;就是要把你时代的'牧歌'连同那些不幸地与你联结在一起的风派的'风歌'、歌德派的'孝歌'、现代圣教徒的'圣歌'统统送进火葬场!"这种公开挑衅也激起了艾青的强烈反感(艾青误以为是北岛组织的有预谋的攻击),从此走向"朦胧诗"诗人群体的对立面,不断发文狠批"朦胧诗"。但后来贵州诗人与艾青主动修好,1986 年艾青生病时,他们从贵州到北京探望艾青,黄翔当面道歉,此后还与艾青常有来往。艾青后来也认同了北岛在中国当代诗歌史上的地位。参见李润霞《以艾青与青年诗人的关系为例重评"朦胧诗论争"》,《中国现代文学研究丛刊》2005 年第 3 期。

②　王光明:《艰难的指向》,时代文艺出版社 1993 年版,第 87 页。

斌在《中国，我的钥匙丢了》中，以一把丢失的"钥匙"隐喻"文革"中一代人理想灭失后重新找寻的心路历程。顾城在《一代人》中以"眼睛"来象征一代人主体性的觉醒。芒克在《阳光下的向日葵》中以向日葵喻指在恶劣的环境中向往光明不屈服的精神主体。江河的《纪念碑》完美地将生命个体与民族命运融合在"纪念碑"这个意象当中。

象征化和意象化是"朦胧诗"诗意"朦胧"的根源所在。伊瑟尔指出，就文学作品接受来说，"意义空白"的价值显得尤其重要。因为"意义的不确定性"赋予了读者参与作品意义建构的权利。[1] 而从读者角度出发的作品意义建构，往往会呈现出多元而繁复的景象，这更增加了"朦胧诗"的诗性魅力。

"朦胧诗"的先锋意蕴还体现在诗歌形式的自觉上。诗人北岛曾从"形式危机"的角度谈及"朦胧诗"的兴起。在他看来，由于政治的压抑和文学观念的落后，中国新诗的许多表现手段显得极为陈旧，在形式上重新激活中国新诗的创造力显得迫在眉睫。所以，对于象征隐喻、通感修辞、视角转换、时空重构等手法的重视，一时间成为"朦胧诗"诗人群体的形式自觉。[2] 谢冕也看到了"朦胧诗"的"形式驱动力"，认为"适宜的形式"是诗歌革新的前提条件。[3] 徐敬亚认为，新时期开始后，艺术形式的自觉使得诗人们日益意识到陈旧的诗歌手法对于创作的抑制，"朦胧诗"对于诗体的革命成为必然，因为诗人们"不得不寻找新的形式"[4]。经历了极"左"年代的中国新诗，除了诗歌内容的政治化之外，严苛的文化专制同样窒息了中国新诗的形式自由。现代主义对于"朦胧诗"的影响，除了象征化和意象化这样的诗歌创作方法，同样还有诗歌自由形式的追求。"朦胧诗"中有不少形式自觉的诗作，其中的短诗就是一种很好融合"诗意"与"诗式"的探索。

---

[1] [德]沃·伊瑟尔：《阅读行为》，金惠敏等译，湖南文艺出版社1991年版，第61页。
[2] 北岛：《谈诗》，《上海文学》1981年第5期。
[3] 谢冕：《朦胧诗选序》，参见阎月君等编选《朦胧诗选》，春风文艺出版社1985年版，第5页。
[4] 徐敬亚：《奇异的光——〈今天〉诗歌读痕》，参见《崛起的诗群》，同济大学出版社1989年版，第203页。

《生活》
网①

　　这首诗在当时引起的震动，除了象征和隐喻的"歧义"之外，还在于北岛这首诗在形式上给中国诗坛带来的冲击。"一字诗"直接抛弃了起承转合这样的传统作诗法，将作者对于生活与时代的全部情感陡然压缩，从而实现了诗意的纯度。这种通过形式的冲击使诗意丰饶起来的作诗法，在"朦胧诗"中屡见不鲜。

《雾》
你能永远遮住一切吗？②

　　和北岛以象征来实现诗歌阅读感受的冲击力不同，麦芒这首诗是以一个反问句实现了诗歌主题的切入。当然，这首一行诗之所以形成强大的诗意磁场，还在于它是在一个特定时代里的形式革命。这说明："朦胧诗"盛行的年代，形式上的自由是足够的，主体觉醒与形式自觉有着较好的融合。

《一代人》
黑夜给了我黑色的眼睛
我却用它寻找光明③

　　顾城的《一代人》是对时代的象征与隐喻。"眼睛"意象浓缩了年轻一代的精神困境和理想追索，所以在无数人心中产生了共振。因为，它写的是"一代青年的共同遭遇，共同面临的现实，共同的理想追求"④。

---

① 北岛、舒婷等：《朦胧诗经典》，长江文艺出版社2011年版，第10页。
② 麦芒：《雾》，《诗刊》1979年第10期。
③ 北岛、舒婷等：《朦胧诗经典》，长江文艺出版社2011年版，第129页。
④ 顾城：《朦胧诗问答》，参见廖亦武主编《沉沦的圣殿》，新疆青少年出版社1999年版，第483页。

《命运》
孩子随意敲打着栏杆
栏杆随意敲打着夜晚①

北岛的这首诗尽管很短,但短短的两行诗却引发了读者的"命运"共鸣。"随意"隐喻的是命运的莫测。在这首两行诗中,北岛以动作的连锁反应来指认和叩问命运,在一个封闭的意义空间中,实现了诗意的"回响"。

《十月的献诗·劳动》
我将和所有的马车
把太阳拉进麦田……②

被喻为"自然之子"的芒克,他的诗性空间充满了来自大地与天空的"混响"。短短的两行句子中,使得"劳动"这个宏大的主题被凝固为"马车""太阳""麦田"三个意象的瞬间组合。

"一个新的形式不是为了表达一个新内容,而是为了取代已经丧失其艺术性的旧形式"。③ "朦胧诗"的形式自觉并非空穴来风,它既是后"文革"时代"创新""改革"这种与国家意志融为一体的文化氛围的必然,同时也是继承与创新中对于新诗传统的续接。而形式革命最为核心的依然是回到语言本身。极"左"思潮对于语言的专制,使得后"文革"时代诗歌革命的首要任务就是解放语言。形式自由实际上来自语言能指与所指的分离。如果说"意象化""象征化"来自后"文革"时代"内源性意义危机"④ 的指认,那么"形式化"则表征的是新时期开始后融入他者的"现代性焦虑"。而"朦胧诗"的先锋意蕴亦是在这"危机"与"焦虑"交汇的现代性空间中体现出来的,它既挑战着主导诗歌的体制性话语,亦对自身形式的僵化充满了解构冲动。很显然,"朦胧诗"激

---

① 北岛、舒婷等:《朦胧诗经典》,长江文艺出版社 2011 年版,第 9 页。
② 芒克:《芒克诗选》,江苏文艺出版社 2015 年版,第 36 页。
③ [苏] 维·什克洛夫斯基:《散文理论》,刘宗次译,百花洲文艺出版社 1994 年版,第 32 页。
④ 黄健:《朦胧诗的先锋意识及其思想局限》,《名作欣赏》2007 年第 18 期。

活的是一种反体制化的文学观念。这样的一种革新话语，也奠定了新时期文学的"否定美学"特质。"朦胧诗"后"第三代诗"的崛起，已经充分证明这种"否定美学"的强大力量。"打倒北岛""PASS 舒婷"这样的口号，正是以一种"否定"话语来肯定"先锋性"的天然合法性。正如南帆所指出，在先锋性观照下，"一切既有的成功都丧失了参照意义"①。如果说"朦胧诗"在启蒙使命的驱动下，在张扬先锋性的同时，还不忘与时代对话，其后中国作家的先锋探索则慢慢地退守到彻底的形式自律空间，边缘化、异质化成为其最重要的生存策略。②"朦胧诗"对于先锋作家的影响，格非曾有论及，他认为20世纪80年代先锋小说的起源，"一个是朦胧诗，另一个是汪曾祺的小说"③。

第三节　意识流小说的先锋探索

"文学即人学"这样的论述已然成为共识。而人的复杂性，也说明了文学的复杂性。古希腊人在阿波罗神殿门柱上刻下的"认识你自己"，对于西方世界的文明进程来说，仿佛就是一道"神谕"。对于人自身的认知，成为推动西方文明前行的驱动力。在理性主义哲学的信奉者看来，人是可以成为世界主宰的，因为人的理性认知能力足以破译整个世界的密码。而对非理性主义哲学的追随者而言，理性在张扬自我意识的同时，亦遮蔽了无意识或潜意识，而这一部分恰好才是人认识自身最核心的所在。由此，文学世界在认知哲学的分野中呈现断裂。对于现实主义文学来说，反映客观世界是文学的天然使命。主观世界由于其意识本身的不确定性，经常被逐出文学的殿堂，因为它对于客观世界来说，有可能造成一种扭曲或变形的认知，文学的普遍价值大打折扣。现实主义文学的这种天然优越性正是来自认知哲学的强大支撑。法国新小说代表人物阿兰·罗伯-格里耶不无揶揄地说："现实主义是每个人都挥舞着对付左邻

---

① 南帆：《先锋作家的命运》，《中国新时代》1996年第2期。
② 林秀琴：《反思"先锋"：背叛与溃退》，《福建论坛》（人文社会科学版）2012年第9期。
③ 程光炜：《批评对立面的确立——我观十年"朦胧诗论争"》，《当代文坛》2008年第3期。

右舍的意识形态旗帜,是每个人都以为只有自己才有的品质……在作家们心中,现实主义似乎跟笛卡尔的'理性'一样被分享着。"①

1949年后,唯物论哲学在中国占据了主导地位,现实主义文学因此获得了压倒性的哲学支持。在政治意识形态正确的"先验"驱动下,唯物/唯心、理性/非理性甚至成为文学政治正确的划分标准。即使是面对影响中国文化传统的中国古代哲学,依然会贴上唯心/唯物的标签,避免"消极思想"的侵蚀。而极"左"思潮的一度泛滥,更使得"政治理性"为主导的文学观念统治了中国文坛。这样的文学观念体现了马克思主义中国化过程中的历史"序化",也体现了近代以来中国社会总体现代性追求之中对于文学的"重装"。这种"序化"与"重装"的思维,就是"一种本质主义的理论诉求"②。本质主义的文学观,强调的是总体性和规定性,推崇的是一元化和普遍化,在威权政治的助推下,统摄性地获得了话语统治地位。后"文革"时代开始后,文学领域的思想解放运动使得总体化元叙事逐步解体,历史理性与现实情境对于文学创作的规定性大大消解。情境的多元化使得历史面目渐趋模糊,其本质也就自然而然地被遮蔽了。在文学创作领域,表象系统尽管处于活跃状态,但与历史及现实都呈现出脱节的趋势,因此导致了"'本质'从历史表象中滑落"③。非理性的文学观正是在本质"滑落"的过程中获得合法化自证的,这为新时期中国文学的"向内转"提供了历史契机。而"向内转"的创作观念变化,其诉求无疑包括着对于"历史理性"与"现实情境"的逃离,除了语言、文体、形式等之外,"向内转"的创作倾向还包含着鲜明的心理学动因。④ 当代中国的意识流小说正是在这样的历史契机中出

---

① [法]阿兰·罗伯-格里耶:《为了一种新小说》,余中先译,湖南文艺出版社1992年版,第184—185页。

② 冯黎明:《走向全球化——论西方现代文论在当代中国文学理论界的传播与影响》,中国社会科学出版社2009年版,第10页。

③ 陈晓明:《表意的焦虑:历史祛魅与当代文学变革》,中央编译出版社2002年版,第129页。

④ 鲁枢元认为:"'向内转',是对中国当代'新时期'文学整体趋势的一种描述,指文学创作的审美视角由外部客观世界向着创作主体内心世界的位移。具体表现为题材的心灵化、语言的情绪化、情绪的个体化、描述的意象化、结构的散文化、主题的繁复化。"参见鲁枢元《文学的内向性——我对"新时期文学'向内转'讨论"的反省》,《中州学刊》1997年第5期。

场的——"文学创作审美视角由外部客观世界向着创作主体内心世界位移"①。

"意识流"这一命名来自美国心理学家威廉·詹姆斯。詹姆斯认为,意识并非一种碎片化的东西,意识也不是拼接起来的,而是呈现出流动的状态。所以,詹姆斯说:"用'河'或者'流'的比喻可以使它得到最自然的描述。我们就称它为思想之流、意识之流或者主观生活之流。"②一般认为,"意识流"理论来自三位心理学家的创造:詹姆斯、柏格森、弗洛伊德。詹姆斯的现代心理学理论对于意识活动流动状态的指认,是意识流文学创生的基础。柏格森的"绵延说"中对于"心理时间"与"空间时间"的区分,有助于创作主体对于现实世界的主观化重构。而对"无意识""潜意识"给予合法性认证的弗洛伊德精神分析学,使得文学的表意空间大大拓展。

如克罗齐所说:"心灵要认识它,只有赋予它以形式,把它纳入形式才行。"③ 文学是人类认知自身"心灵"的重要形式。意识流小说正是基于"心灵"认知而出现的。作为现代主义文学的重要组成部分,意识流尽管不是一个统一的流派,但作为一种表现"心灵"的文学观念或手段,它在西方文明世界的广泛兴起亦是一种必然。意识流小说的经典作家乔伊斯、普鲁斯特的作品④被广泛接受是在"二战"之后,和当时整个西方人文思想中反理性情绪的日渐浓郁密切相关。当然,亦和弗洛伊德哲学思想的传播以及人文领域弗洛伊德主义的形成大有关联。后"文革"时代的中国社会,同样面临着"灾难"之后精神和心灵重新上路的困顿,自我意识的认知显得尤其重要。也正是这样的原因,"弗洛伊德热"在20世纪80年代的中国再度兴起,弗洛伊德成为知识分子书架上的"明星"。和20世纪二三十年代中国出现的第一次"弗洛伊德热"相比,尽管缘起和影响程度有不一致的地方,但其"革命性"皆有"人"的重新发现这

---

① 洪子诚、孟繁华:《当代文学关键词》,广西师范大学出版社2002年版,第180页。
② [美]威廉·詹姆斯:《心理学原理》,田平译,中国城市出版社2003年版,第335页。
③ [意]克罗齐:《美学原理》,朱光潜译,外国文学出版社1983年版,第11页。
④ 乔伊斯的《尤利西斯》创作于1922年,而普鲁斯特的《追忆逝水年华》创作时间是1913—1927年。

一功能。第一次"弗洛伊德热"启蒙了中国作家运用意识流手法进行创作，郭沫若的《残春》《喀尔美罗姑娘》《月蚀》、鲁迅的《肥皂》《弟兄》、郁达夫的《沉沦》、施蛰存的《将军底头》《石秀》《鸠摩罗什》等，皆看得出弗洛伊德主义的影响。① 而第二次"弗洛伊德热"影响更为深远，对心理学、文学、美学、哲学、社会学、历史学等多个领域都有深度的渗入。

获得了非理性哲学支持的"无意识"极有可能暴露人自身在理性束缚之外的丑恶、荒诞、猥琐甚至是变态的部分，这种不加遮蔽的"暴露"，对于崇高、权威、神圣、经典的消解是注定的。因此，后"文革"时代兴起的中国意识流小说，其实一开始便具有"解神话"的本质属性。西方意识流抗辩的是理性化的、逻各斯中心主义的文明，中国意识流解构的是极"左"思潮遗留下来的泛政治的神话。在"地下小说"中即有过这种解神话的冲动，如赵振开（北岛）《波动》中的内心独白、心理分析以及人物的意识流动，已表明它是一个中国式的意识流小说文本。② 作者选用意识流手法，不仅仅是一种创作手法，更有抗辩政治规训的意图在其中，即在无所不在的压制精神生活的政治氛围中，以文本表达的朦胧、破碎和晦涩实现精神困顿的缓释。③ "无意识"是异端的，是非法的，这几乎是极"左"政治的判定。也因此，"无意识"在文学文本上的合法化过程，本身就是政治冒险的历程。而在意识流小说进入中国的过程中，的的确确是被泛政治意识形态所指控的。1987年5月20—22日，"外国文学中的意识流"学术讨论会召开，柳鸣九说，一些学者批判意识流的立论基础就是——"意识流"这一文学流派是资产阶级心理学说（主要是弗洛伊德心理学）的产物。"意识流"文学有着"反现实主义的诉求"，对于非理性和反理性是极度推崇的。由于"潜意识"和"性意识"

---

① 王元明：《弗洛伊德主义在中国的传播和影响》，《南开学报》（哲学社会科学版）2002年第5期。

② 金红：《"文革"地下小说中的"意识流"——兼谈地下小说的现代意识》，《苏州科技学院学报》（社会科学版）2009年第1期。

③ 徐洪军：《思想意识的表达与形式创造的功能——重读赵振开中篇小说〈波动〉》，《名作欣赏》2013年第2期。

充斥于"意识流"文学,"必然带来腐朽的内容与精神污染"。① 有学者在研究中亦注意到了意识流小说具有的解神话功能:和"伤痕文学"依然陷身在"文革"话语体系中不一样的是,意识流小说反思"文革"的视角发生了重大转向。叶立文认为,意识流小说对于"文革"具有解神话的作用,只不过它是从语言这个角度入手的。由于这种话语解构是基于"内省"来实现的,所以对"人物自审意识的形成"有很重要的影响,而在哲学意义上,意识流小说显然"触及了人的存在"。②

20世纪80年代初期到中期,王蒙、宗璞、谌容、戴厚英、张洁、张辛欣、张贤亮、茹志鹃、莫言、陈洁、刘索拉、扎西达娃、李陀等作家,都曾有过意识流创作方法的尝试。1988年10月,《意识流小说》(吴亮、章平、宗仁发编选,时代文艺出版社)和《中国意识流小说选》(宋耀良编选,上海社会科学院出版社)出版。这两本书中涉及的作家和作品,具有中国意识流小说的特点,即是在小说技法上来理解和实践意识流小说。剔除重复收录篇目,这两本意识流小说选集共收录意识流小说42篇。其中的作家有王蒙、李陀、刘索拉、高行健、张承志、宗璞、张辛欣、刘心武、扎西达娃、陈村、北村、迟子建等。这样的作家阵容充分说明,意识流作为西方现代主义文学技法对于中国作家具有群体性的影响。③

在意识流小说创作中,王蒙对意识流手法最有自觉,风头最劲,成果也最大。从高行健的《现代小说技巧初探》出版后参加的讨论中,王蒙的"现代主义自觉"可见一斑。在高行健这本小册子引发的争论中,王蒙与刘心武、李陀、冯骥才是积极支持的一派。王蒙在《致高行健的一封信》中称高行健的这本《现代小说技巧初探》除了技巧的讨论之外,还有"新的语言""新的观念""新的思路",对自己有"多方面的启

---

① 柳鸣九:《关于意识流问题的思考》,《外国文学评论》1987年第4期。
② 叶立文:《神话思想的消解:从"伤痕小说"到"意识流小说"》,《天津社会科学》2004年第6期。
③ 金红:《融通与变异:意识流小说在中国新时期小说中的流变》,苏州大学出版社2013年版,第36—38页。

发"，并且"扩大了眼界"。① 在这本引发广泛争论的小册子中，高行健将意识流视为一种语言创新实践，对此颇多推举。② 而在《夜的眼》《春之声》《风筝飘带》《海的梦》《布礼》《蝴蝶》等小说中，王蒙均有对意识流手法的尝试。

发表于 1979 年 10 月 21 日《光明日报》的短篇小说《夜的眼》，标志着王蒙意识流探索的开始。③ 正是这篇小说引发了王蒙与厦门大学中文系学生田力维、叶之桦的《关于"意识流"的通信》。《夜的眼》中陈杲对城市之夜的感受，完全不同于传统的表现手法，尽管不是使用第一人称，但王蒙却是贴着主人公的意识活动来写的——

> 黑洞洞的楼道。陈杲像喝醉了一样地连跑带跳地冲了下来。咚咚咚咚，不知道是他的脚步声还是他的心声更像一面鼓；一出楼门，抬头，天啊，那个小小的问号或者惊叹号一样的暗淡的灯泡忽然变红了，好像是魔鬼的眼睛。
>
> 多么可怕的眼睛，它能使鸟变成鼠，马变成虫。④

楼道"黑洞洞的"，这是视觉的体认。"喝醉了一样"是精神错觉。脚步声不知道是"心声"还是更像"一面鼓"，是一种幻听。暗淡的灯泡，如同"魔鬼的眼睛"，是一种心灵感触。在《夜的眼》中，王蒙已经充分地动用了多维的感官体验来状写人物的内心世界。

《春之声》是一篇以考察归国的知识分子岳之峰回乡为题材的短篇小说。但和传统的现实主义小说不一样的是，《春之声》不是写所见所闻，而重在写所思所感，而且小说中的"所思所感"是一种意识活动的衍化，而

---

① 王蒙：《致高行健的一封信》(此文写于 1981 年 12 月 23 日，原载《小说界》1982 年第 2 期)，参见何望贤编选《西方现代派文学问题论争集》，人民文学出版社 1984 年版，第 529 页。

② 高行健认为："意识流不是一个独立的文学流派，也算不得一种艺术创作方法，它不过是现代文学作品的一种更新了的叙述语言。然而，它又超乎文学流派和创作方法之上，不同的文学流派、用不同的艺术创作方法从事创作的作家，都可以在不同程度上采用这种语言。"参见高行健《现代小说技巧初探》，花城出版社 1981 年版，第 26 页。

③ 马原：《重返黄金年代：80 年代大家访谈录》，吉林出版集团 2016 年版，第 240 页。

④ 王蒙：《夜的眼》，《王蒙文集》(第 13 卷)，人民文学出版社 2014 年版，第 205 页。

不是某一种触景生情的条件反射。心理结构取代故事结构成为主导，在主人公意识的牵引下，内源性冲突（内在心理）的价值超越了外源性冲突（外部事件），鲜明地区别于传统现实主义的小说观念。归国回乡的知识分子岳之峰是"意识流"的原点，国内/国外、城市/乡村、过去/现在，所有的"心理事件"都从这里生发，但最后又归于此。通过这样一个意识原点，王蒙也成功地延展了岳之峰在闷罐车上的三小时，把"物理时间"置换成为"心理时间"，让主人公在小说中实现了充分的自由。《春之声》所喻意的"春天"（理当属于时代的、国家的、民族的），也在小说主人公的精神自由中以一种"精神现象学"的形式被呈现出来，而这正是王蒙书写转折大时代的高明之处——他用小说来印证这"春天的旋律，生活的密码"[①]。曾镇南曾结合自己的阅读感受指出了王蒙小说的特点：王蒙对于社会的新变具有高度的文学敏感，他通过小说叙述语言准确捕捉了大众的情绪，将那些具有普遍性的东西"明晰化、具象化"，所以"他一下子就搔到了痒处"。[②] 曾镇南这个感性的评价无疑是恰如其分的。

《布礼》作为王蒙复出后的第一篇中篇小说，其意识流探索的重要特点在于对于柏格森"心理时间"这一概念的引入（当然是非自觉的）。这篇小说有王蒙自传的色彩，小说中钟亦成的政治遭遇也在某种程度上暗合王蒙的人生经历。三十年的人生，三十年的社会历程，在中篇小说中如何叙写？王蒙放弃了他曾经熟谙的现实主义的写"事件史"手法，而转向对主人公"心灵史"的叙写。尽管王蒙在小说的每一小节都标注了时间，时间跨度长达三十年，但结构小说的核心并不是一个编年体的时间，而是主人公钟亦成的"心理时间"。流动着的、变幻着的钟亦成的"意识"是小说的中心。也正因为是以"意识"作为结构小说的核心质料，所以"焦点"与"视点"在这篇小说的叙事中被取消，本来时间顺序可以作为"历史线索"，但也被王蒙彻底打乱，"所有的叙述被分散和分解在这样无从厘清的断裂的时间链条上"[③]。同样，在另一篇与《布

[①] 王蒙：《夜的眼》，《王蒙文集》（第13卷），人民文学出版社2014年版，第255页。
[②] 曾镇南：《王蒙论》，中国社会科学出版社1987年版，第60页。
[③] 程光炜：《革命文学的"激活"——王蒙创作"自述"与小说〈布礼〉之间的复杂缠绕》，《海南师范学院学报》（社会科学版）2006年第6期。

礼》题材有相似之处的《蝴蝶》中，王蒙亦是以主人公张思远内心的自我检视作为小说推进的主脉的。张思远身份的不断更迭，也不是靠真实的"历史时间"来叙述的，而是依靠主人公自我的反思来交代的。张思远的意识流动和切换，既丰满了小说的叙述，同时也使得张思远这个形象立体起来。而在小说技法上，《蝴蝶》的意识流运用更为纯熟，"通过主体意识的跳跃与滑动，历史与现实、社会生活与个体存在的多重主题得到了交叠互融又互为折射的呈现"①。

王蒙小说中充斥着对于现实的焦灼追问，但他的革命信仰也使他能够区别于"伤痕文学"暴露式甚至是控诉式的书写。李欧梵认为王蒙意识流小说显示的只是一种"技巧的政治"，王蒙意识流小说的语言体现了王蒙纯熟的文学技巧，但同样也可视为一种对王蒙自身的反讽式的评论。因为，"他在面对真正现实的黑暗面时，在解决中国民族性的'黑暗的核心'的内部根源时，是无能的"②。李欧梵的确看到了王蒙意识流小说的一个方面，意识流在王蒙的创作中始终是作为一种去哲学本质之后的"现代小说技巧"来看待的，他的意识流探索是一种小说技法的举措，而不是着眼于文化反思的维度来推进，这样的选择或许会在某种程度上降低其启蒙价值。但我们也看到，李欧梵"技巧的政治"这样的考察结论，其实也是一种审美政治的浪漫想象所致，其中暗含的"启蒙编码"使他看到了王蒙意识流小说中革命话语的弥散，但也同样缺乏足够的"历史的同情"。王蒙意识流小说的价值在于，他在现实政治与文学想象之间找到了一条属于他自己的"文学现代化"的中国道路，也因此，他所推举的意识流是一种有限度的意识流。他在回复两位大学生的信中即称：他认同的"意识流"绝非对于现实的逃避，更不主张意识流必须向人的内心隐遁。他强调，意识流是融主客观世界为一体的，是一种"既热爱生活也爱人的心灵的健康而充实的自我感觉"③。

---

① 张清华：《中国当代先锋文学思潮论》，中国人民大学出版社 2014 年版，第 71 页。
② [美] 李欧梵：《技巧的政治——中国当代小说中之文学异议》，尹慧珉译，《文学研究参考》1986 年第 4 期。
③ 王蒙：《关于"意识流"的通信》（原载《鸭绿江》1980 年第 2 期），参见何望贤编选《西方现代派文学问题论争集》，人民文学出版社 1984 年版，第 301 页。

这种回答或许暗含时代的禁忌，但无可否认，这其中也包含着王蒙的真诚想法。新时期文学的"向内转"不是口号，而是实实在在的文学实践，王蒙借鉴西方意识流的成功之处就在于：他旗帜鲜明地张扬了心理结构与心灵图景在文学创作中的价值和意义，赋予了人的意识活动以主体性价值。而不管是将意识流作为一种形式主张，还是作为一种文学规约，王蒙及其意识流实践在80年代中国文学发展中都是有着重要地位的。

以王蒙为代表，新时期的作家群中，不少人都对意识流有过尝试。尽管他们作品量没有王蒙多，但不难看出，对于人类自身意识的文学掘进，是那个时代重要的"现代化"文学训练之一。茹志鹃的小说《剪辑错了的故事》（刊发于《人民文学》1979年第2期）应当是后"文革"时代开始后最先接近意识流的作品，小说中1948年与1958年两个时间的交叉推进叙述，使得它本身就具有了一种时空交错感，而主人公老寿的内心独白，即有了"准意识流"色彩。宗璞的小说《我是谁》（刊发于《长春》1979年第12期）也对意识流手法进行了尝试，甚至还有某种基于意识幻象中的超现实主义的探索，比如韦弥在连续性的政治迫害中产生了身份认同的困惑，爬虫、归雁、鬼火、牛鬼蛇神，这种怪诞的意识构成了小说的基调。但韦弥投湖那一刻终于萌生了自我意识——"化为乌有的自己"开始"凝聚起来"，"从理智与混沌隔绝的深渊中冉冉升起"。宗璞毫不讳言卡夫卡对自己的影响，她就是想借用这样的荒诞表达，"站在人道立场上，反对'文革'时不把人当人看"[①]。张洁的《爱，是不能忘记的》同样是一篇将人物意识活动作为小说最主要的叙事逻辑展开的作品，女作家钟雨与老干部爱而不能的压抑感，与小说对于人物内心意识的倚重可谓相得益彰。李陀将这种写作方法归纳为"将读者视线集中到人物的意识屏幕上，并透过意识屏幕反映

[①] 宗璞曾回忆，《我是谁》创作缘起就是在北大的校园食堂看到物理学家叶企孙先生在打饭。由于"文革"中备受折磨，叶先生弯腰弓背，简直像一条虫，宗璞心里非常难过。她当时想到了卡夫卡的《变形记》，觉得完全可以用这样的方式来表现自己想表现的东西。参见宗璞《风庐散记》，北京大学出版社2012年版，第257页。

客观现实"①。

与《尤利西斯》《追忆逝水年华》这样的意识流小说经典文本相较，王蒙等作家及其作品的意识流特征明显不足。若按罗伯特·汉弗莱严苛的意识流小说定义："意识流小说是侧重于探索意识的未形成层次的一类小说，其目的主要是揭示人的精神存在"②，新时期中国文学中的意识流小说多半要被逐出意识流的文学殿堂。因为这些作品大多对社会学法则念念不忘，对潜意识的呈现和挖掘浅尝辄止，对人类精神困境的考问亦缺乏深度。但我们必须承认的是，"中国意识流"有它独特的历史价值，它冲击了现实主义叙事成规之下的社会学书写法则，而向人类自身心灵深处迈出了坚实的步伐。在现实主义向现代主义转向的过程中，这些意识流小说起到了极好的过渡作用。1985年之后"新潮小说"的兴起，与王蒙们的意识流探索不无关系。新时期文学兴起之初，"现实主义"依然是文学创作的"主导思想"。如何从僵化与异化的革命话语统治的现实主义中突围，既是文学政治的需要，也是作家自身创造能力提升的需要。意识流小说的出现并被接受，本就暗含着对"无意识"的合法化认证。"无意识"在文学创作中价值的确立，对于新时期文学探索来说意义重大——"接纳确认意识流，在某种意义上就意味着确认作家的主体，确认人的自我意识的价值在文学中的地位"③。而"作家主体"与"自我意识"的确认，无疑为先锋文学兴起提供了最重要的条件——先锋主体自觉。

第四节 寻根文学的先锋意指

20世纪80年代中期，中国作家中涌动着"寻根"的冲动，并迅速地

---

① 李陀：《论"各式各样的小说"》（原载《十月》1982年第6期），参见何望贤编选《西方现代派文学问题论争集》，人民文学出版社1984年版，第541页。
② [美]罗伯特·汉弗莱：《现代小说中的意识流》，程爱民、王正文译，湖南人民出版社1987年版，第5页。
③ 宋耀良：《意识流文学东方化过程》，《文学评论》1986年第1期。

成为有组织有策划的文学思潮。① 南帆这样描述当时这股文学思潮："不知从什么时候开始，'寻根文学'之称已经不胫而走，一批又一批的作家迅速扣上'寻根'的桂冠，应征入伍地趋附于新的旗号之下。'寻根文学'很快发展成为一个规模庞大同时又松散无际的运动，一系列旨趣各异的作品与主题不同的论辩从核心蔓延出来，形成了这场运动的一个又一个分支。"② 南帆的描述准确地概括了"寻根文学"思潮生成和延展的几个显著特征：其一，"寻根文学"来自一种概念标举；其二，"寻根文学"影响广泛参与者众；其三，"寻根文学"的本质是一种文化主义。

关于"寻根文学"最初的概念标举，大多数当代文学史都将"寻根文学"的兴起"事件化"，即1984年12月在杭州召开的"文学与当代性"座谈会。这次会议上，后来归入"寻根"代表作家的韩少功、郑义、阿城、李杭育等皆到会，而后来为"寻根文学"推波助澜的学者李庆西、季红真、李陀、陈思和等也在场。这次会议往往被认为是"寻根文学"萌生的关键性节点。此次会议召开后的次年，"寻根文学"概念在中国文坛迅速走红。韩少功的《文学的"根"》、李杭育的《理一理我们的"根"》、李庆西的《寻根：回到事物本身》、郑万隆的《我的根》，这几篇带着"根"这个关键词的文章，成为"寻根文学"的集体宣言。③ 将文学主张"事件化"的策略事后证明是极其有效的。本来务虚联谊的"杭州会议"在中国当代文学史上被凸显出来，韩少功们成功地成为"寻

---

① 广义上的80年代"寻根文学"，还应当包括诗歌领域的文化诗歌创作，尤以"整体主义诗歌"的实践最为显著。徐敬亚认为，"东方意识"是"整体主义诗歌"最鲜明的诗学主张，"整体主义的意义是对'荒原'的东方化再化，是东方人心理机制的恢复企图"。正是这种"东方之气"，让"寻根文学"的旗帜作家韩少功也受到震动［参见徐敬亚《圭臬之死》（上），《崛起的诗群》，同济大学出版社1989年版，第141—147页］。张清华认为，"寻根"思潮最早的引领者是自觉进行诗歌文化探索的诗人，杨炼最早在诗歌创作中体现出文化探索意识。后来，江河、石光华、欧阳江河、廖亦武、宋渠、宋炜、王川平、黎正光、阿曲强巴等加入其中。"诗歌文化运动使当代诗歌彻底摆脱了在当前化的社会语义和审美的层面上的写作"，"诗歌中的知性内涵、文化含量、东方智慧、民族心理等认知方法与审美要素得到了空前的增加"（参见张清华《中国当代先锋文学思潮论》，中国人民大学出版社2014年版，第81—88页）。

② 南帆：《冲突的文学》，上海社会科学院出版社1992年版，第108—109页。

③ 阿城的《文化制约着人类》（《文艺报》1985年7月6日）、郑义的《跨越文化断裂带》（《文艺报》1985年7月13日）亦是"寻根文学"思潮中的重要理论文本。

根文学"的旗手。南帆所指出的"寻根文学"的"松散无际"的特点，正好成为它可以"笼络"众多作家并归入其中的优势。但凡对于自身文化认同有过探索的作家，其实都可以纳入"寻根文学"的范畴。因为，"寻根"本就是一个宽泛的概念。由于其文化主义的本质特征，在20世纪80年代"文化热"中，"寻根文学"这种带着文化自卫色彩的文学主张，对后现代性进程中的中国社会来说，有着一种极强的煽动力，更易引起广泛关注并且被主流意识形态接纳，也是一种极为妥当的文化政治策略。

"寻根"思潮以人类学的视角和方法虚拟了一个"文化/民族"的想象共同体，这种共同体的想象旨在为"文化中国"叙事塑形。① 很显然，"寻根"这一概念极容易泛化为"文化民族主义"。这种"文化民族主义"发生的心理基础就是强势文化来袭时后现代性国家被动性的"文化自救"。② 不管是批判传统还是沉溺传统，"寻根文学"本质上都是某种"民族寓言"，"'寻根'对诡异而蛮荒的空间的探索，试图揭示'民族'特性的'起源'和'根基'，试图提供以空间的特异性探索为中心的'空间寓言'"③。这种"民族寓言"自五四以来就一直存在，当现代性成为统摄性的全球话语，如何在现代性的融入中避免文化身份的丢失，一直是中国知识分子所焦虑的，他们在物质层面对现代化憧憬不已，而在文化心灵上始终抗拒着现代性。所以，一个虚构的文化的"他者"始终如影随形。冷战对峙的国际环境，使社会主义中国在政治意识形态上树立了西方这个"他者"。而在文化上同样有一个"内化"的"他者"，正因"他者"的"内化"，使得反传统或复归传统都有了天然的"自洽"逻辑。④ "寻根"思潮正是这种"自洽"逻辑支配的结果。但身着"文化

---

① 贺桂梅：《"新启蒙"知识档案——80年代中国文化研究》，北京大学出版社2010年版，第215页。
② [美]艾恺：《世界范围内的反现代化思潮——论文化守成主义》，贵州人民出版社1991年版，第206页。
③ 张颐武：《从现代性到后现代性》，广西教育出版社1997年版，第528页。
④ 贺桂梅：《"新启蒙"知识档案——80年代中国文化研究》，北京大学出版社2010年版，第218页。

民族主义"外套的"寻根",最终归依的依然是现代性,只不过它是迂回到中国文化中的"边缘文化"甚至是"前现代文化"的"城堡"中,试图以一种"他者"的眼光来审视后"文革"时代融入"现代"的中国,并提供一套"纠偏"的美学人类学方案。①

"寻根"作家希望通过对"非规范文化"的诗化建立一套新的审美机制,试图在"现代化"的西方意识形态中找到自己的文化坐标,这显然是一套审美乌托邦的方案。这种乌托邦想象的知识驱动,来自西方思想的启蒙,亦来自新时期中国大陆的思想解放运动。西方人文思想的进入,使中国知识分子主体意识大大增强,这种异文化带来思想愉悦的同时,也使有着民族文化自觉的知识分子萌生了文化挫败感。长驱直入的西方文化几乎不遭遇任何抵抗,即使伴随主流意识形态的监控,它依然在中国社会中生机勃勃,"介绍一个萨特,介绍一个海明威,介绍一个艾特玛托夫,都引起轰动。连品位不怎么高的《教父》和《克莱默夫妇》,都会成为热烈的话题"②。在席卷中国知识分子的80年代文化热中,西方文化成为一种现象式的存在。现代化企望、精英情结和启蒙本位的交织,触发了"知识的反思性"。这种"反思性"是一种现代性的文化现象。吉登斯认为,传统的价值表面上看已经得到了证明,但实际上传统只是徒具虚假的外表而已,只有经过"现代性的反思"这样的程序,传统才能获得认同。③"寻根"思潮表面上有着复归传统的冲动,但它的内在驱动力依然来自现代性,其文化反思的本质体现为"在现代性话语范畴内的自

---

① 韩少功在《文学的"根"》中评述"寻根"作家的成就时强调了"审美",他认为,"寻根"作家"不是出于一种廉价的恋旧情绪和地方观念,不是对歇后语之类浅薄的爱好,而是一种对民族的重新认识,一种审美意识中潜在历史因素的苏醒";李杭育在《理一理我们的"根"》中对"中国文化规范"之外的少数民族文化之美不无艳羡,"比起我们的远离生存和信仰、肉体和灵魂的汉民族文化,那一味奢侈、矫饰、处处长起肿瘤、赘疣,动辄僵化、衰落的过分文化的文化,真不知美丽多少";而作为评论家的李庆西在《寻根:回到事物本身》中指出,"寻根"作家旨在重建一种"审美(表现的)逻辑关系"。参见李洁非、杨劼选编《寻找的时代——新潮批评选萃》,北京师范大学出版社1992年版,第5、13、21页。

② 韩少功:《文学的"根"》,参见李洁非、杨劼选编《寻找的时代——新潮批评选萃》,北京师范大学出版社1992年版,第5页。

③ [英]安东尼·吉登斯:《现代性的后果》,田禾译,译林出版社2014年版,第34页。

我质疑与自我批判"①。也因此,"寻根文学"书写中的"规范"之外的文化,事实上是向人类学知识体系的跨界探险。人类学视野中的"寻根",并非简单的恋旧、怀古,甚至是开历史倒车,而是基于"文化多样性"的现代性疗救方案——将本土性、地方性的文化事象从西方话语霸权的压迫中解放出来,发掘其之于现代性的特有价值。② 中国"寻根"作家们从不自觉的实践到自觉的理论阐释,其实还有着对于现代性"不确定性"的惶然。"现代性就像拼图游戏或者迷宫,是一个让人迷失方向的历史空间,在那里我们既要前进却又缺少前进的路标"③,伊夫·瓦岱这番话道出的就是"现代性"与生俱来的不确定性,这和巴朗蒂耶所指出的现代性的"自我解构和重构"④ 的本质特征不谋而合。而对于20世纪80年代历史语境中的中国来说,这种"不确定性"最明显地表现为中国文化在现代性追赶中的命运。传统中国的"超稳定结构"对于这些知识分子来说总是存在着巨大的魅惑,韩少功、李杭育们向传统资源寻求一种"确定性",也就不难理解了。但这种对于"确定性"的找寻,其实同样是文化现代性的表征。在"寻根"思潮之前,新时期文学其实在现实主义传统的复归和探索上仿佛用尽了力气,尤其像张贤亮的《绿化树》这样的作品,在运用现实主义叙事方面,显示了作家极高的技巧性。恰好在这样的徘徊之中,哥伦比亚作家马尔克斯获得1982年诺贝尔文学奖,正好为"文化民族主义"在现代性语境中话语权的争夺提供了文本佐证。⑤"寻根"作家热衷于神秘文化、边缘文化,即有《百年孤独》的启示在其中。如果说"现代派"是从"怎么写"来实现"文学现代化",

---

① 熊修雨:《从"寻根"到"先锋"——中国当代文学观察》,中国戏剧出版社2016年版,第14—15页。
② 叶舒宪:《文化寻根的学术意义和思想意义》,《文艺理论与批评》2003年第6期。
③ [法]伊夫·瓦岱:《文学与现代性》,田庆生译,北京大学出版社2001年版,第4页。
④ 乔治·巴朗蒂耶认为:"现代性就是运动加上不确定性。这个定义是很脆弱的,因为它涉及的是一种捉摸不定的、不受任何概念支配的东西,所以它只起到一种提示作用,提示现代性的本质所在。现代性是活动的,是解构与重构,是推陈出新,它既有无章无序的创造性表现又有井井有条的沉稳性。"参见[法]伊夫·瓦岱《文学与现代性》,田庆生译,北京大学出版社2001年版,第118—119页。
⑤ 李洁非:《寻根文学:更新的开始(1984—1985)》,《当代作家评论》1995年第4期。

"寻根派"则是从"写什么"来阐释"文学现代化",这是中国当代文学现代性的一体两面。"寻根文学"思潮不仅是先锋文学的探路者,它本身的文本之中即有着强烈的先锋意识。或许,正是看到了"寻根"的现代性诉求,有学者认为,"寻根"的最终诉求并不是回到中国传统文化,而是为现代性建构一个接受场域,它归依的依然是现代意义上的西方文化。①

首先,"寻根"重申了文学的自主性。考察"文革"结束至1985年"寻根文学"兴起前这一时期的中国文学,这样一个特点显而易见:尽管置身于"思想解放"这样的政治语境中,但文学创作的自主性依然不够充分。"伤痕文学"作为20世纪中国80年代文学的先声,尽管在后"文革"时代引起了强烈反响,作家揭露"文革"创伤的勇气也值得嘉许,但它因袭的依然是图解政治风向的旧有套路。"伤痕文学"作品文本的粗糙、反思的简单化、为"伤痕"而"伤痕"的悲情渲染,大大降低了"伤痕文学"的文学价值。"伤痕文学"之后的"反思文学""改革文学"同样如此,作家们观察政治风向、作品简单图解时势的痕迹尤其明显。后"文革"时代开始后的中国文学抛弃了"文革"话语,似乎也割断了与"十七年文学"的联系,重建自己的"新时期"话语体系,由此形成了新的文学制度,"伤痕"成为"'新时期文学'第一个重要的文学成规"②。这个文学成规的文学动机在很大程度上来自对于政治转轨的响应,本质上也可理解为文学化的"平反昭雪"。文学与现实政治是否需要亦步亦趋?这是当时有着自省意识的作家心中回旋的文学命题。季红真敏锐地看到了社会学概念上的文学主张与文化学概念上的文学主张的差异性:社会学概念是共时性的,文化学概念则是历时性的。基于前者的文学主张往往强调时代对于文学的规制,基于后者的文学主张更看重文化这个前提。③ 从文化传统的角度来切入文学,挑战的是满含政治期待的现实主义文学成规。在"寻根派"的理解中,文学所面对的"现实"既是当下

---

① 陈思和主编:《中国当代文学史教程》,复旦大学出版社2005年版,第277页。
② 程光炜:《文学讲稿:80年代作为方法》,北京大学出版社2009年版,第195页。
③ 季红真:《宇宙·自然·生命·人——阿城笔下的"故事"》,《读书》1986年第1期。

现实生活,同样应当包括传统文化在当代的呈现。在宽泛的意义上来理解,"寻根文学"同样是一种"反思文学",但其"反思"的立足点不基于某种政治控诉,而是来自当代视野中的对传统文化的检视。也因此,"寻根文学"兴起的1985年,被文学史家认为是社会主义现实主义文学走向终结的一年,而揭竿而起的"造反者"正是"寻根文学"。[1]"寻根"作家高调地宣告向传统文化挺进,当然有着他们的"文化政治"策略——在重拾文化传统的旗帜掩护下,实现他们的去政治化诉求,真正地实现文学的自主性。这种策略在李庆西看来,就是"从原有的'政治、经济、道德与法'的范畴过渡到'自然、历史、文化与人'的范畴"[2]。对于自然、历史、文化的贴近,自然而然地将文学与政治之间的黏性大大消解,文学文本的自足性也迎来了更大的可能性,文学的主体性也以一种文化的形象被重新阐释,作家自身创作也由此迎来重大转型。就文学创新来说,"寻根"思潮在文化价值上的抉择正确与否并不重要,其最重要的作用就是通过"寻根"激发了80年代文学的"观念蜕变和风格更新"[3]。文学观念的"蜕变"催生了阿城《棋王》中王一生这一文学形象。王一生的知青身份值得我们注意。和揭露极左政治对知青这一群体的伤害不一样的是,阿城在小说中赋予了王一生在精神和物质两个层面的作为人的正常需求。对"棋"的痴迷,隐喻的是王一生这个形象对于泛政治的日常生活世界的抵抗,他对于革命话语提不起劲,在棋的世界里,却实现了对生活的超越。而在物质层面,他对于"吃"有上瘾一般的热爱。"吃"作为一种本能的欲望,在王一生这里得到了充分彰显,在伦理意义上赋予了人的生存尊严。王一生与现实生活背景的不和谐,反而显示出他的"正常"。所以,王一生这个文学形象的重要性在于:王一

---

[1] 程光炜认为,"如果把当代文学简单划分为'十七年''文革'与新时期两个时期的话,那么,1985年则是当代文学后半期的一个重要转折点。正是在这个斩折点上,社会主义现实主义文学走向了终结,完成了历史任务,而先锋文学全面兴起,统治当代文学达20年之久。在这个意义也可以说,伤痕文学经典也就此宣告了终结"。参见程光炜《文学讲稿:80年代作为方法》,北京大学出版社2009年版,第202页。

[2] 李庆西:《寻根:回到事物本身》,李洁非、杨劼选编《寻找的时代——新潮批评选萃》,北京师范大学出版社1992年版,第16页。

[3] 季红真:《文化寻根与当代文学》,《文艺研究》1989年第2期。

生这个"稍微正常的人"在新时期文学中出现,其实是对于他身处的那个极不正常的时代的巨大反讽。泛政治的意识形态对于王一生这个文学形象的塑造是失去规训作用的。[1] 韩少功《爸爸爸》中的丙崽形象,尽管经常被指认为"寻根文学"作品的"阿Q"形象[2],但这一文学形象的创新性不言而喻。丙崽的白痴与其说是一种形象建构,还不如说是一种叙事方法的革命。它颠覆了现实主义叙事成规中的"正常思维",而以一种荒诞叙事来实现叙事的推进。这样的选择当然有着拉美魔幻现实主义的影响,但即使如此,也不能抹去《爸爸爸》在叙事上的革命性突破。《爸爸爸》中现代意识、现代视角、现代立场的交织,赋予了它鲜明的时代价值,而不是对于已经死去的文化的迷恋。"寻根文学"对于文学自主性的重申和创新实践,使其成为当代文学又一次"战略大转移"的肇始,正是在"寻根文学"思潮之后,当代文学叙事话语的多元化逐渐成为常态。[3]

其次,"寻根"为日常生活注入了文学性。"寻根文学"之前的文学实践,依然摆脱不了政治化的叙事成规。自"寻根文学"思潮之后,当代文学向日常生活贴近的自觉性大大增强。"文化民族主义"的"寻根"企望"促成了当代文学从政治化审美向日常生活审美的转变"。[4] 尽管依然受到启蒙主义的影响,但"寻根文学"的启蒙是一种去政治化的启蒙。日常生活成为"寻根"作家们最重要的凭借。所以,阿城在《棋王》中

---

[1] 吴炫:《穿越当代"经典"——文化寻根文学热点作品局限述评》,《江苏社会科学》2004年第1期。

[2] 严文井将《爸爸爸》视为"神话或史诗",认为"丙崽和阿Q似乎有某种血缘关系"(严文井:《我是不是个上了年纪的丙崽?》,参见廖述务编《韩少功研究资料》,天津人民出版社2008年版,第511—512页)。刘再复曾说:"发现丙崽,是为了改造丙崽,正如发现阿Q,是为了改造阿Q"(参见刘再复《论丙崽》,《光明日报》1988年11月4日)。方克强认为,"寻根"思潮其实贯穿中国现当代文学史。"阿Q—丙崽"存在着继承性,作为文化符号的阿Q"精神胜利法"和丙崽的"爸爸爸""x妈妈"其实"潜伏着深刻的同构"(参见方克强《阿Q和丙崽:原始心态的重塑》,《文艺理论研究》1986年第5期)。

[3] 熊修雨:《从"寻根"到"先锋"——中国当代文学观察》,中国戏剧出版社2016年版,第10页。

[4] 熊修雨:《从"寻根"到"先锋"——中国当代文学观察》,中国戏剧出版社2016年版,第12页。

不厌其烦地书写王一生爱棋（吃）如命的生活场景并且津津乐道。王一生身上所寄寓的老庄哲学精神当然重要，体现了文化自觉，但阿城对于"日常生活"的倾情叙写才是最具划时代意义的。日常生活诗学的自觉追求，标志着长期统治中国当代作家的革命政治已经成为一种潜文本，慢慢地被日常生活叙事所遮蔽。"寻根"思潮不遗余力地标举"日常生活价值"，源于作家们的"日常生活"自觉。通过文化"寻根"，作家们回到了由日常生活事象建构的本真的文化当中，从而屏蔽了充斥着政治、经济、伦理甚至法律规约的抽象的、概念的文化，从而实现了"表现人格的自由"[1]。在中国当代文学的历史进程中，"寻根"文化思潮的兴起，使得启蒙话语逐渐淡出，作家对于生活也不再拥有干预的激情，曾经被革命话语长期压制的日常生活慢慢回到了文学视野之中，作家们对于日常生活充满了书写的冲动。[2]"寻根"作家们的文本是从日常生活出发的，他们的文化乌托邦是基于日常生活而建构的。地域文化是"寻根"作家着力的关键点，"非规范"是他们择取文化事象的重要标准。"寻根"作家的努力使得日常生活的价值在20世纪80年代文学叙事中得到较为充分的彰显。若将"文化"理解为一种"生活方式"，日常生活则是这种生活本质论"文化"的源流所在。不管是像扎西达娃西藏题材小说中充满神秘主义的"日常生活"，还是汪曾祺式的风俗画般的"日常生活"，抑或是贾平凹式的风物志，都为"寻根"思潮提供了文化的启示。甚至莫言早期小说中的高密东北乡的生活，尽管被作家荒诞处理，打乱了时间和空间秩序，但最核心的诉求依然是发现"日常生活"的价值，并赋予它对接现代性世界话语的可能性。即使是《爸爸爸》这样有些离奇的作品，日常生活对于它的影响也是直接的。韩少功谈及《爸爸爸》时即坦承，日常生活中的人物即是小说人物的原型，有些是自己的亲友，有些是自己的邻居，他做的只不过是将这些熟悉的人物在小说中逼真地刻画出来，

---

[1] 李庆西：《寻根：回到事物本身》，参见李洁非、杨劼选编《寻找的时代——新潮批评选萃》，北京师范大学出版社1992年版，第26页。

[2] 旷新年：《寻根文学的指向》，《文艺研究》2005年第6期。

因此他只是"在规规矩矩地做现实主义的白描"。① 日常生活的文学书写与先锋性是如何勾连起来的？无疑是在自由精神这个维度实现的。布朗肖对此有深刻发现——"日常都有这样的一个本质的特征：它不容许任何约束力的存在。它四处逃逸"②。

最后，"寻根"为先锋文学提供了文本参考。"寻根文学"有着鲜明的"文化民族主义"色彩，但它也不是一种内循环的文化守成主义，而是一种在现代性观照中的自我文化觉醒。欧美现代主义文学对"寻根"作家的创作有技法上的提示，拉美的魔幻现实主义更是直接成为中国"寻根文学"的参照物，因此，"寻根文学"实际上是新时期文学的一次文本实验。汪曾祺的具有"文化根性"的写作并不是"寻根"思潮兴起才开始的，新时期开始后，汪曾祺就以对日常生活的书写而提供了一种别样的文本。日常的、世俗的生活图景，在汪曾祺作品中比比皆是。汪曾祺的小说之所以后来被先锋小说家认同，或许正是他不重形式的本土化"文本形式"实验使然。汪曾祺小说文本的自成一格，看起来仿佛是从本土文学中突兀地生长出来，其实他同样经历过域外文学的启蒙。他40 年代的作品《复仇》，可以明显地看出先锋探索意识。而由于1949 年以后至"文革"的经历，"归来"后的汪曾祺出手不凡，他完全不是揭"伤痕"写"反思"的路子，他的《受戒》《大淖记事》在当时被认为是"看不懂的小说"。要说与"工具论""反映论"的疏离，汪曾祺可谓"寻根"作家的启蒙者，当然对于先锋小说也是一个前引。李敬泽即认为，《受戒》的出现对于新时期文学意义重大，这是一次"关于自然的信念和精神趣味的复活"③，其"艺术语言的自觉和自治"影响了20 世纪80 年代的先锋作家，格非说"汪曾祺是先锋文学一个真正的源头"④，也

---

① 韩少功：《好作品主义》（原载《小说选刊》1986 年第 9 期），参见吴义勤主编，李莉、胡捷玲编选《韩少功研究资料》，山东文艺出版社，第 24 页。
② ［英］本·海默尔：《日常生活与文化理论导论》，王志宏译，商务印书馆 2008 年版，第 4 页。
③ 李敬泽：《1976 年后的短篇小说：脉络辨——〈中国新文学大系 1976—2000·短篇小说卷〉导言》，《南方文坛》2009 年第 5 期。
④ 格非、李建立：《文学史研究视野中的先锋小说》，《南方文坛》2007 年第 1 期。

正是在这个意义上说的。韩少功的《爸爸爸》不仅在思想性上堪为中国新文学国民性批判的强音，在文本上也极具先锋性，其先锋性就体现在它"高度浓缩的寓言形式"[1]。鸡头寨是一个文化蒙昧的象征符号，而丙崽这个畸形儿在鸡头寨的命运浮沉，隐喻的是一种文化沉积中施加于人的不自由状态。这种带着文化人类学色彩的试验，无疑是先锋作家对宏大叙事进行寓言化解构的先行者。莫言作品中的"寻根"叙事亦不难寻觅。他的《红高粱》通过对叙事时间的自由拆解，虚拟了一种完全不同于传统现实主义文本的小说形式，他取消了小说的整一性意义，而将意义代入神秘诡异的文本，从而确立了自由探索的"高密东北乡书写"。他对虚拟文学地理空间的建构，对于新时期文学是一个具有里程碑意义的重大转型。也正是在这个虚拟的文学根据地里[2]，莫言对现代主义进行了中国化的嫁接和培育。[3] 扎西达娃的创作先在地具有先锋价值，他在对藏族文化的神秘性书写中，始终不忘文本自身的创新与突破。"暴露叙事"与"元小说"的现代主义文学技法，扎西达娃在《西藏，系在皮绳扣上的魂》中亦有自觉运用。[4] 在"寻根"作家中，扎西达娃的作品并不多，却具有无可替代的先锋价值。他书写的文化是更不规范的边缘文化，他没有人类学的自觉，却有神学的视角观照。扎西达娃作品中的

---

[1] 叶立文：《启蒙视野中的先锋小说》，湖北人民出版社2007年版，第102页。

[2] 福克纳的小说《喧哗与骚动》对于莫言文学地理观的形成有着关键性的影响，他曾说："在此之前，我一直还在按照我们的小说教程上的方法来写小说，这样的写作是真正的苦行。我感到自己找不到要写的东西，而按照我们教材上讲的，如果感到没有东西可写时，就应该下去深入生活。读了福克纳之后，我感到如梦初醒，原来小说可以这样地胡说八道，原来农村里发生的那些鸡毛蒜皮的小事也可以堂而皇之地写成小说。他的约克纳帕塔法县尤其让我明白了，一个作家，不但可以虚构人物，虚构故事，而且可以虚构地理。于是我就把他的书扔到了一边，拿起笔来写自己的小说了。受他的约克纳帕塔法县的启示，我大着胆子把我的'高密东北乡'写到了稿纸上。他的约克纳帕塔法县是完全地虚构，我的高密东北乡则是实有其地。我也下决心要写我的故乡那块像邮票那样大的地方。这简直就像打开了一道记忆的闸门，童年的生活全被激活了。"参见於可训主编《小说家档案》，郑州大学出版社2005年版，第137页。

[3] 莫言对于西方现代文学与中国本土书写的融合是他获得全球性影响的重要因素。2012年莫言获诺贝尔文学奖，瑞典文学院的颁奖词评价认为："莫言创造了一个世界，其复杂性令人联想起福克纳和马尔克斯作品的融合，同时又在中国传统文学和口头文学中寻找到一个出发点。"参见《诺贝尔文学奖颁奖词》，《重庆晨报》2012年10月12日。

[4] 张清华：《中国当代先锋文学思潮论》，中国人民大学出版社2014年版，第101页。

"藏地密码"对于汉族作家有着重要的启示,他并不天然地带有启蒙的先验预设,更能体现文化的根性(某种意义上也等于神性)在现代性语境中的价值。也因此,扎西达娃的小说获得了溢出文本的先锋性。

一年多时间的热潮,"寻根文学"所建构的文化审美主义乌托邦难言成功。文化这个概念的多义性,使得"寻根"的作用扑朔迷离。对于某种"非规范文化"的痴迷书写,也容易使"寻根文学"淡忘自身的使命,从而使其文本的不确定性更加浓郁。韩少功断言作家们"找到了'根'"也就令人生疑。莫言甚至对自己的"寻根"自信不起来。莫言认为,对于农耕文明为源头的中国文化来说,如果不断地去强化某种"传统",很有可能陷入"恶性循环","回到原来的起点上去了",这是"痛苦的也是矛盾的"。①"寻根"启蒙的宏大叙事功能当然难以实现,但"寻根"思潮的文学"后果"却可堪记取。它使得新时期文学从现实主义的叙事规定性中解脱出来,赋予了文学解神话功能。而文化主义的文本自觉,让"寻根文学"的文本显示出开放、自由的禀赋,从而使其迅速地从政治学和社会学的意义生产规则中逃逸出来,文本的形式实验也初步获得了自足性的空间。"寻根文学"是对现实主义文学成规的扬弃,"主题性""情节性""典型性"受到了"寻根"作家的挑衅,"寻根文学"与传统现实主义有着相当程度的隔膜,"其在小说形式方面的探索和进展丝毫也不逊色于其在思想文化领域取得的巨大成就"②。当然,"寻根"作家的先锋意识也显露无遗。他们的文学气质中明显地带有反叛和革命的因子,他们所热衷的寓言化书写往往是通过艺术形式的雕琢和创新来实现的,他们对于传统文化的文学化探寻充满着"与西方现代语境相拼接的审美理想"③。而"寻根文学"形式探索所留下的"遗产"被先锋小说"继承

---

① 莫言:《我的农民意识观》(原载《文学评论家》1989年第2期),参见中国人民大学书报资料中心《复印报刊资料·中国现代、当代文学研究》1989年第4期。
② 吴义勤:《中国当代新潮小说论》,江苏文艺出版社1997年版,第8页。
③ 洪治纲:《守望先锋——兼论中国当代先锋文学的发展》,广西师范大学出版社2005年版,第201页。

和享用",在先锋小说中"完成最后蜕变"。①

第五节　形式实验的先锋革命

后"文革"时代开始后的中国当代文学,"形式实验"的冲动其实一直如影随形。新时期现代化的总体性元叙事,一直对于文学现代化有着鼓动性。80年代初的现代派论争,即是文学现代化"表意焦虑"的集中体现,而形式实验似乎天然地为中国文学的现代化提供了捷径。极具标志意义的无疑是1982—1984年的"现代派论争",现代派论争在"85新潮"兴起之前发生,在理论认识上起到了"坚壁清野"的效果。争论的结果后来已经被历史所昭示:现代主义文学主张获得了全面的合法性。

高行健的《现代小说技巧初探》1981年出版之后引起的热烈讨论,为1982年的现代派论争埋下了伏笔。这本小册子中的小说技巧如今已成常识,但在当时仿佛是一个陌生的闯入者。高行健在其中专辟两小节论小说的"现代技巧",对多重叙述角度、象征、意识流、荒诞等现代主义的小说技法不无推崇。② 叶君健在该书的"序"中也认为,在新的历史时期,文艺作品不能再"按照常规"来创作,因为传统的文学技巧和观念都已经无法适应"现代读者的要求"。③ 而在冯骥才、李陀、刘心武的"现代派通信"中,三人对于现代派的形式意义大力推举。冯骥才认为,文学家"既是内容的创新者,也是形式的创造者"④。李陀说:"文学创新的焦点是形式问题。"⑤ 刘心武尽管在讨论形式独立性时颇多游离,但也认为小说的形式及其"超意识形态功能"值得研讨。⑥ 1982年,徐迟

---

① 张清华:《中国当代先锋文学思潮论》,中国人民大学出版社2014年版,第108页。
② 高行健:《现代小说技巧初探》,花城出版社1981年版,第107页。
③ 叶君健:《序》,参见高行健《现代小说技巧初探》,花城出版社1981年版,第2页。
④ 冯骥才:《中国文学需要"现代派"——给李陀的信》,参见何望贤编选《西方现代派文学问题论争集》,人民文学出版社1984年版,第501页。
⑤ 李陀:《"现代小说"不等于"现代派"——给刘心武的信》,参见何望贤编选《西方现代派文学问题论争集》,人民文学出版社1984年版,第512页。
⑥ 刘心武:《需要冷静地思考——给冯骥才的信》,参见何望贤编选《西方现代派文学问题论争集》,人民文学出版社1984年版,第519页。

在《现代化与现代派》一文中提出了"马克思主义的现代主义"这一策略性的概念,在为中国现代派谋求合法性的同时,也从马克思的"历史生产形式"隐喻了文学形式创新去除"陋见"的必然性。① 在对徐迟的"经济现代化—文学现代化"模式进行质疑的学者中,尽管对其简单的进化论和"唯生产力论"予以质疑,但对中国文学现代化的方向却是有共识的。从政治上强烈反对徐迟观点的李准也认为,现代派文艺的一些表现技巧可以为"我"所用。② 很显然,这场争论的关键依然在于文学与政治之间关系的纠缠。主流话语的维护者已经习惯于用政治这样的红线去批驳对手,但在新时期思想解放运动的大背景下,尽管反对现代派一方辩手众多③,但指望以某种政治威权来实现文学治理,已经显得力不从心。"上纲上线"由于脱离了特定时期的政治语境,其历史命运已然注定。④ 而夏衍、巴金这样的"过来人",经历了中国新文学的风风雨雨,对此的认识无疑是清醒的。1983 年《上海文学》第 1 期、第 2 期相继刊发巴金的《一封

---

① 徐迟:《现代化与现代派》,参见何望贤编选《西方现代派文学问题论争集》,人民文学出版社 1984 年版,第 395—400 页。

② 李准在反驳徐迟时指出:"现代派文艺除了内容上的认识价值,在艺术表现形式和技巧上确有一些可借鉴的东西。事实上,几年来对外国文艺的介绍已经开拓了人们的眼界,向外国文艺借鉴已经收到了明显的效果,包括有的借鉴'意识流'技巧的作品还获得了全国优秀作品奖,这是谁也否认不了的。"李准:《现代化与现代派有必然联系吗》,参见何望贤编选《西方现代派文学问题论争集》,人民文学出版社 1984 年版,第 425 页。

③ 1982 年 9 月的《文艺报》刊出署名"启明"的读者来信《这样的问题需要讨论》,提出了中国文学到底是要走"现代派道路"还是要走"现实主义道路"的问题,由此开始了长达一年的现代派讨论。一年中《文艺报》共刊发论争文章 20 篇,但只有谢冕、尹明耀明确表示中国文学需要现代派,袁可嘉、许光华的文章是对国外现代派的客观介绍,其他文章总体上都是否定中国需要现代派的。参见李建平《新潮:中国文坛奇异景观》,广西人民出版社 1989 年版,第 39—40 页。

④ 在刘锡诚的回忆中,《文艺报》批驳现代派实际上是"奉旨行事"。1982 年 9 月 3 日,时任《文艺报》副主编唐因传达了当时中宣部副部长贺敬之的要求:"最近提倡现代派的同志,是理直气壮,充满激情的。文艺界在这个问题上开展一场辩论,是不可避免的了。提倡现代派,实质上是离开'二为',离开现实主义的艺术规律,在西方思潮面前解除武装。"当然,在《文艺报》编辑部内部也有这样的认识作为支撑——"以第一主编冯牧为首,包括副主编唐因和唐达成,编辑部主任刘锡诚和副主任陈丹晨,以及理论组的组长李基凯,我们这些人几乎一致对提倡现代派持批评的态度,尽管每个人的观点并不完全一致。第二主编罗荪则大体上赞同现代派的立场,尽管他并没有公开表达什么观点"。参见刘锡诚《1982:"现代派"风波》,《南方文坛》2014 年第 1 期。

回信》和夏衍的《答友人书——漫谈当前文艺工作》，明确表达了对于提倡"现代派"一方的声援。巴金在信中明确地提出，文学"形式"和"西方化"根本不能画等号。① 夏衍则在文中呼吁不要动辄上纲上线，对"现代派"反应不要过激，文艺创作要注重"知识问题"和"技巧问题"。② 作协领导人张光年当时亦对批"现代派"的《文艺报》有过批评。尽管此举有维护巴金、夏衍、徐迟等老作家的因素在其中，但也充分说明：在当时的政治气氛中，作为文学手法的"现代派"是获得宽容的。③

"现代派论争"中尽管有政治因素的参与，但本质上依然是文学话语权的争夺。而具有足够分量的"文学老人"的出场，使得文学场域中的角力显得尤为意味深长。后"文革"时代开始后，伴随译介热、文化热、现代派论争等文化（文学）现象的发生，西方现代主义文学的传播介入了中国"文学现代化"的进程，"无论其性质多么驳杂，都有一点可以肯定，即西方现代文学从一开始就成为了中国当代文学重返自身的逻辑起点和内在动力。这不仅意味着注重'形式'的本土现代主义创作的兴起，同时也标识出新时期文学观念的逐步确立"④。如果说新时期开始后，以"人"为旨归的启蒙，在主体性上确认了文学世界中政治的边缘化可能。那么，在"文学现代化"这一企望中进入中国当代文学的现代主义文学知识，则在文本上开始了去政治化的实践，"形式意识形态"由此成为影响新时期文学结构调整的推动力，80年代先锋文学正是文学结构调整的重要产品。从文学生态的博弈中走出来的中国先锋文学，契合了中国当代文学现代化的"形式焦虑"。由此，"自律的形式空间"一下子成为新时期文学最充满想象力的领域，因为它向处于现代性追求中的中国文学提供了"一个更本质、更形而上但同时又更加具体、更不可还原的内心

---

① 巴金：《一封回信》，《上海文学》1983年第1期。
② 夏衍：《答友人书——漫谈当前文艺工作》，《上海文学》1983年第2期。
③ 刘锡诚：《1982："现代派"风波》，《南方文坛》2014年第1期。
④ 叶立文：《启蒙视野中的先锋小说》，湖北人民出版社2007年版，第39—40页。

状态和同它所对应的历史真实"①。

  作为一种文学探索精神,新时期文学中的"先锋"在宽泛的意义上散溢于众多作家的文本当中。宗璞的小说中已明显地借用了荒诞变形的技巧,王蒙的意识流小说开创了"东方意识流"的独特表现形式,高行健的戏剧中实验色彩浓郁。主张形式是文学创新焦点的李陀,其小说《自由落体》《七奶奶》尽管算不上成功之作,但显示了他在形式创新上的"知行合一"。"寻根文学"中的部分作家,如莫言对感觉的错综复杂的呈现,创造了一种陌生化的文学体验(既是创作意义上的,也是接受意义上的)。而刘索拉和徐星的出现,则使得中国"现代派"文学终于有了较为完备的内容与形式不再"体""用"分离的文本。

  刘索拉的《你别无选择》中,一群音乐学院大学生的青春生活,是作为一个群体来展现的,这种缺乏典型人物典型性格的作品,显然是对现实主义文学成规的违逆。但同时我们也在作品中看到,李鸣这个人物其实是起到了主导视角作用的。李鸣"退学"这个事件贯穿了小说,尽管李鸣这个角色也不时地被"遗忘",但他的身上却隐藏着作者的叙述冲动,由于是一种依附性的叙事,所以时时地受到角色的钳制。作者被小说人物摁住这样的感觉,其实是对作者主体的放逐。这么多人物在小说中出现,无疑将使小说的叙事时间和空间显得局促,刘索拉运用了意识流的手法,在一个时空断面上完成了大学生群像的描摹。即使是贾教授这样一个作为符号存在的人物,尽管刘索拉将其没入小说氛围中而不刻意浮现出来,但这个人物却给人留下了深刻印象。有评论家因刘索拉小说的出现,而"相信现代小说的写法有时是不必倾注全力于人物的个性描绘而能使人物获得某种典型性的"②。有着音乐专业素养的刘索拉成功地将音乐感觉注入了小说文本,

---

  ① 朱羽、张旭东:《访谈:从"现代主义"到"文化政治"》,参见张旭东《改革时代的中国现代主义——作为精神史的80年代》,崔问津等译,北京大学出版社2014年版,第4页。
  ② 曾镇南:《让世界知道他们——读刘索拉的〈你别无选择〉》,《读书》1985年第6期。

语言的节奏和韵律尤其突出，音乐成为小说抽象化和形式化的凭借。① 而混乱、芜杂、无聊的青春中时时隐现的黑色幽默、荒诞、反讽，无疑是对西方现代主义文学文本的"戏仿"。小说中的"功能圈"象征意义的模糊化，更使小说文本的形式化、符号化大大增强。② 当然，这篇书写生活荒诞的小说，对于80年代的文学探索来说，技术主义的价值亦显而易见——"喧嚣"中其实暗含"和谐"，"白底黑字的堆积中"有着文学新变最渴求的"结构、技艺和文体"。③

《无主题变奏》同样着力于反体制化、反中心化的夸张和变形叙事，徐星更加强化了边缘的情绪，小说一开头就定下了这样的基调："也许每个人都在等待，莫名其妙地在等待着，总是相信会发生点儿什么来改变现在自己的全部生活，可等待的是什么你就是说不清楚。"④这在空气里都仿佛飘满理想主义泡沫的80年代来说，这样的小说主人公当然是一个异类。在小说结构上，没有情节，没有冲突，没有高潮，只有一种感觉的混沌流动。小说在某种意义上也提醒了读者："我"的主体意识觉醒之后，在现实的种种规定性话语（比如成功、比如奋斗、比如个人价值实现）面前，主体的觉醒反而是一大败笔。因此，《无主题变奏》与其说对接的是凯鲁克亚或塞林格式的荒谬，还不如说是后"文革"时代被"现代化"这个新的总体性话语裹挟于其中的"边缘人"的真实生存图景。⑤

---

① 黄子平评价《你别无选择》时认为：音乐这一抽象化和情绪化的艺术，成为了表达荒诞经验的最佳形式。参见黄子平《青春的骚动和不安》，《当代作家评论》1989年第1期。
② 李书磊：《〈你别无选择〉矛盾阅读》，《文学自由谈》1989年第2期。
③ 黄子平：《刘索拉的〈你别无选择〉》，《沉思的老树的精灵》，浙江文艺出版社1986年版，第170页。
④ 徐星：《无主题变奏》，作家出版社1989年版，第1—2页。
⑤ 徐星2007年接受媒体采访时透露，《无主题变奏》其实是1981年随手写的，1985年在朋友家看到《人民文学》发表的《你别无选择》，觉得这类小说竟然也能在《人民文学》发表才投的稿，根本没有想到有这么大的反响。他在采访中也坦承，16岁时读到了"黄皮书"《在路上》，这对他影响很大。徐星此后的人生经历其实也是现实版的"无主题变奏"，由于自身定位的不确定性，他被单位开除。1989年他受邀赴德写作，1994年"赤手空拳"回国，一度租住在地下室。参见吴虹飞《徐星：永远在路上》，《新闻人物》2007年第3期。

对《你别无选择》与《无主题变奏》做出"新时期文学现代派代表作"这样的认定，实际上也反衬了80年代中期中国文学革新形式创新的焦灼感，而从形式上来指认"代表作"，无疑是最简易的路径。但从后"文革"时代的特定社会历史语境来着手分析，把刘索拉与徐星的小说与因"历史反思的不彻底"导致的"虚无社会情绪"对应起来，将其视为现实生活的"文学写真"亦无不可。[1] 但现代主义文学传播所沉淀下来的西方现代文学知识谱系和文本期待，以及在其中野蛮生长的"形式意识形态"投射到了刘索拉、徐星身上，其作品在新时期文学史叙事中的经典化自然而然。这样的"现代派"指认，其基础并不是"小说内容的现代性"，而是来自从刘索拉、徐星小说滋生出来的"互文本"。当然，这样的"互文本"也不直接源于作家的创作过程，而来自那个时代的特定阅读期待。[2]

马原小说的出现使得80年代新潮文学的"形式意识形态"特征进一步彰显。之所以做出这样的判断，就在于：当文学批评领域还纠结于"表/里，名/实，结构/观念，技巧/意识"[3] 等到底要不要统一，对刘索拉、徐星们引发的"外在形式和内在观念的分离"造成的"新时期文学的危机"忧心忡忡，对现代派小说在中国大地找不到"实际生活中的对应物"[4] 而焦躁不安，对中国现代派的"真伪"各执一词、莫衷一是时，马原已真正告别了形式/内容的二元对立，告别了"体""用"分离的文学认识论和实践观。马原一出场展现的就是形式的魅力，不用服务于内容，更不用为主题作考虑，当然，也虚化了意义，或者说，形式本身就

---

[1] 中国台湾学者吕正惠认为，刘索拉小说总体上可视为大陆急速现代化过程中"最时髦的西化青年的'青春之歌'"。参见吕正惠《青春的叛逆与迷惘》，《当代作家评论》1989年第1期。

[2] 贺桂梅：《"新启蒙"知识档案——80年代中国文化研究》，北京大学出版社2010年版，第147页。

[3] 黄子平：《关于"伪现代派"及其批评》（原载《北京文学》1988年第2期），参见孔范今、施战军主编，路晓波编选《中国新时期文学思潮研究资料》（上），山东文艺出版社2006年版，第338页。

[4] 谭湘：《面向新时期文学第二个十年的思考——〈文学评论〉召开小型座谈会纪要》，《文学评论》1987年第1期。

是意义。马原所开创的纯粹的形式实验小说，使80年代中国文坛的异质性探索达到了一个新的峰值。

如果说后"文革"时代开始后的种种文学自主性探索只是在现实主义成规边缘的游击，形式实验小说则像一支孤军奋进的敢死队，直接向现实主义文学的营垒发动了玉石俱焚的挑战。正是在这个意义上，有学者提出了80年代文学的另外一种述史方式，认为文学上真正的"新时期"应当从"朦胧诗"开始，延至1985年的"寻根文学"，及至1987年实验小说的大规模兴起为时间主线，直到残雪、马原、余华、孙甘露、格非、苏童等作家相继亮相，后"文革"时代的文学才有了革命性的变化。① 这样的述史维度，显然是以形式创新的突破作为基点的。从这样的角度来考察，"伤痕文学""反思文学""改革文学"等依然属于延安文艺座谈会之后建立起来的"工农兵文学"的范式表达。也因此，马原和他的"先锋"盟友们的小说，也被研究者视为"后新时期"② 标志性的文学"物证"。

马原是形式实验小说的"始作俑者"。从马原的小说始，以叙述作为小说的本体，成为80年代文学的一道独特风景。也可以这样认为，正是"形式本位"的一批小说的集体出现，使得当代文学中出现了真正的先锋文学。

发表于1984年的《拉萨河女神》是马原在80年代文坛的亮相之作，也是当代文学中将叙述置于绝对地位的首部小说。③ 在《拉萨河女神》中，小说人物的名字是一些阿拉伯数字，这样的命名扼杀了读者对于丰满、典型、立体这样的现实主义小说人物的阅读期待。故事当然是有的，但这13个人的"故事"不过是一次集体郊游的细碎的经历：在有畜（兽）尸臭味的河边扎营，不厌其烦铺陈的野餐分工和食物，餐后漫无目标的河边行走，突兀插进来的猎人宁扎遇到毛人的惊魂一夜，集体下河游泳，上岸后在河边休息。叙述超越了情节、冲突、戏剧性等小说要素，

---

① 李陀、李静：《漫说"纯文学"》，《上海文学》2001年第3期。
② 谢冕：《新时期文学的转型——关于"后新时期文学"》，《文学自由谈》1992年第4期。
③ 洪子诚：《中国当代文学史》，北京大学出版社2016年版，369页。

成为小说的主角。尽管马原的形式实验在这篇小说中尚显笨拙,但已较为充分地体现了他极端的形式实验追求,叙事在马原小说中被提高到头等重要的地位,语言在小说中也只具有叙述的"纯粹操作性"。① 马原最先阻断了文学外因对作品的干涉。

1985 年发表的《冈底斯的诱惑》是马原的又一篇西藏题材小说,但"冈底斯"这样的地理概念,也只是马原对读者的一种引诱而已。当读者进入小说,他首先告诫阅读者的就是:"信不信都由你们,打猎的故事本来是不能强要人信的。"② 小说的故事大体可理出看天葬、找野人以及顿珠、顿月与尼姆的婚姻这样三个主要的故事。当然,故事还套有故事,比如顿珠、顿月与尼姆的婚姻故事中就有些小故事嵌在其中。故事的存在并不是靠它们之间在内容上的相关度拼接的,它们被捏合在小说文本中,只是为了某种陌生化的阅读效果,即马原所说的"造成心理机制新的感应程序"③。现实主义所强调的小说社会学价值——真实性,被马原彻底抛弃。他不时地提示小说这种文本的虚假本质,甚至小说中的人物也有被他取消的危险。比如姚亮,马原明确告诉读者,"姚亮不一定确有其人"。还在小说中与读者协商,假设姚亮已经来西藏了,且被安排在地区体委,然后再展开叙述。《冈底斯的诱惑》结构上没有逻辑串联,但这正是马原所钟爱的"纯粹意义的偶然"④。马原的小说世界并不直接对应现实,它是一个基于虚构文本的独立世界。

1986 年《虚构》的出现代表了马原形式实验小说的丰硕成果。也正是《虚构》的出现,使得"马原的叙述圈套"成为先锋作家的一个标杆,而"我就是那个叫马原的汉人"这个句子也成为先锋作家形式实验"暴露叙述"行为的代称。马原将自己真正地置入了虚构的文本之中,使作者成为小说的重要角色。吴亮甚至认为:"马原和马原小说中的马原构成

---

① 吴义勤:《秩序的"他者"——再谈"先锋文学"的发生学意义》,《南方文坛》2005 年第 6 期。
② 马原:《冈底斯的诱惑》,马原《死亡的诗意——马原自选集》,花城出版社 2013 年版,第 178 页。
③ 许振强、马原:《关于〈冈底斯的诱惑〉的对话》,《当代作家评论》1985 年第 5 期。
④ 许振强、马原:《关于〈冈底斯的诱惑〉的对话》,《当代作家评论》1985 年第 5 期。

了一条自己咬着自己尾巴的蛟龙，或者说已形成了一个莫比乌斯圈。"[1] 所以，在他的小说中反复跑将出来的陆高、姚亮，很可能就是"马原"的变体。由此可见，"马原圈套"实际上是一种"马原制造"，他将小说的"制作性的元素"[2] 予以充分发挥，而不履行文本与社会之间的约定，甚至也不怎么对心灵负责，他所服膺的是小说叙述中那种形式创造的快感。马原作为当代小说形式实验的极端推崇者，他对于"世界真相"的彻底放弃，对于"虚构真实"的执迷不悟，造就了一个又一个形式自足的虚构文本。这种虚构逻辑取消了历时性的文学历史（包括对现实世界）承担，而将重心放在了共时性的叙述狂欢上。由此，历史决定论和"现实映射"被"马原的叙述圈套"屏蔽，形式实验获得了解总体性的禀赋。马原对于传统叙事结构的革命性突击，启迪了一大批青年作家。当小说文本可以不再依赖政治语境、历史理性和现实图景来阐释，后"文革"时代开始的中国当代文学变革终于发现了"形式意识形态"这一强大的催化剂。所以，格非认为，有两个方面导致了 80 年代先锋形式实验的出现："一是创作的种种限制所导致的形式变化；二是对文学语言革新的强烈愿望。"[3]

《人民文学》1987 年推出了第 1、2 期合刊，多篇具有形式实验色彩的小说在这期合刊推出。[4] 更为关键的是，在合刊"编者的话"《更自由地扇动文学的翅膀》一文中，这本具有文学风向标作用的主流文学刊物表示了对于先锋作家的支持，其中对两个"远离"（即"远离政治和经济"和"远离社会和大多数读者"）的文学创作探索的支持，无疑是相当

---

[1] 吴亮：《马原的叙述圈套》，《当代作家评论》1987 年第 3 期。

[2] 美国小说家约翰·巴斯说："面对艺术与真实事物之间的差异或矛盾，与其达成协议的一种不同的办法是，肯定艺术中制作性的、技术性的元素（artificial element）（不管怎样你都不可能完全消除它），就把这个技巧、技术当作你的要点的一部分，而不是（为了掩盖这一点）往更高的层次去费力解释。"转引自蔡咏春《虚构性的汉语迷宫：语词中的世界——马原、格非、孙甘露与先锋叙事实验》，《文艺争鸣》2009 年第 4 期。

[3] 范宁：《格非：我再也不写三部曲》，《楚天都市报》2015 年 11 月 2 日。

[4] 主要作品包括：《大元和他的寓言》（马原）、《跑道》（刘索拉）、《谐振》（北村）、《我是少年酒坛子》（孙甘露）、《红宙二题》（姚霏）、《环食·空城》（叶曙明）、《扳网》（乐陵）、《亮出你的舌苔或空空荡荡》（马建）、《土声》（杨争光）等。

出位的。① 80年代中后期，多位风格新潮、先锋、前卫的作家皆在《人民文学》发表过作品。② 尽管由于《亮出你的舌苔或空空荡荡》受到严厉批评和处理③，编辑部对于"新潮"小说的刊发也有所节制，但对于先锋文学作家的支持依然延续。1989年第3期，格非、余华、苏童三位先锋作家在《人民文学》集体亮相，也说明80年代的《人民文学》是总体上宽容且助推新潮先锋的。

《收获》在推广先锋文学"形式意识形态"上功不可没。《收获》1986年第5期刊发了马原的《虚构》与苏童的《青石与河流》。在此后的三年中，每年的第5期、第6期均有不少形式探索的作品。由于编辑程

---

① 这期"编者的话"提出："文学也要改革。这不仅意味着有一部分作家将保持着他们对中国大地上所进行的，不仅关系着全民族的命运，甚至也关系着全人类命运的伟大改革的关注和热情，将向人数最庞大的读者群提供从他们心中流出的切近现实、感时抚事的佳作，也意味着文学的多元化趋势必将进一步发展，并得到社会的进一步容纳，包括那些远离政治和经济，远离社会和大多数读者，可以大体上被称为追求唯美，或被称为'前锋文学'的'小圈子'里的精心或漫不经心的结撰。本刊早已显示出锐意改革的意向，体现于兼容并蓄、百花纷呈的版面。但通过这个合刊号，我们也想再次坦率而鲜明地告诉大家本刊最乐于为那些把民族的生存与发展同自我的生存与发展交融在一起的感受与思考、既勇于剖析社会与他人更敢于审视命运与自我、既孳孳于美妙新奇的文学形式又谆谆于增强对读者的魅力的那样一些严肃而成熟的力作，提供充分的版面。"参见人民文学编辑部《更自由地扇动文学的翅膀》，《人民文学》1987年第1、2期合刊，第4页。

② 80年代中后期，《人民文学》对于新潮探索小说给予了相当的关注。主要作家及作品有：莫言的《爆炸》（1985年第12期）、《红高粱》（1986年第3期）、《你的行为使我们感到恐惧》（1986年第6期）、《欢乐》（1987年第1、2期合刊）；刘索拉的《你别无选择》（1985年第3期）、《跑道》（1987年第1、2期合刊）；徐星的《无主题变奏》（1985年第7期）、《殉道者》（1986年第12期）；残雪的《山上的小屋》（1985年第8期）、《我在那个世界的事情》（1986年第11期）；马原的《喜马拉雅古歌》（1985年第10期）、《大元和他的寓言》（1987年第1、2期合刊）；洪峰的《生命之流》（1985年第12期）、《湮没》（1986年第12期）；孙甘露的《我是少年酒坛子》（1987年第1、2期合刊）；格非的《风琴》（1989年第3期）；苏童的《仪式的完成》（1989年第3期）；余华的《鲜血梅花》（1989年第3期）。参见周航《〈人民文学〉、莫言、文学传播及其他》，《小说评论》2013年第2期；郑纳新：《新时期（1976—1989）的〈人民文学〉与"人民文学"》，博士学位论文，复旦大学，2009年。

③ 1987年《人民文学》第1、2期合刊发表的马建的小说《亮出你的舌苔或空空荡荡》引发轩然大波。《人民日报》1987年2月21日就此发表本报评论员文章《接受严重教训　端正文艺方向》。《人民文学》1987年第3期刊发《人民文学》编辑部的检讨《严重的错误　沉痛的教训》，同期还刊发了任世琦的《让坏事变好事》，土登旺布、佟锦华的《不能让危害民族团结的"文学"腾飞》，以及丹珠昂奔的《我的几点看法》。主编刘心武因此停职，1987年10月经中国作协书记处批准恢复主编职务。参见《人民日报》1987年2月21日；《人民文学》1987年第3期、第10期。

永新与先锋作家的私交，马原、孙甘露、余华、叶兆言、格非、洪峰、苏童等先锋作家都是《收获》的常客。① 尽管作家之间谈不上群体性的结盟，但由于《收获》这个平台的聚集，以及低调操作的编辑策略②，《收获》对于先锋作家"松散、随意的组合"反而获得了影响广泛的文学传播效果。当然，最根本的原因还在于：以形式实验为主导的先锋作家们，契合了新时期文学创新求变的历史机遇。因此，《收获》推出的作家群显得尤其引人注目。③

《上海文学》也是80年代先锋文学的重要推手。正是在《上海文学》1985年第2期刊发了马原的《冈底斯的诱惑》，使马原真正具有了全国性的影响。马原的作品《海的印象》《游神》亦在《上海文学》刊发。孙甘露的代表作《访问梦境》发表在《上海文学》1986年第9期。1987年第2期发表了苏童《飞越我的枫杨树故乡》，其后两年相继发表《乘滑轮车远去》《伤心的舞蹈》《平静如水》。1987年第3期、第11期发表了莫言的《罪过》《猫事荟萃》。1988年第11期发表了余华的《死亡叙述》等。《上海文学》对于先锋文学的贡献，尽管在作品数量上不算太多，但《上海文学》尤其注重批评家队伍的建设，吴亮、程德培、蔡翔等新锐批评家对于先锋文学作品的评论，有不少是《上海文学》推出来的。④

---

① 先锋作家80年代在《收获》发表作品之多、分量之重，是前所未有的。主要有：马原的《西海的无帆船》《虚构》《错误》《上下都很平坦》《死亡的诗意》；余华的《四月三日事件》《一九八六年》《世事如烟》《难逃劫数》；格非的《迷舟》《青黄》《背景》；苏童的《青石与河流》《一九三四年的逃亡》《罂粟之家》《妻妾成群》；孙甘露的《信使之函》《请女人猜谜》；潘军的《南方的情绪》；叶兆言的《枣树的故事》；北村的《陈守存冗长的一天》；吕新的《旧地：茅草一片金黄》《山下的道路》；洪峰的《极地之侧》；莫言的《球形闪电》《红蝗》等。参见黄发有《〈收获〉与先锋文学》，《当代作家评论》2014年第5期。

② 《收获》在推举先锋作家时务实而低调，不搞专辑、专号，也不加注倾向性明显的评论性文字，但也同样难免被指责。编辑程永新回忆推出"新潮小说"的往事时说："事后据说作协有关领导颇有微词，说是把多数人看不懂的先锋小说集中起来隆重推出不知有何企图。李小林从未向我提及这件事，倘若确有其事，那她就是一个人承担了压力。"参见程永新《八三年出发》，云南人民出版社2004年版，第169页。

③ 黄发有：《〈收获〉与先锋文学》，《当代作家评论》2014年第5期。

④ 赵自云：《80年代末权威文学期刊对先锋小说生成的培植之功——以〈上海文学〉、〈人民文学〉和〈收获〉为例》，《阜阳师范学院学报》（社会科学版）2008年第3期。

《钟山》在 80 年代后期介入对先锋文学的推举中，1988 年第 1、2 期的作品中，先锋性成为一个重要的标准。其中包括马原、格非、余华、莫言、苏童等先锋作家的探索之作。格非实验色彩最为浓郁的《褐色鸟群》即是在《钟山》发表的。《钟山》对于先锋文学有着相当的理论自觉，文学批评家王干当时即为《钟山》编辑。李劼、陈晓明、朱大可等批评家 80 年代末 90 年代初皆在《钟山》发表过关于"新潮小说"的评论。

　　此外，在 80 年代的文学期刊中，对先锋文学实验大力助推的还有《西藏文学》[①]《北京文学》[②]《中国》[③]《花城》[④] 等，这些文学刊物对于先锋文学话语场域的形成，也有着重要影响。作为 80 年代文学重要一脉的先锋文学由此获得了更为广泛的认同，"形式意识形态"的合法性在作家作品的传播中愈加牢固。也因此，对于形式的追求成为先锋文学命名

[①] 《西藏文学》对于"新小说"的推荐曾在全国范围产生了影响。马原的《拉萨河女神》即发表于《西藏文学》1984 年第 8 期。1985 年第 6 期的"魔幻小说特辑"，1987 年第 9 期和 1988 年第 5 期的小说专号，均有强烈的先锋意识。《收获》编辑程永新对《西藏文学》颇多好评，程永新与马原、扎西达娃的私交也促成了边缘的《西藏文学》受到文学中心的关注。程永新回忆说："《西藏文学》曾出过一个西藏魔幻主义专号，我读了之后，有些激动，分别给那些我并不相识的高原朋友写了信。马原说西藏的朋友收到我的信也很激动，他们没料到专号还会在内地引起反响。"参见程永新《八三年出发》，云南人民出版社 2004 年版，第 168 页。

[②] 《北京文学》是最先力推先锋作家余华的文学期刊，刊发了余华的成名作《十八岁出门远行》，《西北风呼啸的中午》《现实一种》《古典爱情》《往事与刑罚》亦由《北京文学》首发。李陀 1986 年 5 月至 1989 年 10 月担任《北京文学》副主编，他是当时先锋文学的重要批评家，对于先锋作家有很大影响。参见张大海《移动的风景——八十年代〈北京文学〉研究》，硕士学位论文，沈阳师范大学，2007 年。

[③] 《中国》创刊于 1984 年 11 月，丁玲是创办人。1986 年 3 月丁玲逝世。1986 年 10 月《中国》停刊。《中国》对新潮文学颇为推举。不少朦胧诗人、新生代诗人的诗歌，以及残雪、格非、刘恒、北村、徐星等新潮小说家的作品，都曾在《中国》刊出。残雪的代表作《苍老的浮云》《黄泥街》，以及格非的《追忆乌攸先生》就是由《中国》发表的。参见郑珊珊《〈中国〉杂志·丁玲·1980 年代文学——兼论〈中国〉杂志的期刊史意义》，《福建师范大学学报》（哲学社会科学版）2015 年第 4 期。

[④] 《花城》在 80 年代末至 90 年代初曾刊发过不少先锋文学作品，苏童、余华、叶兆言、扎西达娃、北村、孙甘露、格非等皆有作品在《花城》发表。但由于《花城》发表的先锋作品多在 90 年代之后，对其助推先锋文学的作用，研究者多有忽略。尽管先锋文学一般被认为在 90 年代走向终结，其实先锋余绪依然存在，比如北村在《花城》发表的《聒噪者说》《逃亡者说》《披甲者说》，再如吕新的《发现》《南方遗事》《中国屏风》《阴沉》《绸缎似的村庄》《米黄色的朱红》等，皆有强烈的先锋性。参见刘莹《"先锋"的探索——〈花城〉（1979—2009）的文学实践》，硕士学位论文，南京大学，2012 年。

的一个重要标准。马原、洪峰、莫言、格非、余华、孙甘露、苏童、残雪、北村、潘军、叶兆言、吕新等人成为先锋作家的当然代表。

在先锋作家的形式实验中，叙述方式被放到极端重要的位置。在"形式即本体"文学观念支配下，形式表达从处于客位的工具，上升到主体性的高度，"目的论""工具论"被作为一种非小说的规则予以驱逐。先锋作家的"世界观"就是叙述。先锋小说以叙述方式激活了沉睡着的另外的世界，它只存在于叙述规则中。叙述结构是先锋作家着力经营的，他们习惯于在繁复的结构中完成叙事。

格非在叙事结构的探索上表现最为突出，他的小说都有一种侦探小说式的诡异感，而且往往和死亡相关。比如《追忆乌攸先生》中写到了杏子的死和乌攸先生的死。为了将死亡事件弄得更神秘，他在小说中设置了三名警察，他们成了叙述的支撑点。《迷舟》中回乡奔丧的萧，与旧情人杏偷情，陷入了杏的丈夫三顺的复仇计划中，而在三顺手下侥幸逃生后，萧却被警卫员在自家院子里一枪击毙。格非是注重故事的，他往往用诡秘的故事（伴随着突发性）来支撑自己的叙述迷宫。但他的故事往往抹去了现实的成分，而成为一种神秘化的"形式结构"。

80年代先锋作家还擅长从感觉中建构形式。余华是冷静审视情绪的高手，他的《十八岁出门远行》即是一篇成长寓言，通篇以一名少年的情绪来展开叙述。《四月三日事件》则以一种无法驱散的铺天盖地的恐惧感的弥散构筑了小说总体结构。在大量的死亡主题小说中，余华冷静地进入人性的幽暗处，拿捏着情绪的节奏，从而使小说达到了形式的极端客观性；残雪先锋性的核心在于"感觉"的充分呈现，她以对非主流心理感觉的形式化书写，开启中国当代小说的另外一种可能；苏童小说的形式感并不算特别突出，但他特有的南方细腻，以及颓废的历史感，和对小说情境的异样诗化，赋予了其小说独特的探索性；北村对于语言试验有极大的热情，他的《陈守存冗长的一天》放弃了故事，也放弃了语言的现实对应功能，而主要着力于铺陈一个主观意识流动的世界。他将小说人物陈守存限定在"时间容器"内，以他的空间移动和意识的变化，结构了这个意指不明、能指浮游的小说文本。

马原暴露叙述的方式启发了后来的先锋作家，孙甘露是形式实验的走火入魔者。《访问梦境》开启了孙甘露的语言游戏活动,赤裸裸地宣告了语言对现实的还原性的失效,甚至文本的存在也是让人生疑的,唯一可以确定的是阅读者对于文本手足无措的阅读感受。这种文本试验的唯一目的就是把语言的虚构性放大,"此在性""无指涉"成为小说叙述的最大追求,其价值就在于——它是对虚构可能性的一次极端的实验。① 孙甘露的小说暴露出了"反小说"的不轨意图。《我是少年酒坛子》的小标题分别为"引言""场景""人物""故事""尾声",毫不掩饰地切割了传统小说的构成要素。《信使之函》中通过50多个"信是……"的定义来结构小说,将形式化推到了极致,被批评家称为"迄今为止当代文学最放肆的一次写作"②。

潘军80年代的小说有着叙事反叛的强烈冲动。发表于1987年第10期《北京文学》的中篇小说《白色沙龙》,尽管形式实验的色彩还不太浓郁,叙事依然保持了完整性。但在叙事推进中,"我"不时地在文本中表述自己的小说意识,消解了文学的崇高感:"我不止一次地申明过,我写小说的动机和目的都是为了玩。"③ 在发表于1989年第10期《作家》的中篇小说《省略》中,潘军混淆真实与虚构的意图极为明显。在《省略》这篇小说中,他煞有介事地提到了《白色沙龙》,还提到了为《白色沙龙》写了评论的沈敏特教授,而这都是真人真事。潘军发表于1988年第2期《作家天地》的短篇小说《悬念》,基本上可以视为对现实主义文学成规中"悬念"这一经典概念的解构。小说以"我和《作家天地》""悬念的设置""女人的阴谋""带口红的烟蒂""关于A""一种说法""另一种说法""还有一种说法""潘军的声明""一次私访""故事并没有完""一个不大不小的遗憾"12个小标题,一步一步地完成了"悬念"的制造。小说人物不时地和"我"商量着悬念的制造,甚至硬生生地闯入"我"的生活,试图改变悬念发展方向。比如,在小说的最后一节就写到这样的情节:小说即将收尾,A来见我,要求不能让他死去。A希望

---

① 吴亮:《无指涉的虚构——关于孙甘露的〈访问梦境〉》,《当代作家评论》1990年第6期。
② 陈晓明:《最后的仪式——"先锋派"的历史及其评估》,《文学评论》1991年第5期。
③ 潘军:《白色沙龙》,《潘军文集》(第2卷),文化艺术出版社2012年版,第9页。

潘军信守自己的理念——"悬念永远是悬念"。在结尾，潘军坦白：这只不过是一个梦，A 就是虚构，"我的梦完了，天也白了"①。

极端形式实验是一把"双刃剑"，先锋文学在 90 年代总体上"终结"的趋势，有历史语境的变化，比如文学与政治意识形态紧张关系的缓解，现实主义与现代主义（或后现代主义）的彼此弥合，还有人文精神向度的模糊化等，但不能否认的是，极端形式的虚构游戏让文学生产者和意义阐释者都有了厌倦之感，亦是形式实验的先锋文学终结的重要原因。先锋作家们形式实验的价值显而易见，他们以"形式意识形态"成功地逃避了主流文学意识形态的规训，这对有着"文以载道"传统且习惯于对文学实行政治（或泛政治）考量的中国文学来说，不仅仅是文学主体对于政治意志的逃逸，它触及的同样是人在个体意义上的独立价值问题，其启蒙意义也显而易见。形式实验的探索打开了现实主义之外的另一扇门，尽管社会生活的现代化与文学的现代化并非简单的决定论对应，但先锋作家在对西方文学予以借鉴并进行汉语写作实践的同时，也在中国这样的后发现代性国家开启了现代化的文学梦想，而且它实实在在地丰富了中国当代文学的表意功能。意识流、荒谬、互文性、象征隐喻、精神分析、叙事空缺等文学技法，对于今天的中国作家来说已习以为常，这种改变与 80 年代的先锋实验不无关联。先锋性的消失，在某种意义上说，也正是彼时的"先锋"在当下已成为常识，再极端的形式都已被开放的时代所接纳并融合。当"异质"不再"异质"，当"极端"不再"极端"，当"先锋"不再"先锋"，或许，这才是中国当代文学最该珍视的生存环境。

---

① 潘军：《悬念》，《潘军文集》（第 2 卷），文化艺术出版社 2012 年版，第 253 页。

第三章

80年代先锋文学的语言风格

　　语言是写作者的家园，语言是小说家的质料，如同雕塑家面对一块"原石"，先锋作家先锋实验的基础是语言世界，他们的叙事方法，他们的结构法则，他们的伦理冒险，他们的虚构游戏，都离不开语言这个基础。如同中国新文学革命从白话文运动开始，先锋作家的文学创新也是从语言试验开始的。而对"形式意识形态"的建构，首先得从语言入手，改变主流意识形态对于语言的规约，制造一个陌生的语词世界。余华即认为，要想在小说中展现一个全新的世界，小说语言首先得"冲破常识"。对于作家创作来说，通过颠倒、错位、并置等手法，抛弃既定语法表达习惯的束缚，在语言表达上突破一元化的表达思维，注重多层次、多义性的语言效果，是最为重要的。唯其如此，作家才可能获得"表达的真实"[①]。20世纪80年代中国先锋文学的出现，颠覆了传统的文学认知，不论是在文学观念上，还是文学文本上，都制造出极端"陌生化"的接受效果，靠的正是文学语言的探险。先锋作家的"陌生化"是从对现代汉语文学语言的改造开始的。他们对流行化、公共化的语言有天然的厌恶，着力于私密化、身体化的语言制造。更极端者（如孙甘露），根本不遵守现代汉语的基本语用，对句法规则充满了挑衅。语言叙述在先锋作家们的形式实验中被提升到本体的高度，小说语言的生命力也在他们对小说语言个性化、极端化的探索中得以充分彰显，他们丰富了80年代小说语言的呈现形式和表意可能。通过语言的陌生化改造，先锋小说

[①] 余华：《余华》（中国当代作家选集丛书），人民文学出版社2001年版，第433页。

打破了因果、时空这样的规则，获得了叙事空间的拓展。因此，超越语用常规、词语超常搭配、极端化修辞等手段成为80年代先锋文学语言实验的一种常态。而作家们的实验皆在于"把内心的语言翻译出来"①，这是先锋文学语言实验的出发点（其实也是归宿）。先锋文学对惯于意义指认、价值找寻、客观对应、逻辑粘连的现实主义文学传统认知来说，完全称得上是80年代文学的一次语词暴动。在80年代作家的先锋探索中，"语言成了他们文本中压倒一切的存在。他们的语言实践不仅使他们与西方的形式主义者具有了某种同步性，而且也本质上促进了中国文学对'语言'的还原"②。

第一节 能指游戏：所指的遮蔽

语言来自人对世界（包括客观和主观）的描述和命名，世界对于言说方式有着绝对的规定性。就人类文明的建构而言，在物质的维度上，体现为对外在世界的不懈探索，技术崇拜和工具理性正是在这样的过程中确立了在现代社会的话语权的。在精神这个维度上，人类认知能力的扩展往往裹挟着突破外在世界的冲动，人类文明发展史也充分说明，人对自身的认知其实更具有革命性。主观世界的能动革命，意义也往往大于对客观世界的具体实践。

文学活动作为人的一种精神实践，客观世界与主观世界就是它的表意对象。任何文学创造都是基于对两个世界的认知实践。对于文学意义的评价其实是一种内生的标准，即与人的认知实践同构。现实主义文学观之所以一直是文学主流，即使在当下依然如此，很大程度上就因为它呼应了人类对物质世界的传统认知模式。但同样也带来了另外一个困惑：主观世界的文学呈现，其合法性在哪里？尽管现实主义文学也同样重视对人物内心世界的展现，但由于客观世界映射法则的要求，对于意识活动的展开依然带有相当的规定性。现实主义作家视语言为文学建构的砖

---

① 孙甘露：《被折叠的时间——对话录》，文汇出版社2009年版，第196页。
② 吴义勤：《中国当代新潮小说论》，江苏文艺出版社1997年版，第24—25页。

瓦石木，自信可以垒出一个绝对真实的世界，"对语言的使用在于使语言能尽量没有阻隔地传达出事物的存在方式""对语言的最高要求就是使人忘掉语言的存在"①。而现代主义（后现代主义）作家对于语言没有这样的自信，对于语言与世界关系的确定性充满了疑惑，甚至认为语言本来就是一个自足自为的世界。如孙甘露在其小说《访问梦境》的引言中所标示的："到了结束的地方，没有了回忆的形象，只剩下了语言。"②先锋作家们的形式反拨正是从语言开始的，他们试图打破语言与世界对应的规定性，有意隔离所指，使语言的能指成为一种空洞的存在，即回到能指本身。确定的所指被阉割，叙事话语完全能指化。能指与所指的断裂，使符号内部失去了任何统一的可能性，能指只能在自我生成的层面漂移游荡。

　　割裂语言的能指和所指，马原是"始作俑者"。其"叙述圈套"的形成，既是叙事革命的成果，也是语词暴动的结果。"我就是那个叫马原的汉人"这个句子在马原小说中如同游魂般存在，虚构意图的和盘托出，是马原对于小说语言予以实验变形的自我合法性认证。"汉字据说是所有语言中最难接近语言本身的文字，我为我用汉字写作而得意"③，这样的夫子自道看起来是向汉语致敬，实际上暗藏着马原的野心——挑战"最难接近语言本身的文字"。如索绪尔指出，汉字是中国人的"第二语言"④，作家对于汉字写作忘乎所以的自信，不能不说是对母语的一种僭越。且以《拉萨河女神》为例，来看马原的能指游戏。在小说的开始，马原漫不经心地插入一段拉萨河地理位置的闲笔，"海拔三千六百多米"，"水流湍急而清澈"，"河岸是树林、草滩、砾石和细沙"，"是不冻河"，等等，看起来这段文字仿佛是和传统小说一样的景物描写，但这一段文字实际上并不在小说中承担任何意义（哪怕是结构的意义）。即使将其删

---

① 晓华、汪政：《谈马原的小说操作》，郭春林编《马原源码——马原研究资料集》，同济大学出版社 2008 年版，第 231 页。
② 孙甘露：《访问梦境》，重庆大学出版社 2015 年版，第 1 页。
③ 马原：《虚构》，《死亡的诗意——马原自选集》，花城出版社 2013 年版，第 1 页。
④ [瑞] 费尔迪南·德·索绪尔：《普通语言学教程》，高名凯译，商务印书馆 1980 年版，第 53 页。

除，也不会对《拉萨河女神》造成结构上的破坏。在中国诗学中，"象"是一个核心的概念，物象不是随便进入文本中的，正所谓"立象以尽意"（《周易》）。"物象"又往往和"语象"相联系，"语象是构成本文的基本素材。物象是语象的一种，特指由具体名物构成的语象"①。物象一般在现实主义小说中承载着象征意义。比如，鲁迅小说《药》中的"人血馒头"，就表征着中国文化中噬血的传统。再如，郁达夫小说中的秋天物象，体现的是作者孤独、忧郁的内心世界。沈从文小说中的湘西风物，起到的是营造边缘文化熏育下的纯净世界的功能。茅盾小说《春蚕》中的"茧子"这个中心物象，喻指传统中国农耕经济的类型，即使是小说中的边缘物象，如赤膊船和小火轮，也起到了以物象之间的对比来刻画时代背景的作用。但在马原的小说中，物象失去了明确的意指，它就是物象的物自体，而不形成任何意义映射。如《拉萨河女神》中的野餐物品，在马原笔下，完全是一种清单式的陈列——

　　应该历数一下罐头种类。
　　菠萝、枇杷果、橘子、桃子。水果类。
　　茄汁青鱼、五香凤尾鱼、红烧带鱼。
　　辣椒菜头、榨菜肉丝、盐水青刀豆。
　　红烧鸡、鸭、排骨、猪肉、羊肉。
　　回锅肉、午餐肉。②

在马原的小说中，物只是作为纯粹物质意义上的物，象征、喻义甚至情景、氛围、环境等都被作者取消掉了。物在马原小说中大多数时候都不指向意义，甚至对意义是屏蔽的，这是马原小说的"反意义""反价值"的本位所决定的。马原小说从来不给自己确立价值坐标体系，其

---

① 蒋寅：《语象·物象·意象·意境》，《文学评论》2002年第3期。
② 马原：《拉萨河女神》，《死亡的诗意——马原自选集》，花城出版社2013年版，第69页。

小说意欲在"一种无价值的非理性状态之中来构成它的价值意义"。① 即使小说中有中心意象（物象），马原也在叙述中对其进行漫不经心的解构。马原对于能指与所指之间联系的有预谋的拆解在《冈底斯的诱惑》中有充分的体现。天葬、爱情、神性与圣洁仿佛有可能要构成小说叙述的主体，能指叙述或有可能抵达所指世界。但马原的意图并不在此，他借助的只不过是这些语词本身在"历史化"过程中已经固化的符号价值，比如天葬，有利于诱引读者进入西藏神秘的生死魅惑中，马原在小说中也丝毫不遮掩小说对读者的鼓动性——

> 天葬是藏族独有的丧葬方式，很神圣。死去的人由亲属陪送到天葬台，由天葬师在曙色到来之前把死者肢解成碎块（包括骨头）。然后点燃骨油引来鹰群；当第一线曦光照上山梁，死者已经由神鹰带上天庭了。这是庄严的再生仪式，是对未来的坚定信心，是生命的礼赞。②

这样的语句显示了马原难得的耐心，甚至还带有其小说中并不多见的庄重感。但若以为马原会将意义植入文本，那显然会大失所望。因为，马原最后让陆高、姚亮等人看天葬的行动前功尽弃了。在来天葬台的路上，陆高本来有这样的想法：如果天葬台上躺着的是刚刚因车祸失去生命的那位姑娘，那他就不看了。但到了天葬台下，他却有了强烈的一睹藏区神秘天葬仪式的渴望。陆高的期待在此时和读者的期待相契合，但却被马原硬生生地掐断了。

在《冈底斯的诱惑》中，马原的语言看起来没有太多故弄玄虚，但他让能指自由漂移的意图也显而易见。比如顿月、顿珠兄弟与尼姆的婚姻，由偷情故事到平常生活，马原并不是在造悬念或抖包袱，而是一种对于能指叙述的放任——

---

① 王干：《马原小说批判》，参见郭春林编《马原源码——马原研究资料集》，同济大学出版社2008年版，第200页。

② 马原：《冈底斯的诱惑》，《死亡的诗意——马原自选集》，花城出版社2013年版，第187页。

顿月伸手摸火柴要点酥油灯，尼姆把他抱住了。结果帐篷里一直黑着，而且一直没有声音。①

周年过了，她找到顿珠，顿珠正在拣牛粪，冬天就要到了。没有人知道尼姆对顿珠说的什么……反正她和她那拽羊尾巴长大的不说话的儿子一起和顿珠家合了帐篷。②

小说关于爱情的语句是客观的，马原并不想赋予它任何煽情的能力。陆高初识藏族姑娘，正是情窦初开时，姑娘却意外地车祸死了。顿月与尼姆偷情的开始，即意味着爱情的灭失。马原小说中的"爱情"，指向的并不是感情的确定性，而是偶发性。马原对于所指确定性的遮蔽表明了自己的"语言哲学"——"那种因为有 A 才会有 B、没有 A 就没有 B 的思维方式，乃是人们对生活的一种错觉，一种片面的误解"③。能指从一开始就偏离了所指，使得意义模式失去了对于小说语言的规制作用。能指自由流动的语词表达，本来可能包蕴着无限的张力空间，但由于小说中"所指（意义）"的不停滑动和漂移，使"意指（意义）"丧失了穿越"故事（能指）"的可能。④ 对于叙事游戏的极端迷恋，使马原小说的语言成为"纯粹操作性的语言"⑤ 和"不带任何情感色彩的纯线性叙事语言"⑥。

孙甘露的语言在 80 年代先锋作家中最具先锋叛逆色彩。在孙甘露 80 年代的小说中，语言拥有了绝对的主体性，对于语言能指化和自律化的极端追求，是孙甘露小说区别于其他作家的最鲜明特征。孙甘露的小说

---

① 马原：《冈底斯的诱惑》，《死亡的诗意——马原自选集》，花城出版社 2013 年版，第 215 页。

② 马原：《冈底斯的诱惑》，《死亡的诗意——马原自选集》，花城出版社 2013 年版，第 222 页。

③ 李劼：《动人的透明迷人的诱惑——论〈透明的红萝卜〉的透明度和〈冈底斯的诱惑〉的诱惑性》，郭春林编《马原源码——马原研究资料集》，同济大学出版社 2008 年版，第 424 页。

④ 吴时红：《"一项式"的游戏——能指与所指背离视域下的当代中国先锋小说》，《黄石理工学院学报》2005 年第 5 期。

⑤ 吴义勤：《中国当代新潮小说论》，江苏文艺出版社 1997 年版，第 11 页。

⑥ 吴义勤：《中国当代新潮小说论》，江苏文艺出版社 1997 年版，第 12 页。

总体上其实都可以认为是一种彻头彻尾的语言狂欢和能指游戏。他的叙事充满了"语言暴力",因此有评论家认为其小说创作只不过是"一次语词放任自流的自律反应系列而已"①。

在《访问梦境》中,梦境成为孙甘露展开语言自律游戏的最好凭借。语词在孙甘露的这篇小说中体现出某种不可逆的流动性,正因这样的"流动性",使得读者的知识学探险和阅读快感寻觅都出现了巨大的尴尬。首先,《访问梦境》在文体上就设置了障碍,对读者的意义期待进行了故意干扰。这篇小说具有跨文体的属性,既可认为是小说,也可认为是散文诗,同时也是散文,甚至可以认为是神话、寓言的现代样式,文体可辨识度的故意降低,对于读者的理解造成了困扰。其次,《访问梦境》在叙述方式上进行了重装,"我"作为"访问者",当然承载着推进小说叙述的功能,但这种叙述又是有着很大缺陷的,叙述缺乏逻辑上的起承转合,孙甘露在小说中只不过提供了一个又一个纯粹的叙事模块。这些模块是可以任意打乱的,无论从哪一个模块开始进入小说,阅读体验其实都是等效的。因为《访问梦境》的叙述并没有设计开端,也没有预设结局,当然也不可能像传统小说一般高潮迭起。孙甘露最钟情的模式是让叙述语言任意漂流,作为创作主体,他享受的就是这种叙述的快感。最后,《访问梦境》终结了"词"与"物"的意义联系。语言成为纯粹的语言,以致对于内容造成了阻隔:"指物"价值变得模糊不清,语言是纯粹的语言,叙述是纯粹的叙述,语言(叙述)行为完全指向了"语言本身"②。所以,《访问梦境》中出现的物象(包括人物),如橙子林、闪闪人、丰收神、美男子、白色梯子、褐色陶罐、剪纸院落、《审慎入门》(小说中的一本连环画)等,都具有高度的不确定性。它们是拒绝任何意义阐释的。方克强认为,孙甘露的小说语言其实是"语言(幻觉)自律"的结果,是"文学游戏"的产物,因此,其小说语言要么是"无内涵

---

① 陈晓明:《无边的挑战——中国先锋文学的后现代性》,中国人民大学出版社2015年版,第165页。
② [英] A. 杰弗逊、D. 罗比等:《现代西方文学理论流派》,李广成等译,北京大学出版社1992年版,第120页。

的",要么是"无穷内涵的",它们只是一种"随意性的语言建构"。①

在《我是少年酒坛子》中,少年、鸵鸟、诗人、玩牌者、谈话下酒者、嘲讽仪式参加者、卖春药的骗子……这些诡秘的人都没有明确的形象塑造,只是一个又一个互相碰撞的符号,正是这些符号的无序碰撞,迸发了推动这篇小说叙事向前的力量。但叙述本身是被抽空了意义的,正像孙甘露在小说中所写的:"倘若我愿意,我还可以面对另一个奇迹:成为一只空洞的容器——一个杜撰而缺乏张力的故事刚好是它的标志。"②这篇小说的语言有一种戏剧独白般的奇异效果③,简洁而富于诗性,对叙述的连续性有着剪辑的功能。但这种戏剧独白效果是建立在抽离意义的基础上的。因此,语言在叙述空间中的展开终究只是能指的自我运动。在孙甘露的叙述观念中,所指如同《我是少年酒坛子》中那枚向坡下飞去的神秘铜币,诗人和"我"用尽全部力气都无法追赶上它,最后的结局是——"铜币刚好弹至一位下棋的盲者眼前。那盲者恰好走了一着妙棋。得意地一伸腿,神助似的将铜币踢入道旁的阴沟里了"④。这枚铜币的命运史算得上孙甘露小说中所指的转喻。对于阅读者来说,要在孙甘露的小说中试图捕捉意义无疑是徒劳的。因为孙甘露对文本的设计中就放弃了对"所指"的追索,他崇尚的只是"能指"的任意播撒。

而在小说《信使之函》中,孙甘露的能指游戏最为出格,挑战了读者的忍耐力。在他所设定的"耳语城"这个小说空间里,孙甘露展开了他肆无忌惮的语言实验。"耳语城"因此成为一个语词的实验室。那个叫"上帝"的人听力天生有缺陷,似乎可以视为孙甘露在语言实验中的人格化指称,即故意设定一个语言表意(接受)的障碍。而这种障碍的根源来自某种暴力(孙甘露在小说中交代,上帝的听力之所以有问题,是被

---

① 方克强:《孙甘露与小说文体实验》,《文艺理论研究》1999年第4期。
② 孙甘露:《我是少年酒坛子》,《此地是他乡》(孙甘露小说集),人民文学出版社2015年版,第15页。
③ 《我是少年酒坛子》在结构上,其实亦是对剧本的一种"戏仿",分别以"场景""人物""故事""尾声"为小说的章节,因此制造了叙述空间的逼仄感。
④ 孙甘露:《我是少年酒坛子》,《此地是他乡》(孙甘露小说集),人民文学出版社2015年版,第15页。

教汉语的老处女抽耳光所导致的)。这样的供述是否是对语言暴力的一种隐喻?不管作家的主观意志如何,《信使之函》充满了阅读障碍和语词反动,则是确定无疑的。陈晓明对于《信使之函》的解读显示了他解读先锋小说文本的独到之处。在他看来,"耳语城"这个叙事话语展开的空间,其实表明的是一种"话语的匮乏",小说中反反复复地出现的"信"是一种补偿性的话语。由此,基于先天缺失造成的叙事矛盾被暴露出来,叙事起源被先天地设定了障碍,"恶性增殖"的话语也就得到"任意播撒"。陈晓明认为,"话语欲望"在《信使之函》中充当了推动叙述的原动力,而"话语/欲望"间有一种让人无助的"恶性循环",它们互为"增殖"。因此,孙甘露《信使之函》的叙事完全可以视为"话语的自为的充分性与自在的缺乏性相互生产的奇怪的双重运动"①。《信使之函》中,"信是……"这个句式共出现了50多次。表面上看,"信"这一能指已经成功实现了与所指的联系,似乎还很紧密。但这种联系依然是不牢固的。这是因为,"信是……"这样的确定性只能在局部的叙述才是真正有效的。也因此,对于"信"的反反复复的定义,实际上成为一种对所指的放逐,"信是……"之后的叙述话语,也不完全承担对确定所指进行阐释的职责,反而对刚刚建立的"临时的所指"有着解构的负效应。

　　先锋作家对于能指游戏的偏爱,实际上包含着对于文学意义确定性的反叛,崇高、正义、使命、情怀,这一类的宏大叙事被先锋作家抛弃,他们着力于自由想象中的语词调度。"语言是存在之家"②,文学语言的自由并不仅仅是语言学范畴内的问题,在文学社会学意义上,它指向话语政治的规则。对于后"文革"时代的作家来说,已经逝去的"文革"政治律范是一个极典型的语言专政的例子。也正是在这个意义上,先锋文学的语言自律运动,本质上是一种解语言神话的形式实验。对于语言能指与所指的人为隔断,其中包含的"形式意识形态"主张显而易见:对

---

① 陈晓明:《暴力与游戏:无主体的话语——孙甘露与后现代的话语特征》,《当代作家评论》1991年第1期。

② [德]马丁·海德格尔:《路标》,孙周兴译,商务印书馆2000年版,第366页。

于先锋作家来说，语言是构成小说的唯一要素，它可以完全不遵从外部的规定性。因此，对于所指的屏蔽，正是先锋作家共同的文学观。孙甘露曾在其小说《访问梦境》中写下这样一段文字："这是一个词藻的世界，而词藻不是用来描写想象的。想象有它自身的语言，我们只能暗示它和周围事物的关系，我们甚至无法逼近它，想象中的事物抵御我们的词藻。"① 作家与辞藻的纠缠不休使先锋文学文本成为一种悬置所指的自我指涉的语词游戏。先锋作家们构筑了一个迷宫般的能指世界。在这座"语言的迷宫"中，失去了确定所指的语言只是在纯粹的"语词链"上滑行，"现实""生活真实"这样一些曾经所向披靡的文学规定性，也在这个能指世界中被悬置起来。②

第二节　间离陌生：奇幻的体验

如果说现实主义文学是一种外置法则检测的文学范式，那么，现代主义（后现代主义）文学则是一种内置法则规定的文学追求。80 年代中国先锋作家崇尚的即是文学的主观建构，即从外部的客观世界转向对内部主观世界的关注。"向内转"的文学选择，意味着文学题材的转变，同时也意味着文学语言的新变。语言对于人的精神的规约是显而易见的。客观世界的映射法则被驱逐后，主观表意的审美功能被彰显。先锋作家对于"语言暴政"的反抗，正是在这种"表意选择"中走到了时代的聚光灯下。当"怎么写"代替"写什么"成为先锋作家的最高追求，语言也就成为他们形式实验最重要的识别码。对于语言与革命的关系，马尔库塞曾有深刻论述："一场革命在何种程度上出现性质上不同的社会条件和关系，可以用它是否创造出一种不同的语言来标识，就是说，与控制人的锁链决裂，必须同时与控制人的语汇决裂。"③ 支撑先锋文学"形式

---

① 孙甘露：《访问梦境》，重庆大学出版社 2015 年版，第 57 页。
② 戴锦华：《裂谷的另一侧畔》（原载《北京文学》1989 年第 7 期），李洁非、杨劼选编《寻找的时代——新潮批评选萃》，北京师范大学出版社 1992 年版，第 107—108 页。
③ ［美］赫伯特·马尔库塞：《审美之维》，李小兵译，广西师范大学出版社 2001 年版，第 106 页。

意识形态"的终究是语言形象。正是因为对于语言的叛逆，使先锋文学在获得形式自律的同时，亦拥有了一种"精神形式"，即"借助语言革命打开精神空间"①。先锋作家的语言革命不仅要面对主流文学意识形态的规训，而且还要与日常语言拉开距离。由此，"陌生化""间离化"成为先锋文学文本的重要语言特征。

"陌生化"理论是由什克洛夫斯基提出来的。在这位形式主义文艺理论家看来，"艺术的手法是事物的'反常化'的手法，是复杂化形式的手法，它增加了感受的难度和时延"②。80年代中国先锋文学引发关注，正来自"陌生化"的文学接受效果。"陌生化"的最基础要件就是语言。先锋文学提供给阅读者不一样的阅读体验，就是因为其语言是打破了语用习惯的，从而对读者稳定的常识世界形成一种逼迫。尽管其文本高度心理化和主观化，但先锋文学依然脱离不了日常生活，只不过先锋文学中的日常生活是一种已经经过"变异"程序处理的日常生活。伊格尔顿认为，文学语言这种表述形式，最大特点就是"以各种方式使普通语言变形"，通对文学技巧的"变形"，诸如套叠、强化、拖长、浓缩、颠倒、扭曲等处理，普通语言变得"疏远"起来，文学语言中日常生活的"陌生化"，正是语言"疏远"的结果。③

汉语是一种古老的语言，承载着丰富的文化信息，对于汉语的使用同样也是一个有着足够稳定性的文化惯习。对于文学语言来说，由于文化惯习而形成的"自动性"的语言，其实是一种窒息。在形式主义文论家艾亨鲍曼看来，只有摆脱这种基于日常语用的"自动性"，才会形成真正的"艺术语言"。④ 先锋文学对于日常语用规则的反叛，首要任务就是破除语言的"自动性"。

余华在先锋作家中有着独特的语言感觉，其小说语言往往具有突如

---

① 南帆：《文学的维度》，福建教育出版社2016年版，第26页。
② [俄] 维克托·什克洛夫斯基：《作为手法的艺术》，《俄国形式主义文论选》，方珊等译，生活·读书·新知三联书店1997年版，第6页。
③ [英] 特里·伊格尔顿：《文学原理引论》，刘峰译，文化艺术出版社1987年版，第5页。
④ 转引自张冰《陌生化诗学》，北京师范大学出版社2000年版，第88页。

其来的冲击力,擅长打破日常语用成规,从而制造陌生化的效果。而这种陌生化,往往来自余华对于语言的主体化运用,充分显示了这位曾有牙医从业经历的先锋作家丰饶的感官经验。

表 3-1

语言案例	出处
1. 一代宗师阮进武死于两名武林黑道人物之手,已是十五年前的依稀往事。在阮进武之子阮海阔五岁的记忆里,天空飘满了血腥的树叶。①	《鲜血梅花》
2. 这时灰衣女人已经走到了自己家门口了,她听到屋内女儿在咬甘蔗,声音很脆很甜。②	《世事如烟》
3. 此刻街上自行车的铃声像阳光一样灿烂,而那一阵阵脚步声和说话声则如潮水一样生动。③	《一九八六年》

上述三个句子中出现的语言形象都有着主体"变形"的痕迹。《鲜血梅花》中"血腥的树叶",既有视觉记忆,亦有嗅觉记忆,两种"语言形象"的叠加,使得小说文本中这个小男孩的记忆表述,异样而独特。《世事如烟》中灰衣女人听到女儿咬甘蔗的声音"脆"与"甜",有听觉,亦有味觉,更加重了灰衣女人在小说中陷入无处可逃的死亡圈套的神秘感。在《一九八六年》中,属于听觉感知的自行车的铃声、脚步声和说话声,被余华转换为视觉才能感觉到的灿烂的阳光和生动的潮水。这是小说在感觉层面所带来的"陌生化"。这种"陌生化"的实现,主要来自主体感觉的修辞化融通。"通感"在传统的文学手法中比比皆是,但余华小说中的通感,经过了私性体验的主观化变形处理,所以显得神秘而奇诡。

余华小说的"陌生化"策略还体现在对语词的粗暴搭配上,余华没

---

① 余华:《鲜血梅花》,作家出版社 2014 年版,第 1 页。
② 余华:《世事如烟》,作家出版社 2014 年版,第 115 页。
③ 余华:《一九八六年》,《现实一种》(余华中短篇小说集),作家出版社 2014 年版,第 119 页。

有按语用常规来组构语词，而是完全服从于主体叙事的需要。这种文本内部的"语词暴动"，带来的是语词表征的意义重构，从而赋予了小说文本以"陌生化"的效果。《现实一种》中对山岗、山峰兄弟俩的母亲身体感觉的着笔，体现了余华细腻却充满着"语言暴力"的审丑想象。在这个老妇人体内经常会发出像筷子折断一般的声响。这位老妇人听力已经不太好，这从体内穿透皮肤冲出来的声音其实异常轻微，但她却听得清晰而真切。① 老妇人时常想象体内骨折的景象，"那时候她体内已经没有完整的骨骼，却是一堆长短形状粗细都不一样的碎骨头不负责任地挤在一起"②。碎骨头在这里被人格化了，所以它们可以"不负责任地挤在一起"。余华在《难逃劫数》中写森林妻子的悲哀，由于经历太久的忍耐，森林一回到家，他就感觉到"妻子的悲哀像一桶冷水一样朝他倒来"③，这种粗暴的比喻无疑会给读者带来超越修辞的阅读体验。写到采蝶美容手术失败后的情绪尤其精彩，"她的声音正在枯萎"，"采蝶的眼睛开始叙述起凄凉"。④ 对于词语使用法则的挑战，余华收获的是小说制造的奇幻效果。在《现实一种》中，余华对于细节的探幽，同样起到了"陌生化"的作用。余华写山峰的妻子回到家看到年幼的儿子已经死在地上那种震惊、悲痛、手足无措，并不是呼天抢地悲号痛哭，余华从物对于人的情绪的提示来写这种奇怪的感觉。这个女人在屋里找东西，目光在家中物件上逐一扫过，最后她的目光落在了摇篮上，可是摇篮中并没躺着儿子，而是空无一物。这时候，这个女人突然想起了回家时看到屋外躺在地上的那个一动不动的孩子。当她疯了似的奔出屋子，看到了躺在地上的儿子时，她却不知道怎么办，"但此时她想起了山峰，便转身走出去"⑤。对于场景细节的久久盘桓，正是什克洛夫斯基所推崇的陌生化的重要技巧，

---

① 余华：《现实一种》，作家出版社2014年版，第7页。
② 余华：《现实一种》，作家出版社2014年版，第7页。
③ 余华：《难逃劫数》，《世事如烟》（余华中短篇小说集），作家出版社2014年版，第61页。
④ 余华：《难逃劫数》，《世事如烟》（余华中短篇小说集），作家出版社2014年版，第80页。
⑤ 余华：《现实一种》，作家出版社2014年版，第9页。

因为,"在一个图景的细节上耽搁许久,并加以强调,这样便产生常见的比例变形"①。

苏童深谙"陌生化"之于先锋实验的重要意义。在苏童80年代的作品中,他对于语词与句法的突破是一种自觉的追求。苏童的语感有着南方潮湿、暧昧的芜杂感。悄无声息的变形,简洁精致的夸张,不动声色的反讽,使得苏童的小说语言个性十分鲜明。《一九三四年的逃亡》被认为是苏童列入先锋作家的一个标志性的作品。在这部小说中,有着"明目张胆"的语词"变形"和对意象的密集使用,从而获得了"陌生化"的效果——

干瘦发黑的胴体在诞生生命的前后变得丰硕美丽,像一株被日光放大的野菊花尽情燃烧。②

——写分娩后的蒋氏

光着脚耸起肩膀,在枫杨树的黄泥大道上匆匆奔走,四处萤火流曳,枯草与树叶在夜风里低空飞行,黑黝黝无限延伸的稻田回旋着神秘潜流,浮起狗崽轻盈的身子像浮起一条逃亡的小鱼。月光和水一齐漂流。③

——写出逃的狗崽

天地间阴惨惨黑沉沉的,生灵鬼魅浑然一体,仿佛巨大的浮萍群在死水里挣扎漂流,随风而去。④

——写枫杨树乡村的沉寂

---

① [法]茨维坦·托多罗夫:《俄苏形式主义文论选》,蔡鸿滨译,中国社会科学出版社1989年版,第159页。
② 苏童:《一九三四年的逃亡》,李小林等主编:《一九三四年的逃亡》(《收获》50年·精选系列),中国文联出版社2009年版,第86页。
③ 苏童:《一九三四年的逃亡》,李小林等主编:《一九三四年的逃亡》(《收获》50年·精选系列),中国文联出版社2009年版,第93页。
④ 苏童:《一九三四年的逃亡》,李小林等主编:《一九三四年的逃亡》(《收获》50年·精选系列),中国文联出版社2009年版,第96页。

部分先锋作品甚至将长句作为一种"陌生化"的纯形式化手段。且看格非小说《没有人看见草生长》中以下这段不加标点符号的文字与笔者为其加上标点后的对比。

表 3-2

格非原作	笔者加标点后
她将头靠在我的肩胛上她的发梢又一次撩拨着我的脖根我的太阳穴像被一块火炭灼伤我的血管仿佛化脓的伤口在不停地跳动着我的手拂过她平坦的背部停在她蓬乱的发上风从窗口吹进来把她的头发吹到我的嘴里我吮吸着她淡淡的体香呼喊着她的名字梅梅她说你慢点我的孩子我感到她的身体开始发软我俯下身体帮她脱掉了她的沉重的皮靴拉掉她的散发着奶酪味的蓝色的袜子我开始吻她的纤足——她走路姗姗的脚跟那么白净她的脚背那么富有曲线我将她的小脚趾含在嘴里她痒了咯咯咯地笑起来我掰开她的右手——它揪皱了我衬衣我将她的手放在她自己的领口她解了第一颗纽扣接着第二颗然后是第三颗我的手刚接触她的胸脯她就惊叫起来她的身体逐渐变硬我停下来我们大声地喘着气她的身体像一个发光的胴体她黝黑的大腿紧紧靠着我告诉她哪里是她的膝盖哪里是她的腰哪里是她的双肩她哭了露出白闪闪的牙齿什么爱情婚姻让妻子见鬼去我抱起她把她轻轻放在床上我的嘴唇像木筏一样沿着她的脊背滑下——①	她将头靠在我的肩胛上,她的发梢又一次撩拨着我的脖根。我的太阳穴像被一块火炭灼伤,我的血管仿佛化脓的伤口在不停地跳动着,我的手拂过她平坦的背部,停在她蓬乱的发上。风从窗口吹进来,把她的头发吹到我的嘴里。我吮吸着她淡淡的体香,呼喊着她的名字"梅梅",她说,你慢点我的孩子。我感到她的身体开始发软。我俯下身体帮她脱掉了她的沉重的皮靴,拉掉她的散发着奶酪味的蓝色的袜子。我开始吻她的纤足——她走路姗姗的脚跟那么白净,她的脚背那么富有曲线。我将她的小脚趾含在嘴里,她痒了咯咯咯地笑起来。我掰开她的右手——它揪皱了我衬衣。我将她的手放在她自己的领口,她解了第一颗纽扣,接着第二颗,然后是第三颗。我的手刚接触她的胸脯,她就惊叫起来。她的身体逐渐变硬。我停下来,我们大声地喘着气。她的身体像一个发光的胴体,她黝黑的大腿紧紧靠着,我告诉她哪里是她的膝盖,哪里是她的腰,哪里是她的双肩。她哭了,露出白闪闪的牙齿。什么爱情婚姻,让妻子见鬼去!我抱起她,把她轻轻放在床上,我的嘴唇像木筏一样沿着她的脊背滑下——

---

① 格非:《没有人看见草生长》,《褐色鸟群》(格非小说集),上海文艺出版社 2014 年版,第 102—103 页。

两相比较，格非这段用于状写偷情的文字，由于恰当地使用了不加标点的表现方式，用语词的急促滑动契合了"我"与"梅"偷情时的紧张、新奇、刺激的感觉，可谓别开生面，形式上的"陌生化"与内容的"陌生化"实现了深度契合，加上标点后的文字，在表达上反而带来了滞塞感。

"间离化"理论是布莱希特对什克洛夫斯基"陌生化"理论的发挥。布莱希特认为要制造"间离效果"就是"把一个事物或人物陌生化"，而"间离化"的实现"意味着简单地剥去这一事件或人物性格中的理所当然，众所周知的和显而易见的东西，从而创造出对它的惊愕和新奇感"①。布莱希特的理论是针对戏剧提出来的，重在强调角色、演员、观众三者要有相应的距离，即拥有一定的理性，方可对于戏剧表达的社会与人生话题有更深刻的体会。但"间离"对于小说创作同样是适用的。在语言修辞意义上，小说的"间离"指的是语言表达、文本呈现、审美体验这个意义生产领域中修辞参与方（如修辞制造者、修辞接受者、修辞载体甚至作为修辞客体的生活）之间距离或空洞的存在，以满足各方进行完善和填充的可能性，从而创造出疏离和陌生的文本效果。②王一川注意到了80年代中国先锋小说语言的"间离化"特征，他以"间离语言和奇幻性真实"对先锋小说的"语言形象"予以概括。而中国先锋小说文学特征的确立，这种"间离语言"是一个重要原因。王一川对先锋小说"间离语言"这样的先锋性进行考察时还提出了"间离语言"的对峙概念——"真实型语言"。这种"真实型语言"对于"真实"与"典型"有着迷恋，亦相信文学语言对于世界的无所不能的表现能力，人的语言对于世界具有上帝般的全知全能性。支撑这种"真实型语言"的是基于绝对理性主义的"元叙述体"。因此，"间离语言"天然地对"真实"和"典型"具有解构作用，从而指向对"元叙述体"的拆解。③

先锋文学语言的"间离化"，一个显著的特征就是叙述者角色的模糊

---

① 蒋孔阳、朱立元：《西方美学通史》（第6卷），上海文艺出版社1999年版，第793页。
② 余新仁：《小说话语"间离化"修辞》，硕士学位论文，福建师范大学，2007年。
③ 王一川：《间离语言与奇幻性真实——中国当代先锋小说的语言形象》，《南方文坛》1996年第6期。

和凌乱。"我就是那个叫马原的汉人"这个句子所造成的对小说观念的冲击,首先就是在真实性上的反叛。马原直接暴露了小说的虚假本质,从而使小说与历史、社会、人生的所谓"真实再现"这样的先验性出现了合法性危机。这种直接在小说文本中谈论作者的句子,在苏童的《一九三四年的逃亡》中亦曾出现。[①] 只不过,苏童与马原的自我叙述暴露,两者是有区别的。如果说马原是在"声明"自己是语言幻象的制造者,而苏童则是让自己从文本中逃避,但两者都对读者造成了叙述人指认的"间离效果"。

孙甘露没有在小说中出现"我是孙甘露"这样的表白,但他对模糊真实与虚构的意图亦直言不讳。在《请女人猜谜》这篇小说中,孙甘露煞有介事地声明:小说人物其实都还活着,自己对于使用这些女人的真实姓名充满了歉意,同时对小说叙述中可能造成的伤害向这些女人致歉,并真诚地恳请她们的原谅。[②] "此地无银三百两"的真实意图,就是打乱生活真实与虚构世界的界限。潘军在《南方的情绪》中也如实地坦白了写作意图,"我坐到案前,准备写一篇叫作《南方的情绪》的小说。其实一个悲剧在这之前就拉开了序幕"[③]。不仅如此,在叙事推进的过程中,"她们从不同的角度从容地走进了我的小说,这部《南方的情绪》"[④]。

在具体的语言技巧上,先锋小说"间离化"的实现,往往裹挟着对语词的肆无忌惮的差遣。语词告别了辞典阐释和日常生活经验的规定性,完全服从于文本内部的功能需求。80年代的余华,其"暴力美学"不仅体现在他对于暴力书写的念念不忘,还体现在他对于语词的粗暴征用。且来看《难逃劫数》中这样的文字——"这个时候他听到一个声音从自己嘴里奔出,那是他进屋后听到的第四次强硬的声音,那是一种比匕首

[①] 苏童在小说的开头即有这样的句子:"你们是我的好朋友。我告诉你们了,我是我父亲的,我不叫苏童"。参见苏童《一九三四年的逃亡》,李小林等主编:《一九三四年的逃亡》(《收获》50年·精选系列),中国文联出版社2009年版,第78页。

[②] 孙甘露:《请女人猜谜》,《夜晚的语言》(孙甘露小说集),上海文艺出版社2013年版,第41页。

[③] 潘军:《南方的情绪》,《潘军文集》(第2卷),文化艺术出版社2012年版,第73页。

[④] 潘军:《南方的情绪》,《潘军文集》(第2卷),文化艺术出版社2012年版,第75页。

还要锋利的声音。他要露珠去掉此刻盘踞在她身上的胸罩和短裤。"① 锋利如匕首的声音,女人内衣在身上的"盘踞",前者若还只是一种修辞天分,后者则体现了余华对于词语的野蛮"专政"。这种"出格"就意味着文本"间离化"的获得。潘军小说的"间离化"同样有着对语词强行挤压的特点。在《南方的情绪》中,这种语词挤压如随随形——"在这个漫长的夏夜,我徘徊在从荒原的腹部穿过的列车里,细细品尝着灵魂的错位。一条巨大的生满毛制的粉红舌头正耷拉在我的喉部"②。"云很低很硬,正拼命地集合,嘎嘎作响"。③ 语言间离化其实正是打破习以为常的语用规则来实现的。在这个意义上,语言暴力的合法性得以确认。对于现实主义总体化元叙事的逃离,是80年代先锋文学的意识形态诉求,他们选择了形式作为逃逸的通道,而语词正好成为打开这个通道的"密钥"。

"间离化"还来自喻指符号的主观化选择。先锋作家热衷于在文本中植入隐喻。其喻指符号并不来自公共话语的规定性,而是来自作家独特的体物认知。符号语言学家埃科视语言为一种被"各种规则"支配下的"约定的机制",而隐喻就是对"约定的机制"的"破坏和惊扰",同时给予了语言"更新的动力"。④ 余华清醒地认识到作家从"向我们提供了一个无数次被重复的世界"⑤ 的大众语言中突围的重要性,他认为,只有"冲破常识",才可能抵达"表达的真实"。⑥ 从这样的语言真实观出发,余华对于小说文本中的隐喻有着极致的追求,甚至可以说,隐喻本身就是余华结构文本的引爆点。既有从历史伦理指认中获得的隐喻(如《一九八六年》《往事与刑罚》),也有从日常生活伦理中获得的隐喻(如

---

① 余华:《难逃劫数》,《世事如烟》(余华中短篇小说集),作家出版社2015年版,第91页。
② 潘军:《南方的情绪》,《潘军文集》(第2卷),文化艺术出版社2012年版,第78页。
③ 潘军:《南方的情绪》,《潘军文集》(第2卷),文化艺术出版社2012年版,第85页。
④ [意]翁贝尔托·埃科:《符号学与语言哲学》,王天清译,百花文艺出版社2006年版,第171页。
⑤ 余华:《没有一条道路是重复的》,作家出版社2014年版,第172页。
⑥ 余华:《没有一条道路是重复的》,作家出版社2014年版,第171—172页。

《难逃劫数》《现实一种》)。① 苏童小说习惯于通过独特的隐喻来构建文本的自律空间。在《一九三四年的逃亡》中，黄泥道、竹刀、枫杨树、玉瓷罐、雾瘴、影子、狗粪、黑砖楼、干草等意象构成了一个"隐喻群"。王一川认为，《一九三四年的逃亡》叙事中之所以"飘浮着奇幻气息"，就因为苏童采用的是"弥漫全篇的总体隐喻结构"。② 残雪小说的隐喻充满了颓废、诡异、恐怖的气息，既是她个人的寓言，也是对特定社会心理的曲折隐射。正如詹姆逊所言："文学是社会的象征性行为。"③ 隐喻作为一种独特的象征，指向的是社会（文化）结构的深层空间，先锋文学的隐喻其实就是对"元语言"的反叛与颠覆。

"陌生化"与"间离化"是先锋文学的语词实验，同时也是先锋文学的本体依存。甚至可以认为，也正是由于在"陌生间离"上的极致追求，成就了20世纪80年代先锋文学。"陌生化"与"间离化"成为先锋文学文本最为显著的身份符码，这一符码的存在使其与现实主义文学区别开来，成为一个自足自为的形式空间。对于后"文革"时代的中国当代文学而言，小说语言的本体性正是在先锋作家的形式实验中确立起来的。"陌生化"与"间离化"的语言革命，不仅重申了语言在文学文本中的独特地位，使其形式主义的探索具有了坚定的依靠，同时也在"怎么写"这个维度上，"促进了中国文学对'语言'的还原"④。

第三节　声色涂抹：异端的修辞

在索绪尔语言学体系中，能指被表述为语言的"音响形象"，而所指则用"概念"来予以对应。⑤ 先锋作家对于能指游戏的狂热，注定了他们

---

① 王首历：《先锋密码：余华小说的隐喻思维》，《文艺争鸣》2010年第12期。
② 王一川：《间离语言与奇幻性真实——中国当代先锋小说的语言形象》，《南方文坛》1996年第6期。
③ ［美］詹姆逊：《政治无意识》，王逢振、陈永国译，中国社会科学出版社1999年版，第8页。
④ 吴义勤：《中国当代新潮小说论》，江苏文艺出版社1997年版，第24—25页。
⑤ ［瑞士］费尔迪南·德·索绪尔：《普通语言学教程》，高名凯译，商务印书馆1980年版，第102页。

要制造出一种区别于普通语用规则并具有高度可辨识性的语言表达方式。经过主观化处理程序过滤的声音化、视觉化的语言形象成为先锋文学的一个重要标识。在80年代先锋文学作品中，我们不难看到，叙事过程中对于声音、色彩的语词痴迷，几乎是先锋作家的语用共性。这一点并不难理解，听觉系统感知的声音与视觉系统沉淀的色彩，最能丰富叙述语言的丰满度。声音中既有真实的声响，还可能伴随着幻觉。声音作为人的表意系统中最重要的组成部分之一，"干涉外在世界"的意图较为强烈，"主体欲望"在声音中亦有直接表现。① 色彩的镜像，往往能将心理感觉具象化。因此，先锋作家肆意"声色涂抹"，主导了文本的"修辞狂欢"。

在对80年代先锋文学文本进行阅读时只要稍加留意，即可发现作家们对于"声音"这一元素的钟爱。声音有时候甚至成为一种修辞手段，深深地嵌入文本结构之中，成为不可或缺的表意要素。当然，先锋作家们并不对真正的声响负责，他们只沉浸于主体感觉所体验到的"声音"。聆听本就是对作家与世界关系的基本定位。就像苏童说的："一个作家哪怕是在睡着的时候，也应该留神听着这个世界的动静。"②

格非的《褐色鸟群》被认为是"80年代最复杂、最隐晦的短篇小说之一"③。住在"水边"的"我"经常听到回荡在耳畔的"空旷而模糊的声响"。这种声响好似落沙的声音，但又像是落雪的声音，它仿佛是从"拥挤的车站"或是"肃穆的墓地"传来。④ 在给叫"棋"的女人讲述"我"的故事的夜晚，"我"迷迷糊糊进入了梦乡。在梦中，我依然听得到窗帘被微风吹拂的声音，仿佛像"潮水有节奏地漫过石子滩"，"我"还听到"棋"在呼唤"我"，"棋"的声音像是来自很遥远的地方，但听

---

① 唐小兵：《跟着文本漫游——重读〈十八岁出门远行〉》，《文艺争鸣》2010年第9期。
② 姜广平、苏童：《"留神听着这个世界的动静"——与苏童对话》（原载《莽原》2003年第1期），汪政、何平编《苏童研究资料》，天津人民出版社2007年版，第158—159页。
③ 张旭东：《改革时代的中国现代主义——作为精神史的80年代》，北京大学出版社2014年版，第171—172页。
④ 格非：《褐色鸟群》，陈晓明选编：《中国先锋小说精选》，甘肃教育出版社1993年版，第79页。

起来"童声未脱"。① 在"我"给"棋"讲述的故事中那个"我",与死去丈夫的穿栗色靴子的女人躺在她的床上时,听到了"一个女人的哭泣"。当"我"与女人起身寻找未见到人影后躺下,再次听到了那哭声。"稚音未脱的哭声"有着很弱的节拍,这种节拍让我的头颅"逐渐膨胀",像"从更加遥远的河岸传来",也仿佛源自"死神笼罩的病榻"。② 循着这哭声,"我"起身打开院门,看到了闪电中站立的赤裸的少女。《褐色鸟群》这篇小说的歧义性,即使过去二十多年依然丰满无比。但小说中的"声响"却赋予了我们另外一种进入格非文本内部的可能,来自身体官能的细节性的精心打磨,昭示着那个特定年代的"抒情机制"。这种"抒情机制"中的"社会能量"和"个人欲望"值得我们去关注,③ 声音细节只不过是其中的一个侧影而已。

"声音"强大的表意功能,我们在潘军、苏童的小说中同样可以强烈地感受得到。在潘军《南方的情绪》这篇小说中,"我"之所以动身去蓝堡,就是被一个女人的声音所魅惑的。一个女人打来莫名其妙的电话,邀请"我"去蓝堡做客,然后就挂断了。"我"登上黄昏驶往蓝堡的火车不久,坐在我对面的一位女人与打来电话的女人,声音一模一样。"我"到达蓝堡后住进山庄的后半夜,听见了"一阵阵起伏不停的脚步声,忽强忽弱","节奏杂乱而富有弹性"。在"我"琢磨山庄姑娘所说的死去的诗人时,钢琴奏响的安魂曲引导"我"见到了诗人的遗孀(用脚弹钢琴的女人)。在我谋划出逃的夜晚,"我"又听到了沿着墙根发出的声音——"杂乱的脚步声"和"尖锐的金属声"。在"我"陷入出逃的困境时,我接到了"淡淡青草味"的电话,是火车上曾与"我"有一瞬风流的女人打来的,说怀了"我"的孩子。在"我"出逃后又被迫返回山庄,"淡淡青草味"的女人再次打来电话告诉"我":晚报上说"我"死

---

① 格非:《褐色鸟群》,陈晓明选编:《中国先锋小说精选》,甘肃教育出版社1993年版,第89页。

② 格非:《褐色鸟群》,陈晓明选编:《中国先锋小说精选》,甘肃教育出版社1993年版,第101页。

③ 张旭东:《改革时代的中国现代主义——作为精神史的80年代》,北京大学出版社2014年版,第183页。

了。《南方的情绪》中的"声音"成了推动小说发展的一条诡秘线索。在苏童的《妻妾成群》①中，颂莲对于声响的"听"几乎成为她莫测命运的走向。与老爷陈佐千洞房之夜的交欢就被丫鬟的敲门声打断，三太太梅珊称病喊走了老爷。颂莲一夜留神听着三太太那边的动静，但只听到知更鸟的偶尔的啼叫，"留下凄清悠远的余音"。而颂莲对于梅珊声音的"听"，似乎扮演了一个命运看客的角色。从戏班子被娶到陈府的梅珊有优美的唱腔，某天清晨唱《女吊》还把颂莲惊醒了。小说中梅珊的唱腔成为女人命运的某种隐喻符号。小说中第二次写到颂莲听梅珊唱京戏时，是颂莲、梅珊失宠之时，《杜十娘》的唱段颇有红颜薄命的自况。颂莲第三次（也是最后一次）听到梅珊唱京戏后不久，梅珊被家丁投入紫藤架下的枯井中。而颂莲自己也因为一声惊魂的尖叫后成了"疯子"。除了梅珊凄切的唱腔，《妻妾成群》中还有一种让颂莲心动的声音——大少爷飞浦的箫声。在男人色欲主宰女人命运的阴森、恐怖的总体色调中，这个声音符号为文本增添了一缕暖色，但终究被颂莲听到的陈府那口深井的"一声沉闷的响声"所吞没。

格非、潘军、苏童将"声音"潜藏于文本的结构之中，具有一定的总体性隐喻的语用功能。在余华小说中，声音已经失去了这种"总体性"，他更热衷的是将声音作为小说叙述语言陌生化的手段来使用。《鲜血梅花》中余华写漂泊江湖久寻白雨潇与青云道长未果、卧病在床却渴望重新上路的阮海阔的心情，就是以客店外连绵的雨声来展现的——

---

① 《妻妾成群》体现了苏童向故事复归的转折，叙述方式也不再充满神秘，加之小说整体风格的"复古"，所以是否将其划入先锋文学作品有一定分歧。有学者即将《妻妾成群》视为"新写实主义"的代表作品（参见缪俊杰《论中国文学中的"新写实主义"》，《社会科学战线》1993年第2期），在张清华看来，先锋小说总体上就是一场"新历史主义运动"，因此《妻妾成群》被列入"新历史小说"，它对旧有历史的文本的拆解，体现了"先锋"的姿态（参见张清华《中国当代先锋文学思潮》，中国人民大学出版社2014年版，第178—179页）。陈晓明则认为，《妻妾成群》有回归传统的意向，标志着苏童叙事风格的成熟，显示了非常现代的叙事方法，强调"语言感觉"和"叙事句法"，"依然未脱形式主义外衣"，《妻妾成群》可以视为先锋文学的代表作（参见陈晓明选编《中国先锋小说精选》，甘肃教育出版社1993年版，第75页）。

他在客店的竹床上躺下以后，屋外就雨声四起。他躺了三天，雨也持续了三天，他听着河水流动的声音越来越响亮。他感到水声流得十分遥远，仿佛水声是他的脚步一样正在远去。于是他时时感到他自己并未卧床未起，而继续着由来已久的漫游。①

《古典爱情》中写卖人肉的黑店宰杀小姐蕙的场景，余华就是让柳生的"听"代替了"看"——

> 忽然隔壁屋内传出一声撕心裂肺的喊叫，声音疼痛不已，如利剑一般直刺胸膛……这一声喊叫拖得很长，似乎集一人毕生的声音一口吐出，在茅屋之中呼啸而过，柳生仿佛看到声音刺透墙壁时的迅猛情形。
> 然后声音戛然而止，在这短促的间隙里，柳生听得到斧子从骨头中发出的吱吱声响。
> 叫喊声复又响起，这里的喊叫似乎被剁断一般，一截一截而来。柳生觉得这声音如手指一般短，一截一截十分整齐地从他身旁迅速飞过。在这被剁断的喊声里，柳生清晰地听到了斧子砍下去的一声声。斧子声与喊叫声此起彼伏，相互填补了各自声音的空隙。②

这令人惊悚的场面并不是柳生亲眼所视，却比直视更真切。有学者曾经考察过《古典爱情》经典化的历程。写作《古典爱情》时余华正好在北京学习③，余华的写作经历了从"镇"到"城"的切换，出现一定的"经验真空"。正是在这样的"经验真空"中，在北京获得了文学国际视野的余华，将自己的极端化形式实验运用于对中国古典小说的戏仿，

---

① 余华：《鲜血梅花》，作家出版社2014年版，第13页。
② 余华：《古典爱情》，作家出版社2014年版，第43页。
③ 1987年2—7月，余华在鲁迅文学院参加文学培训班学习。1988年9月，余华进入鲁院与北师大合办的创作研究生班学习，与莫言等成为同学。1993年底，在童庆炳教授指导下，余华完成硕士学位论文《文学是怎样告诉现实的》并通过答辩，获得文学硕士学位。参见洪治纲《余华评传》，作家出版社2016年版，第297—299页。

成功地使小镇书写具备了超文学地理的能力,"怀旧"书写由此获得了十足的"先锋感"。① 从这个角度来看,《古典爱情》中的这段形式化、主观化的声音叙事也就自然而然了。从江南小镇到国际都市,特定的"形式意识形态"的文学场域,使余华选择了这样的极端化语言重构和表达。

先锋作家对色彩化语词亦有着共同的迷恋。在视觉意义上,色彩是客观世界的"真相"之一。正是由于丰富的色彩给予了物质世界的可视性。文学艺术对于客观世界的表达,色彩是重要的表现对象,同时也是重要的表意元素。对于外部世界必然性有坚定信仰的艺术家,往往信赖着客体世界的每一片色彩。② 现代派艺术家的造反,色彩革命是重要的组成部分。印象派最早对传统写实主义的画风进行了质疑,自我的视觉经验成为绘画的依据。对于大色块的运用,就是其打破客观还原性的重要手段。野兽派的先锋性体现在对色彩毫无节制的使用上,因为艺术家挑战的是客观世界色彩的规定性,而将色彩主观化。高更对于色彩的主观化曾有论述,在这位热爱"色彩平抹"的画家看来,"色彩应是思想的结果,而不是观察的结果"③。着迷于"色彩造型"与"艺术变形"的塞尚亦认为:"绘画意味着,把色彩感觉登记下来进行组织。色彩的结合好似把各个面的灵魂融为一体。"④ 80 年代先锋作家用文学语言来状写色彩,同样是一种"思想的结果"。他们对于色彩的描述并非是要展现什么风景、营造什么氛围,他们希冀的是一种语言变形的效果。对于色彩的主观化变形,也因此获得了强烈的"形式意识形态"属性,即以形式的自律对抗外部世界的他律。

曹文轩在批评家中较早地注意到 80 年代中国作家对于色彩的"超乎以往任何时候的兴趣",他将其归于"印象派画家的影响"和"文学中美

---

① 李建周:《"怀旧"何以成为"先锋"——以余华〈古典爱情〉考证为例》,《文艺争鸣》2014 年第 8 期。

② 冯黎明:《技术文明语境中的现代主义艺术》,中国社会科学出版社 2003 年版,第 64 页。

③ 欧洋:《现代绘画形式与技巧》,安徽美术出版社 1998 年版,第 25 页。

④ [德] 瓦尔特·赫斯:《欧洲现代画派画论选》,宗白华译,人民美术出版社 1980 年版,第 19 页。

学意识的强调"。① 这种判断当然出自主观推测,但也并非毫无可能。先锋作家马原对于毕加索的绘画就颇为倾心,他在给学生讲述小说的虚构时谈到了毕加索,他认为毕加索运用相邻对比色进行拼贴的绘画对小说有启示意义,因为这种拼贴会"生出新的美学"。② 同时,"色彩的拼合"也能生成更为复杂的意义,在心理机制上具有触发"新的感应程序"的功能。③ 在创作实践上,马原创作西藏题材小说时即获得了意外的"拼图效果"④。有研究者对马原的《冈底斯的诱惑》进行文本细剖发现,看天葬、找野人、说情爱等看起来支离破碎的故事元素,其实被马原用三个主色块进行了"内部统一":银蓝色(雨夜)→看天葬,雪白(雪山)→找野人,斑斓色调(日常生活)→说情爱。⑤ 马原的色块拼贴是一种总体结构上的"涂抹",但终究还有一种现实对应,只不过这样的色块由于故事的破碎而不易被人意识到。马原之后的先锋作家对于色彩的调用,则从结构转向具体的语词,将客观色彩变成主观色彩,显得更为肆意和粗暴,80年代先锋作家的"色彩辞"⑥ 因此成为一种"有意味的形式"⑦。

在20世纪80年代,余华小说中的"色彩辞"和他的暴力美学紧密相关。

---

① 曹文轩:《中国80年代文学现象研究》,人民文学出版社2010年版,第63—64页。
② 马原:《小说密码——一位作家的文学课》,作家出版社2009年版,第165页。
③ 许振强、马原:《关于〈冈底斯的诱惑〉的对话》,《当代作家评论》1985年第5期。
④ 马原回忆自己的文学创作时说:"当时刚进西藏,我忽然发现自己这一两年时间中,印象那么强烈又那么杂乱。我就以我自己内心感触到的方式和节奏,用彼此不相关联的只在局部出现意义的语言,把我那些强烈而又杂乱的全部印象,组合在一篇篇小说中,可能也产生了某种拼图效果。"参见马原《虚构之刀》,春风文艺出版社2001年版,第98页。
⑤ 杨小滨:《意义嫡:拼贴术与叙述之舞——马原小说中的后现代主义》,《文艺争鸣》1987年第6期。
⑥ 曹文轩:《中国80年代文学现象研究》,人民文学出版社2010年版,第63页。
⑦ [英]克莱夫·贝尔:《艺术》,马钟元、周金环译,中国文联出版社2015年版,第4页。

表 3-3

语言案例	色彩
阮海阔在母亲的声音里端坐不动，他知道接下去将会出现什么，因此几条灰白的大道和几条翠得有些发黑的河流，开始隐约呈现出来。①	灰白、黑
一轮红日在遥远的天空里飘浮而出，无比空虚的蓝色笼罩着他的视野。置身其下，使他感到自己像一只灰黑的麻雀独自前飞。②	红、蓝、灰黑
他看到刚才离开的茅屋出现了与红日一般的颜色。红色的火焰贴着茅屋在晨风里翩翩起舞。在茅屋背后的天空中，一堆早霞也在熊熊燃烧。阮海阔那么看着，恍恍惚惚觉得茅屋的燃烧是天空里掉落的一片早霞。③	红

上述三段引自《鲜血梅花》的文字有着强烈的画面感。红日、红色火焰、熊熊燃烧的早霞，余华以这种高亮的色调来提引贯穿整篇小说的"复仇"线索，"红"这个鲜艳、高光、冲击力强的色彩，对于身负母亲重托寻找杀父仇人的阮海阔形成了一种逼迫和挤压，加快了小说叙述的节奏。而灰白（大道）、翠黑（河流）、蓝色（天空）、灰黑（麻雀），属于冷色调，缓释了身背梅花剑江湖寻仇的青年阮海阔心中涌动的仇恨。两类色调的均和，对于以血还血、冤冤相报的生存哲学起到了某种降解作用。也因此，余华对旧式武侠小说的戏仿被赋予了先锋性。

格非小说中的"色彩辞"不同于余华泼墨式的放肆，而是作为充满魅惑的叙事迷宫的一种催化剂。格非80年代的主要作品中体现了强烈的语言本体意识，"语言对他来说意味着可传达性的最后堡垒，意味着渴求自我的最后避难所。语言的迷宫不是历史与主体的终结，而是它们的起源"④。从这样的语言认知出发，格非对于色彩语词的调动就有了属于他自己的叙事功能。《青黄》体现出了色彩叙述之于小说结构的重要性，而且，从这篇小说的命名开始就展现了长于叙事迷宫塑造的"格氏虚构"

---

① 余华：《鲜血梅花》，作家出版社 2014 年版，第 3 页。
② 余华：《鲜血梅花》，作家出版社 2014 年版，第 3 页。
③ 余华：《鲜血梅花》，作家出版社 2014 年版，第 3—4 页。
④ 张旭东：《改革时代的中国现代主义——作为精神史的 80 年代》，崔问津等译，北京大学出版社 2014 年版，第 206 页。

范式。"青黄",到底是传说中一名女子的名字,还是如《中国娼妓史》的作者谭维年所说,是九姓渔户妓女生活的编年史?格非"引经据典"般的小说开头,将"青黄"拖入了历史编纂与民间记忆的双重编码中。在"我"的田野考察中,外科郎中给"青黄"叠加了另外一种阐释:有可能是对那些年轻或年老妓女的简称。喻指这些女人像竹子一样,青了又黄。而那个住在"横塘"的老人,则将"青黄"指认为一种良种狗,这种狗,背上是青蓝色的,肚子的一侧有一个黄颜色的斑圈。在小说的结尾格非再度"庄重"起来。作为叙述主体的"我"在图书馆找到一本明朝天启年间编订的《词踪》,其中有"青黄"词条,解释为:"多年生玄参科草本植物。全株密被灰色柔毛和腺毛。根状茎黄色,夏季开花。"①《青黄》这篇小说中的"色彩辞"被叠加进叙事结构中,对于"青黄"的人类学田野考察成为叙事迷宫的展开逻辑。小说中有两处关于色彩的不经意着笔也值得重视。

表3-4

语言案例	色彩
这天早上,我又一次来到了那个圆形的池塘前。枯黄的树叶和草尖上覆盖了一层薄霜,鸟儿迟暮地飞走了,在它孤单的叫声中,空气变得越来越干燥。②	黄(叶)绿(草)白(霜)
一个黄昏接着一个黄昏,时间很快地流走了……当我决定离开这里的时候,我突然有了一种不真实的感觉。这个村子——它的寂静的河流,河边红色的沙子,匆匆行走的人和他们的影子仿佛都是被人虚构出来的,又像是一幅写生画中常常见到的事物。③	红(沙)黄(昏)绿(河)

这两段文字似乎可以视为"我"这个叙述主体在田野现场对于"青黄"的感性化注释。第一段文字中,枯黄的树叶、(绿色的)草尖,暗合着"青黄"的语义缘起(本原)。第二段文字中,黄昏背景、红色沙子、

---

① 格非:《青黄》,《迷舟》(格非中篇小说集),花城出版社2013年版,第51页。
② 格非:《青黄》,《迷舟》(格非中篇小说集),花城出版社2013年版,第45页。
③ 格非:《青黄》,《迷舟》(格非中篇小说集),花城出版社2013年版,第48页。

幻影般的村庄和行人，格非以色彩的转换暗示了"青黄"语义的演绎（歧义性）。这两段"色彩辞"的漫不经心，结合"我"对"青黄"的田野考察实录（古老传说、学者考证、郎中说法、老人指认、词书查阅等），似乎可以看到，《青黄》完成的是一种自我封闭的意义指认，意义的起源已经被遮蔽，歧义性获得了合法性，而主体性最终被放逐。"在整个故事的写作中，主体性只是闪闪烁烁地出现，但最终它在一个幻觉性的时刻里，将整个枝蔓丛生的故事都'据为己有'了。"[1] 格非和他的"色彩辞"一起，完成了一次"蓄意"的"出格"的叙事冒犯。

苏童的"色彩辞"散溢着他细腻而独特的江南风格，他对色彩之于小说创作的作用有着自觉意识，苏童谈及创作初期的构思方法时曾说："从写作技术上来说，那时是用色块来构思小说的，借助于画面。"[2] 苏童的大多数小说其实没有特立独行的形式探索，但他的表意方式却极为主观化，这种强化使他的小说具有了感觉的形式化，也许，这正是苏童被划入先锋作家群体的一个重要原因。苏童小说的"色彩辞"在叙事的细部着力，为小说的整体虚构提供了一种局部的主观化的表达真实。不妨以苏童小说中对于罂粟的色彩叙述为例来分析其"色彩辞"的特点——

表3-5

语言案例	色彩
春天的时候，河两岸的原野被猩红色大肆入侵，层层叠叠、气韵非凡，如一片莽莽苍苍的红拨浪鼓荡着偏僻的乡村，鼓荡着我的乡亲们生生死死呼出的血腥气息。[3]	猩红
左岸红波浩荡的罂粟花地卷起龙首大风，挟起我闯入模糊的枫杨树故乡。[4]	红

---

[1] 张旭东：《改革时代的中国现代主义——作为精神史的80年代》，崔问津等译，北京大学出版社2014年版，第205页。

[2] 姜广平、苏童：《"留神听着这个世界的动静"——与苏童对话》（原载《莽原》2003年第1期），参见汪政、何平编《苏童研究资料》，天津人民出版社2007年版，第155页。

[3] 苏童：《飞越我的枫杨树故乡》，《桑园留念》（苏童短篇小说集），人民文学出版社2008年版，第174页。

[4] 苏童：《飞越我的枫杨树故乡》，《桑园留念》（苏童短篇小说集），人民文学出版社2008年版，第176页。

续表

语言案例	色彩
远看晨卧罂粟地的穗子，仿佛是一艘无舵之舟在左岸的猩红花浪里漂泊。①	猩红
自从幺叔死后，罂粟花在枫杨树乡村绝迹。以后那里的黑土地长出了晶莹如珍珠的大米，灿烂如黄金的麦子。②	红、白（大米）、黑、黄
爹让他饱览了五百亩田地繁忙的春耕景色。一路上猩红的罂粟花盛开着，黑衣佃户们和稻草人一起朝马车呆望。③	猩红、绿（春天）
田野之外翻腾着强烈的熏香，沉草发现他站在一块孤岛上，他觉得头晕，罂粟之浪哗然作响着把你推到一块孤岛上，一切都远离你了，唯有那种致人死地的熏香钻入肺腑深处，就这样沉草看见自己瘦弱的身体从孤岛上浮起来了。④	红（罂粟）

在苏童的"枫杨树故乡"系列小说中，"罂粟"是一个反复出现的意象。红浪翻涌的罂粟花海，当然可以解读为历史的某种隐喻。有学者就将苏童小说中的罂粟视为"历史的恶之花"，认为苏童精心打磨的这个意象其实是"一个阶级的病态欲望与历史颓败相混合的象征"。⑤ 从历史叙事和欲望结构来探析苏童的"红罂粟"当然可行，而且也是一个较容易被认同的文学社会学视角。但从"色彩辞"这个角度来看，"猩红罂粟"其实也是苏童小说叙述展开的功能性选择。这个"色块"正好契合了"狂热的新文本创造运动的参与者"⑥ 的形式化需求，"家族"和"故乡"只是便于苏童南方意象演绎的空间，和寻根文学在文化意义上作为"根"的"家族"完全不一样，"色彩辞"在其中起到的是叙述意图的外化而

---

① 苏童：《飞越我的枫杨树故乡》，《桑园留念》（苏童短篇小说集），人民文学出版社2008年版，第17页。
② 苏童：《飞越我的枫杨树故乡》，《桑园留念》（苏童短篇小说集），人民文学出版社2008年版，第176页。
③ 苏童：《罂粟之家》，《苏童精选集》，北京燕山出版社2015年版，第9页。
④ 苏童：《罂粟之家》，《苏童精选集》，北京燕山出版社2015年版，第10页。
⑤ 陈晓明：《论〈罂粟之家〉——苏童创作中的历史感与美学意昧》，《文艺争鸣》2007年第6期。
⑥ 张学昕、苏童：《回忆·想象·叙述·写作的发生》，《当代作家评论》2005年第6期。

已。相对于意象的主旨隐喻,苏童似乎更看重小说的画面感。①

声音与色彩在叙事中本体地位的确立,与先锋文学反抗"元叙述"的精神内旨不无关联。对于声音形象的状写,其实是极为困难的。从声音形象到文学想象,本来就被过滤掉了波长、频率、分贝等物理属性,而只是赋予声音形式以一种约定俗成的拟形。但声音的这种不确定性,正是先锋作家所喜爱的,因为他们追求的就不是某种确定的意指。让语词与声音在形式实验的叙述空间中共舞,是最为理想的能指游戏设计。色彩看起来仿佛因为"眼见为实"的约定俗成而拥有了客观性,但色彩作为形象的一个重要构成要素,观察视角和主观感觉对其有着规约功能。在现代绘画艺术中,色彩从来皆是艺术革命的形式依托。文学文本中的色彩,指向客观世界,但更多地服从于主观指认。色彩正是在这样的主客观悖逆中让先锋作家钟情的。先锋作家的"声色涂抹"不仅创造了一个主观化的文学想象空间,同时也对形式化的文本实验产生了重要影响。

第四节 私性拼贴:官能的狂欢

语言对世界予以命名并进行言说,代表着人类对于世界的认知方式。文学意义上的语言,是作家认知世界的凭借。日常生活语言对于文学语言有着重要的提领,为文学语言提供了丰富的滋养。现实主义的叙事成规要求作家的创作要遵从生活的逻辑,语言当然也要符合客观现实的规定性,即使写的是人的意识,也要探究意识来源的合法性,不能成为脱离现实的呓语。先锋文学从语言开始的形式实验,并不呼应客观的真实性,它追求的是感官体验的真实。在语用意义上,就是追求所指的不确定性,而这种不确定性,正是先锋作家所迷恋的。这种"不确定性的语

---

① 苏童曾论及《一九三四年的逃亡》的创作体验:"我在写作的过程中,脑子里一有奔涌出来的图像,我就立刻将它们画在纸上,怕忘记了。比如说作品中提到的死人潭,还有在月光下出逃的陈宝年,我都画了画,为了提示自己。后来在自己画的图的配合下,我浓墨重彩地将它们写成了文字。"参见苏童、王宏图《南方的诗学——苏童、王宏图对谈录》,漓江出版社2014年版,第52—53页。

言"在文本世界中的游弋,"事实上它就是为了寻求最为真实可信的表达"①。由此,纯粹的自我意识在先锋文学文本中得到极大的强化,感觉的、非逻辑的叙述成为80年代先锋文学语言的共同特征。他们讲述的故事在感觉的拼贴中变得愈加陌生,他们叙述的语言在感觉的拼贴中也充满了歧义。先锋作家标新立异、特立独行的写作姿态,体现了历史性指认模糊之后中国当代文学的一次重新定位,伴随着先锋作家感觉拼贴的语言游戏,"形式意识形态"也在80年代的中国文坛漫溢开来。

语言实验最为极端的孙甘露被视为"汉语中的陌生人"②,之所以会给阅读者带来这样的印象,就在于孙甘露小说语言的完全私人化、意识化、极端化。纯粹的感官化的语用规则,使他的文本在先锋作家文本中语言的自我指涉性最为强烈。即使是全神贯注地阅读,阅读者也无法揣测到孙甘露语言的走向和逻辑。小说的语词,仿佛就是孙甘露随手抛出的一张张扑克牌,凌乱、突兀,不仅没有头绪,而且猝不及防,对于进入其游戏的读者来说有障碍,但对于孙甘露而言,却是自然而然的。孙甘露无意对应内涵,他只服从于自己的感觉。由于感觉的完全私人化,自然而然地阻止了意义在语词上的嫁接。意义指涉的通道被切断,语词也就只能回到自身。吴亮以《访问梦境》为例进行解析发现,孙甘露语词自我指涉的意图在于"把小说的整个形态通通予以了语言的'此在化'处理"③。孙甘露小说对于语词的历史性有着屏蔽机制,他搭建的是一个又一个神秘的语词迷宫。因此,并不需要历史来为小说文本实现合法化认证。同时,孙甘露小说也有意地阻断了来自现实的映射。用陈晓明的话来说,孙甘露是"这个时代最孤独的语言梦游症患者","创造一个远离世俗的,并且否定生活世界常规程序的语言幻想世界,这是孙甘露的

---

① 余华:《我能否相信自己》,人民日报出版社1999年版,第167页。
② 汪民安:《孙甘露:汉语中的陌生人》,参见郭春林编《为什么要读孙甘露》,上海人民出版社2014年版,第156页。
③ 吴亮:《无指涉的虚构——关于孙甘露的〈访问梦境〉》,《当代作家评论》1990年第6期。

梦想"①。

表 3-6

语言案例	出处
我将秋天写得充满了温馨之感，每一片摇摇晃晃飘向地面的树叶都隐含着丰沛的情感，而季节本身则在此刻濒临枯竭。②	《请女人猜谜》
在我的思绪接近我那部佚失的手稿时，我的内心突然地澄澈起来，在我的故事的上空光明朗照，后和她的经历的喻义烟消云散。③	《请女人猜谜》

这两段来自《请女人猜谜》的文字，流动的完全是主观感觉。树叶的"丰沛情感"、季节的"濒临枯竭"、"故事上空"的"光明朗照"、喻义的"烟消云散"……叙述主体自我意识的四处弥散，组构了这篇小说神秘的叙事迷宫。而孙甘露在其中扮演的只是语词不确定性的追逐者，他呈现了 80 年代文学的另外一种可能性。

《信使之函》对于语词的"代入"有着神秘的诱惑。孙甘露创造的"信是……"这个句式与马原的"我就是那个叫做马原的汉人"，是 80 年代先锋文学叙述形式革命的两大典型符号。"我就是那个叫做马原的汉人"体现的是叙事的策略迂回，"信是……"则体现的是语言的无限可能。"信是……"是一个用于定义的表述句式，但这样的定义又是充满着多义性的，因为定义不来自词典的查阅，也不来自集体经验，它是由叙述主体的语词感觉自由滑动形成的，所以对于"信"的定义在孙甘露的语言实验中本质上是不可终结的。孙甘露私人化的语言操作之所以让读

---

① 陈晓明：《无边的挑战——中国先锋文学的后现代性》，中国人民大学出版社 2015 年版，第 64 页。

② 孙甘露：《请女人猜谜》，《夜晚的语言》（孙甘露小说集），上海文艺出版社 2013 年版，第 51 页。

③ 孙甘露：《请女人猜谜》，《夜晚的语言》（孙甘露小说集），上海文艺出版社 2013 年版，第 51 页。

者极度隔膜，就在于他的小说语言是"二度抽象"①的结果，"二度抽象"而形成的语言符号与日常生活已经无法形成语义互认，所以只能在小说文本的语言内部来加以认知。

余华80年代的作品始终以语言感觉的行云流水而特立独行，加之暴力场面的烘托，使得余华小说中感官体验与世界真实之间存在着强烈的对抗性。余华小说语言的可贵之处在于，他大量使用的是日常化的语言，但却在整体的主观化的语言氛围中创造了高度物化的存在体验。正因如此，阅读者体验到的是余华仿佛置身事外的冷峻的"摄影机"视角，弥漫出"超人的"或"非人的"意味。②

余华成名作《十八岁出门远行》出手不凡，在这篇小说中虽然能明显地感觉到凯鲁亚克或塞林格式的"成长小说"对于青年时代余华的影响，但还是能清晰看到余华的超越性。《十八岁出门远行》的成功，的确有着"在路上"青春流浪的气质这一重要因素。对于后"文革"时代的中国年青一代来说，"流浪"这一母题具有从"文革"的"神权"话语控制中出逃的快感。当然，这篇小说亦有"父权"经验被解构的一种时代隐喻在其中。③ 但这种中国式"成长"在余华手中之所以会拥有超现实的文学影响力，还在于余华叙述语言的独特气质，他在完全模糊现实世界的主观化、心灵化的语言中制造了一个精神远游受挫者的时代寓言。作为文学新人的余华在这篇成名作中的语言感觉足以令人惊诧——起伏不止的柏油马路，"像是贴在海浪上"；公路高低起伏中，总有"一个叫人沮丧的弧度"；渴望住旅店时，"脑袋的地方长出了一个旅店"；被抢苹果的人暴打后，"鲜血像是伤心的眼泪一样流"；抢苹果的混乱场面，"苹

---

① 王斌认为，小说对于日常生活的提炼加工是"一度抽象"，而孙甘露对"一度抽象"进行了"二度抽象"。参见李陀、张陵、王斌《一九八七——一九八八：悲壮的努力》，《读书》1989年第1期。

② 吴亮：《回顾先锋文学——兼论80年代的写作环境和文革记忆》（原载《作家》1994年第3期），郭春林编《马原源码——马原研究资料集》，同济大学出版社2008年版，第121页。

③ 唐小兵在对《十八岁出门远行》进行文本重读时解析了小说中"红色背包"这一符号。小说中"父亲"交给"我"的"红色背包"，最终被野蛮的司机抢走，标志着"父亲"经验在现实世界的失效。参见唐小兵《跟着文本漫游——重读〈十八岁出门远行〉》，《文艺争鸣》2010年第9期。

果从一些摔破的筐中像我的鼻血一样流了出来"。这是一种让读者会产生隔膜但又能心领神会的奇异的语言。余华在作家身份的自我确认中把《十八岁出门远行》作为自己的起点不无道理①，正是这个短篇小说让余华体验到了另外一种文学"真实"，同时也强烈地感受到了"形式的虚伪"。② 这样的语言感觉一直持续于余华80年代的小说文本中，也决定了余华不同于其他作家的先锋性。他以对故事的绝对主观讲述来获得陌生化的效果，以语言虚构的真实置换了生活本身的真实。《十八岁出门远行》的创作来自报纸上一则抢苹果的新闻的触发，但却被余华演绎成了一篇风格怪异的成长题材小说。③ 同为先锋作家的莫言就曾这样评论余华的写作："如果让他画一棵树，他只画树的倒影。"④ 在《难逃劫数》《现实一种》《世事如烟》等作品中，都可以看得到《十八岁出门远行》中建立起来的语言"世界观"——想象的真实。这一点在余华的阅读体验中亦有充分的自觉——"想象可以使许多不存在的事物凸现出来"。⑤

余华对《难逃劫数》中自杀前的彩蝶绝望透顶的精神状态的精心着墨，就体现了人的内心世界对现实环境的投射与重构。自行车车轮的"锈迹斑斑"对她生命最后一小时的印象进行了重建，所以，阳光"锈迹斑斑"，阴影"锈迹斑斑"，人们的目光"锈迹斑斑"，窗玻璃"锈迹斑斑"，广佛的声音"锈迹斑斑"，整个世界都"锈迹斑斑"起来。

在《现实一种》中，尽管弥漫着血腥与暴力，但整个叙述语言节奏其实是从容不迫的。皮皮失手摔死年幼的堂弟那一段，在余华笔下令人

---

① 余华认为，《十八岁出门远行》是自己"第一篇真正重要的作品"。参见余华《我的文学道路》，王尧、林建法主编：《我为什么写作——当代著名作家讲演集》，郑州大学出版社2005年版，第67页。

② 余华在发表于1989年的《虚伪的作品》一文中曾说："现在我似乎比以往任何时候都要明白自己为何写作，我的所有努力都是为了更加接近真实。因此在一九八六年底写完《十八岁出门远行》后的兴奋，不是没有道理。那时候我感到这篇小说十分真实，同时我也意识到其形式的虚伪。"参见余华《我能否相信自己》，人民日报出版社1999年版，第158页。

③ 余华：《我的文学道路》，王尧、林建法主编：《我为什么写作——当代著名作家讲演集》，郑州大学出版社2005年版，第67页。

④ 莫言：《会唱歌的墙》，人民日报出版社1998年版，第214页。

⑤ 余华：《强劲的想象产生事实》（原载《作家》1996年第4期），参见洪治纲编《余华研究资料》，天津人民出版社2007年版，第92页。

吃惊地轻松和闲散。抱着堂弟走向屋外的皮皮感觉到手上的重量越来越让他难受，他的直觉告诉他：是这手中的东西让他感觉到沉重的，于是他将手松开，随后他听到手中东西掉在地上的声音，这声音既沉闷又清脆，但过了一阵就什么声音也没有了，这种安静使皮皮感觉到尤其轻松自在，"他看到几只麻雀在树枝间跳来跳去，因为树枝的抖动，那些树叶像扇子似的一扇一扇。他那么站了一会后感到口渴，所以他转身往屋里走去"①。

一个小小的生命就这样终结了，似乎悄无声息，但这恰恰正是一个四岁孩子的正常反应。余华的先锋性就是在"官能体验"的叙述语言中确立起来的。四岁的孩子并没有意识到自己闯了大祸，他最直观的感觉就是手上的负重消失后的轻松自在。所以，他才会有"闲心"看在树上跳来跳去的麻雀，看树叶在风中的扇动。皮皮的"轻松"映衬的是因他的致命过失导致的一场家庭杀戮。暴力书写于80年代的余华来说习以为常，他对读者接受也有着足够的颠覆性，甚至也会"身不由己地加入一场暴乱"②。余华冷静而从容的叙述，显示了他在80年代"零度写作"的风格追求。

《世事如烟》中的瞎子的"听"，可以作为余华"官能叙述"的一个典型案例。由于视觉世界的消失，瞎子的听觉官能体验得到了充分的延展。第一次听到4的声音，他感觉到那声音"像水果一样甘美"。在众多女孩子的声音中，瞎子听到4念课文的声音，"像一股风一样吹在了他的脸上"，有"芳草的清香"。当4的声音单独出现时，他听得出她的"孤苦伶仃"。当4被算命先生施行"阴穴掏鬼"强暴时，他听到了4冲破胸膛的声音，其间还有着"裂开似的声响"。尖利的叫声冲出屋外时"四分五裂"，瞎子听到的只是碎片。瞎子迎着这声音走过去时，声音仿如"阵雨的雨点"，让他的脸上"隐隐作痛"。响亮的声音让他觉得十分尖利，仿佛"正刺入他的身体"。在4投江自杀的那天，瞎子听到4的歌声，"像是一股清澈的水流来"。残缺的身体往往会放大某一方面的官能体验。

---

① 余华：《现实一种》，作家出版社2014年版，第6页。
② 李陀：《阅读的颠覆》，《文艺报》1988年9月24日。

如果将"瞎子"作为 80 年代文学叙事的某种符号,似乎看得到某种诡秘的内在逻辑——对角色予以某种"阉割"处理后付诸表意实践,如韩少功《爸爸爸》的丙崽,莫言《透明的红萝卜》中的黑孩,余华《河边的错误》的疯子和《世事如烟》中的瞎子,吕新《那个幽幽的湖》中被认为"得了神经病"的孩子,等等。摒弃文化象征的宏大叙事不论,纯粹从语言实验上说,作家们显然已经意识到语言的局限性,需要放大某种官能体验,来对表意世界进行丰满,而先锋作家的先锋性很大程度上或源于此。

苏童小说的文学地理学价值得到了研究者的共同确认。王德威将苏童的"南方"书写看作是虚构了的"南方"民族志学,苏童的叙事塑造了"南方的堕落"这样的文学景观。[①] 吴义勤以"南方的文学精灵"来定义苏童的写作,认为苏童强烈的生命意识和南方情结建构了属于苏童自己的文学形象。[②] 张学昕将苏童小说创作特征概括为"南方想象的诗学","南方气质"和"南方想象"结构了苏童小说的叙事风貌。[③] 文学地理学的建构,对于"南方"的命名,理所当然归功于苏童独特的语言体验与表达,正是因为这样的原因,苏童与同处南方的余华、格非、叶兆言、潘军等先锋作家的写作一下子就区分开来,他创造了属于他自己的独特文体。有学者将苏童的文学天赋视为某种"幽冥中的天启"[④],这当然有唯灵论的神秘主义解读之嫌,但也指出了苏童在语言形式创造上的天分。在很大程度上,"先锋性"之于苏童,并不在于文本形式,而是他感知世界的独特方式。这为他赢得了"天生的小说家"[⑤] 这样的赞誉。在他早期的成长小说中,他就笃定地写"自己的成长过程中心灵的事情"[⑥]。与余华一样,苏童小说中也有大量的"暴力"叙述,但与余华的

[①] 王德威:《南方的堕落与诱惑》,《读书》1998 年第 4 期。
[②] 吴义勤:《中国新潮小说论》,江苏文艺出版社 1997 年版,第 169 页。
[③] 张学昕:《南方想象的诗学——苏童小说创作特征论》,《文艺争鸣》2007 年第 10 期。
[④] 胡河清:《论格非、苏童与术数文化》,《当代作家评论》1992 年第 5 期。
[⑤] 陈晓明:《论罂粟之家——苏童创作中的历史感与美学意味》,《文艺争鸣》2007 年第 6 期。
[⑥] 苏童、王宏图:《南方的诗学——苏童、王宏图对谈录》,漓江出版社 2014 年版,第 16—17 页。

风格迥异,如果说余华的"暴力美学"是硬质的、外置的,苏童的"暴力美学"则是阴柔的、嵌入的。在《一九三四年的逃亡》中,苏童写陈玉金杀死自己的妻子。初秋雾霭,血气弥漫,竟然有"微微发甜"的感觉。使用"甜"这样的修饰词来写杀戮场面,这或许是苏童的独创。《罂粟之家》中写陈茂劫持刘素子,他以反讽的笔法来写这样的场面,甚至充满了诗性的浪漫。月光是"清亮亮的",劫持者陈茂"跑出了一种飞翔的声音",尽管他知道这并不是梦境,但这个劫持者的感觉却是"比梦境更具飞翔的感觉",而月光下的"衰草亭子"(小说中陈茂强暴刘素子的地点)竟然对于陈茂有"圣殿"一样的召唤。写刘沉草被庐方击毙,苏童选择的却是杀人者庐方的体验——在枪声响起来的那一瞬间,庐方仿佛听到了缸中罂粟的爆炸。罂粟强烈的气味疯狂地向庐方直扑过来,如同凶猛的野兽一般让人无处躲避。罂粟的气味黏附在庐方的身体上,在那之后就再也洗不掉,"直到如今,庐方还会在自己身上闻见罂粟的气味"[1]。苏童对于庐方这个视角的选择,显然有他自己的考量,将杀人者庐方作为叙述主体,能对死亡进行某种精神还原,再现死亡体验的"虚构真实"。这样的选择也体现了苏童迥异于他人的先锋性,他的叙述形态与语词表意之间存在着极好的黏性,不会出现沉溺于纯粹的语词游戏中的先锋作家的生硬和做作。而这一独特的先锋性,除了苏童的语言禀赋,还有一个重要原因就是他一贯所钟情的语言主观化的改造,这使苏童的写作获得了超越日常生活体验的文学性真实。

"文学是语言的乌托邦"[2]。对于 20 世纪 80 年代的中国先锋作家来说,他们选择的是一条与大众语言相背离的道路,他们的语言革命欲望比前辈作家及同时代的作家强烈得多。迷宫的形式也好,极端的结构也罢,语言始终是我们进入 80 年代先锋文学文本的最重要依托。文学语言并非是一个简单的语用问题,是"我"说这个世界,还是这个世界说"我",本质上就是一种基于语言的"精神现象学"。而语词意义上的精神

---

[1] 苏童:《罂粟之家》,《苏童精选集》,北京燕山出版社 2015 年版,第 49 页。
[2] [法] 罗兰·巴尔特:《符号学原理》,李幼蒸译,生活·读书·新知三联书店 1988 年版,第 109 页。

还原，最重要的是语言本位的建立。先锋作家对于元叙述的抗拒，最初的原点就是对语言世界中人的自我发现。"主观化"的语词选择，来自精神自我的确认。他们在语词的玩味中找到了一种特别的抒情机制——既可以隔绝于主流意识形态，也屏蔽了客观真实的"唯物"论伦理。他们躲进了语言迷宫中自我盘桓，极大地丰富了语言的能指功能，为现代汉语的文学表现找到充满了东方式精神还原的羊肠小道（尽管其中不乏西方文学的影响）。语言最初是作为先锋小说的形式来标举的，但它最终成为先锋性的本体存在。语言的主观性是一个本质的存在，因为它总是会带有"说话人"的印记。语言的"主观化"就是对于这种"印记"的捕捉。先锋作家们的"捕捉"显然是有效的。在共时的语用维度上，他们没有盲从于所指的规定性；在历时的语用维度上，他们阉割了所指的历史性。在80年代中国现代性的集体梦想中，他们建构了一种新的"现代诗学"。他们在巴赫金所指出的话语最难抵达的"稠密地带"[1]，成功地完成了中国当代文学表意话语的形式建构，并且成功地成就了中国当代文学的"形式意识形态"高峰。正是这个"高峰"的建立，使中国当代文学与西方现代文学之间的对话有了可能。

---

[1] 巴赫金指出："在话语和所讲对象之间，在话语和讲话个人之间，有一个常常难以穿越的稠密地带，那里是别人就同一对象而发的话语，是他人就同一题目而谈的话。活生生的话语要在修辞上获得个性化，最后定型，只能是在同上述这一特殊地带相互积极作用的过程中实现。"参见巴赫金《小说理论》，白春仁、晓河译，河北教育出版社1998年版，第55页。

第 四 章

80年代先锋文学的叙事伦理

人类的叙事行为天然地包含着伦理的内容。在古典时代，叙事文本同时也是伦理文本。史诗、神话、寓言的叙事，一个重要功能就是伦理规训。从伦理维度审视文学叙事，是一个中西皆然的评价传统。进入现代社会之后，知识的专业化和体制化，使叙事艺术从伦理规制中逃逸。现代叙事文本不再纯粹地承载伦理功能，而更多地追求审美意义呈现。如果说古典时代的读者关注的是叙事之于生活伦理的介入，那么现代社会的读者苛责的却是叙事展开的逻辑。因此，现代文学意义上的"叙事伦理"这个概念可以从这样两个维度来理解：一是指叙事作品应当遵从的外在世界的伦理规则；二是指叙事文本自身展开（即虚构）的逻辑。生活世界的一般伦理对叙事伦理有启示作用和潜在的规制，但叙事伦理并非是对一般伦理的镜像式折射，它更主要的是服从于文本虚构的自我立法，即设定虚构世界的存在逻辑和价值判断。[1] 20世纪80年代先锋文学"形式意识形态"的确立，本质上是对总体化元叙事的逃离。以形式实验为显著特征的先锋文学，拒斥的是现实主义的叙事伦理。政治的强制性、社会的总体性、文化的历史性、理性的规定性、知识的普遍性，这些被中国化的现实主义建立起来的文学规定性，在先锋文学文本中通

---

[1] 笔者对"叙事伦理"的阐释参阅的文献主要有：《沉重的肉身》（刘小枫著，华夏出版社2015年版），《中国小说叙事伦理的现代转向》（谢有顺著，博士学位论文，复旦大学，2010年），《现代小说的叙事伦理》（伍茂国著，新华出版社2008年版），《从叙事走向伦理：叙事伦理理论与实践》（伍茂国著，新华出版社2013年版），《伦理叙事与叙事伦理：90年代小说的文本实践》（张文红著，社会科学文献出版社2006年版）等。

通失效。"向内转"的先锋性追求，从形式上重建了属于它自身的叙事伦理。文体意识和叙事自觉成为20世纪80年代先锋文学的重要标识，也成为先锋作家的特定身份符码。在"形式意识形态"的集体无意识中，叙事成为一种任性的形式化历险。对"元小说"叙事的借鉴，对虚构与真实的位移，对时空关系的重构，对叙事威权的拆解，对隐秘历史的阐释，对文本互文的制造，成为先锋文学叙事伦理的核心。这种迥异于现实主义文学的叙事伦理的建立，呼应了"现代化"这个全新的总体化话语中文学创新的渴望。在80年代的文学场域中，对"语言游戏"的极端追求成为"新潮小说家"的共同宣示，并且成为文本生产和文本接受共同的"艺术趣味"，对形式的崇拜和迷恋弥漫于文本内外，"文学写作的边界"由此大大拓展，中国当代文学真正地回到文学自身。[1]

第一节　文学真实的解构

作为一种"形式意识形态"的20世纪80年代先锋文学，真正地体现其形式实验追求的无疑是叙事的革命。而在早期的先锋作品中，直接借鉴的是西方现代"元小说"的叙事模式。从马原开始，"元小说"这一概念被先锋作家广泛接受，并在先锋文学实践中起到了"叙事识别码"的作用。"元小说"观念在80年代中国文坛的流传，给曾受到革命现实主义巨大影响的相当一部分中国作家带来了极大的文学冲击。由"马原的叙述圈套"开始，先锋作家对文学虚构与真实进行了观念上的重置，展开了一波又一波的文学形式实验，现实主义的叙事成规遭遇了颠覆性的袭击。

"元小说"是美国小说家威廉·加斯提出的概念。[2] "元小说"主要

---

[1] 谢有顺：《小说叙事的伦理问题》，《小说评论》2012年第5期。
[2] 威廉·加斯（Willian Gass）在《哲学与小说形式》一文中说："数学和逻辑学有元定理，伦理学有语言超灵，到处都在创造术语，小说也一样……实际上，许多反小说都是地地道道的元小说。" Willian Gass, *Fiction and the Figures of Life*, Boston: Nonpareil Books, 1971, pp. 24 - 25。参见方凡《将"元小说"进行到底的美国后现代派作家威廉·加斯》，《外国文学》2004年第3期。

是针对小说艺术本身而提出来的。由于"元小说"中强烈的自我意识弥散,"自我意识小说"亦成为"元小说"的别称。尽管"元小说"这样的概念是在后现代的西方语境中提出来的,但"元小说"这样的形式实际上在传统的文学文本中早就存在着。就小说技法而言,塞万提斯的《堂吉诃德》和中国的评书,都有着"元小说"的最初形态。之所以这样认为,就在于这些传统作品对于叙述意图是不惮于向读者(听众)坦白的。在《堂吉诃德》的序言中就暴露了整个故事。在中国的评书中,说书人也不时地强调自己的叙述者角色。但传统小说中所谓的"元小说"雏形只是在叙述技艺的层面来追溯的,并未具有威廉·加斯所提出的"元小说"的语言本位特征。真正的"元小说"其实是一种自我确认的小说形式,即"元小说是有关小说的小说,是关注小说的虚构成分及其创作过程的小说"①。也就是说,"元小说"具有强烈的"反身叙述"意识。它会向读者指认小说本身的"虚构性"和"不可靠性",因此,它也欢迎接受者参与到虚构中来,甚至结局的可能性也可以与阅读者进行讨论,"叙述层界限"也因此被这种"反身叙述"模糊化。"元小说"并不希望意义阐释的权威性,它反而时时提醒读者对"叙事成规"以及"阐释成规"要有充分的警惕,以免掉入意义同一性的阐释陷阱。②

西方"元小说"对于先锋作家的叙述有深远的影响。"元小说"从根本上重置了现实主义文学观对于真实与虚构关系的理解。现实主义的文学叙事尽管承认虚构的本质,但在文学接受上期待得到"真"的回应,甚至希望达到以假乱真的文学接受效果。"真实是文学的生命"曾经被奉为现实主义文学的第一真理。高尔基就曾说过:"文学是真实而伟大的一项事业。"③ 现实主义的文学真实观对于中国现当代文学有统摄性的影响。当文学真实进入文学讨论中,其实讨论的只是现实主义文学所强调的"现实性",而不是文学这种"精神形式"本身的真实问题。现实主义文

---

① [英]戴维·洛奇:《小说的艺术》,王峻岩等译,作家出版社 1998 年版,第 230 页。
② 王丽亚:《"元小说"与"元叙述"之差异及其对阐释的影响》,《外国文学评论》2008 年第 2 期。
③ 高尔基:《文学书简》(上卷),曹葆华、渠建明译,人民文学出版社 1965 年版,第 242 页。

学强调的是作家对于现实（包括现实的历史化）的体验和表达，而对读者的期待也是让其从文学作品中找到现实（或历史）的共感。这样的真实观强调的是文学作品与历史、社会、人生的同构。巴尔扎克说要做"法国社会的书记员"，正是从这个意义上理解的。尽管巴尔扎克也认为文学的真实与生活的真实不能等同起来，但他相信作家有能力去弥补这个缺憾。所以，巴尔扎克强调要"选择能成为文学真实因素的自然生活的种种状况"①，即通过典型化的文学表现手段来创造文学真实。与巴尔扎克的观点如出一辙，康拉德也认为，小说"有选择地收集了与生活相似的某些片段，这种选择足以与历史记录抗衡"②。

在发生学意义上，中国新文学的兴起与国家民族命运这样的宏大叙事密切相关，甚至承担着救亡图存的任务。在这样的特定语境中，对于现实主义"文学方案"的接受是自然而然的。革命政治话语因此伴随着中国新文学的发生和延展。中国新民主主义革命取得胜利之后，革命现实主义成为垄断性的文学话语，并占据了文学话语的权力中心。现实主义的文学真实观也因此融入了革命话语的阐释。尤其是在文学全面成为政治附庸的极"左"思潮中，政治上对于文学真实的指认甚至左右了中国作家的人生命运。政治意识形态、阶级决定论、唯物与唯心对峙的世界观、现实政治运动等统统纳入文学使命，假大空的文学话语得以流行，但这就是极"左"年代的"文学真实"。这是对文学政治功能的极端放大的结果。在阶级决定论的主导下，文学家与文学都是具有阶级性的，根本不可能容许文学独立性地存在。服务于直接的政治需要，这就是政治意识形态需要的"文学真实"，本质主义的文学真实观也成为对中国当代文学具有深刻影响的文学观念。余虹指出，这种本质主义的文学真实观的哲学基础就来自"唯物辩证法"，它赋予了革命文学所钟情的"现实"以合法性。③ 因此，本质化的"现实"成为中国当代文学相当长的一段时

---

① 胡经之：《西方文艺理论名著教程》（上），北京大学出版社1997年版，第532页。

② Joseph Conrad, *A Personal Record*, New York: Harper, 1912, p. 15. 译文参见申丹、韩加明、王丽亚《英美小说叙事理论研究》，北京大学出版社2005年版，第151页。

③ 余虹：《革命·审美·解构——20世纪中国文学理论的现代性和后现代性》，广西师范大学出版社2001年版，第184—185页。

期内的文学质料,"一旦将符合政策的现实看做是本质的现实和文学必须反映的现实,从政策出发去观察现实,取舍现实,构造现实就成了当然之事"①。因此,后"文革"时代中国新时期文学重建的一个关键就是在文学真实观念上的突围,即恢复文学本位的价值。回到80年代初期的文学现场,我们也能感觉得到这种"文学真实"的强大影响。在"伤痕文学""反思文学""改革文学"中可以明显地看出作家对于"政策"的响应。即使西方现代主义文学被译介到中国,也需要采取"误读"的策略才有可能实现"政治正确"。袁可嘉当时即做这样的"误读"——"现代派(又称先锋派或现代主义)文学总的倾向是反映分崩离析的现代西方资本主义社会里个人与社会、个人与他人、个人与物质、自然和个人与自我之间的畸形关系。"②很显然,就是要通过对现代主义文学的"现实主义化",以求得异质性文学话语的生存空间。因此,"元小说"在中国当代文学中的出现和接受,是具有颠覆性意义的,因为它直接反拨的是反映论、唯物论、政治决定论的文学真实观,实现了文学真实与虚构的"乾坤大挪移"。"元小说"所导引和开辟的"精神真实"冒险,是先锋作家形式试验在文体学意义上的先导。

马原无疑是80年代"元小说"的"始作俑者"。马原对于小说虚构本质反反复复的暴露,打破了文学以"真实"为崇高追求的主流文学观。马原的小说天分并不见得比后来的先锋作家高,但他对于外国文学的接受却有着独特的敏感,"元小说"即是一个典型例证。正是从马原开始,有相当一部分作家认同了"虚构"的主体价值。在形式化的文学实验中,"真实"的绝对主导地位被"虚构"取而代之,这是一个极具破坏性的观念标举。这意味着——若"真实"这样的金科玉律都可以被束之高阁,还有什么是不能抛弃的呢?重述80年代先锋文学时,马原之所以被尊为先行者,其历史契机就在于此——马原所选择的"元小说"这样的形式实验模型,正好契合了80年代反抗权威、追求新奇、自我标举的文化思

---

① 余虹:《革命·审美·解构——20世纪中国文学理论的现代性和后现代性》,广西师范大学出版社2001年版,第191页。

② 袁可嘉:《欧美现代派文学概述》(原载《百科知识》1980年第1期),参见何望贤编选《西方现代派文学问题论争集》,人民文学出版社1984年版,第2页。

潮，这种模型创造了那个时代"最令人惊异的小说"①。

语言案例	出处
我就是那个叫马原的汉人，我写小说。我喜欢天马行空，我的故事多多少少都有那么点耸人听闻。②	《虚构》
我刚才说我不想回内地，不仅仅是因为我要完成这个剧本（剧本当然要完成）。我还有另一些原因。今天你们来了我很高兴，想讲一点从来没对人讲的关于我自己的事。③	《冈底斯的诱惑》
下面我还得把这个杜撰的结尾给你们。说一句悄悄话，我的全部悲哀和全部得意都在这一点上。④	《虚构》

马原对于作家在小说中的地位经常予以自嘲，对于传统小说吸引读者的主要来源——故事也满不在乎。他告诉读者，作家唯一的本事就是虚构，事实上也并不见得比读者高明，甚至读者还可能拿出更好的故事来。就像华莱士说的："不是我们读故事，而是读者读我们解释我们。"⑤

叙事是一种古老的话语形态，西方从《荷马史诗》开始，在叙事作品中，"事"的重要性就远远超过"叙"。就像伊迪斯·沃顿所指出的："必须把故事视为一个星云系，围绕着中心事件构建一系列有趣插曲，说明小说为什么要这样写。"⑥ 但在先锋小说中，"叙"凌驾于"事"之上，甚至"事"不过是"叙"展开的工具而已。在这样的文本生产机制里，叙述的价值得到了充分的张扬。"叙"对于"事"的僭越，从另外一个维度定义了文学真实，即真实并不存在于现实或仿现实的文本之

---

① 吴俊：《没有马原的风景》（原载《当代作家评论》1998年第4期），郭春林编：《马原源码——马原研究资料集》，同济大学出版社2008年版，第167页。
② 马原：《虚构》，《死亡的诗意——马原自选集》，花城出版社2013年版，第1页。
③ 马原：《冈底斯的诱惑》，《死亡的诗意——马原自选集》，花城出版社2013年版，第189页。
④ 马原：《虚构》，《死亡的诗意——马原自选集》，花城出版社2013年版，第45页。
⑤ [美]华莱士·马丁：《当代叙事学》，伍晓明译，北京大学出版社1990年版，第221页。
⑥ Edith Wharton, *The Writing of Fiction*, New York：Scriber's, 1925, p.89. 译文参见申丹、韩加明、王丽亚《英美小说叙事理论研究》，北京大学出版社2005年版，第147页。

中,而在于讲述的方式。实际上,"马原的叙述圈套"给定的其实并不是什么文学本质,而是对于方法论的某种偏执。一言以蔽之,就是不再奉行崇高、真实、意义这样的伦理法则,而是执着于自我封闭的叙事伦理。当然,他的叙事伦理也不见得有多少规定性。在马原手中,小说成了一种彻底的叙事游戏。甚至也可以说,在马原的这类小说中,其实唯一真实的就是马原自己,但"马原"在作品中也时常被虚构进去。就像吴亮指出的:"他已经把他的小说看成了唯一的真实,既然他已经部分地生活在他的小说里,他就更无意识地充分运用这种便利了。"[①] 在1984年发表的《拉萨河女神》中,马原已基本确立叙述在小说中的本体地位,叙述成为结构小说的关键要素。1985年发表的《冈底斯的诱惑》、1986年发表的《虚构》、1987年发表的《大师》成为"马原叙述圈套"的代表性作品。

马原小说的极端化形式探索对于80年代先锋作家的影响显而易见。这种技术化的倾向成为当时部分作家的"创作时尚"。洪峰对于马原的追随是直接、坦白、真诚的。[②] 在《极地之侧》的开头,洪峰即提醒读者:"在我所有的糟糕和不糟糕的故事里边,时间地点人物等等因素充其量是出于讲述的需要。换句话说,你别太追究细节。这样大家都很轻松。"[③] 从这样的句子我们明显地看得到马原"元小说"的影响。而且,在《极地之侧》中,洪峰还不忘向马原致敬——"有个叫马原和一个叫程永新的人写信来说你这篇小说要写得短写得好而且写得比别人好"[④]。和"马原"在马原小说中无处不在一样,"洪峰"也在洪峰的叙述中如随随形。

[①] 吴亮:《马原的叙述圈套》,《当代作家评论》1987年第3期。

[②] 洪峰在评价马原时说:"他应是中国新时期文学中具有里程碑意义的人物。我对他的尊敬来自他为我们这些当代小说家提供了小说的多种可能性。《瀚海》是在马原的小说出现之后才开始写作的,我从马原的叙述中知道了小说有那么多可以探索的空间。"参见杜昕、段立超、俞咏梅《重返校园话文学——洪峰与东北师大中文系研究生的对话》,《作家》1999年第3期。

[③] 洪峰:《极地之侧》,李小林等主编:《一九三四年的逃亡》(《收获》50年·精选系列),中国文联出版社2009年版,第41页。

[④] 洪峰:《极地之侧》,李小林等主编:《一九三四年的逃亡》(《收获》50年·精选系列),中国文联出版社2009年版,第41页。

由于小说中的"马原痕迹",洪峰在80年代也受到过较尖锐的批评,比如《极地之侧》就被指为"模仿之作"①。但平心而论,马原对于洪峰的影响只是在叙述上。《奔丧》中表露出来的对于"父权"的解构,《瀚海》中对于"家族"的寻根式的追认,其实都具有一种文化主义的鲜明特色,对于生命存在的思考使得这两篇小说有了某种时代厚度,南帆即读出了《奔丧》与《瀚海》在生命诗学表达上的"相反相成"。②仅仅从叙述革命上说,洪峰在叙述上的贡献也是有目共睹的,他强化了小说的虚构本质,推动了形式上的"主体真实",而不执迷于客观世界的确认。

格非对于真实与虚构的理解并不仅仅是叙述上的反拨,他本来就有着自己的主体性思考。格非对于卡夫卡所说的"真正的现实是非现实"有高度的认同,但他认为,"非现实"呼唤"新的形式"。③因此,格非小说叙述方式虽然有着80年代先锋作家形式创造中对"叙述圈套"的跟随,但我们应当注意到,格非的叙述其实有着强烈的结构诗学追求,他着力建构的是属于他自己的叙述迷宫,而非简单地让叙述人在小说中只是承载一种形式化的符号,这是格非的高明之处。在《褐色鸟群》与《青黄》中,"我"都是作为叙述人出现的,是小说结构的关键要素,两篇小说也有足够的叙述魅惑。《褐色鸟群》中那个叫"棋"的女性来访者,成为小说另一个故事("我"与穿栗色靴子的女人)的倾听者和提示者。现实主义文学所指的真实性在这篇小说中当然是找不到的,因为格非在叙述过程中即已不断地否认叙述,甚至那个叫"棋"的女子,这个唯一造访格非叙述世界的来访者,也在叙述结束时被格非否定掉了(像"棋"的女子并不认得"我",也否认曾和我一起共处过),形式的虚构性与叙事的完整性在格非这里得到了很好的结合,所以这篇小说尽管有着十足的实验色彩,但却没有任

---

① 蒋原伦:《〈极地之侧〉是模仿之作》,《文学自由谈》1988年第1期。
② 南帆:《相反相成:〈奔丧〉与〈瀚海〉》,《当代作家评论》1988年第1期。
③ 林舟:《智慧与警觉——格非访谈录》,《花城》1996年第1期。

何的矫揉造作。① 在《青黄》中,"我"这个叙述角色是作为"青黄"这个词的意义空缺而填充进去的,"青黄"被"我"赋予了多维的指认,历史的、传说的、科学的,但最终在歧义性的冲突中出现了巨大意义真空。真实与虚构在《青黄》中的位移,叙述是一个核心构件,格非以人类学式的严谨叙事,反讽了历史与现实的荒谬。

苏童被确认为"先锋作家"的一个标志性作品是《一九三四年的逃亡》②。这篇小说毫无疑问受到"元小说"的影响,也看得到"马原叙述圈套"的影子。"你们是我的好朋友。我告诉你们了,我是我父亲的儿子,我不叫苏童"。③ 这个句子中,暴露叙述的马原式的语气也很明显。只不过,苏童的叙述没有马原、洪峰的焦虑感,时时要跳出来声明"我"的虚构性。苏童对于虚构与真实没有这么多形式化的盘桓,他以一个历史的断面来展开他颇为神秘的"家族叙事",硬生生制造了高度虚化的历史叙事。小说中"苏童"这个符号在历史的形式化叙事中被湮灭了,但作家苏童却在符号的湮灭中找到了属于他自己的"感觉的形式"。主体感觉(往往以意象群构成)的先锋性此后也一直成为先锋作家苏童的重要特点。

孙甘露无疑是马原之后在"元小说"激发下形式化实验走得最远也最为极端的先锋作家。在如何处理"叙"与"事"在小说文本中的构成比例时,包括马原在内的先锋作家都还有点忌惮读者,时不时地来点神神秘秘的故事,孙甘露几乎取消了"事"在小说文本中的存在价值,而

---

① 格非曾谈及《褐色鸟群》的创作动机,很显然是来自"结构"的触发。他回忆说:"像《褐色鸟群》这篇两万字的作品就是一种即兴式的创作,不需要很多沉思。我现在能回忆起来的是,当时正在房间写东西,后来李劼等几个朋友来聊天,他们走后我就一句一句地写下来,只有一种朦朦胧胧的感觉在浮动。至于它的结构产生与一件简单的事有关。一个朋友去买火柴,从口袋里掏出一个火柴盒,售货员吃惊地说:'你有火柴怎么还要买?'那朋友打开火柴盒,从里面拿出五分钱付给售货员。我当时想,这是一个非常好的小说结构:从火柴开始,到火柴结束。其实小说不需要太多的东西,一个核心结构就够了,我对此很着迷。"参见林舟《智慧与警觉——格非访谈录》,《花城》1996 年第 1 期。

② 陈晓明认为,正是《一九三四的逃亡》在 1987 年的发表,确定了苏童未来写作的道路。参见陈晓明《最后的仪式——"先锋派"的历史及其评估》,《文学评论》1991 年第 5 期。

③ 苏童:《一九三四年的逃亡》,李小林等主编:《一九三四年的逃亡》(《收获》50 年·精选系列),中国文联出版社 2009 年版,第 78 页。

把叙述作为结构小说的最核心元素。作为先锋叙述革命的同道中人，格非认为，文体形式的选择并不是一个纯粹的文学性的问题，"文体形式通常是作家与他所面对的现实之间关系的一个隐喻与象征"①。孙甘露的"元小说"实践真正地回到了"元"这个层面。孙甘露对于文本的自我封闭显然是有着自觉的，他对卡夫卡的认同就在于——卡夫卡小说创造的时空是一个"纯精神领域"。孙甘露认为，对于卡夫卡小说的任何进入方式其实都是徒劳的，因为卡夫卡"把小说世界关闭着呈现给我们"②。博尔赫斯也是对孙甘露有着重要影响的作家，博尔赫斯在玄想中对"现实世界"以及"想象世界"（对现实世界总是尽力模仿）的"故意混淆"，让孙甘露看到了小说的另外一种模样。③ 正是基于这样的文学观念，孙甘露走上了一条以虚构为第一要义的极端形式化的实验之路。现实主义文学的真实性在孙甘露小说中已经找不到任何存在的凭据，他以文本的整体虚假给了主流意识形态的文学真实观一击"重拳"，但他箴言式的写作并不缺乏真诚，孙甘露以精神现象学的真实，对人的存在命题提出了自己的质疑。小说作为一种最接近生活的语言艺术形式，不管形式如何极端，与社会的同构性始终是存在的。孙甘露的小说正是在追求"文学现代化"的80年代文化语境中完成的，他呓语式的写作，"是面对集体想象破裂的现实的一种补偿行为，一种无声的抗议。同时也是解构既定的历史和文化秩序后的主体放松行为"④。

由"元小说"试验而正式集体登场的80年代中国先锋文学，以自我封闭的叙述实验反拨着意识形态的普遍化。现实主义的文学真实观在先锋文学文本面前失去了有效性，虚构也不再纯粹地成为将历史和现实经验转换为文学经验的手段，而是作为一种文学的本体存在被彰显。余

---

① 格非：《文体与意识形态》，林建法等编：《中国当代作家面面观——寻找文学的灵魂》，春风文艺出版社2003年版，第135页。
② 孙甘露：《学习写作》，郭春林编：《为什么要读孙甘露》，上海人民出版社2014年版，第55页。
③ 孙甘露：《学习写作》，郭春林编：《为什么要读孙甘露》，上海人民出版社2014年版，第56页。
④ 红拂：《深度生存与游戏空间——论孙甘露的小说（1986—1993）》，郭春林编：《为什么要读孙甘露》，上海人民出版社2014年版，第128页。

华就曾鲜明地表达了对于"生活真实"的强烈不信任,他认为:"生活是不真实的,只有人的精神才是真实的。"① 真实与虚构的位移,使得文学的伦理价值承载不再沉重。先锋作家追求虚构世界的逻辑自洽,处于客位的现实经验的"真实",在先锋文学文本中被一种形式化的抒情机制所代替。这种形式化的抒情机制开创了80年代中国文学的另外一种路径——找寻文学意义生产的内在驱动,回避历史理性与现实镜像的苛责,建构一种向内的形式化的"文化政治"②。这种纯粹形式化的表意策略显然是有效的。面对先锋文学文本这样的"异端",现实主义法则中的"真实"不再成为唯一的文学价值判定标准,却有可能沦为简单而草率的批评话语。普遍意义的消解,必将激起个体价值的丰盈,先锋文学由此获得了自己独特的文学史地位。而由于对"文学性"这样一个标准的不断"神圣化",先锋文学甚至意外地成为新时期文学史演绎的"核心话语"。③

第二节　叙事时空的重置

时间是哲学家津津乐道的哲学概念。在西方古典哲学中,"时间容器"这样的哲学阐释是最为主流的认知。这是一种客观的时间。近代哲学兴起以来,时间的主观化倾向日趋明显。在康德看来,时间在认知上具有先验性,是一种纯粹的内感形式。柏格森将时间与生命个体的自由意志相联系,以一种直觉诗学的表述方式赋予了时间可感知性,将时间视为"纯粹的绵延"。海德格尔则在存在的维度上将时间纳入自己的哲学

---

① 余华:《我能否相信自己》,人民日报出版社1999年版,第164页。
② 李陀认为:"80年代的文学虽然强调形式变革,但那时对形式的追求本身就蕴含着对现实的评价和批判,是有思想的激情在支撑的,那是一种文化政治。"参见李陀、李静《漫说"纯文学"》,《上海文学》2001年第3期。
③ 程光炜认为,"先锋小说"这一观念的成型,是对先锋小说丰富的前史进行裁剪的结果。在他看来,"新时期文学三十年"事实上已经变成了一个以"先锋小说为中心"的历史叙述。80年代的"文学思潮"被理解成是"先锋小说"不断克服非文学干扰而最终获得"文学性"的历史性结果。参见程光炜《如何理解"先锋小说"》,《当代作家评论》2009年第2期。

体系，当下的存在成为认知时间的重要依据。① 物理学意义上的时间具有客观性，因此从外部对叙事形成了规定性。这意味着客观真实原则形成了对文学真实性的苛责。以主体自由作为精神归依的先锋文学，自然不能"容忍"这种先验的时间法则。将时间主观化后纳入叙事伦理，便成为一种集体无意识。

时间是一个线性的流动过程，过去、现在、未来被作为时间的经典维度遵守着。这种线性流动的特征对于文学叙事有着强大的规制作用。因为一维性的存在，时间本身具有了某种自足性，使得叙事展开时必须要考虑时间的限制。这种限制主要体现在时序与时距两个方面。时序指的是时间物理属性的线性法则，而时距则指的是"故事时间与叙事时间长短的比较"②。在一维性的时间概念中，叙事活动很容易受到束缚。不管是顺叙，还是逆叙，或是插叙，甚至在叙述中采用闪回的方式，来表现叙述时间，实际上都不可能构成对时间一维性的破坏。在更深层的思想文化意义上，对于叙事时间一维性的维护，实际隐含着历史理性的话语阐释权力。在反映论的文学观念下，文学价值的评价往往会附丽在历史长度和深度上，与一维性的时间对人类意识形态潜移默化的影响不无关联。一维性与一元化、元叙事、总体性、中心化等，在单向度的时间中，往往会体现出某种家族相似的特征来。"时间不仅仅是一个科学或哲学的概念，而且还是一个时代文化意识的重要组成部分，时间观念的变化一定揭示了文化变迁的奥秘"③ 作为一种文化政治的先锋派主张，其反一元化和总体化的诉求中本来就潜藏着反一维性的意识形态。因此，对于叙事时间的重置是自然而然的。利奥塔以哲学家的敏锐指出了先锋艺术对于时间的天然反抗——"先锋派艺术家的任务仍是拆散与时间相关的精神推断"④。

作为80年代先锋文学的"先行者"，马原对时间革命之于叙事的重

---

① 余治平：《时间的哲学》，《东南学术》2002年第3期。
② 罗钢：《叙事学导论》，云南人民出版社1994年版，第145页。
③ 吴国盛：《时间的观念》，中国社会科学出版社1996年版，第4页。
④ [法] 让-弗朗索瓦·利奥塔：《非人：时间漫谈》，罗国祥译，商务印书馆2000年版，第119页。

要性有相当的自觉,破除传统小说的时间规矩也就成为形式实验反拨现实主义叙事成规的重要"火力点"。马原认为:"时间对于一个有叙述意识的人来说,永远是最好的素材。"① 他坦承,在他的小说《拉萨生活的三种时间》中,"时间"才是小说中故事的"主角",时间只有在叙述中才显示出其意义与价值。②

时间的主观化意味着物理意义上的时间在先锋文学文本中被悬置,时间作为一种精神现象进入作家的创作当中。余华曾经坦白过自己的"时间观"。在余华看来,就人的精神活动而言,过去、现在、将来这样的法则并不具有"内在的说服力","时间的将来"与"时间的过去",两者互为"表象"。因此,作家真实感知的只是"时间的现在","过去与将来只是现在的两种表现形式"。③ 由于过去与将来对于现在的渗透,现在也就变得复杂起来,充满了不可知性。叙事的时间在这里就自然地具有了颠覆时间一维性的可能。"(叙事)时间的意义在于它随时可以重新结构世界,也就是说世界在时间的每一次重新结构之后,都将出现新的姿态。"④ 余华所指的世界的"新的姿态"显然不是物理时间赋予的,而是时间主观化的结果。余华的成名作《十八岁出门远行》即体现了时间主观化的探索。小说中不时出现"这年""现在""那时""眼下""这时""那个时候""这个时候""此刻"等表述词语,但对于读者来说,时间是一个模糊的所指。"那年"看起来具有相当的规定性。小说应当是一个建立在过去时间基础上的叙事文本,叙述时间和故事时间理当具有同一性,但在叙事推进过程中出现了时间的分离。从过去面向未来讲述的正时序的时间程式,被悄然置换成了"现在"的叙述。这就是余华所推崇的时间的"现在"价值。《十八岁出门远行》的成功,除了成长小说天然地具有某种心理共感外,叙事时间的合理性也是极为关键的。过去时间的"现在化"使得成长小说与受众在时间上生成了一种互文性,制造了同在共感的文本魅惑。余华小说中

---

① 马原:《虚构之刀》,春风文艺出版社2001年版,第70页。
② 马原:《虚构之刀》,春风文艺出版社2001年版,第70页。
③ 余华:《我能否相信自己》,人民日报出版社1999年版,第165—166页。
④ 余华:《我能否相信自己》,人民日报出版社1999年版,第166页。

的时间往往呈现为虚化的特征，但他又往往使用确定的时间来命名，时间能指与所指之间的断裂，使余华小说的时间也同样地呈现出陌生化的文学效果。

《四月三日事件》中的时间似乎有了明确的限制——四月三日，甚至在小说开头还明确地给出了叙事时间的开始——"早晨八点钟的时候"，但余华在叙述中彻底地打破了这个"容器式的时间"。叙事从对一把钥匙的触摸开始，小说人物（"他"）的种种想象与现实时而重合时而分离，而时间也在物理时间和心理时间的切换中显得扑朔迷离。从"无依无靠"的"十八岁生日夜"开始，"他"与"明天"开始了竞猜游戏。"他"的同学，"他"的父母，都在印证着"他"不安的预测。

《四月三日事件》这篇小说的时距是四天——

第一天——早晨"他"出门，看到白雪和靠在梧桐树上抽烟的中年男人；晚上，"他"躺在床上一夜没合眼（回想少年时光，中间插叙傍晚"他"走进家门时，没有看到生日蛋糕和啤酒）。

第二天——"他"去张亮家，去亚洲家再度碰到张亮等人（插叙从张亮家出来后去亚洲家前的经历：再度看到白雪，她还莫名地向"他"暗示，同时再次看到中年男子靠在梧桐树上）。黄昏时，在阳台上浮想（插叙"刚刚"在厨房洗碗时听到父母的议论），在父母的卧室门口，他听到了"四月三日"。

第三天——按"他"昨晚的设想醒来，也按他的设想听到了敲门声（插叙昨晚想象中听到的敲门声，那个靠在梧桐树上抽烟的男人在"他"开门后走进了"他"家），当"他"打开门，发现一个中年男人在敲对面的门（插叙想象中的"他"在大街上碰到一群人对"他"指指点点，朱樵神秘地出现，告诉那些人是"他"的同学）。中年男人继续敲门，"他"告诉那个男人屋里没有人，那人继续敲，对面的门开了又迅速关上。在"他"的设想中再次碰到白雪的情景与现实中碰到白雪的情景有出入，但白雪出现了（插叙"昨日傍晚"母亲与邻居在阳台对话和"他"想象的父母在对面邻居家商量的情景）。继续跟踪白雪，"他"走入胡同，当白雪要走进胡同时，被父亲和中年男人拦住了（插叙昨天傍晚回到家父母的异样表现）。"他"从胡同出来去汉生家，屋里还闻得到白雪的气息。晚饭后，父母出去散步。天黑了，"他"下楼，爬到水塔高处（插叙"他"的设想，张亮等人冲进家门绑架了"他"）。从水塔的铁梯下来，"他"回家了，一路上仿佛都听到窗户里传来"准备得差不多了吗"的对话。晚上回家，父母的态度很温和。

第四天——果然张亮等人敲门说要带"他"去一个让"他"大吃一惊的地方，走在大街上时，他们放开了"他"，有辆卡车向"他"开来；"他"拼命狂奔，突然父亲出现；又看到靠在梧桐树上抽烟的男人，"他"在臆想中打倒了那人，那人说出谋害的真相；"他"无意识中走到了白雪家，盘问白雪，但白雪否认；晚上他从藏身的建筑脚手架上下来，走到了火车站，爬上了一列货车。明天就是四月三日，"他"觉得自己终于逃离那个阴谋……

经过笔者的整理，仿佛余华采用的是顺时序的叙事，但其中由于大量主观化的时间感受的融入，加之不断的插叙，使得叙事时间和这个故事一样充满了奇诡神秘，时间在小说中仿佛成为一种精神现象学的结构。海德格尔所说的"源始性的时间"[①] 在余华这里或被"终结"，或被"阻断"，小说的顺时序实际上服从的是叙述主体——"他"的心理时间。四天的时距，在逼仄的时间长度中，展开了一个环环相扣的圈套，但这并不是用日常生活的逻辑来联结的，而是通过精神变异来实现的。

孙甘露在时间主观化的路上走得更为奇谲。他通过语词的迷宫建筑，直接摆脱了客观时间对于叙事的限制。《请女人猜谜》中的时间词，比如"那年夏天""现在""那天""数年前""很久以来""整个夏天""许多年以前"等，这些时间语词已经丧失了表征时间的功能，因为它们只不过是众多叙事碎片中微不足道的一部分而已。在孙甘露的小说文本中，叙事时间在文体的模糊化和语言的能指化中已经无法恢复其一维性，因为它已被拆解为精神感受的空间。"时间的空间化"在先锋文学的叙事文本中比比皆是。马原一般是用虚构与真实界限的模糊，来对时间的客观

[①] ［德］马丁·海德格尔：《存在与时间》，陈嘉映、王庆节译，生活·读书·新知三联书店1987年版，第390页。

性予以解构。时间的虚化也构成了马原小说魅力的一个重要组成部分。《叠纸鹞的三种方式》《冈底斯的诱惑》的叙事时间由于故事本来就是拼贴而来的,客观时间也就自动失去了对于叙事的控制。格非对于叙事时间的重构来自他极力追求的迷宫式的叙事风格,客观时间在格非叙事文本中的沦陷,很大程度上就是因为格非步步为营对于客观时间的拆解。格非的小说《追忆乌攸先生》就是一个让时间的一维性陷入迷途的先锋叙事文本。三名警察来到村里,使人们已经逐渐遗忘的乌攸先生的死亡事件重新成为焦点,但靠村里人的记忆拼贴出来的乌攸先生,依然是面目模糊的。时间如同记忆一样并不可靠,只是一种心理感觉和一种主观追认。"时间叫人忘记一切"[1],小说中的这句话表明了格非的时间观。苏童小说的时间呈现为一种情境化的状态,与他细腻而独特的私性地域体验融为一体,他没有刻意地解构时间,但通过主观化的修辞将时间"据为己有"。所以,苏童的时间表征往往是这样来表述的,如"在梅雨降落的第一天"(《蓝白染坊》),"六月以后夏天热烘烘地降临我们的香椿树街"(《飞鱼》),"直到50年代初,我的老家枫杨树一带还铺满了南方少见的罂粟花地"(《飞越我的枫杨树故乡》),等等。时间的主观化也为先锋文学逃离元叙述提供了可能性,当时间的规定性在叙事推进中被肢解,时间从一维到多元的认知革命,不仅打开了叙事想象的空间,丰富的精神世界也有了被文学重新认知的诸多可能。

西方现代主义(后现代主义)文化思潮的兴起往往被视为对"空间性"要素的强调,而"时间性"要素却在递减,甚至在某些叙事文本中被激进者抛弃。有研究者认为:"现代主义作品被认为是'空间'的,一方面是因为这些作品中历史和时间的历时序列被置换成了神秘的共时性,另一方面则是因为分离的句法组合破坏了正常的连续感。现代主义作家试图使他们的读者接受将'并置'观念看成是世界的组织原则及空间逻辑,以此来替代时间连续性。"[2] 和时间一样,空间是叙事的必备要件。

---

[1] 格非:《追忆乌攸先生》,《褐色鸟群》(格非小说集),上海文艺出版社2014年版,第1页。

[2] 蔡咏春:《空间化的叙事——论先锋派对时间性的消解》,《当代文坛》2009年第4期。

时间和空间支撑了叙事的逻辑展开。不管是忠实于具体时空的叙事，还是对现实时空予以变形处理的叙事，空间都是一个极为重要的叙事维度。在叙事文学中，时空的一体性曾经备受推崇。巴赫金就曾提出过"时空体"理论，认为："体裁和体裁类别恰是由时空体决定的。"[①] 在《空间诗学》中，巴什拉从现象学和象征意义的角度对空间进行了哲学与诗学双重维度的考察，认为空间并不是冷漠无情的，而是可以被"想象力的全部特殊性"所体验的，是人类意识的居所。[②] 在西方批评理论中，空间在很长一段时间内是受到压抑和忽视的，"空间在以往被当作是僵死的、刻板的、非辩证的和静止的东西，相反，时间却是丰富的、多产的、有生命力的、辩证的"[③]。1945年，《现代文学中的空间形式》（作者约瑟夫·弗兰克）这篇论文的发表，标志着西方叙事学开启了空间理论的探索，并由此成为西方文学批评的一个学术热点。[④] 当然，叙事空间理论的兴起，与西方批评理论的空间转向不无关联。列斐伏尔、德塞都、福柯等人的论述是批评理论空间转向的重要资源。列斐伏尔的著作《空间的生产》把"空间"视为一种生产性的产物，从而赋予了"空间"以强烈的意识形态属性。德塞都的《日常生活的实践》将都市生活这一现代性景观与"故事空间"联系起来。福柯的《规训与惩罚》可谓是空间批评的经典著作。

"空间性"特征显著的西方现代主义（后现代主义）文学是中国先锋作家的重要参照系，西方作家对于叙事空间的处理自然而然地会影响中国先锋文学文本。阿根廷作家博尔赫斯是中国先锋作家集体推崇的文学导师，其作品的空间性特征就极为鲜明。博尔赫斯的小说《交叉小径的花园》中提到的空间的"同存性"对后现代地理学颇有启迪，苏贾曾说：

---

① [苏] 巴赫金：《小说理论》，白春仁、晓河译，河北教育出版社1998年版，第275页。
② [法] 加斯东·巴什拉：《空间诗学》，张逸婧译，上海译文出版社2013年版，第27页。
③ [美] 爱德华·W. 苏贾：《后现代地理学——重申社会理论中的空间》，商务印书馆2007年版，第15页。
④ 在《现代文学中的空间形式》一文中，弗兰克从"语言的空间形式""故事的物理空间"和"读者的心理空间"三个方面对现代小说中的空间形式进行了深入剖析。参见程锡麟等《叙事理论的空间转向——叙事空间理论概述》，《江西社会科学》2007年第11期。

"对于词语,我们能做到的,无非就是作重新的收集和创造性加以并置的工作,尝试性地对空间进行诸种肯定和插入,这与现行的时间观念格格不入。"① 对于充满了叙事革命激情的80年代中国先锋文学来说,它不仅要在叙事上挑战传统的时间哲学,同时还需在空间结构上展开一场叙事革命。如果仅仅从空间与人物之间的协调性来说,叙事文本大体上呈现为"和谐空间""背离空间"和"中立空间"三种形态②,而"背离空间"无疑是先锋作家空间叙事的最主要着力点。

格非以小说结构的迷宫建构见长。格非"迷宫"在很大程度上就是得益于其叙事空间的意识自觉。在《迷舟》中,格非煞有介事地配了一幅地图,这个简单的手绘地图标注了叙事空间。但叙事空间之于现实物理空间,最大区别就在于:叙事空间是一种充满着主体意识的生产性的空间化的状态,而现实物理空间则是一种客体的存在。棋山(地名)和榆关(地名)是《迷舟》叙事的物理空间。棋山,萧在这里生长,从军后又回到棋山驻守,但这里对于他来说充满了幻觉,"他觉得像是有一种更深远而浩瀚的力量在驱使他"③;榆关,萧青年时代在这里学医,与杏有一段情缘,已被他的敌人北伐军攻陷。战争意义上的棋山居于守势,榆关处于攻势。爱欲意义上的棋山,是一个冒险(偷情)空间,而榆关则是一个感情的"正义空间"。在叙事空间这个维度上,格非着力强化的就是"背离空间"的属性。战争期间奔丧,与旧情人偷情,加大了棋山这一空间的"背离性"(这里是萧的故乡,也是萧的心灵归宿)。杏被丈夫三顺阉割后送回榆关,萧只身前往,面对的是两个"劫"——明的"劫"是三顺的报仇,暗的"劫"是警卫员的监视。榆关作为萧爱情萌芽的空间,本是一个"和谐空间",由于偷情事件与战争对峙,它显然已经转换为一个"背离空间"。而正是空间的"背离性",使榆关成为《迷舟》叙事的一个关节,它既是序曲(萧的美好人生),同时也是高潮和落幕(成为萧被击毙的原因)。这样的"背离空间"同样出现在《褐色鸟

---

① [美]爱德华·W. 苏贾:《后现代地理学——重申社会理论中的空间》,王文斌译,商务印书馆2007年版,第3页。
② 江守义:《叙事空间的主体意识》,《河北学刊》2010年第6期。
③ 格非:《迷舟》,《褐色鸟群》(格非小说集),上海文艺出版社2014年版,第15页。

群》中,"水边"是一个具象的空间,"我"对"棋"讲述的那个穿栗色长靴女人居住的村子是一个抽象的空间。两个空间在格非的叙事中并置交错,形成了迷幻的叙事空间效果。《褐色鸟群》的叙事时间显得飘忽不定且难以捕捉,而具象与抽象两个空间的并置,则使时间能指在空间所指中获得了自身的叙事价值。

尽管叙事空间和环境相关,也包括着自然和社会环境的要素,但叙事空间的特殊性在于——"小说家在处理叙事空间时的最大特权就是可以作出选择,他可以利用叙事空间的不确定性突出某些他认为不重要的东西,另一方面淡化乃至完全省略掉许多他认为重要的东西"[①]。先锋作家在处理叙事空间时,对于确定性是压制的,而对于不确定性却往往予以"赦免"。因此,先锋文学文本中的叙事空间其实主要是一个心理意义上的空间,而环境(地理)意义是缺乏的。即使是马原的藏地书写,其中的拉萨河、冈底斯也是一种经过主观化处置过的空间。80年代余华小说中的空间是局促、简略而充满了压抑感的。这种文本效果的产生,来源于作家对空间客观性的彻底阉割。在《西北风呼啸的中午》这篇小说中,"虹桥新村26号3室",这个空间能指在小说整体的荒诞气氛中丧失了所指。《死亡叙述》中的公路亦成为曾经出过一次车祸然后侥幸逃逸的"我"的心灵炼狱,始终作为一种死亡意象折磨着"我",最终"我"惨死于这个空间。孙甘露的小说对客体的空间从来不屑一顾,他着迷于搭建完全基于主观经验的语词迷宫。他通过语词的自动触碰实验实现了对于物理空间的完全屏蔽,其文本中只有语词参与叙事后的一些"废墟"式的空间遗存。苏童小说的空间是寓言与象征的居所,"枫杨树故乡""香椿树街"在反反复复的叙事建构中,具有了某种文学人类学的空间价值。总而述之,先锋文学的叙事空间,来自作家们的想象性设置。正是这种"想象性设置",使得先锋文学先验地规避了庸俗的文学社会学法则的束缚,而选择在形式上对应那个时代的精神现象和文化政治,并毫无避讳地走向了"形式意识形态"的美学迷宫。

---

① 罗钢:《叙事学导论》,云南人民出版社1994年版,第186页。

"一切存在的基本形式是空间和时间"①,时空关系对于事物的存在具有高度的规定性。时间描述的是"顺序性"和"连续性",空间则对其"伸展性"和"持续性"进行规约。时间意识的觉醒,体现了人类对于自身存在经验的"秩序性的整理",同时也融合了集体无意识的生命体验。"宇宙意识"和"生命意识"的双重属性使时间"成为叙事作品不可回避的,反而津津乐道的东西。叙事因此成为时间的艺术"②。在叙事理论中,时间一度具有绝对的统摄性,叙事是"时间的艺术"这样的认知,体现的就是时间在叙事理论中曾经的垄断存在。但时间与空间从来都是在叙事作品中并行不悖的。"空间不是叙事的外部,而是一种内在力量,它从内部决定叙事的发展"。③ 现代性对于人类生存空间的重整带来了迥异于传统时序的空间体验,更对现代主义、后现代主义的文学叙事产生了重要影响。对于叙事时间与叙事空间,到底是选择服从于真实的时空秩序,还是对其进行破坏性重构,这其中就隐含着某种先锋性。80 年代的中国先锋作家,在对西方现代主义文学大师的追随中,敏锐地看到叙事时空重置所蕴含的文学革命价值。他们改造了时间的一维性,突破了空间的限制性,以主观化的叙事法则塑造了文本中独特的时空存在。当时间与空间成为一种精神现象和主观体验,先锋文学在时空维度上也确定了自身的叙事伦理,即超越时间(如历史和当下)和空间(如自然和社会)对于文学表达本身的规约,回到自我的心灵时空中,呈现了更为丰饶的精神体验。

第三节 叙事威权的拆解

作家作为创作主体,他与叙事文本之间的关系体现出某种主体性。在现实主义的叙事文本中,全知视角之所以受到青睐,既是一种叙述技巧选择,但同时也是一种主体性的自信。乔纳森·卡勒指出,全知叙事

---

① [德] 恩格斯:《反杜林论》,人民出版社 1970 年版,第 49 页。
② 杨义:《中国叙事学》,人民出版社 2009 年版,第 125 页。
③ Franco Moretti, *Atlas of the European Novel*, 1800–1900. London: verso, 1998, p. 70. 译文参见董晓烨《文学空间与空间叙事理论》,《外国文学》2012 年第 2 期。

中作家创造的文本世界,和上帝创造的世界有极大的相似。对于现世,上帝无所不知。而迷恋于全知叙事的作家,他对自己创造的世界也似乎充满自信,无所不能。① 全知叙事所体现出来的这种主体性,在古典社会的叙事文本中,往往体现的是一种伦理属性。比如中国传统白话小说中,全知叙事就是为了方便伦理的引导。② 人类进入现代社会之后,全知叙事的江湖独大,来自主体性哲学的强大支撑。全知叙事所反映出来的主体,是一种"中心化的主体"。"所谓'中心化的主体'指的是相信自我是一个完满的整体,是自我世界的中心。"③ 凯瑟琳·贝尔西对"古典现实主义"(指19世纪的欧洲小说)曾有过精彩的叙事分析,她认为,古典现实主义的叙事文本"要求读者去感知和评价文本中的'真实'……而解释真实的来源和依据就是作者的自主性"④。"中心化的主体"在叙事文本中地位的突出,意味着叙事威权机制的建立,即强调叙述主体对于世界予以指认的权力。

  对于80年代的中国文学来说,后"文革"时代开始后的一段时间内,叙事文学强调了对于庸俗的革命现实主义的反拨,但在配合拨乱反正的政治转向的小说创作中,叙事上的革命依然没有太大的突破,依然是一种政治意识形态规定性下的简单化的叙事服从。在以"人学"为基本逻辑的新启蒙运动中,主体性成为当仁不让的关键词。在文学领域,刘再复的"文学主体性"成为风行一时的主流话语。但文学主体性的破空而出,实际上是革命政治激情消退年代的某种政治抗辩。⑤ 这种文学/政治二分的文学话语,在80年代前期表现得尤其突出。因此,"文学主

---

① [美]乔纳森·卡勒:《论全知叙事》,陈军、王璐译,《社会科学战线》2014年第2期。
② 江守义:《古典小说全知视角的伦理效应》,《浙江工商大学学报》2016年第5期。
③ [美]杰姆逊:《后现代主义与文化理论》,唐小兵译,北京大学出版社1997年版,第31页。
④ [英]凯瑟琳·贝尔西:《批评的实践》,胡亚敏译,中国社会科学出版社1993年版,第89页。
⑤ 李泽厚、刘再复:《告别革命》,天地图书有限公司1995年版,第184页。

体性"并未带来文学叙事的革命。① 相反,在叙事上,主体性的激情有可能造就另外一种"文学政治"——将叙述主体置于绝对权威的地位,在文本内部形成一种想象的权力,成就某种主体性的神话。过去是革命政治的总体性主宰着叙事话语,而"主体性的神话"确立之后,一个抽象的"人"成为叙事的"上帝",其工具理性的本质也自然而然地显露出来。当西方现代主义(后现代主义)文学文本不断地被译介并进入改革开放时代的中国,对于"主体性神话"的拆解也就顺理成章了。而在叙事领域发生的拆解主体的运动,与"二战"后西方叙事文学中"无主体的语话表达方式"不乏呼应。② 80年代中国先锋文学的叛逆性,很大程度上就来自无主体的话语表达。由此,主体性在某些先锋作家笔下被罢黜,成为形式自律游戏的"牺牲品"。先锋文学对主体性的拆解,一方面是形式意义上的,通过语言学意义的叙事革命,使叙事主体淹没在语词游戏的迷宫中;另一方面是伦理意义上的,通过对传统叙事伦理的颠覆,让叙事主体成为文本的傀儡,失去了伦理的引导价值。在先锋文学文本中,叙事主体发生了分化,不再具备传统叙事文本中的权威地位。有研究者认为,叙事主体的分化和叙事威权的消解,使"叙事评价"趋于复杂和多元化。在叙事威权的统摄之下,叙述者与隐含作者在叙事伦理上具有同一性,这种状态下的"叙事评价"呈现为一种单一状态。传统现实主义小说是其中的典型代表。但在现代主义文学的叙事文本中,叙述者与隐含作者的叙事伦理出现了分裂,叙事评价就变得复杂起来,"众声喧哗"的现象就是这样产生的。③

马原率先在叙述主体的分化上开始了先锋文本实践。在马原小说的叙事中,对叙述主体的安排显得比较随意,甚至缺乏足够的尊重。"马

---

① 在贺桂梅看来,"伤痕文学""反思文学""寻根文学""朦胧诗"等创作潮流,以及"文学就是人学""文学的主体性"等批评范畴,仍旧处于社会主义现实主义的话语体制当中,而并没有形成新的自我表述的话语方式。参见贺桂梅《"纯文学"的知识谱系和意识形态》,《山东社会科学》2007年第2期。

② 陈晓明:《无边的挑战——中国先锋文学的后现代性》,中国人民大学出版社2015年版,第165页。

③ 江守义:《现代小说叙事主体的分化及其比较》,《中国人民大学学报》2005年第4期。

原"在其叙事中并不真正地具备主体价值,而是作为叙事符号出现的。马原(作者本人),"那个叫马原的汉人",虚构的马原(小说的人物之一),三种角色的交织使其叙事主体面目模糊,歧义性由此滋生。作为作者的"马原",不时地在叙事中出现,但对虚构性的不断强调,作者主体反而被边缘化,因为他并不对真实、客观这样的传统叙事伦理做出任何承诺,反而有意屏蔽"真实性"的伦理。作为叙述者的"马原",在叙事推进中本来应当处于主导地位,但由于作者马原的强行介入,叙述者"马原"对于叙事的走向和逻辑,也没有足够的主导权。马原尤其钟情的平行叙事结构,也对叙述主体的权威形成了解构。叙事意图在平行叙事结构中渐趋模糊,叙事本该承载的伦理价值也就荡然无存,成为纯粹的形式主义的叙事游戏,就像吴亮所指出的,"马原和马原小说中的马原构成了一条自己咬着自己尾巴的蛟龙"[1]。《虚构》是体现"叙述圈套"特征极其充分的一篇作品。马原这个叙述者的插叙当然是在场的,在小说的第一节,作者就不停地介绍自己。正是叙述者的扰局,使得《虚构》中的叙述者、隐含作者、真实作者和小说人物常常混为一体。插叙的不时介入,造成了《虚构》叙述主体的"戏剧化"[2]。作为叙述主体的"我"在《虚构》中承担着推动叙述的重要功能。"我"写作,"我"去麻风村,"我"用麻风病人的杯子喝水,"我"和患了麻风病的女人做爱,"我"似乎窥见了那个假装哑巴的老人的秘密……正是因为"我"这个叙述主体的"戏剧化",增加了文本的魅力,马原在叙述中有意地让时间失去了准度,从而消灭了故事的真实性。"我"的叙述也就显得可疑起来。正如作者马原自己在小说中所坦白的,他不仅虚构了叙事的起源,同时也杜撰了叙事的结果。这种叙事行动宣告了"无限主体性的破灭"[3]。

---

[1] 吴亮:《马原的叙述圈套》,《当代作家评论》1987 年第 3 期。
[2] 韦恩·布斯认为:"叙述效果的最重要区分是根据叙述者是被独自戏剧化了还是他的信念和特征与作家保持一致"。参见 [美] 韦恩·布斯《小说修辞学》,付礼军译,广西人民出版社 1987 年版,第 158 页。
[3] 杨小滨、愚人:《叙事的永恒插叙与无穷套:马原作为理论范式》,《现代中文学刊》2012 年第 3 期。

在《叠纸鹞的三种方式》中,"我"、小格桑、刘雨是这篇小说中的三个叙述者,三位虚构的叙述者好像是真实的现实生活中的讲故事的人,他们都以拉萨作为自己的叙述场景,有时叙述中还有着故事的交叉。比如当警察的小格桑调查的大昭寺附近八角街那位卖东西的老太太,也是"我"认得的老太太,同时还是刘雨构想的一篇小说的原型,三个角色令人惊奇地重合在一起。小说中的人物庄小小画作《岁月》的原型,竟然是小说中的人物新建的学生尼姆的奶奶。叙述中的人物巧合,把现实与虚构融为一体,让读者难以分辨叙事真实与现实真实。而作为叙述者,由于并置的叙事安排,无论是"我",还是小格桑,或是刘雨,都无法对叙事走向形成权威,而只能任由叙事在各自的想象中野蛮生长,叙事的动机和目的当然也就无从谈起。很显然,马原只是在一种自我愉悦的想象中展开叙事文本,其叙事行为就仅限于叙事行为,而抛弃了叙事的价值和意义,叙事主体的可靠性也就显然可疑起来。

在叙事威权的消解上,孙甘露走得更为极端。他的小说本来叙事性就不强,甚至还表现出强烈的模糊文体界限的倾向。在这样的叙事文本中,叙述主体被边缘化是必然的。在孙甘露的叙事实践中,叙述主体的作用主要在于帮助他营构一个语词游戏的迷宫。在《信使之函》中,作为叙述者的"我"其实与"信使"具有同一性。当"我"作为叙述主体时,是进入信使的主体世界的,"我"的体验就是信使的体验。孙甘露时常地将叙述主体分离,有时站在信使的内心世界,有时又跳出来客观地打量信使,尽管在本质上依然是一种"同叙述者"叙事,但叙事人称上的随意性却给人造成了"异叙述者"的陌生化接受效果。[①] 叙事视角的切换在《信使之函》中极其频繁,这种高频率的视角交换使得本来就充满了迷幻意味的文本变得更加莫衷一是。由于小说中的"信使"只是一个高度抽象的叙事符号,叙述主体也就对叙事失去了控制。就像这篇小说的结尾——"信起源于一次意外的书写",这个叙事文本也充满了叙事的

[①] 同叙述者是故事中的人物,而异叙述者不是故事中的人物,前者讲述自己的或与自己有关的故事,后者讲述的是别人的故事。参见胡亚敏《叙事学》,华中师范大学出版社2004年版,第41页。

随意性。由于孙甘露对于语词游戏的迷恋，其叙事的动机和目的并不明显。"我"这一叙述者的随意介入，破坏了叙事的结构，叙述主体也被边缘化。在孙甘露的小说中，"叙述人"的功能就是"打破话语的习惯中心""扰乱话语秩序"，[①] 它反对任何"中心化"（包括叙述人以自我为中心）的话语秩序建构。《访问梦境》以梦境为叙事的逻辑展开，因此文本总体上只是一个意识自由流动的形式自律空间。"我"这个叙述者在其中承担的只是一个"意识流"出口这样的功能。《访问梦境》充斥着献词一样的句子，但诗性的弥漫却破坏了叙事的完整性。"丰收神"这一叙述者，似乎对"我"这个叙述者有一种不由分说的权威。作为"我"的恋人，她导引着"我"的梦境，她的家族成员强行进入并取代"我"的叙述主体地位，使叙事显得支离破碎。小说中《审慎入门》这个虚构的叙事文本，更进一步解构了"我"这个主体的叙事功能性。"我"在小说中陷入了叙事迷宫，而叙述的接受者同样陷入了孙甘露的叙事迷宫。由此可见，对于孙甘露来说，叙事起到的只是语词游戏的修辞功能。所以，他随意地在小说中安排（或许只是无意识）叙述者出场，而这些叙述者的更替并无规律可循。

洪峰小说的故事性其实很强烈，尽管对马原有一种形式上的致敬，但他对于主题、线索、悬念等传统文学技法其实在潜意识中还是看重的。只不过，他在叙事的推动中又不断地对这些传统叙事成规进行了消解。且以《极地之侧》为例，来看洪峰小说中对于叙事威权的挑战。《极地之侧》中"洪峰"是叙述者，章晖是叙述者，小晶也是叙述者，除此之外，其中还有一些有意识地插叙的名人名言，这些"名人"构成了另外意义上的叙述者，因为这些插叙同样参与了叙事文本的建构。现实生活中的人物进入叙事文本，在马原小说中有了大胆的尝试，洪峰在《极地之侧》中进行了进一步的发挥，除了洪峰本人外，马原、程永新、迟子建等现实生活中的人也进入了《极地之侧》这个叙事文本，但这些人物对于叙事的推动很有限，只是起到了混淆虚构与真实的作用。当然，将现实人

[①] 陈晓明：《暴力与游戏：无主体的话语——孙甘露与后现代的话语特征》，《当代作家评论》1991 年第 1 期。

物强行嵌入文本的做法也导致了叙事"插科打诨"的批评。① 但返回到80年代先锋形式实验的文学氛围中，洪峰对于叙事结构的尝试其实是有着文化价值的，他提供了新时期文学在叙事上的又一个叛逆的文本。和"马原"在文本中有始有终不一样，洪峰小说中出现的真实人物往往半途而废，视叙事的完整性于不顾。《极地之侧》的叙事主线当然是寻找朱晶（这点和马原《冈底斯的诱惑》中陆高、姚亮去看天葬有些类似），但洪峰提供了这样一个悬念，却没有想办法去解开这个悬念，所以直到小说结尾，朱晶这个人物依然悬而未决。章晖作为小说中那些死亡故事的叙述者和生活在极地的人物，本来是有助于解开朱晶这个大秘密的，却在叙述推进中硬生生地被掐断——作为小说人物的章晖死了，而作为叙述者的章晖也断了线。章晖这个叙述者（小说人物）本来是一个叙述的威权存在，他不仅了解极地的地理状况，同样也熟悉"洪峰"的心灵情史，当然对朱晶或许也是了解的（至少比普通人的想象更贴近）。这个叙述者在文本中的戛然而止，彻底打乱了读者的心理期待。更为反讽的是，这个将死亡故事说得言之凿凿的叙述者，所有的故事其实都是假的，而最终被死神所诅咒。章晖这条副线索的断裂，也注定了寻找朱晶这条主线的无果而终。当然，洪峰在叙事进程中以一个又一个的故事对读者的期待进行了"替代性补偿"，但这种"补偿"使得叙述意图显得更加模糊。在《瀚海》中洪峰将"我"和"妻子"的视角植入文本，不时地审视叙述中的故事。甚至"妻子"的态度还仿佛左右了叙事的进程和方向。正是通过这样的叙事结构安排，洪峰把并不精彩大同小异的家族故事拼合在一起，成就了《瀚海》独特的叙事魅力。"我"和"妻子"在这个叙事结构中仿佛是一个打好的"活结"，可以收紧也可以松开。叙述者因此成为小说中的一个角色②，但由于这个角色的存在太过符号化，实际上主体价值、权威性也是大打折扣。

余华其实很少设置叙述的迷宫，在小说中故意混淆叙述者、人物、作者之间的界限，余华多半不屑一顾，但余华的叙述并不基于现实世界

---

① 罗强烈：《〈极地之侧〉的叙事批判》，《文学自由谈》1988年第1期。
② 明小毛：《小说文体的变异与创新——洪峰小说形式谈》，《文学评论》1989年第5期。

来构建，他更相信"文学中的现实是由叙述语言建立起来的"①。80年代的余华充满了对现实生活常识的怀疑，他坦言，这种怀疑使他关注另外的一种现实，混乱与暴力的极端呈现即由此而来。② 余华对于叙述者这个角色是有相当的自觉意识的，他期待作家与作品之间的叙述者的出现，因为余华的叙事偏好是"无我叙述"。③ 也因此，叙述者对于余华来说是一个抽象的叙事动力机制。它并不承担外在的伦理规训。基于这种"无我叙述"，余华几乎是以极端冷漠的叙事心态进入文本中的。过去、现在、未来这种传统叙事的经典时间，在余华的叙事中似乎只是一种谎言。他更钟情于将所有的叙事放在"现在"这个层面来展开，但由于"过去经验"与"将来想象"的融入，"现在"显得变幻莫测，叙述者的权威大大降低。《世事如烟》中以阿拉伯数字来命名小说人物，即体现了余华的叙事法则：降低人物的伦理承担，使之成为叙事"动力系统"的一个"配件"。《西北风呼啸的中午》，通过对叙述者主体意识的取消，设定了一个充满歧义性的叙事后果。《现实一种》悬置了日常生活伦理对于叙事的规制，以一种反伦理的叙事消解了叙述主体的伦理自觉。《一九八六年》尽管是写"文革"的，但在余华创作这篇小说的1986年，"文革"已经成为从现实中渐渐隐去的"历史"。余华选择了在"文革"中被逼疯的一位中学历史教师作为叙事的焦点，由于这样一个焦点的设定，使得历史的荒谬感在文本中四处弥漫。叙事视角的荒诞，使理性的叙述主体最终被取消，读者看到的只是被历史制造的"现实"的荒谬。

叙事的总体性使叙述主体获得了阐释（意义）的权力，文学的虚构尽管在现实主义文学观念中同样得到尊重，但这种虚构性是作为一种控制性的能力出现在文本中的，这种控制性的能力决定着文本世界的模样，

---

① 余华：《文学中的现实》，洪治纲编：《余华研究资料》，天津人民出版社2007年版，第45页。
② 余华：《虚伪的作品》，洪治纲编：《余华研究资料》，天津人民出版社2007年版，第51页。
③ 余华：《虚伪的作品》，洪治纲编：《余华研究资料》，天津人民出版社2007年版，第53页。

它基本是一元独存（和谐叙事）或二元对立（矛盾冲突）的构形，叙事威权正是存在于这种构形的主体性之中。先锋文学同样追求自己的话语权力，但总体上是一种形式（符号）的权力，先锋作家们试图用符号化的文本来展开他们所理解的世界。但这个世界并不追求完整，所以，瞬间、碎片、混乱、倒置、失序等叙事实验，是先锋作家所热衷的。叙事威权也因此在这样的实验中被拆解，偶发性成为先锋文学叙事机制的动力之源，成为一种纯粹的形式的权力。如海登·怀特指出："特定历史过程中的特定历史表现必须采用某种叙事化形式。"[①] 在20世纪80年代的中国，先锋文学这一形式化的异质性叙事媒介，与文化现代性想象中的中国当代变革的极端追求不无关联，它着力打破的正是那种至高无上的神话般存在的叙事威权。

第四节　隐秘历史的阐释

历史与文学的亲缘关系不言而喻。神话、史诗、传说等，往往被视为一种历史叙事，因为其中包含着那个缺乏"史录"自觉的时代的历史印迹。同样，在许多古代的历史典籍中，文学性也是弥漫其间的。在古代中国，文学叙事与历史叙事没有这么泾渭分明。《史记》这样的叙事文本，既是历史的，又是文学的。长期统摄中国人思想的儒家观念中，文学与历史其实是可以同质的。即使是文学叙事中的历史，在"史官"文化崇拜浓重的中国，也往往要经受历史真实性伦理的训诫。在不断地编纂中形成的儒家六经，在儒家学者的释读中呈现出来的微言大义，体现的就是一种历史伦理。[②]

步入现代社会之后，历史题材进入文学叙事显示出复杂的一面。在现实主义文学传统中，历史书写是宏大的、神圣的，历史具有不可逆的规定性，历史充满了逻辑和因果，被视为"一个严密而完整的不容置

[①] ［美］海登·怀特：《中译本前言》，《元史学》，陈新译，译林出版社2013年版，第2页。

[②] 李春青：《文学的与历史的：对两种叙事方式之关系的思考》，《社会科学辑刊》2006年第6期。

疑不可挑剔的'真实'生活图景"①。这种传统规约下的历史题材文学文本，不管如何演绎，对历史"真实性"的追求是不敢否认的，历史就是其叙事合法性的基础。传统的历史书写中当然会选择个人，但历史与个人其实是同构的。个人具有的价值最终也需要历史的价值来确认，历史被赋予了先验性（理性），同时叠加了规定性（规律）。文学创作同样可以视为虚构的"写史"。因此，文学中的个人最终必须向历史屈服。②

先锋作家也有相当数量的历史题材作品，但他们的兴趣在于以个人化的视点来重审历史，所以在叙事中悬置了对历史的价值判断，力求将历史从权力叙事和必然性中解放出来。先锋文学文本中的历史，体现为个体化、欲望化、形式化的特点，从而使历史陷入了不可知、不确定、偶发、随意和非理性的迷幻之中。历史在先锋文学中失去了历时性这一线性特征，而成为一种隐秘的共时性的阐释对象，"进入历史不可释义的隐秘结构"③ 成为先锋文学历史书写的共同追求。当然，这种从现实往隐秘历史中逃逸，本身也意味着先锋性的一个侧面，即从现实的意识形态苛责中出走，进入一个模糊却自由的精神（历史）空间。历史叙事在这个精神空间中失去了仿真价值，而成为一种形式化的转喻。

历史书写在80年代中国文学中曾经被注入强烈的启蒙文化色彩，这在"寻根文学"作家的历史书写中体现得尤其强烈。民族精神、文化命运、历史叩问这样的宏大叙事，是"寻根"作家的重要诉求。即使是潜入日常生活的对于民间、边缘甚至是变异的历史（文化）的历史叙事，同样隐含着对历史"打包处理"的整体性历史伦理，即历史叙事具有普遍的功能性价值。但先锋文学作家笔下的历史，却失去了整体性的意义，而成为一种个体体认的结构。张清华把这种从整体向个体转向的历史书写称为"启蒙历史主义"阶段向"审美历史主义"（新历史主义）的转

---

① 钟本康：《新历史题材小说的先锋性及其走向》，《小说评论》1993年第5期。
② 周新民：《生命意识的逃逸——苏童小说中历史与个人关系》，《小说评论》2004年第2期。
③ 陈晓明：《无边的挑战——中国先锋文学的后现代性》，中国人民大学出版社2015年版，第234页。

型,他甚至认为,先锋小说也可以在整体上将其视为"新历史主义运动"。所以,在先锋小说的叙事伦理中,整体的历史被碎片的历史所取代,历史的必然变成了历史的偶然,作为"逼真的模型"的历史也成为了"恍惚的寓言"。[①] 先锋作家关切的历史也因此体现为一种个人想象和体验的历史。

苏童在先锋作家中对于历史的兴趣显然浓厚得多。在 80 年代的创作中,"枫杨树乡"这一乡土背景,为苏童的历史叙事提供了丰饶的营养。和中国现当代文学史上"乡土"这一概念所具有的启蒙现代性(以鲁迅作品为代表)、审美现代性(以沈从文作品为代表)和革命政治诗化(以"十七年"文学为代表)追求不同的是,苏童笔下的乡土是一种想象的诗学表达,是一个叙事展开的个人化背景。[②] 苏童偏爱那种少年视角的历史叙述,他将叙述者置于历史的隐秘处,以缓慢的节奏展开他的历史叙事。因此,苏童小说中的历史其实只是一种"个体化的历史",呈现的是颓败的、没落的、模糊的、断裂的"个体诗学"风貌。[③]

家族题材是苏童历史书写钟爱的对象。《一九三四年的逃亡》《罂粟之家》就是家族题材小说的代表作。于苏童而言,历史的主体不再是宏大叙事中的重大事件、英雄人物,而是散落于民间的带着欲望浮沉的个体。《一九三四年的逃亡》,展现了旺盛的生殖和欲望,历史却在颓废中沉沦。《罂粟之家》则打开的是混合着革命、欲望这样一种隐秘的历史。苏童对于历史的兴趣显然在于历史的歧义性。正是在这种歧义性中,苏童找到了历史"共时性"的独特魅力,他以对于历史故事的迷幻处理切入了历史的原生状态与民间情境,颠覆了历史一本正经的宏大样貌。苏

[①] 张清华:《中国当代先锋文学思潮论》,中国人民大学出版社 2014 年版,第 177—178 页。

[②] 苏童本人的生活经历其实并没有多少乡村体验。他唯一一次回到老家扬中(长江下游的一个小岛),是在 10 岁时。但这次经历对于 10 岁的苏童来说很独特。舅舅带着他与外婆、表姐一起,搭篷车、坐船、走路,最后到达岛上的老家。他说:"这个岛是我第一次漫步世界的经历,也是外部世界对我的第一次冲击。我后来写的'枫杨树'系列里面老是迷迷蒙蒙的,这和我这第一次踏入外部世界的氛围是一致的。"参见苏童、王宏图《南方的诗学——苏童、王宏图对谈录》,漓江出版社 2014 年版,第 18—19 页。

[③] 吴雪丽:《苏童小说论》,中国社会科学出版社 2012 年版,第 11 页。

童在80年代末期创作的《妻妾成群》具有对历史伦理的反讽意味。对于中国历史来说，一夫多妻制是历史叙事中的一个伦理符号。陈佐千代表着男权主导的历史形象，具有生杀予夺的权力。但在苏童的笔下，这类历史符号其实不过是一个变态意识的组合体。苏童在小说中没有与启蒙、批判这样的元叙事合谋，而沉浸于对这种已经死去的历史情境的演绎中。《妻妾成群》中的故事在中国现代文学史上并不鲜见，在启蒙作家的小说中，陈家大院中发生的一切似曾相识。《妻妾成群》的历史叙事文本中明显有戏仿的意图，但它之所以被称为"新历史主义小说"，最重要的原因就在于对颂莲这个人物的塑造。百年启蒙叙事在颂莲这样的知识女性身上所建构起来的反抗价值和进步喻指，被苏童彻底地抛弃。颂莲只不过是一个生命存在的个体，而不是历史理性所指认的符号。因此，这个女大学生要做的其实和其他姨太太一样，为了争夺性资源而不惜抛弃善的本分，而走向恶的危谷。"知识"这个中国近代以来一直改造着"国民性"的理性工具，最终丧失了历史给定的功能，沦为个体博取欲望满足的附庸。这和苏童的历史观是高度一致的。他曾谈及"历史"与创作主体的对视关系，认为对于历史的"真"与"假"的追问本来就是令人困惑的。[①]

与苏童小说中历史的情绪化、情境化不同，余华小说中的"历史"尤其注重个体存在与伦理困境，对于历史理性的反拨成为重要的历史阐释维度，肉身和心灵的符号意义在这个维度中显得尤其突出。《一九八六年》写的是"文革"题材，但余华将叙事的重点放在一个被"文革"摧残的肉身形象上——一位中学历史教师的当下生存状态。这位"文革"制造的疯子反反复复地将古代的"五刑"施加于自身，最后在围观者漠然的目光中悲惨地死去。这样的历史书写也同样出现在《往事与刑罚》中，余华通过小说中"陌生人"的视角来审视"刑罚"这个被人类共同体默许的先验的暴力符号。陌生人与刑罚专家的对话，是叙事文本的结构基础。在充满着诡异色彩的对话中，人格化的历史被逐一施以"刑罚"

---

① 苏童：《〈后宫〉自序》，汪政、何平编：《苏童研究资料》，天津人民出版社2007年版，第41页。

而鲜血淋漓。①

格非热衷于将历史予以空洞的叙事处置。《迷舟》中北伐是真实的历史事件,但在格非的叙事逻辑中,这样的历史只不过是萧个人的毁灭史,即使如此,这样的"个人史"也是存在着无数空缺的。萧与杏的偷情,三顺与萧的恩怨,警卫员执行的秘密任务,其实都和"榆关"这个关键点相关联,但格非有意压抑了"榆关"在叙事文本中的地位(甚至模糊化),使得战争残酷与爱欲混搭的叙事结构失去了整体性。《青黄》呈现的是另外一种意义上的"空缺"。《青黄》的叙事演进建立在对民间历史的追溯上,但"青黄"一词的意义却在这种追溯中时近时远。当读者以为叙述者即将接近"青黄"的真相时,却又被叙述者引向另外的叙述线索中。陈晓明将格非这种叙事策略命名为"消解与重建的双重运动"②。"双重运动"在《青黄》中有着显著的体现——"青黄"的历史真实在叙事中被解构的同时,这种叙事行为又重新建立了"青黄"的阐释史。

显然,先锋作家对"历史"热情,其实并不是向规定性的历史阐释靠近,反而是一种重释运动,他们以个体视角打量历史,凭着叙事的热情一路收纳历史的碎片,"将历史从权力叙事、必然性中解救出来,将历史还原为一种存在的混沌而又异常敏锐的状态"③。

先锋作家对于历史理性充满了质疑,他们选择以非理性的视角进入历史,因此欲望化叙事成为其历史书写的典型特征之一。

---

① 在小说中,余华将历史人格化,从而使可怕的刑罚具有了向历史这一抽象概念施加的可能性。小说中这样写刑罚专家的回忆:"刑罚专家让陌生人知道:他是怎样对一九五八年一月九日进行车裂的,他将一九五八年一月九日撕得像冬天的雪片一样纷纷扬扬。对一九六七年十二月一日,他施以宫刑,他割下了一九六七年十二月一日的两只沉甸甸的睾丸,因此一九六七年十二月一日没有点滴阳光,但是那天夜晚的月光却像杂草丛生一般。而一九六〇年八月七日同样在劫难逃,他用一把锈迹斑斑的钢锯,锯断了一九六〇年八月七日的腰。最为难忘的是一九七一年九月二十日,他在地上挖出一个大坑,将一九七一年九月二十日埋入土中,只露出脑袋,由于泥土的压迫,血液在体内蜂拥而上。然后刑罚专家敲破脑袋,一根血柱顷刻出现。一九七一年九月二十日的喷泉辉煌无比。"参见余华《往事与刑罚》,《鲜血梅花》(余华中短篇小说集),作家出版社2014年版,第67—68页。

② 陈晓明:《无边的挑战:中国先锋文学的后现代性》,中国人民大学出版社2015年版,第85页。

③ 刘云生:《先锋的姿态与隐在的症候——多维理论视野中的当代先锋小说》,巴蜀书社2009年版,第117页。

叶兆言或许是先锋作家中对于历史书写最具有浓厚兴趣的作家。但叶兆言的历史具有虚无的色彩，这种虚无正是源于欲望对于历史题材的植入。《枣树的故事》被公认为最体现叶兆言先锋性的作品。这篇小说的历史叙事就是和岫云这个女人的情欲相关的。尔汉、白脸、老乔是岫云一生中经历的三个男人，她不仅成为情欲的亲历者，同时也成为情欲的分享者。她甚至对尔汉与其他女人的故事显得兴致盎然，"这些故事让岫云久久不能平静，常有一种置身于大海波浪颠簸的感觉"[①]。历史与岫云的关联，由于欲望的偶发，也不再是一个线性的结构，不同的历史阶段是通过岫云的个人命运得到显现的。偶发性、宿命论是岫云人生的最重要特征，同时也是对历史的一种转喻。

在格非的《迷舟》中，战争的正义性与非正义性被搁置，而让位于萧这个人物的欲望主张。与表舅的女儿杏的情欲纠缠一直潜伏在萧的身体里，因此，当在父亲的葬礼上看到了杏，作为军人的萧一下子回到在榆关学医时的欲望状态中。他不顾两军对峙的胶着，而选择了让欲望主导自己的身体。情欲侵入了历史叙事，使历史的面目变得模糊不清。因为欲望的放纵，萧这样的人物与历史理性与秩序产生了巨大的裂痕，当然，他自己也被欲望化的历史所吞没。

洪峰的《瀚海》将家族史作为书写对象，只不过，洪峰所书写的历史并不强调理性历史的必然性，而是一种被欲望主导的"历史"的随意性。他在《瀚海》中同样也写到了"文革"历史，但洪峰笔下的"文革"只是二哥与他的女友林琳的一个欲望化的片断。二哥为了与写大字报骂自己为资产阶级走资派走狗的女友重逢，不惜发动一场流血武斗。而"我"妻子的亲爸爸李学文，是一个抗日又打家劫舍的胡子，他最后被处决，其中一个罪状就是糟蹋妇女。英雄、正义，流寇、邪恶，两者之间的界限，在欲望的流淌中似乎已被抹平。

对于历史的欲望化处置，苏童是做得最为彻底的。在《一九三四年的逃亡》中，"我"的家族史基本上是一段被欲望控制的历史。祖母蒋

[①] 叶兆言：《枣树的故事》，陈晓明选编：《中国先锋小说精选》，甘肃美术出版社1993年版，第232页。

氏，旺盛的生殖使她成为"一九三四年"枫杨树乡的坚守者，她的五个孩子都相继因瘟疫死亡，但她却幸存下来。她内心里有着对于丈夫陈宝年的狠狠诅咒，而在完成复仇的欲望（通过脏东西让环子身上的孩子流产）后，她选择了嫁给财东陈文治，一个对于性有着变态狂热的乡村权势拥有者。祖父陈宝年与祖母蒋氏的结合，来自情欲的牵引。而他的一生也是在欲望的河流中漂浮的。与环子肆无忌惮的床笫寻欢，在妓院中毫无节制地寻欢作乐，最后却在寻欢后被暗算落下了病而走向绝路。狗崽作为祖母蒋氏与祖父陈宝年一夜性事的成果，其实也是被欲望牵引最后走向灭失的。他少年的童贞被陈文治用手夺走，用于维持象征着性与邪恶的那个白玉瓷罐的鲜活度，但也让他初尝了欲望放纵的快意。他从故乡逃离后找到父亲陈宝年，又目睹父亲与环子的夜夜交欢。最后偷窥被发现挨了体罚，得了伤寒病而死去，而他最大的愿望就是"要"父亲的女人环子。在《罂粟之家》中，"性"成为历史与革命的共同原动力。刘老侠作为旧有地主的威权仿佛无法挑战，却因为"性"这一欲望要素的加入，权力话语也发生了变化。长工陈茂与刘老侠的老婆翠花花偷情生下了儿子刘沉草。参加了革命的陈茂成为了刘氏家族的仇人。刘沉草枪杀了自己的亲生父亲（也就是代表着革命正义的陈茂）。而刘沉草最后被革命政权处决。"性"在苏童的历史叙事中成为文本生成的结构性动力，通过"性"这一隐秘力量的召唤和黏附，历史的碎片被聚合在一起，颓败的、荒芜的、沦落的历史形象被建构起来，"性"在苏童小说中具有了"客体化的形而上意义"[①]。叔本华指出："欲望是人类舞台上的主角，而人类主体本身只是欲望的承载者和仆从。"[②] 欲望化的历史叙事所携带的"力比多"，解构了历史的先验理性，历史的起源由此成疑。

在先锋作家的历史叙事中，由于放弃所指的追求，历史实际上成为形式化的文本。正因如此，出现在80年代先锋文学中的"历史"基本上都具有转喻的功能。与其说格非、苏童、叶兆言、余华们是在书写历史，

[①] 陈晓明：《无边的挑战——中国先锋文学的后现代性》，中国人民大学出版社2015年版，第236页。

[②] [美]特里·伊格尔顿：《历史中的政治、哲学、爱欲》，马海良译，中国社会科学出版社1999年版，第273页。

还不如说他们是在建构一种叙事形式,即通过记忆这样一种视角来关注现实的存在。记忆是一个人的历史,历史则是群体的记忆,但记忆与历史并非泾渭分明,宏大叙事对于个人记忆予以遮蔽的同时,也将历史的碎片交付于"野史",历史自身的完整性由此受到了破坏。文本的历史化与历史的文本化,其实都是简单化的历史。先锋文学正是在这个意义上放弃了对历史意义的求解,而着力于将历史作为一种想象的产物,抽象地融入自己的叙事结构当中。

格非小说中"历史"的形式化最为显著。《青黄》追问的是历史起源,同时也在这样的追问中陷入历史的不可知论,追问历史文本的过程又结构了另外的历史文本。《大年》中的"历史"是一种反讽叙事。唐济尧这个中心人物,代表了历史书写的权力话语。唐济尧借鲁莽的豹子杀死开明绅士丁伯高,又亲手杀死了豹子。乡医唐济尧、乡绅丁伯高、贫农豹子,这三个人的身份看起来具有相当的阶级辨识度,但格非的历史书写却意不在此,他更看中的是历史中隐晦的一面(如暴力、阴谋等)。历史的结论往往是话语权力所决定的,就像《大年》中豹子死于非命,却被虚构的"正义话语"阐释了死因。

在80年代,苏童小说中的"历史"其实是一个充满了虚幻色彩的叙事空间。他所书写的历史是一段段被涂抹了浓郁的个体记忆色彩的历史。通过个体记忆的串联,历史实际上成为某种独特意象。对历史的意象化处置,使苏童小说告别了被正统的历史叙事所规定的历史进化论,"外部历史时间的交代只是为小说制造某种氛围而添加的标签而已"①,历史叙事的重点向生命存在的"内部时间"转向,从而成为一种倾注了强烈的个体想象的寓言写作。所以,家族的破败史尤其为苏童钟爱。因为,这样的历史更容易让叙述主体融入其中,让历史成为主观化的叙事形式。如《罂粟之家》中的"历史",就是被性、革命、暴力这样一些符号所切割的历史。阶级论的文学叙事曾经长期统治中国当代文学,但在《罂粟之家》中阶级的界限被抹掉,推动历史的只是仇恨、欲望和暴力这样的

---

① 葛红兵:《苏童的意象主义写作》,汪政、何平编:《苏童研究资料》,天津人民出版社2007年版,第469页。

非理性的因素。

余华在小说中赋予了"历史"以精神现象学意义。他将精神现象与历史现场并置,以精神的变异来隐喻历史的不可靠。同样是写"文革",余华没有控诉,也没有暴露,他像是一个安静地伫立在街角的窥视者,漠然地看着"文革"的受害者(一位中学历史教师)在灵肉严重受损后的种种疯狂之举,而"文革"结束十年之后的人们,也漠然地看着一个疯子的举动。这样的"文革"历史叙事显然是充满着叙事的革命性意义的。因为,在作家的笔下,历史不再是被总结、被阐释的客体存在,而是可以为普通个体所把握的精神现象。

海登·怀特说:"叙事绝不是一个可以完全清晰地再现事件——不论是想象的还是真实的事件——的中性媒介。它以话语形式表达关于世界及其结构和进程的体验和思考模式。"① 80年代先锋文学的历史叙事,表达的是那个特定时代的文学想象和文学话语。尽管将先锋的"探针"伸向了历史,但先锋作家其实不是要与历史亲近,而是将历史作为一种精神现象的独体来看待。其历史叙事总体上呈现为生命存在的一种共时状态,而不是去服从于历时性的历史理性阐释。历史在先锋作家笔下失去了起源性,同时也自动放弃了终极追问,既可以逃离现实主义真实性伦理的盘诘,也为意识形态的主流话语所宽容,意外地获得了弥足珍贵的话语空间。因此,先锋文学的历史叙事完全可以视为政治无意识的集体寓言书写。詹姆逊指出:"寓言精神具有极高的断裂性,充满了分裂和异质,带有与梦幻一样的多种解释,而不是对符号的单一的表述。它的形式超过了老牌现代主义的象征主义,甚至超过了现实主义本身。"② 先锋作家集体性地对历史产生兴趣,看起来仿佛是从现实中逃逸,遁入了虚无的历史空洞之中,但他们对于隐秘历史的阐释,又使他们回到了现实当中,在对历史的解构中他们似乎完成了一次精神洗礼。发生于80年代后期的这次精神洗礼对于其先锋性而言,其实是一把"双刃剑"。作家在

---

① [美]海登·怀特:《后现代历史叙事学》,陈永国、张万娟译,中国社会科学出版社2003年版,第345—346页。

② [美]詹姆逊:《处于跨国资本主义时代的第三世界文学》,参见张旭东编《晚期资本主义的文化逻辑》,陈清侨等译,生活·读书·新知三联书店1997年版,第523页。

历史空间的话语游戏中释放了先锋的激情,同时也有可能钝化了先锋的自觉。历史暗藏的强大规训力量,不可避免地进入先锋作家的集体无意识中。某些文本的先锋性之所以成疑,就在于此。以苏童的《妻妾成群》为例,这个文本相对于《一九三四年的逃亡》和《罂粟之家》,先锋的面目已然模糊许多,反倒显示出一种自得其乐的对于已经死去的"历史"(文化)的精心玩味。在某种意义上说,先锋的历史叙事并没有完成自我的精神救赎,反而成就了"复古的共同记忆",这显示出了从激进的形式化的"美学承诺"中退守的某种迹象。[①] 这样的蛛丝马迹其实在先锋作家90年代的集体转型中已经了然。同样写历史,同样写历史生存中的人物命运,《活着》的"历史"与《一九八六年》的"历史",它们出场的方式已是天壤之别。这是"进化",还是"退化"?或许我们并不需要这么明确的答案,但在这样的变化中我们可以真切地感受到那个激情洋溢的时代的退场。

第五节　文本互文的制造

互文理论是西方后现代文化思潮兴起后的产物。最先提出互文性这一概念的学者是法国批评家克里斯特瓦。在克里斯特瓦的互文理论中,"文本间性"被放大为小说的主体论,这种"文本间性"打破了文本自足这一形式主义的神话。因为,没有能绝对独立存在的文本,任何一个文本都是若干文本交汇后生产出来的,"任何文本都是引语的拼凑,任何文本都是对另一文本的吸收和改编"[②]。其后巴尔特、德里达、热奈特等法国批评家都参与过互文理论的阐释和实践。互文理论不仅体现于文学文本的批评中,它更重要的贡献在于通过文本这一概念的泛化,将政治、历史、经济、心理、社会等范畴"文本化",创造了一种新的批判思维和方法,为人文科学的跨学科研究提供了思想动力。对于文学批评而言,

---

[①] 陈晓明:《无边的挑战——中国先锋文学的后现代性》,中国人民大学出版社2015年版,第269—272页。

[②] 史忠义:《20世纪法国小说诗学》,社会科学文献出版社2000年版,第144页。

互文性的引入，使文学的独创性受到挑战，作家的主体性受到贬损，文学性被异化为一种开放性的文本游戏，文本的边界被抹除之后，每一个文本都失去了独立价值，它的价值确认来自文本间性的发现。当然，互文理论解除文本神秘性的同时，也陷入了另外一种神秘性，对于作者主体性的压抑只不过是后现代批评的一种策略，废除作者中心而尊崇读者（阐释者）同样也会陷入不可知论的诡异逻辑之中。但无可否认的是，互文性强调的文本（形式或内容）之间的影响，却具有其独到性，它提供了另外一种文本解读路径。

先锋作家的文学实践天然地具有互文性。因为，对于逻各斯中心、主流意识形态、权威话语的解构，面对的就是一个个宏大的文本，解构之后形成的碎片，自然而然地具有互文性，新的文本生成自然包含着对前文本和其他文本中逃逸出来的"子文本"的吸纳。即使是纯粹地将互文作为一种创作技巧，戏仿、反讽、变形、魔幻、碎片、拼贴、迷宫、含混等方法，都体现了互文性对于先锋文学的深度渗透。[①] 受到西方后现代主义文学影响的80年代中国先锋文学，不可避免地对文学文本的互文性有模仿和实践，尽管作家在创作时并不一定对互文性理论有了解，但在创作层面他们却有着生动实践。为论述方便，不妨将先锋文学叙事中的互文性划分为内互文和外互文两种类型来阐释。在笔者的论述中，内互文指的是同一文本内部的自我指涉。外互文则指的是不同文本的互相指涉。

内互文在先锋文学文本中主要体现于一种内部结构的互文。先锋作家对于线性的传统小说结构没有任何兴趣，他们更喜欢用并置、平行的结构来展开叙事文本。这样的一种偏好必然在文本内部产生互文的效果。

"马原的叙述圈套"中就包括着这样的内互文。在《冈底斯的诱惑》中，存在着三个并置的主文本：猎人的故事，看天葬的故事，顿珠、顿月与尼姆的爱情故事，这三个文本在故事逻辑上并没有任何交织。但在《冈底斯的诱惑》这个总体的文本当中，三个文本又具有互相渗透的可能。穷布的狩猎与姚亮、陆高一行的看天葬，在历险这个目的上其实是

---

① 刘恪：《先锋文学技巧讲堂》，百花文艺出版社2012年版，第412页。

一致的，对于内在地拥有藏文化的穷布来说，自然界是神秘世界，而对于姚亮、陆高来说，藏文化是最为神秘的。因此，两个文本共同阐释了人类天生的好奇心。顿珠、顿月、尼姆的爱情，这个叙事文本对于梦想、爱情与现实生活有着独特的展示视角，从世俗生活中呈现了地域文化对于族群精神生活的影响。表面上毫无联系的三个文本的并置，构成了一个"奇妙的双向同构的世界"①，冈底斯这个藏地符号在文本的互相渗透中也显得神秘莫测。由于叙事经常被人为掐断，文本中故事缘起的偶然性和故事结束的突发性，也形成了奇妙的互文效果。这种内互文效果，使得《冈底斯的诱惑》具有了复调小说的某些特点。姚亮、陆高这个文本展现的节奏是好奇和探险，进藏老人的回忆是一种怀念的沉缓的节奏（猎人故事被包裹于其中），顿珠、顿月、尼姆的故事构成了爱与生存的驳杂的节奏。文本叙事节奏的交替转换，让小说的文本结构产生了音乐效果，"仿佛使我们在多样展开的世界里听到不相融合的声音的永恒和音"。②

马原在《旧死》的题引中称"终于完成了一部古典作品的愿望"③，但煞有介事的"声明"并不代表着马原放弃文本游戏的承诺，他依然习惯用文本的交错来完成小说的结构。《旧死》中，一个文本是由回忆来建构的（"我"对小时候伙伴海云短暂人生的回忆），另一个文本则由现实来建构（"我"与长得像海云的出租车司机曲晨的交往）。两个文本构成了对读的关系。从形式上看，海云成长的环境是迷乱和残酷的，这似乎导致了海云的死。死是确定的，死因是成谜的，"我"的回忆根本无法还原海云完整的人生。长得像海云的曲晨过着幸福的生活，有一份自在的工作，有长相很令人羡慕的妻子，而且马上就要拥有自己的下一代。尽管跑出租车同样要面对复杂的各种情况，但这些终究是可以自己去把握的。海云的死因尽管扑朔迷离，但其中有一点也是可以确定的，就是成长的不可预见性。比如，马原在小说中就暗示了突如其来的性意识的不

---

① 李劼：《〈冈底斯的诱惑〉与思维的双向同构逻辑》，《文学自由谈》1986 年第 4 期。
② 吴方：《〈冈底斯的诱惑〉与复调世界的展开》，《文艺研究》1985 年第 6 期。
③ 马原：《旧死》，《死亡的诗意——马原自选集》，花城出版社 2013 年版，第 77 页。

可控制。海云的成长文本和曲晨的生存文本的并置，也在某种程度上模糊了小说人物的主体性。两个文本呈现出互相补缺的关系，叙事中有意留出来的海云（也包括曲晨）的人生空缺，可以在两个文本的对读中得以完善。

　　格非的形式实验的小说文本往往会让读者有陌生和神秘的阅读体验。在格非叙事迷宫的建构中，互文性同样是一个重要的构件。《褐色鸟群》中"我"对"棋"的讲述是一个牵引性的文本，我与"穿栗树色靴子的女人"的故事是一个总体性的文本，我在追踪"穿栗树色靴子的女人"碰到的女人（尽管"我"认为她就是"我"多年前碰到的"穿栗树色靴子的女人"，但这个女人却说10岁起就再也没有进过城）是一个过渡性的文本。三个文本是互相支撑着存在的，构成了文本的互相阐释。最后，"我"记忆中的"棋"竟然消失了，成了一个过路人。这就意味着这一文本的可疑性。同样，"穿栗树色靴子的女人"在我连续不断的记忆与现实的追踪中断了线，文本叙事的行进被意外中断。虽然邂逅的"女人"成为"我"的妻子，却由于脑溢血而死去，失去了"证人"的叙事，文本真实性也成为一个悬案。三个文本不仅内部是否定的，它们之间也构成了否定。《褐色鸟群》的形式实验性正体现于此——内在文本之间的互文否认了故事的起源性，也否定了作者的主体性，从而使这篇小说成为纯粹的形式化观念支撑的文本。叙事的所指在文本的互相否定中被消解。《褐色鸟群》也因此被视为"关于小说的小说"，"可写作"的价值大于"可阅读"的价值。① 叙事空缺是格非小说的一大特点，这种空缺也为潜文本的生成创造了条件。《迷舟》中，师长给萧的警卫员下达的秘密指令就是一个潜文本。正是这个潜文本的存在，阐释了萧旅长的失踪之谜。《大年》中也存在着一个潜文本，即赋予了乡村医生唐济尧隐在权力的——那个在村头出现的陌生人（传说是新四军挺进中队的一个专员）所导引的文本，当然最后这一条叙事线索也实实在在地以真实文本（处决豹子的公告）出现在小说结尾。这个文本的存在，在叙事中解答了读

---

　　① 解志熙：《〈褐色鸟群〉的讯号——一部现代主义文本的解读》，《文学自由谈》1989年第3期。

者的困惑：唐济尧为何拥有生杀予夺的权力，连富甲一方颇具名望的开明乡绅丁伯高也被他玩弄于股掌之间，不动声色地连环杀人。

　　孙甘露也惯于在主体文本中嵌入另外的文本，作为一种隐文本参与叙事的组织。《访问梦境》中包裹着一个叫《审慎之门》的潜文本，在叙事结构中，这个潜文本是"我"进入丰收神家族的指南。《请女人猜谜》中存在着另外一个小说《眺望时间消逝》。这个文本的插入，有时候甚至改变了《请女人猜谜》的叙述视角。小说中的人物"后"就是穿梭于两个文本之间。《眺望时间消逝》这个文本不仅仅是被包容的关系，它其实与《请女人猜谜》互相映射。它既是《请女人猜谜》这个文本的组成部分，又同时具有独立性，所以也消解着主文本。《信使之函》中"信是……"的句子，同样也可以视为一个又一个的独立文本，因为它们之间并没有逻辑联系，在主文本中也只是碎片的拼贴而已，丰富的潜文本形成了一个无目的指涉的"文本场"。《信使之函》被认为是80年代先锋小说中最极端的实验作品，或许也有文本过于芜杂的原因在其中。

　　外互文指的是广义上的互文性，不仅包括了具体的文本对于先锋文学文本的影响，比如西方现代主义（后现代主义）作家的文本的影响，还包括了历史、心理、文化、社会等抽象的文本对于其创作的渗入。在本节的论述中，笔者聚焦于具体的"外互文"文本对于先锋作家的影响。

　　哥伦比亚作家加西亚·马尔克斯对于80年代的中国作家有巨大的影响。一方面是他作为第三世界作家登上了诺贝尔奖的领奖台，获得了西方主流文学的认同；另一方面，他将现实、神话、传说、巫术、梦幻、潜意识等元素熔于一炉的叙事革命，对于现实主义尤其是革命现实主义传统训练出来的中国作家，产生了文本上的深远影响。马尔克斯的小说《百年孤独》中"许多年之后……"这个句式成为一种显性的文本，被植入诸多先锋作家的文本当中。莫言在《红高粱》中用过，叶兆言在《枣树的故事》中也用过。这样的互文性体现了现代性语境中改革时代中国的文化梦想，总体上围合形成了后发现代性的民族国家寓言。

　　阿根廷作家博尔赫斯在小说技艺上对于许多先锋作家都有影响，他迷宫般的叙事是许多中国作家效仿的对象。以格非为例，他的小说除了多重文本的套嵌之外，还不时地从博尔赫斯的小说中移植意象。比如

"棋"这个称谓被反复地用在格非的小说中,《迷舟》中的棋山、《褐色鸟群》中来到"水边"寓所听我倾述的叫"棋"的女子、《陷阱》中的纯洁少女"棋",还有《没有人看到草生长》中的"我"的妻子"棋",无疑受到博尔赫斯对于"棋"意象的偏爱影响。①

美国作家凯鲁亚克和塞林格对中国先锋作家也有着重要的影响,这在他们的成长题材的小说中体现得尤其充分。凯鲁亚克的《在路上》反映"垮掉的一代"的精神自我的迷失,正好契合了一代先锋作家的青春体验,他们的成长小说因此具有了这种强烈的文本映射。苏童的小说《一个朋友在路上》中,力均这个人物和凯鲁亚克笔下的萨尔·帕拉迪斯和迪安·莫里亚蒂的精神气质是一样的,他们都以追求精神的自主独立为生活的目的,却得不到现实社会主流价值的认同。苏童少年视角叙事的小说明显地受到了塞林格的影响。在"香椿树街"系列小说中,塞林格小说文本(尤其是《麦田里的守望者》)对于苏童的渗透尤其明显。苏童坦言,他80年代末期的文学创作(尤其是短篇小说)受到了塞林格的很大影响。②

卡夫卡对于余华的影响极深,他不仅在小说观念上解放了余华③,余华的某些小说甚至有"戏仿"卡夫卡小说的痕迹。余华小说《西北风呼啸的中午》就有着卡夫卡《乡村医生》这个文本的影子。④ 故事的缘起都因莫名其妙的偶然触发,在余华的小说中是一个陌生人的闯入,带着"我"出现在"我"根本就不认识的一位死者的葬礼上,但所有人都认为"我"是死者的朋友。而在卡夫卡《乡村医生》中,是神秘的马夫和马匹

---

① 陈晓明认为,在博尔赫斯的文本中,"棋"是作为谜和无限可能性的象征来使用的。受博尔赫斯的影响,格非小说中的"棋"这个人物,其实是一个象征代码,"喻示着一个虚构的规则,一个时间的迷宫,一种不存在的'在场'"。参见陈晓明《无边的挑战——中国先锋文学的后现代性》,中国人民大学出版社2015年版,第92页。
② 周新民、苏童:《打开人性的皱折——苏童访谈录》,《小说评论》2004年第2期。
③ 余华说:"在我想象力和情绪力日益枯竭的时候,卡夫卡解放了我……不久之后我注意到了一种虚伪的形式。"参见余华《我能否相信自己》,人民日报出版社1999年版,第92页。
④ 余华首次读到卡夫卡的小说是在1986年春天,杭州的一位朋友送给了他一本《卡夫卡小说选》,他最先读的就是《乡村医生》。"那部短篇使我大吃一惊。事情就是这样简单,在我即将沦为文学迷信的殉葬品时,卡夫卡在川端康成的屠刀下拯救了我。我把这理解成命运的一次恩赐。"参见余华《我能否相信自己》,人民日报出版社1999年版,第92页。

把医生带到了出诊的路上。《西北风呼啸的中午》中的陌生人充当了粗暴的叙述干预者，《乡村医生》中的马夫同样也是一个左右事态发展的叙述控制者。可怕的误解同样存在于上述两篇小说中，《西北风呼啸的中午》的"我"被粗暴地拖到了太平间，《乡村医生》中的医生亦被粗暴地按在了患者的病床上。两篇小说的结局都显示了存在的荒谬感，《西北风呼啸的中午》中，"我"得在灵堂为死去的莫名其妙成了我的"朋友"的陌生人守灵，而《乡村医生》中的医生亦因一次偶然的出诊铃声，错误就再也无法挽回，迷失了回家的方向。[1]

上述域外作家文本与80年代中国先锋文学文本之间，在精神层面都有着极大的同构性，也暗示了中国先锋文学发生学意义上的现实环境和文化氛围。

除了域外文本的影响，中国文本对于先锋文学也有着集体无意识的渗入。80年代的格非，其小说文本先锋性十足，但其中不乏对中国文学文本的借鉴。有研究者发现，格非的《迷舟》与施蛰存的小说《将军底头》，无论对情节的结构、角色的设置，还是小说冲突模式的选择，甚至人物心理分析上其实都有相同之处。尽管相隔半个世纪，两个文本的同构关系明显：两篇小说的故事主人公都是将领，一位是唐代的将军花惊定，一位是军阀部队的萧旅长；他们在战争期间都陷入情欲的旋涡之中，花惊定爱上了一位大唐少女，萧则与已为他人妇的旧情人杏偷情；他们与敌军有着一定的亲缘关系，花惊定要与吐蕃军队作战，但他本人又是吐蕃将领后代，而萧所面对的北伐军，他的亲兄长就在这个部队中；小说中的关键人物都是四个人，施蛰存小说中是花惊定、少女、少女的哥哥、自己部队的骑兵，格非小说中是萧、杏、杏的丈夫三顺、警卫员；小说中都有一个监控者的视角存在，《将军底头》中那位因抢少女的骑兵尽管已经被处死，但花惊定感觉他的眼睛时时在监视着他，《迷舟》中的警卫员本来就是一个隐形的监控者；两个人的结局都一样，因战争期间

---

[1] 陈姗：《张力的追逐——〈乡村医生〉与〈十八岁出门远行〉叙事特点的互文性阅读》，《兰州学刊》2008年第11期。

的情欲而送命。① 余华的《鲜血梅花》的文本明显受到了中国武侠小说文本的启迪。《古典爱情》则是对于中国传统的才子佳人小说的戏仿。在这篇小说中，既有唐代传奇小说的影子，也有元杂剧的桥段，而具体戏仿的文本或许就是汤显祖的《牡丹亭》，尽管余华对于这个文本有颠覆性的反转。

而在外互文这个维度上，作家自身写作的系列文本的自我指涉也值得关注。法国批评家蒂费纳·萨莫瓦约曾指出过这种自我指涉的互文，他认为："文学的写作就伴随着对它自己现今和以往的回忆。它摸索并表达这些记忆，通过一系列的复述、追忆和重写将它们记载在文本中，这种工作造就了互文。"② 陆高和姚亮两个人物在马原的多篇小说中都曾出现，这两个人物和他们的故事成为一个嵌入性很强的文本。在《冈底斯的诱惑》中，姚亮和陆高是作为一条文本线索出现的，他们和"我"一起要去看天葬，但最终未能如愿。其实，早在《海边也是一个世界》中，姚亮和陆高就出现了。《冈底斯的诱惑》的开头部分就提到《海边也是一个世界》这个先在的文本。③ 在《海边也是一个世界》中，姚亮"诗人"的细密和陆高"硬汉"的粗犷就已初步确立。为了帮助情同兄弟的爱犬陆二抵抗对于军犬英古斯的恐惧，陆高设套猎杀了英古斯，但最后又杀死了陆二，为英古斯陪葬。在《西海无帆船》中，姚亮与陆高又成了同行者，一起去古格那个地方游历，却意外地进入了"无人区"，两个人等待救援的这个"意外事件"，取代了去古格这个目的，成为小说叙述的主体。这个叙述空缺和《冈底斯的诱惑》中看天葬的情节如出一辙。而在《涂满古怪图案的墙壁》中，姚亮死了。陆高保存了姚亮的遗书，他在每

---

① 郭剑敏：《〈将军底头〉与〈迷舟〉的互文性研究——兼论新历史小说的本土艺术渊源》，《西南交通大学学报》（社会科学版）2005 年第 1 期。

② ［法］蒂费纳·萨莫瓦约：《互文性研究》，邵炜译，天津人民出版社 2003 年版，第 31 页。

③ 在《冈底斯的诱惑》中，马原写道："可我一直闹不清，姚亮为什么要说——《海边也是一个世界》？我不明白这个也字是什么意思。莫非姚亮早知道陆高将来要上大学？知道注定还有一个关于陆高的故事：《西部是一个世界》？不然为什么姚亮要说：海边（东部）也是一个世界呢？姚亮肯定知道一切。天哪？姚亮是谁？"参见马原《冈底斯的诱惑》，《死亡的诗意——马原自选集》，花城出版社 2013 年版，第 179 页。

年姚亮的忌日给姚亮的女儿写一封信。姚亮和陆高这两个人物，一直在马原那些形式感强烈的小说中出现，他们是马原的同行者和见证人。甚至，我们可以将其视为"马原"这个叙述者的幻体。吴亮就认为，这两个人物其实包含马原的自恋特征，是马原的"个人想象"和"心理历程"共同作用的产物。正因为这样的原因，姚亮与陆高作为小说人物时，马原小说的故事性受到了压抑，心理分析占据小说叙事的中心。随着姚亮、陆高二人在其他小说中的退场，马原小说的可读性大大增加，叙述也绘声绘色起来。[1] 这样的外部互文性大大增强了文本的张力。姚亮与陆高这两个人物在多个文本中的套嵌与延展，也使文本意义获得了无限的延伸。熟悉的人物在文本中的自由穿行，也打破了传统小说对于叙述的限制。

前文提到的格非小说中"棋"这个人物同样如此。除了隐喻代码的功能之外，"棋"实实在在地在格非的小说中成为一个具体可感的人物。在《陷阱》中"棋"的清纯给了"我"深刻的印象，而在《没有人看见草生长》中，这可人的"棋"成了"我"的妻子，两个文本在这个人物上形成了递进关系。在《陷阱》中格非就为《没有人看见草生长》留下文本延伸的伏笔，他在结尾中说"和棋的重逢俨然是另一个故事"[2]。而在《没有人看见草生长》的开头，格非提到了曾写过的《陷阱》这篇小说的结尾，《没有人看见草生长》就是从"我"与"棋"的重逢开始写起的。

互文性写作当然不只是存在于先锋作家的文学文本当中，广义上的互文在人文思想领域中广泛存在。但先锋小说的互文区别于其他文本的是，它是以撼动传统小说结构和叙事方式的革命性面目出现的。其互文性从"结构形态"和"话语形态"两个维度对传统小说的审美范式构成了挑战。[3] 其结构形态更为开阔，创作主体也拥有了更多的自由空间。在话语形态上，多重文本的引入也带来了更开阔的叙事视野。"结构形态"与"话语形态"的开放性，成为先锋文学的显著特征。单一文本线性结

---

[1] 吴亮：《马原的叙述圈套》，《当代作家评论》1987年第3期。
[2] 格非《陷阱》，《褐色鸟群》（格非小说集），上海文艺出版社2014年版，第47页。
[3] 洪治纲：《守望先锋——兼论当代中国先锋文学的发展》，广西师范大学出版社2005年版，第101页。

构被抛弃，文本自足的形式追求也在互文中消除了疆界。互文性的存在为先锋文学提供了文本表达和文学想象新的空间可能。对于外在文本的创造和转化，对于潜文本的植入，都成为顺理成章的叙事选择。由于对其他文本的"征用"和吸纳，使先锋文学的形式感更加鲜明地得以凸显。互文性这样的效果其实也是先锋文学所追求的，先锋作家的"文学造反"其实就是对于意义确定性的涂抹和撕裂，互文性的生成正好契合了他们的精神独立和形式叛逆。叙述者也借此摆脱了某一文本的樊笼，成为在文本间性的形式游戏中不能自拔的叙事流浪者。

第 五 章

80年代先锋文学的精神意象

先锋文学除了在文本形式上标新立异，在精神意象上同样追求别具一格。80年代中国先锋文学作品在精神意象的构建上，大多着力于一种非理性、潜意识、边缘的精神状态，荒诞、死亡、疾病、欲望、暴力充斥其中。正是这些精神意象成就了先锋作家特立独行的文学气质。倾注了作家形式实验冲动的先锋文本作为一种"有意味的形式"[①]，其中的"意味"就来自精神意象的独特性。在这个意义上，与其说先锋是一种形式实验，倒不如说先锋是一种前卫的精神探索。在20世纪80年代的中国，读者对于先锋作家的接受，当然有对其形式化反叛与叙事革命的认同，但更重要的是对他们文学探索精神的嘉许。80年代的文学氛围如今之所以被许多人怀念，也同样是由于那个年代里精神是作为一种主体性的存在受到尊崇的。"人学"的整体张扬，启蒙主义的总体人文特征，赋予了精神主体的价值。极"左"年代的文化状态刚刚结束，西学思想鱼贯而入，现代性梦想激情四溢，使得人文话语中的"80年代"成为一种精神现象。80年代文学就是那个时代的具象的"精神现象学"，而先锋文学无疑是最独特的"精神现象"之一。其文本中对于能指的肆无忌惮的"征用"，就是这种"精神现象"的重要表征。如拉康所说："通过嘲弄能指，人向自己的命运挑战。"[②] 形式化文本的背后其实是作家的精神突围。先锋文学作为一种"形式意识形态"，它对时代的最重要贡献其实是

[①] [英]克莱夫·贝尔：《艺术》，马钟元、周金环译，中国文联出版社2015年版，第4页。

[②] [法]拉康：《拉康选集》，褚孝泉译，上海三联书店2001年版，第439页。

在精神层面上的。先锋文学的先锋性，最重要的部分依然是精神的先锋。这就注定了它审美意识中天然的对抗、叛逆、向往自由、不服从、不妥协。通过对于人自身精神隐秘部分的探掘，先锋作家向人的存在和命运发出了深沉的叩问。

第一节　荒诞：现实的异化

仅仅从"荒诞"一词包含的荒唐无稽、虚妄不可信这样的本义来看，中国其实也是具有荒诞叙事传统的。以荒诞之事来影射现实社会生活，这在中国古代的叙事文本中屡见不鲜。中国荒诞小说有神话、寓言、传说的特点，但又不同于纯粹的神怪小说。它往往以情节的离奇荒唐和人物角色的变形为叙事特点，而在精神追求上却是对世故人情的讽刺，因而包含着较为深刻的寓意。有学者认为，正是在这个意义上，清代之后荒诞小说才作为一个独立文类被标识出来。晚清和民国社会现实的残酷，使得荒诞小说尤其发达。[1] 当然，在文学和美学的知识学意义上，"荒诞"无疑是一个西方舶来的概念。其生成背景是现代性的西方社会和西方文化。"荒诞产生于人类的呼唤和世界的无理的沉默之间的对立"。[2] 从加缪对"荒诞"的阐释中，我们不难看出，"荒诞诗学"产生的根本原因其实就是人对存在困境的探索。在西方先锋艺术中，荒诞是其最重要的特征之一。与现实主义和浪漫主义的文学传统强调理性表现不同，非理性是先锋作家理解世界与人生的重要基础。在尤奈斯库看来，我们生活的世界本来就是一个"彼此不能理解的""混沌的"世界，因此，试图去寻找

---

[1]　林辰认为，自汉魏六朝至明末，荒诞小说并未成为引人注目的流派，但这一小说文类从未中断。至清代，荒诞小说迎来了发展期，《斩鬼传》《平鬼传》《海游记》《飞龙全传》《鬼话连篇》等小说相继涌现。在晚清和民国初年，《新天地》《地府志》《天上大审判》《双魂灵》《精神降鬼传》《革命鬼现形记》《地下旅行》《宪之魂》《卢梭魂》《虫天逸史》等作品成批诞生，迅速地发展成为一个很有影响的流派。参见林辰《中国荒诞小说及其特征》，《复旦学报》（社会科学版）1990 年第 4 期。

[2]　[法] 加缪：《局外人》，郭宏安译，译林出版社 1998 年版，第 21 页。

什么"真理"或"意义"其实是徒劳的。① 罗布-格里耶则认为,意义总是"暂时的""部分的""矛盾的""有争议的",意义往往并不确切,只有"意义停止"时,真实性才能显现出来。② 很显然,先锋文学中的荒诞是一种异化的现实图景,对荒诞的诗化是先锋作家重要的创作手段。在西方,荒诞这一种文学表现手法的繁荣,与"二战"后西方的精神危机密切相关。就80年代中国来说,荒诞被接受并进入文学创作中,显然与后"文革"时代初期中国人的精神状态密不可分。宗璞小说《我是谁》无疑可以追认为后"文革"时代中国文学使用荒诞手法的先驱。这篇小说写的是一对归国知识分子在"文革"中的悲惨遭遇。丈夫孟文起不堪忍受折磨而选择了自杀。妻子韦弥在精神创伤中,恍然中发现自己变成了一只虫子,身边的许多人也成了虫子。宗璞的"荒诞"是对"文革"摧残人性的控诉,是"问题小说"的一种。到了刘索拉的《你别无选择》和徐星的《无主题变奏》中,荒诞脱离清算"文革"的政治规定性,纯粹地成为一种小说技巧。而在先锋文学文本中,荒诞更成为一种特别的精神表征。③

一　意象的荒诞

先锋文学中的荒诞,往往是充满着寓言色彩的。正是由于寓言化的写作,意象在其中起到了统摄性的作用。

残雪的小说无疑是80年代先锋小说中最具荒诞意识的作品。在残雪的文学世界里,荒诞不是外在的技巧性的存在,而成为一种艺术化的状态。变形、扭曲、审丑等极端化的表现手法,是残雪最为看中的。恐惧、

---

① [法]尤奈斯库:《答〈新观察家〉杂志社问》,《法国作家论文学》,王忠琪等译,生活·读书·新知三联书店1984年版,第596页。
② [法]阿兰·罗布-格里耶:《新小说》,崔道怡等编:《"冰山"理论:对话与潜对话——外国名作家论现代小说艺术》,工人出版社1987年版,第524页。
③ 王斑认为,"85新潮"之后的不少中国作家,其小说文本与西方文学批评中的"荒诞文本"极其相似。他们对精神错乱有着极大的探索兴趣,对于传统中国的文化禁忌也充满着打破的冲动,这些作家的共同倾向是:对精神分裂的心灵和梦想世界的深入剖析,对死人、幽灵、变形的着迷,以及对现存的语言和叙事结构进行肢解。参见王斑《历史的天使:荒诞、精神分裂与怪异》,林建法编:《中国当代作家面面观》,春风文艺出版社2006年版,第21页。

抑郁、孤独、性、暴力等，在残雪的小说中随处可见。残雪注重在小说中营造荒诞的文学意象，"屋"则是残雪80年代小说中一个显著的意象。这一意象与残雪的生活经历不无关联，由于父母被打成右派，她是由"热爱树林和蘑菇、富于神经气质、擅长生编故事和半夜赶鬼、睡眠之中会突然惊醒、听得见泥土骚响和墙壁的嗡嗡声，还会以唾沫代药替孩子们搽伤痛的"① 外婆带大的。她从小具有神经质的特点，敏感而叛逆。"屋"这样的意象就来自残雪对于童年生活经历和成年生活体验（作为一名裁缝，没有太多人际交往）的精神符码化。因此，"屋"这样的独特意象不仅存在于《山上的小屋》中，同样在其他文本中出现，如《天堂里的对话》（之二）中的"黑屋子"、《旷野里》中"空旷的黑屋"、《新生活》中"空无一人的大楼"等，都是"屋"意象的变体。而《苍老的浮云》中的屋子，是小说叙事展开的主体空间。更善无、慕兰、老况、虚汝华、虚母、麻老五……屋内屋外，自闭的男男女女，偷窥的芸芸众生，他们神经质的生活，都是依托"屋"这个意象来展开的。因为这个意象的存在，也使残雪看似散乱的叙事中有了一个"虚拟核心"。

莫言小说尤其注重锻造意象。成名作《透明的红萝卜》中那个"金色的红萝卜"，就是最典型的例证。根据莫言本人的自述，这篇小说就来自一个梦境：某天凌晨，他梦见一块阳光下的红萝卜地。梦里有一个姑娘，她手持鱼叉，叉上有一个红色的萝卜。在阳光的照射下，红萝卜闪烁着奇异的光彩。而莫言就是被梦中"金色的红萝卜"这个意象所打动而开始构思写作的。② 这就决定了《透明的红萝卜》的梦幻色彩和奇异性。这种主观意象当然与现实主义的文学创作不是一个路数。因为它的意象是在作家的内心世界中先验形成的，甚至带有某种"天启"的神秘主义色彩。在小说中还原和构建这样的一种意象，其怪诞性自然而然。《红高粱》中的"红高粱"也是完全主观化的意象，是一种从视觉到心灵的幻化拟象。"红高粱"这样的意象，对于复杂的民族性格和民族精神有

---

① 唐俟：《残雪评传》，萧元编：《圣殿的倾圮——残雪之谜》，贵州人民出版社1993年版，第14页。

② 徐怀中、莫言等：《有追求才有特色——关于〈透明的红萝卜〉的对话》，孔范今、施战军主编，路晓冰编选《莫言研究资料》，山东文艺出版社2006年版，第6—7页。

着寓指。但这种寓意并不来自客观世界的规定性，而是来自作家奇异的幻想。所以，"红高粱"既是情欲的空间，也是民族主义的指代，同时暴力、野蛮、愚昧潜藏其间。以正统的文学观念来看待莫言的"红高粱"意象，无疑是怪诞和荒谬的，尤其是这样的意象又牵涉民族主义这样的宏大叙事，更显出莫言在锻造小说意象时的异端性。《球形闪电》中的"球形闪电"也是一个充满着荒诞色彩的意象。"球形闪电"是一种自然现象，在民间叫作"滚地雷"，但在莫言的这篇小说中，其实还有着更为丰富的文学意味。"球形闪电"可以作为一种传统伦理的指代物——所谓做了不符旧制的事情要被"滚地雷"天谴，"球形闪电"也就成为小说中蝈蝈这个人物与传统观念对抗的一个意象化的叙事中心。而由于魔幻现实主义对于作家的影响，"球形闪电"在小说中的出现是充满着荒诞和魔幻色彩的。"球形闪电"仿佛是一种先验的神秘存在，真的可以被传统伦理的力量召唤而来。莫言在小说中还采用了独特的叙事视角，比如从刺猬的角度来看闪电，更使这一意象荒诞十足。

苏童小说中的意象同样具有荒诞的意味，尤其在他早期的以"我"为叙事人称的小说，主观化的意象制造了小说意境的奇异感，比如《罂粟之家》中的"红罂粟"。罂粟是混合了复杂欲望的象征物。对于刘老侠来说，是财富和权力。对于陈茂来说，是让他喘不过气来的压抑。对于沉草而言，则是一种致命的气味，最后在罂粟缸里被击毙，沉草的最后遗言是——"我要重新出世了"[①]。

二 叙事的荒诞

叙事是某一小说文本形成的基础。正是由于叙事方式和风格的差异性，小说流派才被鲜明地标识出来。先锋文学的叙事革命中就包括着对荒诞的追求。荒诞是先锋文学先锋性的重要体现。在先锋作家的文学创作中，客观的规定性失去了束缚作用。他们更喜欢用一种扭曲的、变形的、意识化的叙事方法来建构自己的文学世界。

刘索拉的《你别无选择》在今天的读者看来，的确已经难以唤起新

---

① 苏童：《罂粟之家》，《苏童小说精选》，北京燕山出版社2015年版，第49页。

奇感，但她将现实荒诞化处理的探索，却体现了20世纪80年代中国作家的探索勇气。李鸣、戴齐等音乐学院学生的生活，充满了荒诞色彩。李鸣时常想着退学，而戴齐时常想着转专业，两个人共同的特点就是睡，一进被窝就不想出来。小说中那个莫名其妙的功能圈，更使得小说的叙事琐碎而荒诞。

在荒诞叙事上，莫言是80年代作家的佼佼者。《红高粱》的荒诞叙事贯穿全文。尽管莫言是以抗日战争作为背景，但他没有受到这样的历史限制。他的初衷不是呈现历史的真实感，而是展现某种历史荒诞。莫言早期包含着某种现实主义要素的小说，像《白狗秋千架》，写的是"我"与儿时伙伴"暖"暧昧朦胧的情爱。一次荡秋千，暖摔到了地上，一只眼睛瞎了。两个人从此走上不同的人生道路。"我"离开村子上了大学留在城里工作，而暖嫁给了一个哑巴。当"我"带着内疚回乡看望暖，离别时，暖让白狗把"我"引到高粱地里，暖对"我"提出了要求，让"我"给她一个会说话的孩子，因为她和哑巴生的三个孩子都是哑巴。即使是《天堂蒜薹之歌》这一真正受到现实题材触动而创作的小说，[①] 其叙事也是基于一种荒诞色彩而营造的。农民悲剧的根源就来自现实的荒诞，比如官员的暴政、生活的贫困、自身的愚昧等。长篇小说《酒国》写的是腐败题材，但同样显示出莫言叙事上的先锋性。而先锋性的指认正是由于其中夸张的荒诞——酒国的官员们竟然吃婴儿。受命调查吃婴事件的侦查员丁钩儿本来一身正气，但最后也加入酒国的胡吃海喝中，还吃下了婴儿的一只胳膊。

如果说莫言小说的荒诞来自某种技巧性的改造，吕新先锋小说的荒诞叙事，更多地来自情境的营造。他的《带有五个头像的夏天》之所以被认为是先锋小说，就在于带有地域色彩的奇异叙事。汉子、周老师、于铁民、会计等人物，仿佛都具有灵魂出窍的特异功能，有时候甚至会让读者忽略到底是他们的魂灵还是他们的肉体在叙事中出现。就像李锐说的，吕新的先锋性并不像其他先锋作家一样具有实验室般的色

[①] 即发生在山东苍山县的一起损害农民利益并导致农民冲击县政府的事件。

彩,但却是自然而然地自我流淌。①《带有五个头像的夏天》中,具有中国传统的魂灵题材小说的影子,因此叙事尽管独特,但却不会与中国读者隔膜。

余华80年代的先锋小说文本,整体笼罩着荒诞的色彩。《鲜血梅花》中长大成人的阮海阔仗剑天涯报父仇,但在寻找的过程中,仇人相继死去,复仇成了一次荒诞的旅程。《一九八六年》中的"文革",延后了十来年观察,通过已经成为疯子的历史教师在人们的漠然中悲惨死去,反衬了历史与现实相叠加的荒诞感。这是对历史题材的荒诞处置。而对于现实题材,余华同样采取了荒诞叙事的处理。《现实一种》中因为孩子失手摔死自己的堂弟,整个家庭陷入了血腥弥漫的复仇之中。《河边的错误》中刑警马哲陷入的就是一个荒诞的现实:他击毙杀了三个人的疯子,他必须要受到法律的惩处,要想逃避法律制裁,他就得装疯,但又不得不进疯人院。而与之相对照的是,即使是夺走了三条人命,疯子也是可以不受到法律惩治的。

北村的《谐振》在荒诞叙事上做足了功夫。学地质的大学生分配到地震局上班。由于要避免大楼谐振,整个单位的人都须轻声说话,所有的东西都要用皮条裹缠。这位大学生最终被压抑的气氛逼疯了,女厕所成了"他"唯一可以咳嗽、吐痰、大笑的场所。"他"的头不慎撞到墙上,血流到女厕的墙上,"他"意外地发现了谐振的密码"5172153",但却不知道如何破译。"他"终于"疯了",被发配到门房,每天盘问来人——"你是谁?""你从哪里来?""你到哪里去?"有一天又新来了大学生。"他"把学生哥引到了女厕所,学生哥的头撞到墙上血流满面,那神秘的数字"5172153"再次显现。学生哥用识简谱的方式唱出了这几个数字,可怕的谐振真的来了,红色的地震局大楼倒塌,成了一片废墟。

潘军的《南方的情绪》整个叙事皆是由荒诞的主线来推动的。"我"莫名其妙地接到电话,被邀请去蓝堡做客,由此踏上了荒诞的旅程。残雪小说以整体叙事的荒诞而特立独行。她对于生活的表面秩序从来都是

---

① 李锐:《纯净的眼睛,纯粹的语言》(代跋),吕新:《夜晚的顺序》,长江文艺出版社1995年版,第364页。

不屑一顾的。正因如此，她的笔下是一出又一出的"荒诞剧"：《五香街》中的偷情和捉奸，《苍老的浮动》中的偷窥与监视，《黄泥街》里接二连三的死亡等。

三 人物的荒诞

不管是小说精神意象的荒诞，还是叙事方式的荒诞，其实体现的都是人的存在的荒诞。人始终是小说结构中重要的一环，不管多么激进的小说实验，人物始终是文本不可或缺的。当我们去探讨先锋文学的荒诞风格时，语言、叙事、整体氛围等只是一个笼统的概念，只有小说中的人物，会让我们找到荒诞的核心聚焦处。

马原小说中的人物并不是小说的重点所在，更与现实主义小说的典型人物、典型性格相去甚远，但依然是小说叙事内在驱动能量的来源。在马原的《虚构》中，"我"进入麻风村，本来就够惊悚的了，但"我"还与一名烂掉了鼻子的女患者发生了性关系。在洪峰的《奔丧》中，"我"回家参加父亲的葬礼，但却没有本该有的悲伤和哀痛，仿佛是置身事外的看客，甚至看到姐姐还有性的冲动，"我"在奔丧期间也不忘与旧情人幽会一番。很显然，作为80年代先锋文学实验先行者的马原，以及作为马原追随者的洪峰，他们小说中的人物卸下了伦理的承担，而只服从于他们所追求的叙事伦理，小说人物的荒诞自然而然。而这也是先锋作家群体荒诞人物塑造的共同动因。

残雪在成名作《黄泥街》中就奠定了她小说的荒诞基调。在这条肮脏、混乱的街上，居民们的生活令人匪夷所思。齐婆凌晨上厕所时看到了一道神秘的白光，就瘫软在地。当人们发现她的时候，她正把两只鞋脱下，用绳子穿起来吊在耳朵上，在厕所边绕圈子；王四麻把粪桶挂到苦楝树上，坐进粪桶荡起了秋千，摔到地上断了腿，但他竟然在地上鼾声如雷，让一条街的居民心神不宁；小说中的"王子光"更是一个荒诞而虚无的角色，谁也无法确定他是不是一个人，他有可能是一道光，或是一团磷火，正是这个"王子光"让整条黄泥街骚动起来，无数的人陷入了胡思乱想的忙活中。区长和朱干事甚至为了"王子光"忙得通宵达旦，当然，还有人在"王子光"事件发生后不知所踪，如王四麻、杨三癫子、老孙头、老郁等。《黄泥街》中的人物都是作了扭曲变形处理的，所以让人难以置信，但在小说设置的场景中又似乎合情合理。

余华小说中的荒诞人物，往往具有左右小说总体基调的功能。《世事如烟》中的算命先生是其中的核心人物，他以神秘而变态的爱好左右着《世事如烟》中的人物命运。他的儿子一个接一个地死去，因为他克死了儿子。他还变态地吮吸年幼女孩的"生命之泉"，作为他的养生之道，居然活到了九十岁依然精神旺盛。小说中以阿拉伯数字命名的人物，更是一个比一个荒诞不经、莫名其妙。3是已经六十多岁的妇人，但却与已经十九岁的孙子夜夜同床共卧，祖孙的乱伦让3怀上了自己孙子的孩子。6的妻子为他生下七个女儿后死去。6把六个女儿相继卖掉换取钱财，第七个女儿投江自杀，而女儿死后，他还把女儿的尸体卖掉，给人配阴婚。

吕新的《那个幽幽的湖》将新时代背景下一个封建家族的生存作为题材，其中人物的行为充满了荒诞色彩。老祖母显然是这个家族最有权势的人，但这个已经双目失明的80多岁的老太太却有着十足的权力欲望，她掌控着这个腐朽没落的家族。小说中的雷疯子，最热衷的事情就是在老宅地下挖财宝，争夺"家谱"和"族谱"。家族中的每一个人似乎都不正常。而小说中的"我"，正是在这个充满了压抑、荒唐、疯癫的家族中成长的，沉默寡言，玄思冥想，举止异常，因而被视为"神经病"。《社员都是向阳花》其实可视为现实题材小说，但吕新选择了意识流的表现手法，从而使小说中爱玩弄女社员的支书这个人物显得荒诞而意味深长。社员在支书的意识世界里，就是一朵又一朵的向阳花。尽管围绕在他身边，但一朵朵居心叵测。而支书喜欢的方式就是大搞"阶级斗争"，他的目的就是任意地采摘他喜欢的"向阳花"。

苏童的《一九三四年的逃亡》中的陈文治不是小说叙述的中心人物，但这个人物是与陈宝年对峙存在的。他有着旺盛的对于性的欲求，他的秘方来自那个白玉瓷罐。里面是少年男女的精血，他借以壮阳健肾。他对陈宝年的女人蒋氏旺盛的生殖充满了兴趣，甚至用望远镜偷窥过她的分娩。在灾年中，他以一袋大米夺走了蒋氏的贞洁。最后又在蒋氏的孩子被环子抢走后，将绝望的蒋氏纳为自己的女人。

莫言的《球形闪电》是现实农村题材，他在其中也植入了荒诞人物——鸟老头。① 这个老头脏臭不堪，喜欢往身上粘羽毛尝试飞行。这个人物尽管是个次要人物，但他的存在，使得承包到户、青年创业这样的现实题材也充满了先锋写作的色彩。

荒诞作为一种美学精神进入中国当代文学中，无疑是一个巨大的时代进步。它表明，在文学政治化的极端运动之后，中国文学从文学的本体中开始了对文学的救赎。除了阶级、政治、历史、理性之外，人的存在还有着隐秘的部分，而这一部分，往往是人性最不加遮掩的东西。文学是人的存在的感性体现，对于人性和人生的"暗处"当然需要关注。荒诞正是这种文学认知的产物。尽管受到西方荒诞文学的影响，但中国先锋文学中的荒诞，并不是对西方经验的照搬。作为最具荒诞意识的先锋作家之一，残雪对于卡夫卡的学习是极为自觉的，但与卡夫卡的荒诞不同的是，她较少用形体上的变形来完成荒诞叙事，而是通过人物关系、语言、行为、心理等的变异来体现荒诞色彩。② 如果说西方现代文学的荒诞，更多地体现为一种存在论的荒诞诗学，具有本体论的价值。那么，中国先锋文学中的荒诞则是"卡里斯玛"神话解体后的精神虚空中的产物，其价值更多地体现为一种审美视域的拓展。中国文学对于荒诞的接受，也显示了人文精神领域的巨大变革，对于多元化和异质性的认同，开启了中国文化精神的另一段新征程。如残雪所言："真理正是溶解在荒谬中难以分离的东西，美也是溶解在强大的生命力所制造的丑陋之中。"③ 这样审美精神转向对中国文学（文化）的影响不言而喻。荒诞的本质是无意义的彰显，是主体对社会、对自身的否定性批判。在文化的深层内涵上，则是对现代性异化的焦虑。先锋文学的荒诞，一方面具有形式实验的意味，另一方面则意味着审美现代性的反叛和审美主义的延展。从

---

① 很显然，莫言《球形闪电》中的这个人物形象受到了加西亚·马尔克斯《巨翅老人》的直接影响。在这篇创作于1968年的小说中，马尔克斯写到一位翅膀已经脱掉一半羽毛的老年天使，在暴雨之后被冲到了贝拉约夫妇的院子里，一下子成了一棵吸引好奇者的摇钱树，也成了居民们的谈资。最后，人们慢慢地不再关注这位受伤的老人。他终于得以在安静中养伤康复，最后飞离了小镇。参见［哥伦比亚］加西亚·马尔克斯《巨翅老人》，《世上最美的溺水者》（小说集），陶玉平译，南海出版公司2015年版，第1—14页。

② 王永兵：《欧美先锋文学与中国当代先锋小说》，人民出版社2015年版，第47页。

③ 残雪：《为了报仇写小说：残雪访谈录》，湖南文艺出版社2003年版，第87页。

形式实验价值来看，作为文学技术层面的荒诞使先锋文学获得了某种形式自足。而从审美意义来看，荒诞冲破了由现实主义文学把持的文学价值观，隐喻、象征、变形、夸张、意识流、反讽、黑色幽默等表现手法，正是在荒诞这一"西方现代主义艺术的审美大风格"①中融会，并进入80年代中国先锋作家的文学实践中的。在整体美学特征上，80年代先锋文学充满了对荒诞的诗化。先锋文学对于荒诞的诗化，使它总体上体现出反崇高、反中心、反确定性、反规范化等精神特质，从而"破坏了绝对的美、唯一的美的合法性"②。荒诞，是80年代先锋作家的"文学反叛"，也是80年代先锋作家的"美学反动"。

第二节　疾病：晦暗的隐喻

在本原意义上，疾病意味着身体的功能性障碍，它与肉身存在的人体如影随形，疾病也因此成为文学表现的重要部分。文学不仅要表现处于身体机能正常状态下的人的状况，同样也关注人在非正常状态下的生存。和人的饮食起居出行交往一样，疾病实际上也是日常生活的内容。苏珊·桑塔格视疾病为"生命的阴面"。人一出生就注定要在"健康王国"和"疾病王国"充当"公民"，疾病其实是"一重更麻烦的公民身份"③。尽管疾病并不像战争、和平、爱情、嫉妒这些恒久文学母题一样存在于文学史当中，但却泛化于几乎所有作品中。因此，疾病进入文学叙事中，也是自然而然的。

中国古典小说《红楼梦》是疾病叙事的经典，其中的主要人物林黛玉就是一位病人，多愁善感、娇咳不停的林妹妹，早已成为中国文学史上的经典人物形象。林黛玉这个楚楚可怜的女性形象的塑造，无疑是桑

---

① 钟华：《荒诞：西方现代主义艺术的审美大风格》，《四川师范大学学报》（社会科学版）1995年第2期。
② 潘知常：《荒诞的美学意义——在阐释中理解当代审美观念》，《南京大学学报》（哲学·人文·社会科学）1999年第1期。
③ [美] 苏珊·桑塔格：《疾病的隐喻》，程巍译，上海译文出版社2003年版，第5页。

塔格所指出的"对疾病的文学转化"①。现代白话文小说兴起后，鲁迅的《狂人日记》可谓疾病叙事的开先河之作。这篇小说已经成为研究中国现代文学疾病叙事的首选样本。企望以医者仁心救世的文学家鲁迅，通过疾病叙事揭示了吃人的封建礼教文化。巴金的《第四病室》亦是疾病叙事的重要作品。作品中24个病床的病房，就是对当时沉疴缠身的中国的隐喻。按巴金自己的说法，就是"中国社会的缩影"②。

如果说寻根文学中的疾病叙事（如韩少功的《爸爸爸》《女女女》这样的作品）对于鲁迅、巴金的文化隐喻还有强烈继承的话，80年代中国先锋文学中的疾病叙事，已经与中国古典小说与现代文学的疾病叙事在文学追求上有着本质的区别。先锋作家钟情于疾病书写，主要目的并非要去重续家国天下、拯世救民的宏大叙事，而是将疾病作为一种精神意象来建构，即在颠覆传统审美的意义来书写疾病。同时，疾病也是先锋文学叙事的重要手段，通过"病人"这样的视角，先锋作家激活了身体与心灵的隐秘部分，获得了对于人的存在的全新体验，陌生化的文学效果也在其疾病叙事中获得了增殖。文化隐喻的色彩依然存在，但其叙事功能性更为突出。

作为文化隐喻的疾病叙事，在先锋作家的文本中并不鲜见。在这方面，苏童无疑算得上着力最多、成就最大的作家。苏童沉迷于"南方的堕落"，颓废、迷乱的南方形象决定了他笔下的疾病具有很强的地域文化特征。性的疾病是苏童小说中时常出现的一种。《一九三四年的逃亡》中的陈三麦从故乡逃亡后，在艰难世事中获得了生存的空间，但却也付出了染上性病的代价。带着白花花的大米回乡的同时，他还带回了脏病。这里的"病"似乎隐喻着存在的某种悖论，拥有与失去同体相依。《罂粟之家》中的刘老信也对进城有着狂热，他希望通过在城市的立足来为刘家光宗耀祖，但最终除了身患梅毒，他从城里回来一无所有，连坟地也卖给了刘老侠。《妻妾成群》中的陈佐千，对于女人有强烈的占有欲，最

---

① [美]苏珊·桑塔格：《疾病的隐喻》，程巍译，上海译文出版社2003年版，第5页。
② 巴金：《第四病室·后记》，《巴金选集》（第六卷），四川人民出版社1982年版，第206页。

后却失去了性能力。但即使如此，他依然没有放弃纳妾的欲望。如果说离乡与还乡题材小说中的性病，表征的是乡村文化的沦陷，那么陈佐千的"性病"则指向男权力量的衰落。精神疾病在苏童小说中也较为常见。《妻妾成群》里的颂莲在失宠于陈佐千后，加之目睹了三姨太被投井溺毙，精神受到刺激，最后成为一个疯子。接受过新思想教育的颂莲，本可以选择另外的生活，但为了享受，选择了给人做妾，彻底地向男权奴役屈服，她的疯似乎隐喻着"独立女性"这样一个中国启蒙现代性形象的破碎。从这个角度上说，先锋作家苏童疾病叙事的文化隐喻其实对于"五四"文学传统不乏继承。而且，其叙事中弥漫出来的独特的南方气质，也决定了苏童小说的文化喻指功能。因此，苏童的疾病叙事实际上是其小说所追求的文化诗学的重要部分，即通过疾病叙事呈现颓废的江南文化样本。

同为南方作家，余华的疾病书写却不同于苏童。如果说苏童小说的疾病叙事是一种古典式的慢板式的，余华小说中的疾病叙事则是极度扭曲变形和残暴的。《一九八六年》中同样写到了疯子，一位"文革"中走过来的中学历史教师。尽管"文革"已经结束十年，他依然还生活在那个极端荒诞的历史情景中。他疯狂自戕的举动，表面上看是一位精神病人的举动，实际上却是历史的某种惯性使然。很显然，余华希望通过这样一位疯人，来展示平静现实中令人惊心动魄的"历史遗迹"。这里的疾病隐喻的是历史的残酷和荒谬。《河边的错误》中也写到了疯子，而且是个杀人狂，他连杀三人。与《一九八六年》中的历史教师不同，这里的"疯癫"并不承担历史的记忆，而是对于现实世界荒诞的一种嘲讽。警察马哲显然代表着秩序与正义，但在这个疯子面前，他终是无力的，他的调查似乎对于疯子杀人是一种推波助澜的力量。就在办案过程中，发现人头的孩子也被杀死了。甚至，就算是他已经确认了疯子就是真正的杀人元凶，他依然无法依靠秩序与正义来对这个疯子进行制裁，最终只得以暴制暴，开枪击毙了疯子。秩序与正义有时候并不那么具有力量，反而会在对秩序与正义的迷信中成为对善的反制。其中的一位被讯问过的叫许亮的年轻人，因为被调查陷入困扰而成为疯子，最后自杀。马哲也从一个理性的正常人，在办案过程中一步步走向疯癫状态，最后成为即将被送入精神病院的"病人"。文明在这里被彻底瓦解。在这样的解读中，我们似乎依稀看到鲁迅小说疾病叙事的影子。鲁迅显然要宏大得多，他诊断的是风雨飘摇中的中国，"医人"即是"医国"。而余华这一代作家已经卸掉了这沉重的负载，他的疾病叙事隐喻的是人的荒谬存在。余华《四月三日事件》中的"他"与鲁迅《狂人日记》中的"狂人"，表面看都是"病人"，现实世界之于他们而言都有着强烈的摧毁性的力量。其中的某些细节，也明显地看出《四月三日事件》对《狂人日记》的戏仿。如余华写到街头几个人在议论"他"，"这几个断裂的影子让他觉得鬼鬼祟祟，他便转回身去，于是看到街对面人行道上站着几个人，正对他指指点点说些什么"[1]。而在《狂人日记》中也有此情景，"还有七八个人，交头接耳的议论我，又怕我看见"[2]。《狂人日记》中的"狂人"是作为一个叛逆主体出现的，其主体性充满了自信和力量。而《四月三日事件》中的"他"却是一个多疑的被迫害妄想症患者。"医国"寓言中自信的现代性主体在戏仿中被置换为"精神分裂"的矛盾的后现代主体。[3]

很显然，与鲁迅、巴金那一代人相比，苏童、余华他们已经放弃了宏大叙事的追求。"国族"寓言在后"文革"时代尽管依然存在于现代性的激情与梦想当中，但精神上的困顿大大超越了不切实际的主体性的狂热。疾病叙事的文化隐喻功能也自然而然地大大消解。身体与心灵的受难，不再承载沉重的启蒙意义。疾病叙事从深邃的"表意"向浅层的"表象"转化，从而成为一种混合了现代与后现代文化特征的精神现象，而这种精神现象正好呼应了带有技术主义色彩的文学创新运动，疾病之于先锋文学的叙事革命功能得到了最大限度的释放。

80年代先锋小说的先行者马原，在其《虚构》中较早地将疾病纳入先锋文学叙事当中——玛曲、麻风村、哑巴、麻风病人、潜入麻风村的

---

[1] 余华：《四月三日事件》，《我胆小如鼠》（余华中短篇小说集），作家出版社2014年版，第119页。
[2] 鲁迅：《狂人日记》，《鲁迅全集》（卷1），人民文学出版社1993年版，第423页。
[3] 杨小滨：《中国后现代——先锋小说中的精神创伤与反讽》，上海三联书店2013年版，第216—217页。

"我"。《虚构》的疾病书写在一些研究者的研究中，由于被"我就是那个叫马原的汉人"这样的"叙述圈套"所迷惑，注意到马原这篇小说的形式价值，而忽略了这篇小说中最重要的角色——病。重读《虚构》，其中的"病"是令人触目惊心的，但这只是外部视角，而在"病"中的人们，却是平静得不能再平静的。健康的"我"与麻风村的人，其实只是一种人为的区隔。从小说的叙述来看，麻风村不是什么治疗的地方，只不过是健康人对于病人的强行驱逐。即使是"我"，也是出于一种虚构的需要而进入麻风村的。哪怕"我"与麻风村的女人发生了性关系，但"我"与他们依然是充满着隔膜与防范的。所以，在最后，马原让玛曲消失于一场泥石流中。"我"终于可以自由地回到现实世界，因为，连痕迹都已经无影无踪。小说的形式实验当然来自"马原"时常跳将出来扰乱读者的阅读期待，但"病"就仅仅是一个叙事的背景？显然不是！现代主义或后现代主义的小说文本阅读经验告诉我们，"病"在其中出现，往往代表着一种隐喻价值的获得和一种叙事功能的生成。张清华对于《虚构》的解析即触及这样的切入视角。他认为，形式先锋与叙事难度的追求之外，马原组装了一个"春梦"。同时，其中的一些政治痕迹，比如暗示"哑巴"是国民党潜伏特务，体现了"童年红色政治"对作家叙事的潜在影响。也因此，"病"具有了溢出叙事能指的隐喻意义。[①]"病"在这个文本中当然不仅仅是隐喻，在形式上也推动了叙事话语的革新。尽管叙述主体反反复复地想把自己与病人区隔开来，即使"我"与麻风女病人发生了肉体上的关系，但在叙述中却时时在暗示"她"的主动，比如月光下"她"露出了光腿，"我"和"她"不谋而合地挨在一起，"她"竟然"全身光着"。而后来"我"发现，"她"也是那个滥交的矮个子男人的性伙伴之一。而文中暗示那个"哑巴"的"兽交"行为，显然有为"我"的欲望和冲动开脱的嫌疑。在裹挟欲望、恐惧、好奇、隔膜等情绪的叙事中，"我"看起来仿佛是区别于玛曲病人的，实际上"我"同样是一个病态的叙述主体，这给文本带来了别开生面的陌生化

[①] 张清华：《春梦，政治，什么样的叙事圈套——马原〈虚构〉重解》，《文艺争鸣》2009年第12期。

效果。

马原的《虚构》显然还没有精神分析的自觉,正是因为这样的原因,小说的形式感遮蔽了"病"的隐喻价值。但在他之后成名的不少先锋作家的小说中,借助于精神分析的神秘色彩,疾病叙事成为文本展开的共同策略。格非的《蚌壳》就是一个受到弗洛伊德哲学影响的文本。① 小说的叙述视角切换频繁,所以文本整体让阅读者迷惑。但将打乱了叙事时序和视角的线索进行梳理,依然可以看出这个故事,其实是一个被"臆想症"左右的病人的叙事。"我"(在第三人称叙事时,叫马那)从朋友的小诊所出来,重逢多年前认识的小羊并迅速地发生了性关系。这样的婚外情,当然给"我"造成了精神压力。"我"需要找到一个合理化的借口,比如,"我"给医生复述童年时看到捞河蚌的父亲与一位健壮的采苇女人在苇荡里"像墨鸭一样扑腾",父亲捞到一盆蚌壳后吊死在牛圈;脑中出现白日梦一样的情景:妻子与诊所医生激情交欢;我在浴缸中洗澡后背竟然被大蛇咬了一口的幻想;"我"(在文本叙事中是"他")的自杀(与G省一名妓女发生关系时染上梅毒),而查案的警察明目张胆地对妻子(在文本叙事中是"她")进行性挑逗;等等。小说中"蚌壳"无疑是性的隐喻符号。完全可以认为,格非的这篇小说是对弗洛伊德精神分析学说的文学阐释。因为这样的一种精神分析实践,格非获得了叙事的充分自由,进入了现实主义的叙事无法打开的晦暗的精神世界。关于这一文本的所指,他在小说中其实亦有暗示——展现都市人的一种精神病态。② 格非长篇小说《敌人》的赵家人,一个个因恐惧而成为"病

---

① 在《蚌壳》中,格非写道:"'我知道你读过很多弗洛伊德的书',医生说,'我不否认你刚才讲述的那个蚌壳故事对治疗你的疾病具有一定的价值。据我所知,童年的记忆对一位步入成年的人的精神疾病的诱发并不像弗氏所吹嘘的那样神乎其神。事实上,弗氏如果懂一点中医的话就不会那样狂妄。我想一切事物的真谛只存在于它的表面,正如一切生命都活跃于肌肤是一样的道理。你只要关注一下周围的平常事物,病症的源头就不难找到。当然,这还要看你在多大程度上裸露你的内心世界。"参见格非《蚌壳》,《褐色鸟群》(小说集),上海文艺出版社2014年版,第207页。

② 在《蚌壳》中,格非借警察之口说:"对一个人是否患有神经病不像以前那样容易界定了。我们这个城市的神经病发病率比1956年整整提高了六倍。"参见格非《蚌壳》,《褐色鸟群》(小说集),上海文艺出版社2014年版,第201页。

人"。由于一个无处不在的想象中的"敌人"的存在，赵家的每一个人都生活在巨大的恐惧之中。来自过去的一场莫名其妙的火灾记忆，存在于现实中的赵家人接连死去，更加剧了恐惧。而格非本意就是展现一种恐惧压迫下的病态心理。格非甚至认为人的境遇本身就是充满了病态的。[①]

残雪小说总体的氛围就是神经质的和病态的。精神变异和扭曲，使得《黄泥街》中充满了肮脏、丑陋、恶心甚至是变态的大量人与事的书写。黄泥街人生活在一个自闭的环境里，在外人看来目不忍睹的各种不堪场景和心灵折磨，黄泥街的人早已习以为常，而且乐在其中。也因此，"病人"在小说中随处可见。这里的人说话有"病"，比如"茅坑里有一只蛤蟆精"（袁四婆婆），"城里有个胡子老头怀了胎，十个月生下一对双胞子"（杨三癫子），"有一个女人生下一条大蟒，一出来就咬死接生的"（宋婆），"一只红眼睛的狗老是闯到我家里来，狗一叫，我眼里就掉出蜈蚣来"（老郁），等等，这种怪诞的人物语言充斥了整个小说。这里的人行为有"病"：一个文件下来后，S的人们侧着身子走路，捂着半边脸与人交谈，惶惶不安；怀疑墙里有东西，找来铁钎整天鼓捣；在有女尸的马路中间的水里，剃头人用刀子切割一只猫的喉管，弄得血淋淋的；朱干事来查王子光案件，黄泥街的人陷入偷窥狂热，齐婆天天在朱干事家的窗下挖。尽管残雪热衷于写病态的环境、病态的人，但她没有任何批判现实主义的企图。如邓晓芒所评，残雪对于这些病态的、丑恶的存在并非是要去批判，而是揭开人性本来的真相。这怪诞的黄泥街连同小说中的人物，其实就是残雪的"心象"，"是她内心纷乱的矛盾、极端的感受、绝望的冲撞和狂热的追求的象征化和情绪化的体现"[②]。由于这样的"心象"，残雪获得了独特叙事的体验，这样的体验也奠定了她荒诞的先锋性特质。《山上的小屋》中"我"神经质地对家人的不信任，不厌其烦地整理抽屉。《公牛》中同床共枕的夫妻之间的深深的不安全感和怪异心

[①] 格非曾说："人的境遇本身即是这样一种病态，就像一个患有蜘蛛恐惧症的人，连从书本上看到'蜘蛛'二字，亦会顿时晕厥过去。"参见格非《格非散文》，浙江文艺出版社2001年版，第90页。

[②] 邓晓芒：《自我在何方？——评〈黄泥街〉》，参见残雪《黄泥街》，花城出版社2013年版，第222页。

理。《苍老的浮云》中邻里、父母、夫妻之间互相的变态偷窥,疯狂的迫害与被迫害妄想,病态的自我封闭,"残雪把生存的残酷性和敌对性推到了极端,使它成了一系列迫害与被迫害的惯性连锁反应"[1]。这样的叙事风格,是残雪独有的。她曾坦言自己的"精神分裂倾向"受到了"父辈幽灵"的影响。正是这种非理性的狂妄,使她采用了独特的讲述世界的方式。残雪认为,自己的创作是在公认的"现实"之外进行的,她进入的是另外一种"现实"。这另外一种"现实"正是艺术的本质所在,她自己的创作"深深地扎在幻想王国的黑暗处"[2]。

先锋小说的疾病叙事并非是要与现实世界对应,而是对于人的"精神晦暗处"的呈现。对于普通人来说,无论是在身体或精神意义上,疾病是另外的一种人生体验。而对于作家来说,疾病叙事是另外的一种叙事角度和叙事经验的融合,这就使得其叙事文本获得超越浅表现实的价值。这是80年代先锋作家在形式实验中的自我发现。"病"在他们的文本生产中不仅仅是某种身体或精神的功能性障碍,而且是存在的独特体验的表达,因此生成了一种独特的"语境"。"语境"的不同自然而然会造成词语的变异,这就使得先锋文学的疾病叙事在语法意义上获得了某种去中心化的"赦免权",从而使创作成为一种解构性的话语游戏,逃离了能指的专制。德勒兹与伽塔利在《反俄狄浦斯》中间接地论述过疾病叙事。他们认为,"精神分裂之流是反对语法暴力,对能指的合谋一致的破坏,川流不息的非理性之流,返回来困扰一切关系的呼喊"[3]。正是在这个意义上,无论是身体还是精神的疾病叙事,也无论是文化性的隐喻意义还是实用性的叙事功能,先锋作家对于"病"的偏好,都是具有革命性的。其文本探索展开了人在世的另外一种存在,这是80年代人学启蒙的一种发现,文学对于人生的隐在不再遮掩。而近代以来的中国文学现代化历程使疾病叙事先验地拥有现代性的某种特征,先锋作家一方面

---

[1] 吴义勤:《中国当代新潮小说论》,江苏文艺出版社1997年版,第137页。
[2] 残雪:《有关我的作品的创作谈》,《黄泥街》,花城出版社2013年版,第222页。
[3] Gilles Deleuze, Felix Guattari. *L'Anti-Oedipe*. Paris:Editions de Minuit, 1972, p.133. 译文参见蔡志诚《疯癫的边际——精神分裂的话语分析》,《华侨大学学报》(哲学社会科学版)2011年第1期。

继承了这种带有国民性启蒙色彩的疾病书写,如苏童小说中的疾病隐喻就包含着这种继承性。另外,80年代先锋作家更多的是以一种叛逆的姿态着手疾病叙事的。"文革"的精神创伤当然是一个前置的"病灶",这在残雪和余华等人的文本中可以得到印证。但在更为宽泛的意义上,先锋文学疾病叙事中反现代性的色彩也极为明显,"疾病叙事"也因此成为现代人肉体与心灵受难的隐喻。

第三节 死亡:在世的呓语

死亡作为一种自然现象,事实上伴随了人类这个物种的"成人"。对于死亡的思考,无论是恐惧还是坦然,都体现了人类对于自然的超越性。孔子说:"未知生,焉知死。"(《论语·先进》)在重生的儒家哲学世界里,生的价值显然比死大;《圣经·旧约》中说:"死亡在上帝面前是赤裸裸的",死亡只能在至高无上的上帝那里才能洞悉;佛陀说:"在一切正念禅中,念死最为尊贵。"(《大般涅槃经》)生死只不过是轮回。但不管如何,对于普通人来说,对于死亡的恐惧和拒斥,是自然而然的。生命戛然而止,逝者无从把握,生者猝不及防。死亡,永远都不可能去经历和体验。在中国传统文化中,"死"这样的字眼往往是被避讳的,并由此衍生出无数的关于"死"的替代词语,用于各种语境。死亡在中国语境的文学接受中,大多数情况下是作为一种悲剧性事件来呈现的,或者体现自然生命(社会生命)个体的消失。当然,死亡也经常作为一种崇高的精神归宿来展现,比如慷慨赴死之士。不论是为了彰显主题还是丰富情节,死亡是在认识论的意义上进入文学中的,并不涉及死亡的本体论。因此,"在追求死亡的社会价值和认识价值的同时,作家们往往忽略了以体验的方式介入到死亡本体之中,以自己个体独到的体验去展现生命作为一个过程在终结的那一瞬间的状态"[1]。而20世纪80年代先锋文学的死亡叙事,正是从生命意识入手的。他们抛弃了文化禁忌和伦理规范,直接切入生死临界和生命现场,以文学的方式体验死亡,从而摆脱

---

[1] 吴义勤:《中国当代新潮小说论》,江苏文艺出版社1997年版,第52页。

了宏大叙事,在存在、叙事、审美三个维度上掘进,其死亡书写亦由此获得了先锋的价值和形式的意义。

一 存在的拷问

海德格尔指出:"死不是一个事件,而是一种须从生存论上加以领会的现象,这种现象的意义与众不同。"① "存在"是先锋文学的重要主旨之一。这或许来源于存在主义哲学的影响。在80年代的中国知识界,存在主义备受追捧。尽管启蒙主义是80年代的核心主题,但对于"人"的启蒙带来的个体觉醒,以及商品经济带来的物质主义的弥漫,宏大叙事被解构之后的精神追求的分化,都为存在主义留下了宽裕的空间。在文学领域,书写公共性主题(如反思、改革、文化、道德等)的激情逐渐衰落,对个体意义的探索成为相当部分作家的自觉追求。正是在这样的背景下,存在主义哲学家萨特、尼采、海德格尔的著作都曾受到过明星般的追捧,而以文学方式表现存在主义的加缪、卡夫卡等作家,也曾启迪中国先锋文学思潮的生成。内心的焦虑、苦恼甚至歇斯底里,生存的恐惧、荒诞和残酷,成为标新立异的先锋作家热爱的题材。死亡这个始终困扰人的存在的主题,也由此获得了丰富多样的表现。

由于从小生长的环境(父亲是外科医生,一家人生活在医院),死亡对于余华来说,并不像普通人那么恐惧,反而充满了好奇和兴趣。② 童年的经验和记忆对作家创作的影响是深远的。余华对于死亡的书写,冷静而不动声色,如此沉重的主题,在他的叙事中举重若轻、信手拈来。在余华的笔下,死亡就是一个客观事件,不承载任何意义,甚至有时候毫无来由。就像《世事如烟》中接二连三死去的人,他们的死没有致命性

---

① [德]马丁·海德格尔:《存在与时间》,陈嘉映、王庆节译,生活·读书·新知三联书店1987年版,第289页。
② 余华曾回忆:小时候对于死亡和血,他一点都不害怕。他甚至在太平间里睡过午觉。他说:"有一次我终于走了进去,我记得那是一个夏日的中午。我走了进去,我发现这间属于死者中途的旅舍十分干净,没有丝毫的垃圾。我在那张水泥床旁站了一会儿,然后小心翼翼地伸手摸到了它,我感受到了无比的清凉,在那个炎热的中午,它对于我不是死亡,而是生活。"余华:《温暖和百感交集的旅程》,作家出版社2012年版,第142—143页。

的原因（除了4似乎是长期抑郁和失去贞操而导致的自杀），也没有必然的逻辑连缀，甚至还带着神秘色彩。如灰衣女人的毛衣被司机的车压过之后莫名其妙地死了，接生婆在一次幻觉般游走于阴阳两界的接生经历之后死去。《世事如烟》中的死亡，展现了人在世的宿命感，每一个人都掌握不了自己的命运，因此死亡也就只是标注人的存在的符号。而对于读者来说，死亡书写也不过是一种变换了不同方式的荒诞人生。生与死其实都没有任何价值和意义，只是自然而然的过程而已。

马原小说《旧死》以追叙的方式，还原了海云的死亡事件。海云的死当然不具备任何社会学的解析价值，只不过是人的成长中可能遇到的偶发性事件。对于某一个具体的人来说，青春并不总是浪漫和美丽的，反而有可能是残酷和丑陋的。在体现男孩勇气和冒险的扒火车的游戏中，刘杰坠车而亡，而且是"随随便便地死了"。而海云的死，却是稀奇古怪的。当然，很可能与青春荷尔蒙的激增相关。马原为海云的死提供的死因是：他玷污了自己的姐姐，最后被他的母亲杀死了。小说中除了这条回忆"死"的线，还有一条关于"生"的线索，即和海云长得一模一样的出租车司机曲晨。尽管马原着力于写曲晨人生的美好，但实际上也从另外一个角度强化了"死"的残酷。

洪峰的《极地之侧》展现了多起死亡事件："我"梦游状态中从雪地里刨出来的死去的孩子；章晖讲了无数的死亡故事（小晶问了当地人，都说是假的），最后章晖也死了，但却无法知道死因；老金头吞金而死，下葬第二天坟就被刨开了，还有人死在他的墓穴里；老李疯了，最后在山里失踪，多半被野兽分食了；北极村木头房子里雷管爆炸，采金老人血肉横飞。尽管《极地之侧》叙事诡秘，但其主旨线索也大体清晰，无非就是爱与死亡。"我"去大兴安岭就是为了寻找一位叫朱晶的姑娘，说服她与"我"结婚。寻找朱晶的过程中，"我"遭遇了一系列的死亡。但寻找朱晶的这条线始终扑朔迷离，甚至有没有朱晶这个人都让人怀疑，不过的的确确碰到了一个叫朱晶的姑娘，而且与"我"一起经历了极地之侧的种种诡异事件。爱情与死亡本是尖锐对立的两大人生主题，但在洪峰的这篇小说中被强行编码为同一性的"存在"。章晖莫名其妙地死去，和爱的消逝大有关联，他已经丧失了爱的能力和信心，所以沉溺于一桩又一桩的死亡事件的叙述，时时让人感到人生末路的压迫。而"我"由于始终相信自己是在寻找"爱"（尽管并不符合伦理规范）的路上，所以能穿越极地之侧的残酷生存。就像洪峰在小说中引用的卡西尔的话："对生命的不可毁灭的统一性的感情是如此强烈如此不可动摇，以至于到了否定和蔑视死亡这个真实的地步。"①

对人来说，"存在"始终是最不可撼动的主题。先锋作家对于死亡意象的沉迷，尽管风格不一，但通过死亡这样的极端事件来拷问人的存在，似乎可以认为是共同的写作动力。由于是在"存在"这一主题之下展开叙事的，死亡在先锋文学文本中往往充满了偶然性、宿命感、荒诞化。因为，相当多的先锋文学文本根本无意于对死亡赋予任何意义，只是诚实地将其作为人与命运纠缠不休的一个符号而已。

二　叙事的魅惑

福斯特在《小说面面观》中曾专门论述过死亡之于小说家书写的意义。在他看来，生与死都是不可思议的事情，"既是经验，又不是经验"，"全凭臆测"。② 但也正是因为这种经验的陌生性，使得作家在叙事中拥有了高度的自由。"只要小说家认为合适，他可以在他的小说里回忆并且理解所有的事物"。③ 先锋作家对于死亡主题的热衷，实际上也是一种叙事选择。正因为死亡这种完全陌生的经验，作家们获得了叙事的另外一种可能性。死亡在他们的文本当中，不再是一个必须对应现实存在的事实，而是可以借助于想象去填充的叙事空间。

于格非而言，死亡这种只能通过臆测获得的不可靠的经验，成为他建构叙事迷宫最好的依托。死亡的不可知，给叙事留下了大量的空缺。正是这种空缺关节点的存在，格非小说在叙事中处处"留白"，叙事变得

---

① 洪峰：《极地之侧》，《重返家园》（洪峰小说集），长江文艺出版社1993年版，第383页。

② ［英］福斯特：《小说面面观》，朱乃长译，中国对外翻译出版公司2001年版，第125页。

③ ［英］福斯特：《小说面面观》，朱乃长译，中国对外翻译出版公司2001年版，第127页。

神秘莫测起来。小说《迷舟》中的萧，他的人生似乎天然地充满了悖谬。他与哥哥的军队为敌，两军对峙的地方又恰恰是他的家乡。战争期间，父亲死去。莫名其妙地遇到了旧情人杏，本以为只是神不知鬼不觉的偷情，一下子成了公开的"秘密"。自己所带的警卫员，竟然是派来监视他的。萧至死都不明白到底是什么力量导致他的必然死亡。连杏的丈夫都放过了他，给了他生的机会。但就在自家院子里，却死于非命。杏的丈夫为何放过了他？他为何坚持要去榆关？时时在身边效劳的警卫员为何成了监视者？格非有意的"留白"使得这个故事显得极不完整，但也正是格非叙事的魅力所在。《褐色鸟群》中，格非也写到了三次死亡。一次是"我"在追踪"穿栗树色靴子的女人"的过程中，"我"的自行车撞到了另一辆自行车。当女人消失后，"我"在埋排水管道的沟渠里发现了"他"的尸体；还有一次是"我"在歌谣湖边散步时发现了一位和以前"我"追踪而后消失的女人很像的女人，她的丈夫是一位有着虐待狂倾向的瘸子。但就在"我"认识这位女人的次日，她的男人就由于醉酒而死在阴沟里，耳朵里还灌满了大粪；当"我"和死了丈夫的美丽妇人结了婚，她却在新婚之夜脑溢血死去了。《褐色鸟群》被认为是 80 年代最晦涩的小说之一。在这篇小说中，死亡叙述的"留白"再次起到了独特作用。雪夜骑自行车死去的男人，到底是"我"撞倒死亡的，还是自己摔下桥死去的？对妻子百般虐待的瘸子男人，他的死到底是不是醉死，甚至是真的死了还是假的死了？[①] 亲自选定了婚期的"我"的妻子，为何在新婚之夜死去？这些空缺的存在，使小说的叙事如同迷宫，神秘莫测，莫衷一是。在格非的长篇小说《敌人》中，死亡再次扮演了叙事迷宫建构的作用。一场莫名其妙的大火之后，财主赵少忠从祖上继承了已经衰败的家业。他烧掉了父亲留给他的纵火者的名单，但"敌人"始终在他的心头萦绕。孙子，儿子赵虎、赵龙，女儿柳柳，一连串的死亡事件里，

[①] 格非在小说中有这样的暗示，"在盖棺的一瞬间——那几个钉棺的男人朝棺木围过来，准备将它钉死，我突然看见棺内的尸体动了一下。我相信没有看错，如果说死者脸上的肌肉抽搐一下或者膝盖颤抖什么的，那也许是由于人们常说的神经反应，但是，我真切地看见那个尸体抬起右手解开了上衣领口的一个扣子——他穿着硬挺的哔叽制服也许觉得太紧了"。参见格非《褐色鸟群》，上海文艺出版社 2014 年版，第 71 页。

死者是谁其实是不重要的,重要的是通过"死亡"这一空泛的能指,格非获得了叙事的自足性。叙事的意义就在于叙事本身,而不是什么微言大义。

北村的《聒噪者说》也是着力于对死亡探索的。叙事的依托就是八月天一位已经退休的聋哑学校校长的死亡,这位校长死的时候,手中拿着一本《哑语手册》。"我"在对聋哑学校的死亡事件进行调查的过程中,尽管保持一定的逻辑清醒,但在现实中却失去了方向。那本可以依赖的《哑语手册》的错印更让案件调查陷入无头绪之中。林展新这个人物似乎可能成为突破的关键,但却因他的自杀身亡,致使关于"死亡"的调查始终只能在可能性中盘桓。教授似乎是林展新死亡案件中最大的嫌疑人,"我"也似乎一步一步逼近了真相,但教授却以一场大火终结了自己的生命,也让"我"的调查付诸东流。在北村的小说中,"死亡"无疑只是一个叙事符号而已,承担的同样只是纯粹的叙事能指的功能。

马原在《死亡的诗意》中对林杏花死亡事件进行的不厌其烦的推演,充分地体现了"死亡"作为叙事结构推动的文本化特征。李克,"我"的朋友,一个英俊的花花公子。他在妻子的孕期中结识林杏花,并且一起同居。其中又插入了曾经爱上李克的邹颖,她竟然是在李克妻子资助下来拉萨找李克的。李克为避免林杏花与邹颖之间的密切交往,让朋友小旺堆追求邹颖,没想到两人很快地黏在一起。而作为交换的条件,李克竟然同意小旺堆与林杏花发生性关系。小旺堆得手后,林杏花报案。李克将林杏花锁在木屋内,但没想到失火,林杏花被烧死。死亡的原因似乎是很明白的,并不像格非和北村小说中的死亡事件那样诡秘。但马原这个真实的作者在小说中时不时地与小说人物发生关联,从而使阅读者极容易忘记这到底是在写小说还是马原在讲述他朋友的真实故事。而马原似乎并不在乎这样的迷惑。在小说的末尾,他还有意地添了这样一句:"借真实事件来编撰我的人物,虚构我的故事,这第一次经验带给了我永远的激动。"[1]

从先锋作家对于死亡的书写来看,制造叙事的新的可能性,带来完

---

[1] 马原:《死亡的诗意》,花城出版社2013年版,第442页。

全不同于现实体验的陌生化效果,无疑是他们对于死亡这样的主题产生兴趣的初衷所在。这其中不仅有着反文化传统的冲动,还有着对于传统叙事程式的反拨。他们放弃了叙事所指的追求,而着力于能指的增殖。死亡在先锋文学文本中由此获得了一个自在而为的叙事空间。

三 审美的反动

死亡禁忌始终是存在的,在传统中国社会中,具有"习惯法"一样的约束力。在汉语词汇中,对于死亡有着适应不同语境、身份、感情表达的同义词。中国语言文化中的死亡,对中国人的审美观有着规训和引导的作用。除了实际用途中直接用"死亡"外,大多数情况下中国人避讳"死"这样的直接表达。一般而言,中国人是不愿意去直面死亡的,公开谈论死也是不吉祥的。"死亡"一词的代用词繁多,也体现了中国传统美学的某种伦理属性。"死亡作为对个体生命的否定,很显然属于丑的范畴"[1]。但先锋作家小说中写到的死亡,显然是以一种审美的姿态出现的,他们将传统文化的禁忌打破,将死亡作为纯粹的文学主题予以审视,在美学意义上赋予了死亡全新的价值。由于死亡在小说中的纯客观性,使得死亡呈现出极强的"文本化色彩",他们"以一种主观化的方式完成了死亡的非主观化叙述,也同时以一种非主体性的文本掩盖了他们的那种强烈的主体性"[2]。正因如此,我们可以认为,"死亡"对于先锋文学而言,只不过是其"形式意识形态"主张的产物,所以往往只承载虚构的叙事伦理,而与文化习惯缺乏任何契合。

吕新的《带有五个头像的夏天》是一篇以人的死亡临界为叙事焦点的小说。吕新在叙事中编织了一个连环扣式的灵魂出窍的神秘故事。汉子、周老师、会计,小说中的这三个人物在吕新的叙述中打通了人的灵魂世界与现实世界,加之植入了神秘的投生转世、阴魂附身这样的传统中国封建迷信,使得叙事充满了神秘色彩。会计的哥哥的灵魂在小说中是一个能自如游走于阴阳两界的人,他曾带着于铁民到那个世界转转,

---

[1] 陆扬:《死亡美学》,北京大学出版社 2006 年版,第 51 页。
[2] 吴义勤:《中国当代新潮小说论》,江苏文艺出版社 1997 年版,第 59—60 页。

在那个世界看到了姓周的老师和汉子开的豆腐店，而会计其实也是这个豆腐店的合伙人，只不过他去街上收账去了；汉子能看得到死去的爷爷被提灯笼的黑衣人抬着轿子带走。他还能看到白木棺材在街巷中如鱼一般地滑行；会计经常梦见一些旧人来找他下棋。而那些旧人的衣袋里常常装着满满的杏花。他还遇到了来自南边巷子里的白发小脚老太太；姓周的老师经常在阴森森的南边巷子里看到墙上女人杏花一样的脸，那女人温热的舌头夜夜都将他的皮肤舔出粉红的痕迹。死亡的体验对于每一个人都是无从谈起的，但吕新通过神秘的灵魂出窍的叙事突破，展现了生死临界的感觉，使小说文本充满了悬念和神秘感。死在这里成为一个巨大的充满压迫感的能指，推动着小说叙事的展开。吕新的死亡叙事耐心而缓慢，在这篇小说中，死亡并不是骤降的灾难，而是一个不动声色的时间进程。

死亡的文本化特征，在余华小说中表现得同样突出。《死亡叙述》展现的就是一起死亡事件发生的全过程。"我"是一名卡车司机，某天在行驶过程中不慎将一个孩子撞进了水库。"我"逃脱后心里一直有负罪感。而"我"有了儿子之后，时常会想起那个被"我"撞进山区水库的男孩。第二次车祸后，心里的负罪感让"我"没有逃逸，"我"本想抱着被撞的女孩去医院，却走进了村子里。于是"我"死在了村民的手中。"我"死的程序是这样的：先是有人一拳打来；再就是一个十来岁的男孩的镰刀砍进了"我"的腹部，刀往回拉的时候，"我"的肠子全部流了出来；一个女人将锄头向"我"劈来，"我"的肩胛成了两半；一个大汉的铁锚挥来，铁齿将"我"的肺动脉和主动脉砍断，随后"我"的心脏也被刺中，铁锚抽回时，"我"的两张肺被拉出体外。就这样，"我"死了。按照传统的美学观照，这样的一次死亡是没有任何书写意义的，但余华偏执地介入这样的一起死亡事件中去，精心雕琢死亡，而且显得不厌其烦。这样的死亡叙述在《现实一种》《世事如烟》《河边的错误》《难逃劫数》《古典爱情》等小说中皆有同质异构的演绎。在文学意义上，余华的死亡叙事其实是身体叙事和感性叙事的有机组成部分，只不过余华选择以一种极端暴力的方式将其展现出来。

叶兆言也对死亡主题抱有浓厚的书写兴趣。与余华不同的是，他不直接地写死亡场景，而是着力于将生的脆弱与死的宿命融合在一起，象征的喻义显得颇为浓郁。《八根芦柴花》中妻子的死，似乎来自夫妻间的误解，在两地分居的日子里，他们都坚守着对彼此的忠诚，但生活在一起时却有了深深的隔膜。而正是这样的隔膜，使妻子病了，最后投河而死。《绿色咖啡馆》的叙事在神秘莫测的氛围中展开，小说沉迷于某种魔幻般的奇遇的叙事，使得本来令人恐怖的慢慢逼近的死亡也显得充满诗意。《古老话题》显然是对杨乃武与小白菜这起清末奇案的戏仿，但叶兆言显然放弃了道德伦理的拷问。他只是通过一起杀夫案完成了一次贴近着死亡的叙事而已。张英、男人、警察、女记者，包括"我"，共同完成了一次关于死亡的叙述行为。死亡在叶兆言笔下剔除了恐怖感，反而具有一种异样的美感。

　　死亡是人类无法阻止的。在生物学的意义上，人类的死亡和任何物种一样，意味着有机体活跃状态的停止。对于终极意义的追问和宏大叙事的确立，只不过是人类对于自身的一种精神建构。先锋文学的死亡叙事，挥别了形而上的追索，而进入形而下的展示。他们试图告诉世界，死亡是一个符号化的能指，是人实实在在的日常生活，更是人与生俱来的宿命。死亡在传统的文学叙事中，一般来说，悲剧的意味浓烈，要么是大义凛然的崇高，要么是令人嗟叹的卑微。先锋作家的死亡叙事，悲剧的色彩也是有的，但悲剧性只体现于小说人物低到尘埃无处可逃的命运里。死亡叙事看起来是对死的迷恋，实际上是一种向死而生的在世的呓语。先锋作家"实现了死亡言说的主题化向生存化的转变，从而使先锋小说的主题内涵具有了鲜明的西方现代色彩"[1]。而由于"（意识形态）零度状态的形式主义策略"[2]，先锋文学中的死亡成为一种纯然的"审美化造型"[3]。

---

[1] 罗伟文：《存在主义与先锋小说的死亡言说》，《福建论坛》（人文社会科学版）2004年第10期。

[2] 陈晓明：《无边的挑战——中国先锋文学的后现代性》，中国人民大学出版社2015年版，第277页。

[3] 吴义勤：《中国当代新潮小说论》，江苏文艺出版社1997年版，第60页。

第四节 欲望：人性的沉沦

先锋文学的兴起，无疑从80年代的"人学"启蒙中获得了滋养。事实上，后"文革"时代开始后的当代中国文学，对于欲望的张扬也是"控诉"极"左"年代文化专制的叙事策略。人的欲望自然多种多样，但新时期文学的欲望叙事却主要着力在"性"这样一个基点上。这似乎是白话文运动兴起之后的一个惯性。每每在思想启蒙的历史关节点，性爱这样的主题就会出现在文学革命中。"五四"文学中的性爱具有中国社会现代性转型的典型特征，因为它颠覆的是强大的文化和政治伦理。对于人的本能的张扬，也就被赋予了革命性的意义。对于新时期文学来说，性这样的主题重归文学文本，当然不仅仅是一种文学选择，更意味着文学政治的松绑，性爱叙事由此具有了启蒙价值。"人再次被叙述成具有历史深度和现实广度的强有力的理性化的欲望主体（尽管是一个更为复杂暧昧的主体）。这是中国现代性启蒙话语在20世纪的最后一次大规模亮相。"[①] 在启蒙话语渐渐沉寂之后兴起的先锋文学，同样钟情于欲望叙事。由于对于宏大叙事的主动遮蔽，先锋作家对于欲望的重新编码也充满了"欲望"。一方面，因为欲望是人最真实的存在，欲望书写往往可以赋予文学文本丰富的表现范畴；另一方面，欲望叙事表现作为非自主意识的实践，也会在叙事形式开拓上获得某种可能性。由于"性"这一元素在先锋小说欲望叙事中的显著存在，本节择取"性"这个角度来进入对先锋文学欲望叙事的探讨。

一 欲望能指化

启蒙语境中的性，往往被作为人的主体性确立的重要表征。也正是由于这样的时代特征，弗洛伊德精神分析学中的性本能理论成为新时期启蒙的一个重要思想资源。新时期开始后，作家们对于性的书写不再回

[①] 程文超等：《欲望的重新叙述——20世纪中国的文学叙事与文艺精神》，广西师范大学出版社2005年版，第177页。

避。但有一个显著的特征是,性在相当一部分作家的文本中是作为某种意识形态和意义表达的工具而存在的。

张弦的《被爱情遗忘的角落》中写到的性爱,比如小豹子与存妮充满着原始本能的冲动而夸张的欲望,其实十分抢眼。但这篇小说本身向官方意识形态靠近的自觉也很明显,存妮这个悲剧性人物的死,归于顽固不化的封建落后意识,批判的意图很清楚。而荒妹和许荣树这两个人物的新的爱情观,则响应了改革开放这个全新的总体性。其中显然包含着欲望叙事政治化的某种策略。张贤亮的《男人的一半是女人》《绿化树》《灵与肉》等作品在性欲的展现上显得相当大胆,但由于呼应了人性解放和清算极"左"政治这样的"主旋律",尽管引发争议却"政治正确"。在张弦、张贤亮这一代作家的笔下,性爱叙事显然是具有工具价值的。

到了寻根文学作品中,性爱叙事则不对政治予以践诺,它是作为一种原欲在文化人类学的视野中来加以呈现的。在这方面,王安忆的性爱叙事具有相当的典型性。《岗上的世纪》中写到的性爱,一开始其实是来自权色交易的,即女知青李小琴迫于"权势"和环境献身于生产队长杨绪国,这乍一看似乎就是典型的"伤痕文学"的套路,但王安忆的高明处在于:她并不将这样的性爱事件意识形态化,而是将其纳入了文化救赎这样的母题当中。杨绪国与李小琴的性交易,最后变成了唤醒他自身意识的文化清醒剂。李小琴健康、明亮、激情的身体给他指明了生活的目的。尽管承受了道德和法律的惩罚,但他坚定地选择了与李小琴生活在一起,性爱成为他们自我拯救和成全的一种凭借。莫言的《红高粱》对于原欲的崇拜暴露无遗,"我爷爷"与"我奶奶"在高粱地里狂放的欲望释放,加之抗日题材的特殊性,《红高粱》中的性成了一种特别的"国族寓言"。在这样的性爱叙事中,文化的喻义十分明显。

先锋作家承接了80年代初期到中期文学中性爱叙事的自由无羁,但政治意识形态与伦理文化在其性爱叙事中失去了话语权力。性爱在先锋文学文本中成为纯粹的能指符号。在这方面,格非小说是一个极好的例证。尽管格非的多篇小说涉及性这样的主题,但格非对于性的叙述其实是相当克制的。从《追忆乌攸先生》这篇成名作开始,性就是作为一个叙事的关键点存在的。乌攸先生本是一个柔弱之人，但由于与杏子的隐隐约约的暧昧关系，乌攸先生的灾难来临了。头领奸杀了杏子，而又嫁祸于乌攸先生。最后，乌攸先生被枪毙了。对于一生隐忍的乌攸先生来说，性成了他人生的拐点。而对于头领来说，性是杀戮的起因，也是杀人的武器。躁动的围观者，也同样被色欲所驱动。"性"在这篇小说中成为一个叙事的符号。《迷舟》中的性同样是叙事的推动力。其中的女性主角也叫杏，这或许是格非有意的安排，人名来自对"性"的谐音。杏（性）在充满着男权话语的战争面前，扮演着一个将叙事引向歧路的角色。她的出现，使萧的回乡目的显得更加诡秘起来，而本来占据着权力中心的萧，也因性这一因素的浸入慢慢地失去权力控制。杏的丈夫可以任意羞辱她，而在萧面前俯首帖耳的警卫员转瞬成为他人生的终结者。尽管这篇小说处处设置了叙事空缺，但由于性这样一条主线，使得叙事迷离但并不晦涩。《蚌壳》中对于欲望的着笔更深，甚至可以认为，性是这篇小说结构的内在张力。性在其中始终伴随着道德压抑感。"我"在出轨中获得的快感，始终被对妻子的背叛感压迫。而叙事的中心就是在缓释这样的负罪感。就像格非在小说题引中引用的让·罗凯尔《异物》中的一句话："如果我对你说过谎，那是因为我必须向你证明假的就是真的。"[①] 因此，"我"追忆了父亲在"我"幼年时的出轨，当然这样的"借口"也在父亲的自杀中失去了缓释"我"的压力的可能性。"我"甚至不惜臆想妻子的不忍（在小诊所中与医生交媾），最极端的设想是"我"死了（患梅毒自杀，象征着自我的道德谴责），在"我"的梦中妻子还杀掉了"我"。"蚌壳"在小说中是一个充满着性意味的喻指。《大年》中唐济尧、豹子、丁伯高这三个人物的角力，同样被性这样的诡秘力量所支配，连环扣式的杀人事件原动力就是对于性资源的争夺。在小说的尾声，格非做了这样的暗示：在借豹子之手除掉乡绅丁伯高，自己又亲手杀死了豹子（借新四军的处决公告，宣告了豹子的罪大恶极）之后，唐济尧带着丁伯高的姨太太失踪了。格非无意于欲望深处的探秘，他只不过是将欲望作为一个符号，在此基础上建构自己的叙事迷宫。在欲望叙事中，

---

① 格非：《蚌壳》，《褐色鸟群》（小说集），上海文艺出版社2014年版，第186页。

格非展现了"形式的伦理","性"因此并不具备个体的价值,而是一种普遍化的能指,即"作为一种普遍症候指示出欲望的存在方式"①。

二 欲望极端化

性对于人的控制,在先锋作家的笔下获得了充分的展示。正因对于性的隐秘部分的深入,性在不少先锋小说文本中呈现得较为极端,甚至呈现为某种病态。性在传统文学中的呈现,从正面来说是人类美好情感的一部分,即使作为鞭挞丑恶的曲笔,对于性的表达也是有节制的。张爱玲的《色戒》写了比较极端的性。进步的女大学生佳芝本是执行色诱汉奸的任务,却爱上了汉奸。抹掉了民族大义与家国情怀,算得上是极端的一种爱欲。但性在张爱玲的这个文本中却是极为含蓄的,往往是点到为止。因此,当读者读完这部小说,往往也会忘记进步青年佳芝身上承载的任务,只不过将她视为一个为爱而付出的小女生。先锋作家对于性的表现没有这样的顾忌,他们往往将性的冲动作为钳制人的一种欲望化的符号来展现,因此,性爱的温情脉脉甚至浪漫诗意被病态极端所取代。

余华小说《世事如烟》中的人物总体上都是病态的人。而性这样一种本应充满着活力、散溢着激情的本能,被余华安放在算命先生这样的心理极端变态的男人身上。他迷信采阴补阳的荒唐养生,屡屡引诱未成年女孩。在小说结尾,余华写道:"三日以后,在一个没有雨没有阳光的上午,4与瞎子的尸首双双浮出了江面。那时候岸边的一株桃树正在盛开着鲜艳的粉红色。"② 瞎子这样一个被世界抛弃的人,与4一起投江自杀,或许具有某种隐喻意义:异化的性是丑陋的,而纯洁的爱弥足珍贵,所以余华让桃花为4与瞎子的死而盛开。

余华的另一篇小说《难逃劫数》中的性则伴随着人性的极度扭曲。余华在这篇小说中酣畅淋漓地展现了畸形的情欲与人性的变异。

不论是东山与露珠的婚姻,还是广佛与彩蝶的互相挑逗,其动机皆

---

① 张旭东:《改革时代的中国现代主义——作为精神史的80年代》,北京大学出版社2014年版,第187页。

② 余华:《世事如烟》,作家出版社2014年版,第151页。

与情爱无涉，只是与他们不可遏制的欲望相关。

残雪的《五香街》是一部以性为核心题材的长篇小说。小说以五香街X女士放荡不羁的性态度为主线，展现了芸芸众生的复杂情欲。这篇小说中的人物，仿佛已经丧失了自制，对于性事充满了幻想。

在这些小说中，情欲将人性彻底扭曲，从而使性与爱彻底剥离，变得丑陋不堪。情欲几乎是无法控制的，从而成为一个人性恶的符号。

三　欲望本能化

"食色，性也"。性的冲动是人的动物性的体现。但人是社会的动物，因此，人类的性必然融社会性和生物性于一体。种种施加于性的禁忌，就是性的伦理。性的伦理化实现了对性的规约，即有规划地实施性活动。在这个意义上，文明与爱欲（性）是对立的关系。弗洛伊德因此认为，在人类文明史的演进过程中，爱欲是受到压抑的。性的生物性特征，使其具有反社会的可能，要维持文明就必须对性欲予以压制。文学作为人类文明的载体之一，对于性的描写必然是受到性伦理规约的，不可能随心所欲。但性伦理并不天然地具有正义性。比如西方中世纪对于性的禁锢，中国封建礼教对于性的束缚，在人本主义思想兴起后，这样的性伦理就成为一种反文明的制度。因此，《十日谈》这样的离经叛道的作品会成为文艺复兴的先声。"五四"新文学中，性爱始终作为反封建的文学象征存在。正因为看到了爱欲与人类文明的深度关联，马尔库塞在《爱欲与文明》的序言中说："为爱欲而战，也是为政治而战。"[①] 由此，我们也不难看出，从文学社会学的角度来看文学中的性，主旨化、意象化的特征显而易见。而在80年代先锋文学的欲望叙事中，性在许多文本中回到了肉身和本能，僭越了道德和伦理。

洪峰的《瀚海》写的是家族三代人的故事。洪峰设定的"瀚海"这个宏阔的故乡背景，实际上也是一个欲望叙事的空间。在这个空间里，冲动、原欲的性似乎是决定个人命运的最主要力量。尽管生存环境恶劣，

[①] ［美］赫伯特·马尔库塞：《爱欲与文明》，黄勇、薛民译，上海译文出版社2012年版，第14页。

但生活在瀚海中的人们，饱满着性的欲望。甚至，性的本能释放在故乡瀚海是一件极其稀松平常的事，所谓"没有破鞋不成屯"。《瀚海》性叙事的去社会化和去伦理化，也因此引发了争议。有学者就认为，在《瀚海》里，"性不是生命力的符号，相反生命力沦为性的符号"①。

苏童的《一九三四年的逃亡》基本上可以视为一个欲望叙事结构的文本。性在其中充当了核心叙事动力。小说中人物的性总是伴随着肉身的反应，极少涉及两情相悦。祖父陈宝年与祖母蒋氏的结合，似乎没有什么情感的联结，连性事也是本能的冲动而已。陈文治的性事充满着诡秘色彩，他一次又一次娶女人，并在她们的脸上刺上梅花痣。枯瘦的陈文治与他那个神秘的白玉瓷罐一起，成为变态性欲的象征。《罂粟之家》融合了革命、阶级、情欲的复杂意旨，失控的肉欲左右着小说人物的命运。刘老信在城里纵欲染病回乡最后死于莫名其妙的大火。长工陈茂与刘老侠的姨太太翠花花的性事，仿佛就是动物性的需要。他经常在夜里翻翠花花的窗子，完事后被一脚踢到地下，翠花花嘴里常说的一句话是："滚吧，大公狗。"他革命的目的就是占有刘家的女人。

叶兆言小说《枣树的故事》中，岫云与白脸的性关系耐人寻味。白脸本是杀死她丈夫尔汉的仇人，但她却与杀夫仇人同栖同宿。太平镇上的人不相信她曾有过反抗，对她如此委身于白脸，连白脸手下的人都看不下去。而对于性的伦理的弃守，也使得岫云乐于暴露自己的性史，甚至给老乔编造自己与小叔子通奸的故事。

20世纪以来，性在中国新文学中的象征意义不断变换。于启蒙作家，性是一种启蒙。于左翼作家，性就是一种革命。而在"十七年"文学中，"革命化"的性向性的"革命化"渐变。性与爱在一元化的革命政治意识形态中分离，性叙事往往成为一种阶级性认定，反面人物一般才有性，并被认定是一种落后腐朽观念。爱在革命者身上是纯洁，性叙事因此不会和他们相关。②"性"当然只是人类复杂欲望中的一种，但由于其"神

---

① 胡平：《〈瀚海〉纯批评》，《文学自由谈》1988年第3期。
② 王朱杰：《"性爱化"的革命与"革命化"的性爱——从"左翼文学"到"十七年"文学性爱叙事的流变》，《山东社会科学》2009年第11期。

秘性""身体性"和"本源性",所以它不仅是"科学"认知人自身的一个重要凭借,同时也"成为'革命'所要解放或压抑或牺牲的能量"①。很显然,性作为中国新文学中欲望叙事的重要表征,从来就不是一个纯粹的身体性存在。在先锋文学的欲望叙事中,性回到了欲望本来。而且,"性"在文本中与"爱"分裂,生物性的特征被强化。性并不美好,相反显得丑陋不堪,畸形、病态的性充斥于欲望叙事中,性爱的沉溺就是人性的沉沦。这样的叙事选择,当然和先锋作家对于主流叙事的叛逆相关,他们希望通过性这样的极端化叙事,展现人在世的另外一种状态,就像余华所说的:"我更关心的是人物的欲望,欲望比性格更能代表一个人的存在价值。"② 在"形式意识形态"的潜在规约下,剔除了欲望伦理的实在性,也取消了意义的确定性,性成为欲望叙事形式化的产物,欲望由此成为一个独立的审美化的实体。

第五节 暴力:畸变的生存

打开80年代先锋小说文本,阴戾、恶毒、血腥、变态的暴力充溢于其中。暴力叙事成为部分先锋作家一意孤行的偏执。在传统意义上,进入文学中的暴力,一般包含着正义与非正义这样的判断。中国古典文学中,同样不乏暴力书写,像《三国演义》《水浒传》这样的历史小说,其总体结构就是一种暴力叙事。武将杀人如砍瓜切菜,但之所以被接受,和中国传统文化的某种隐秘结构不无关联。中国人历史信仰中成王败寇的文化逻辑,为暴力美学的生存提供了土壤。甚至有学者认为,这样的文化逻辑,其实和轴心时代过后中国哲学和思想的渐变大有关联——"人本主义、理想主义、理性主义、诗性精神、审美情怀等思想晶核逐步被遮蔽和沉沦,理性主体、正义主体、良知主体和诗性主体等精神建筑全面地坍塌和崩溃,使得社会悲剧的黑色帷幕笼罩整个历史的天宇。社

---

① 黄子平:《"灰阑"中的叙述》,上海文艺出版社2001年版,第66页。
② 余华:《我能否相信自己》,人民日报出版社1999年版,第44页。

会服从于权力原则和暴力原则，遵从于阴谋和权术的运筹策略。"① 中国现代文学中不乏暴力书写，左翼文学中的暴力往往代表着正义判断，革命就是正义的，暴力有时候就代表着正义的审判。即使是沈从文这样的着力于"美"的呈现的京派作家，也对暴力不乏叙写。小说《一个大王》对那个当过山大王的弁目有着相当程度的认同，"我从他那儿明白所谓罪恶，且知道这些罪恶如何为社会所不容，却也如何培养着这个坚实强悍的灵魂"②。沈从文的暴力叙事来自湘西苗疆尚武文化的影响，同样有着在家国存亡的背景下他对于民族精神的期待。在 80 年代先锋作家的笔下，暴力重新成为书写对象，却并不承担正义裁决，而是对于历史、人性、文化的隐喻书写。通过暴力这样的一个普遍存在于人性中的精神现象，建立起独特的文学意象和叙事形式。

一 历史创伤的隐现

80 年代中后期兴起的先锋文学，对"文革"反思没有直接地参与清算，但在他们的作品中同样有着"文革"那一段历史的曲折隐现。尽管先锋作家相较于"伤痕文学""反思文学"的那一代作家，遭受的"文革"暴力伤害没有那么深，也不那么直接，但"文革"始终是 80 年代先锋作家绕不过去的记忆。对于先锋作家来说，"文革"的暴力更多地和他们的童年和少年时代相关，而这样的记忆对于一个作家来说，显然具有重要的作用，因为，他们内心的成长和那样的历史年代建立了深度关联。余华曾谈到过童年记忆与作家的密切关系，在他看来，"我们对世界最初的认识都来自童年，而我们今后对世界的感受，对世界的想象力，无非是像电脑中的软件升级一样，其基础是不会变的"③。

关于"文革"暴力带来的精神创伤，残雪或许是表达得最为隐晦的，在她的文本中甚至都不直接出现"文革"字眼，但依然在其早期小说中看得到"文革"暴力对于残雪写作的影响。尽管她声称她的写作是属于

---

① 颜翔林：《第一批判：〈三国演义〉的美学批判》，《江海学刊》2009 年第 4 期。
② 沈从文：《沈从文全集》（第 13 卷），北岳文艺出版社 2002 年版，第 348 页。
③ 余华、洪治纲：《火焰的秘密心脏》，参见洪治纲编《余华研究资料》，天津人民出版社 2007 年版，第 3 页。

现在的,并不是属于记忆的。① 同时,在残雪的文学主张里,她对于"经验写作"也抱有"敌意"。认为经验对于作家来说并不重要,重要的是要写出深层次的东西来。② 但不管如何否认经验,经验总是存在的,想象并不是纯粹的天马行空。不管是理性还是非理性,是显意识还是潜意识,都不会是在真空中培育出来的。陈晓明把先锋一代作家承载的"文革"经验视为一个"巨大的历史幻象","'文革'那些残留在印象与现实权力中枢的话语绞合成一种奇怪的'他者的话语'——隐秘而顽强地在决定作用的'父法'。不管是屈从还是反抗,认同还是背叛,总之这是一种铭刻在生命本体上的印记"③。残雪的父亲(曾任湖南日报社社长)1957年划为右派被劳动教养,母亲被遣送劳改。经此变故,两年后,一家九口搬离报社宿舍,迁入两间十余平方米的小房子,生活极度拮据。"文革"开始后,她小学未毕业就失学了。父亲被关,母亲去"五七"干校,除了妹妹与残雪,全家人都上山下乡了。她孤身一人住进了一间小屋里。④ 这便是"文革"施加给残雪的"历史暴力"。由此,我们似乎可以将残雪小说中多疑、敏感、奇思怪想等情绪与"历史暴力"对读。事实上,在残雪模糊时间与空间的叙事中,依然不难找到大量的"文革"元素。残雪小说中经常会出现"屋"这样的意象,显然和她在"文革"中没有家人陪伴、孤身一人住在黑屋里的"精神创伤"相关。在《苍老的浮云》和《黄泥街》中,"文革"印记浮动其间。小说中无处不在的造谣、监视、侦察、窥探、虐待、下毒、设机关等,无疑暗合"文革"政治迫害的"历史暴力"。"造反派掌权""灵魂上的杂念是引起堕落的导火线""目前形势好得很!""搞阴谋""这个问题的性质很严重""遗臭万年""学社论"等话语,让读者一下子就会想到那个特殊年代。残雪对

---

① 残雪称:"我认为自己是丧失了记忆的人。写水平流动小说的人肯定有记忆。因为我的情况是丧失了记忆,所以既不考虑、也不想考虑以前的事。我总是只考虑现在。"参见萧元主编《圣殿的倾圮——残雪之谜》,贵州人民出版社1993年版,第428页。

② 残雪:《残雪的文学观》,广西师范大学出版社2007年版,第67页。

③ 陈晓明:《无边的挑战:中国先锋文学的后现代性》,中国人民大学出版社2015年版,第25页。

④ 残雪:《为了报仇写小说——残雪访谈录》,湖南文艺出版社2003年版,第285—292页。

于暴力的呈现其实并不显得血腥,但她文本中传达出来的人人自危、惴惴不安的氛围,却处处让人感受得到暴力的存在——《黄泥街》中不时会出现动物尸身甚至人的尸体,"千百万人头要落地"(齐婆),"喀嚓喀嚓,什么地方砍头了"(张灭资),吞钉(宋老婆)、吞玻璃(于子连)而死,简直是一个恐怖、神秘莫测的世界。很显然,与"伤痕文学""反思文学"的作家们相比,残雪对于"历史暴力"不是控诉与清算,而是作为一种隐喻植入了叙事当中。而由于残雪对"文革"记忆的强制性压抑与"历史暴力"的巨大阴影,暴力叙事在残雪的文本中成为一种记忆碎片四处飘逸。残雪或许真的无意去指认历史的暴力,但其潜意识空间中无法屏蔽历史曾强加给她的暴力记忆。其小说中人物千奇百怪的际遇,也因此隐喻了那场灾难性的政治运动中国民群像的受难史。"迫害幻想不过是潜意识迸发出的历史影像,所谓灵魂的挣扎与受难最终证明不过是民族国家的灾难记忆,残雪用幻想重构了民族国家隐秘的历史空间"①。

余华的《一九八六年》较之残雪的"文革"记忆来得更直接,甚至带着明显的提醒国人勿忘"文革"历史暴力的期待。在政治迫害中成为疯子的中学历史教师失踪多年后重新出现在人们面前。妻子已经带着女儿嫁人,宁静的生活一下子被疯子扰乱了而惴惴不安。当她把这样的不安告诉女儿时,女儿对自己亲生父亲的感觉是"惶恐""陌生"与"讨厌"。而疯子终于在自己给自己施加的酷刑中死去,前妻与女儿一下子如释重负,她们的脚步也变得优雅起来。而这个小城的市民,始终把疯子的出现作为一起娱乐事件,每天冷漠地看着疯子的自我受刑,在血腥中行色匆匆。

在莫言的《红高粱》中,"历史暴力"具有了另外一种意义,即民族主义与法西斯的对抗。民族主义的暴力在与法西斯的并置叙事中,由于民族主义和生命激情的修辞,自动获得了伦理正义的赦免。余占鳌这样的土匪尽管也曾杀人如麻,但其暴力在莫言的小说中却是作为英雄来书写的。莫言不无崇敬地写道:"他们杀人越货、精忠报国,他们演出过一

---

① 董外平:《暴力、历史及其幻象——重读残雪》,《扬子江评论》2014年第6期。

幕幕英勇悲壮的舞剧,使我们这些活着的不肖子孙相形见绌,在进步的同时,我真切感到种的退化。"①

较为年轻一些的苏童,其小说中也充满着大量暴力书写。他坦承这和自己童年所经历的"动乱年代"相关。苏童人生中第一次明确的记忆就是一颗子弹:在三岁多的时候,一个冬天的深夜,附近发生武斗,一颗子弹打到家门侧。苏童说:"那是一个暴力的时代,暴力变成了某一种精神食粮,大家都在食用。"②

显然,历史是作为一种创伤印记存在于先锋文学的叙事中的。当然,历史的创伤并不直接地被表达出来,而是以极端的方式——暴力来曲折显现。其中包含了作者的主观意志,但更多的却是历史创伤的集体无意识。所以,在先锋文学文本中,"历史暴力"不是作为显在的历史反思存在的,它更重要的意义在于叙事情境或叙事功能的建构。

二 嗜血人性的揭橥

暴力叙事在先锋文学中最重要的功能无疑是解剖人性。文学即人学,在某种意义上,文学最主要的作用就是揭橥丰富的人性。在80年代的思想启蒙中,人性是一个启蒙关键词。先锋作家从人学启蒙中获得了启示,但他们对于人性揭橥的重心在于人性的不堪和丑陋,正是在这样的文学选择中,暴力叙事成为先锋文学形式实验的重要内容。攻击、嗜血作为人的动物性本能,不仅是人性裂变的潜在危险,更是人类社会走向混乱的重要推动力。着力于精神现象揭示的先锋作家因此选择了暴力作为探幽人性的重要途径,并在暴力叙事中沉溺。就像余华说的:"暴力因为其形式充满激情,它的力量源自于人内心的渴望,所以它使我心醉神迷。"③

余华无疑是先锋作家中在暴力叙事上着力最多也对人性恶最不留情面的一位。在他的成名作《十八岁出门远行》中,暴力就是他小说中人

---

① 莫言:《红高粱家族》,人民文学出版社2007年版,第2页。
② 苏童:《重返先锋:文学与记忆》,《名作欣赏》2011年第7期。
③ 余华:《我能否相信自己》,人民日报出版社1999年版,第162页。

物感受世界的一个独特视角。当"我"试图阻止抢苹果的人们,"我"遭受了一阵暴打,身上没有一个地方未挨拳脚。值得注意的是,余华在这篇成名作中毫不留情地写到了孩子的暴力,"几个孩子朝我击来苹果,苹果撞在脑袋上碎了,但脑袋没碎"①。暴力是人性恶的原欲之一,余华在这篇为他赢得广泛声誉的首篇作品中即已表达了这样的观念。由此,我们就不难理解《现实一种》中那更可怕的暴力,以及余华为何选择从皮皮这样一个四岁的孩子入手,展现这令人不寒而栗的家庭仇杀。在余华的小说世界里,人性恶是一个普遍的存在,并不会因为年龄幼小而消失。整篇小说中的人物对于屠杀充满了快感,皮皮、山峰、山岗、山岗的妻子、山峰的妻子,包括最后来肢解山岗尸体的医生们。那些医生仿佛不是来做标本的,而是参与了对山岗的最后杀戮。这似乎正好印证了陀思妥耶夫斯基《死屋手记》中的那句话:"刽子手的特性存在于每一个现代的人的胚胎之中。"② 在余华的小说中,暴力并不需要什么特别的背景和氛围来烘托,甚至也不需要什么外在力量牵引,它就仿佛是小说人物随身携带的装置,一触即发。余华对于血腥的暴力没有任何的退让,他以从容、冷静、不动声色的叙事,完成了对于暴力的审美建构,成就了余华式的暴力诗学。其中没有人道主义人本主义的启蒙理想,纯然以一种自然主义的视角,探入人性的暗处。但余华也无意给出什么处方,甚至在他的小说中,还暗示了人性恶的循环和无可救药。

尽管不像余华一样直剖暴力事件,但在叶兆言具有先锋实验色彩的小说中同样有着对人的嗜血本性的直接呈现。《日本鬼子来了》中写白毛阿四的死,并不像余华那样血色弥漫,但他略带黑色幽默的笔法使得杀人仿佛成了一种游戏,"那是把极短的小刀子,和我们今天的水果刀相仿,面目极凶的日本兵用它在白毛阿四身上扎来扎去,其目的似乎并不是想杀人,纯粹是一种发泄,一种带有游戏性质的恶作剧"③。《枣树的故

---

① 余华:《十八岁出门远行》,《世事如烟》(余华中短篇小说集),作家出版社 2014 年版,第 7 页。
② [俄] 陀思妥耶夫斯基:《死屋手记》,曾宪溥、王健夫译,人民文学出版社 1981 年版,第 252 页。
③ 叶兆言:《日本鬼子来了》,人民文学出版社 2012 年版,第 124 页。

事》中,写尔汉被土匪白脸弄死的场面,仿佛不是在杀一个人,反而像是杀一只什么小动物。"只见黑色锃亮的皮靴在空中划过一黑弧线,尔汉的背上已经重重挨了一皮靴。这一脚踢得十分潇洒,尔汉立即全线崩溃,彻底失去抵抗力。三和尚跑出去,拔起先前插在地上的刺刀,回过身,戳棉花胎似的,在尔汉身上乱扎一气。"① 叶兆言在小说中暗示了三和尚与生俱来的残暴。他在十二三岁的时候就热衷于打打杀杀,随手就拧断了鸭子的脖子。

三 幽暗文化的表征

对于暴力的推崇,并非现代社会的产物。相反,在缺乏法治的中国传统社会中,暴力的土壤更为丰沃。在西方同样如此。"暴力像樱桃酱馅饼一样,是美国的特产"②,由于移民的国家起源,拓荒者被美国文化所尊崇,这就意味着使用包括暴力等任何手段都被赋予合法性。同时,暴力在西方文化中还与荣誉相关,为维护荣誉而采取暴力手段也是被宽容的。福克纳的小说就大量涉及此类暴力。在《押沙龙,押沙龙!》中,亨利之所以对自己的兄弟邦给予血腥暴力的"处决",原因就是他认为这位同父异母的兄弟的血统损害了家族尊严。

挪威学者加尔通曾提出"直接性暴力""结构性暴力"以及"文化暴力"的概念。在加尔通看来,"直接性暴力"指的是表面上的摧残、袭击、伤害等,是显性的,是可以追溯到具体的暴力实施主体的。而"结构性暴力"的实施主体是隐性的,结构性暴力体现为一种植入结构,比如权力的不平等、资源分配的不公等。"文化暴力"指的是宗教、意识形态、语言、艺术、实证科学、形式科学等构成文化的要素,由于"文化"深深渗入了社会结构中,往往会给暴力提供合法性庇护。③ 文学是文

---

① 叶兆言:《枣树的故事》,《日本鬼子来了》(叶兆言中篇小说集),人民文学出版社2012年版,第15页。

② 此语出自20世纪60年代民权运动中的黑人激进青年拉普·布朗,参见董乐山《美国社会的暴力传统》,《美国研究》1987年第2期。

③ [挪威]约翰·加尔通:《和平论》,陈祖洲等译,南京出版社2006年版,第284—302页。

化的感性呈现，80年代先锋文学中的暴力叙事，除了对历史暴力的隐现和嗜血人性的揭橥外，还包含着一个容易被忽视的维度——幽暗文化的表征。

在80年代，苏童的暴力叙事相对来说是比较含蓄的，他不似余华那样直接将暴力赤裸裸地坦露，而是以某种氛围来建构暴力叙事。这一点，在他的女性题材小说中也有充分的体现。《妇女生活》中，娴、芝、箫，三代女性，从20世纪30年代直至80年代，社会变迁已经沧海桑田，但她们的命运却似乎永远在同一个旋涡里回旋。娴18岁被电影公司的孟老板看中带到大上海，演了两次小配角，并做了孟老板的情人，却因一次意外怀孕不想流产，被孟老板抛弃后落魄地回到小城的照相馆，并生下了私生女芝。娴与母亲的情人乱伦，一生在不洁不贞的恶名中度过，而她弥留之际的感慨是：当时若同意流产，人生命运就是另外一个样子；芝中专毕业后与工人的儿子邹杰结婚，但两个人的婚姻并不幸福，出身不同导致两边的家庭都不接受这段婚姻。芝对生活彻底绝望并自杀。自杀未遂后收养了箫。邹杰猥亵十四岁的养女箫被发现后自责卧轨轻生。芝精神近乎崩溃，在箫结婚后被送进精神病院；箫与大学生小杜的婚姻完全因为两个人年纪都大了必须成家。婚后节衣缩食，但小杜却出了轨。在两人的争吵中，小杜竟然提及箫与养父的不伦关系，彻底伤害了她。箫本来想杀死小杜，但却在举起刀时分娩了，生下了一个女婴。这篇小说尽管不直接写到暴力，但三代女人命运的不堪让人感受到沉重的压抑感。历史在苏童的叙事中抹去了差异性，直接成为女性在男权社会遭受"结构性暴力"的虚化背景。她们的幸福甚至她们的生死，皆取决于无处不在的男权。权力差异制造的暴力，远远比拳脚更为残忍。

这样的"结构性暴力"在《妻妾成群》中得到更为沉重的表达。陈家花园成为男权暴力的展演场。毓如、卓云、梅珊、颂莲，四个女人在陈佐千手上如同玩物。即使是受过女性独立新式教育，但随着父亲的死去，颂莲也只能辍学嫁人，而且是做小妾。颂莲曾有短暂的幸福时光，而这一切来源于陈佐千对她在性事上的热情与机敏的满足。但颂莲欲挑战陈佐千对于性资源的分配规则，并以女人惯常的脾气去争取时，她马上就失宠了，由此地位一落千丈。当她未能满足陈佐千变态的性要求后，彻底成了一个多余的人，最后精神失常。三姨太梅珊在四个女人中似乎最具有独立性，对陈佐千她也敢一通乱骂。与医生的私情被发现后，梅珊被扔进了枯井。这口枯井，是陈府叛逆女性的最后归宿。命运系于男性，幸福要靠男性赐予。父权是女性脖子的锁链，这样的锁链将"直接性暴力""结构性暴力"深深地融入了"文化暴力"。就像加尔通所指出的："直接暴力是恐吓和压迫，结构暴力则是制度化的东西，文化暴力将这一关系内在化。"①

暴力叙事不是80年代中国先锋文学的首创，暴力作为一种结构性的人性暗疾，存在于人类文明的晦暗处。仅仅从本能驱动的角度来看，暴力本身的确是和人性相冲突的，因为它往往是人性失控机制下的产物。但在历史叙事中，暴力并不总是处于被指斥的位置。相反，暴力在许多时候被认为是正义的。以暴力反制暴力，就被赋予了合法性。甚至，在革命家们探寻人类社会前行的动能时，暴力成了先验性的正义力量。传统文学叙事中的暴力书写往往需要从历史结构中去获取自身暴力叙事的合法性。先锋作家的革命性就在于，他们对暴力的历史性进行了阉割，直接地对应人的本能或者人的命运本身，历史正义由此被悬置起来，暴力不仅不能阐释历史正义，反而成为一种对历史的批判力量。但是，由于"形式意识形态"的支撑，历史批判只不过是一种叙事的附属物而已。形式实验使得暴力成为一个符号化的存在，它更具审美的独特价值，而非批判的工具价值。因此，暴力叙事更多地彰显出美学意义。丧失了历史性的暴力，也成为一种叙事材料或元素。② 当然，在后"文革"时代这样的历史语境中，也天然地为这种形式化的暴力叙事规定了某种先验的历史性——巨大的精神创伤之后的叙事性修复。如德国学者加布丽埃·施瓦布所言："关于创伤历史的文学作品经常诉诸实验形式，目的是通过追寻创伤的效果及其在精神、身体和语言的印迹来接近创伤。"③ 在这种

---

① [挪威]约翰·加尔通：《和平论》，陈祖洲等译，南京出版社2006年版，第60页。
② 陈晓明：《"动刀"：当代小说叙事的暴力美学》，《社会科学》2010年第5期。
③ [德]加布丽埃·施瓦布：《文学、权力与主体》，陶家俊译，中国社会科学出版社2011年版，第214页。

精神现象学的对应中,我们似乎窥见了先锋文学形式实验独特的历史性。就像詹姆逊指出的:"形式同内容一样,甚至多于内容,形式本身就是思想信息的载体,并作为社会事实而独立存在。"①

---

① [美]詹姆逊:《理论的症状还是关于理论的征兆?》,参见王晓群、王宁主编《文学理论前沿》(第2辑),北京大学出版社2005年版,第18页。

第 六 章

80 年代先锋文学的文化遗产

先锋文学热潮 80 年代中后期持续了五年左右时间，在 20 世纪 90 年代转入沉寂，这已经成为当代文学史的一个共识。陈晓明认为，尽管在 90 年代初依然有北村这般执着的形式实验坚守者，但作为一种文学思潮，先锋文学总体上是在"转向与撤退"。① 洪子诚在《中国当代文学史》中指出了先锋小说的实验性特征，并点出其致命伤——"形式的疲惫"。在他看来，正是"形式的疲惫"导致了 80 年代末 90 年代初先锋作家群体的分化，终结与转向成为其注定的命运。② 孟繁华从"先锋文学"这个称谓入手，辨析了"先锋文学时间"，将"先锋文学时间"定格在 80 年代后期至 90 年代前期。孟繁华认为，80 年代先锋文学一直在谋求自己的合法性地位，而到了 90 年代，伴随着先锋文学被广泛接受，其"先锋的使命"也就自然终结了。③ 张清华认为，如果在"文学运动"这个角度上来看待先锋文学，先锋文学是在 90 年代中期结束的。④ 陈思和主编的《中国当代文学史教程》则将作家先锋姿态的降低和先锋文学与商业文化的结合，作为先锋文学在 90 年代终结的标志。⑤

先锋作家的形式实验，在中国当代文学史上留下了深深的印记。这样一个作家群体（尽管并非紧密的一个流派），这样一次特立独行的文学

---

① 陈晓明：《中国当代文学主潮》，北京大学出版社 2015 年版，第 359 页。
② 洪子诚：《中国当代文学史》，北京大学出版社 2016 年版，第 371 页。
③ 孟繁华：《90 年代：先锋文学的终结》，《文艺研究》2000 年第 6 期。
④ 张清华：《关于先锋文学答问》，《文艺争鸣》2016 年第 3 期。
⑤ 陈思和主编：《中国当代文学史教程》，复旦大学出版社 2005 年版，第 294 页。

实验，不仅仅是文学意义上的，而且也是思想和文化意义上的。"先锋文学"的兴起不仅仅是对"现代化"这个新时期总体化运动的积极响应，也不只是思想文化领域催生的艺术之花，更重要的是它以"非政治"的姿态连接了一种政治话语向另一种政治话语过渡的特殊使命，而这本身就是一种特定的"政治使命"。改革开放的大环境为中国文化现代性注入了激情，左右腾挪、跌跌撞撞的主体性建构与形式化实验，终于为文学乃至文化阵地清扫出一片空地。与此同时，也在一定程度上清除了传统观念上的政治与文学的关系。这一切似乎看起来只是文学领域的文化事象，但它又不仅仅只是满足于文学（文化）层面的解释。当80年代的特定语境消失之后，"先锋文学"也就逐渐退回到一种正常状态下文学与生活的互动性亲缘关系。当然，除了社会语境的大背景发生了变化之外，围绕"先锋文学"的内在因素也随之出现了一系列的变化。例如，创作主体的后续乏力、形式实验的激情与可能性的衰竭、接受主体对先锋形式的新奇感消失及其阅读期待的厌倦情绪，等等。所有这些内外因素相互作用，逐渐将"先锋文学"独领风骚的势头收回到历史的洪流之中，尤其是在90年代的中国社会，世俗化的欲求与大众化的力量，在市场经济体制与消费文化中开始释放尽可能的激情与梦想，先锋文学走向没落自然而然。先锋文学的"黄金时代"已然逝去，但80年代先锋文学贡献了一大批创作成绩显赫的作家，时至今日，这些作家依然是中国当代文学的中坚力量。大众文化日益强势，消费主义甚嚣尘上，在新的历史语境下，先锋文化其实并未消亡，只不过是漫溢于当下的社会空间。80年代先锋作家在"形式意识形态"上的执着，无疑是回归文学本位的一次集体自觉。重审80年代先锋文学的某些文本，粗浅笨拙、生硬模仿其实处处可见，但其文学史意义和思想文化价值无疑是值得探究的。实际上，"先锋"这样的文学趣味，对当代文学史书写和文学批评已产生了深远影响，对于中国文学的当下和未来都具有潜移默化的支配作用。[①] 若从1985年"新潮小说"渐成气候作为先锋文学正式出现的标志，已经过去了三十多年，在这样的一个时间节点，对先锋文学形式实验留下来的"文化

---

① 程光炜：《如何理解"先锋小说"》，《当代作家评论》2009年第2期。

遗产"进行相应整理，或许是对已经成为往事的先锋文学思潮的最好纪念。

第一节 是终结，还是转型

90年代之后先锋文学渐趋沉寂。尽管先锋作家依然活跃，也推出了有相当分量的作品，但其作品已不再具有80年代形式实验的激情。昔日激进的叙事冒险，转化为沉稳的内容创新。对于历史的肆意解构，对于暴力的夸张追逐，对于病态的念念不忘，对于欲望的幽暗探微，渐渐地被一种向生活贴近的自觉所替代。形式的冲动，叙事的激情，在新的文学文本中渐次退出。

马原作为形式实验的先行者，在90年代再也无法提供让人信服的作品。洪峰这位马原的忠实追随者，在写出《苦界》这样的作品后，其实已经揖别先锋阵营。余华的《呼喊与细雨》（后改为《在细雨中呼喊》）尽管延续了《十八岁出门远行》中成长的荒谬感，但与现实妥协的态度已经非常明了。《活着》与《许三观卖血记》的出版和热销，甚至塑造了令80年代读者陌生的另外一个余华。苏童的《米》依然沿袭了《一九三四年的逃亡》中离乡与还乡的路数，甚至在五龙的身上还可以看得到《逃亡》中陈宝年的影子，但作家再也不会人为地设置阅读障碍。《妻妾成群》可勉强视为苏童先锋性的余响，但这篇小说讲故事的那份耐心与用心，与普通读者的亲近感显而易见。叶兆言的先锋性本来就不太突出，又对历史有极浓厚的兴趣，所以，他再也不写《枣树的故事》这类实验文本，而是在《一九三七年的爱情》这样的历史旧事中沉溺不足为奇。北村算得上从形式实验中撤退得较晚的作家，从80年代末一直延续到90年代初的"者说"系列（《逃亡者说》《劫持者说》《披甲者说》《归乡者说》《聒噪者说》），还保持着80年代语言实验的激情。但1992年之后，这样的坚守也不复存在。《施洗的河》《玛卓的爱情》无疑是北村面目一新的小说，但只是北村以神性阐释人性的试验品，自然不可能再有狂飙突进的先锋激情。吕新在地域文化、中国传统、先锋探索的结合上其实做得极为融洽,所以他的先锋探索并不显得生硬与机械①,《南方旧梦》《夜晚的顺序》等无疑是 90 年代初期先锋文学的精品,但这些作品"生不逢时",错过了先锋文学的大潮,加上地域原因和批评家的"疏漏",这些作品的先锋价值至今依然缺乏有见地的评论。② 潘军在 80 年代末期曾以《南方的情绪》这样的先锋作品让人眼前一亮,节奏、语言、结构等都显示了潘军较强的叙事控制能力。但由于潘军此后投身于商海,也让这样的探索搁置了一段时间。他 90 年代的创作其实先锋探索的余绪犹在,只是再难捕捉到《南方的情绪》里那份营造叙事结构的精心。格非在 90 年代推出的《欲望的旗帜》,表明了这位擅长制造叙事空缺的学者型的先锋作家,在文本上与现实达成了和解。即使他 90 年代依然有《谜语》这样较为先锋的作品问世,叙事也显得神秘莫测。但在题材选择上,格非不再从乡村和历史中寻找资源,而是对准了当下的现实生活。孙甘露依然自恋于精心雕琢语言的一贯风格。《夜晚的语言》一如既往地坚持了他梦境叙事的先锋特质,但与 80 年代的《访问梦境》相比,《夜晚的语言》并没有展现新的写作难度。讲故事的确不是孙甘露擅长的,他的转型显然要吃力得多。在 80 年代,莫言小说的形式实验色彩并不张扬,他执着于地域书写的努力和对现实的介入,以及历史书写中的民族主义、英雄主义,使他与先锋作家群体若即若离,莫言游移于先锋文学之外再正常不过;残雪坚持了她强烈的精神现象学还原的小说风格,叙事语言奇诡,精神意象独特,对于卡夫卡风格的中国化,一直贯穿残雪的创作之中。但残雪提供的更多的是一种精神形式,而非叙事形式。"当初被人们看作是先锋的作家们纷纷降低了探索的力度,而采取一种更能为一般读者接受的先锋风格,

---

① 作家李锐曾这样评价吕新的先锋性:"他那种独特地和语言相处的方式,纯粹是一种自然而然的自我流淌。和许多'先锋'小说不同,吕新的语言没有那种实验室操作般的机械和生硬,也没有那种被理论的鞭子驱赶的被动和怯懦,当然,更没有那种为了争当'先锋'而'先锋'的粗鄙的庸俗。"参见李锐《纯净的眼睛,纯粹的语言》(代跋),吕新:《夜晚的顺序》,长江文艺出版社 1995 年版,第 364 页。

② 吴义勤认为:"吕新是先锋小说运动中一个异常坚定而持久的艺术存在。他的语言,他的想象,他对形式的敏感都使他在先锋作家中独树一帜。更重要的是他从来没有表现过对先锋的怀疑与动摇。他是少数几个能贯穿八九十年代的先锋写作者。"参见吴义勤《民间的诗性建构——论吕新长篇新作〈草青〉的叙事艺术》,《当代作家评论》2002 年第 1 期。

有的甚至和商业文化结合,这标志了80年代中期以来的先锋文学思潮的终结。"① 当代文学史编写者做出这样的评价无疑是中肯的。当然,先锋的终结并不意味着先锋作家对于自身文学经验全面清零,而是在转型中对于文学创作进行了自我文化调适。

对于中国当代文学来说,先锋文学的终结是一个历史性的文学事件。在80年代的历史语境中,先锋文学从一开始就充满了解放能指的冲动,它是思想解放运动所催生的,也是"现代化"这一总体化运动所宽容的,先锋文学以从头到脚的"新",实现了自身的合法性确认。正是在这样的历史语境中,"它的真正使命是在于对政治意识中心所辐射出来的主题与叙述中心及其话语权力的不断深入逼近的反叛与解构"②。对抗是先锋文学的历史使命,同时也是先锋文学的文化逻辑。说先锋文学"终结",指的就是历史使命和文化逻辑的终结。在北京师范大学国际写作中心主办的"通向世界性与现代性之路——纪念先锋文学三十年国际论坛"(2015年)上,格非在发言中就曾直接谈到了历史语境的消失。格非坦言,正是支持先锋文学的时代已经消逝,使得先锋文学的探索与实验戛然而止。③ 苏童在论坛上用了"裸奔"与"穿衣服"这样的形象比喻来阐释历史语境与先锋文学的关系——20多岁时初登文坛,似乎像是摆了一个"裸奔"的姿势,但却发现剧本还没有准备好,只有不停地修饰,但到最后总得考虑"穿衣服"的问题,即"抛弃所有的修辞"。④ 余华在论坛上也正面回答了为什么不再写80年代先锋作品的问题。他认为,在80年代,总有一种要"冲破什么"的气氛,但这种气氛后来不存在了,所以"不是没有勇气",也"不是没办法去写",主要是已经没有了"那种气氛"。余华用"支架"这个比喻来说明80年代先锋文学的历史作用。他

---

① 陈思和主编:《中国当代文学史教程》,复旦大学出版社2005年版,第294页。
② 张清华:《中国当代文学思潮论》,中国人民大学出版社2014年版,第323页。
③ 格非在这次会上说:"今天有记者反复问我还写不写《褐色鸟群》这样的作品,我没有能力回答这个东西,因为他们不知道那个时代转眼就没有了,支持你写作的那个氛围已经没有了。这个时候你还要不要写作,当年支持先锋小说的东西都不在了。我指的先锋小说是要打引号。我们这代人,在从事文学实验的时候,背后支持它的力量突然消失了。"参见格非《先锋文学的幸与不幸》,《文艺争鸣》2015年第12期。
④ 苏童:《从"裸奔"到"穿衣服"》,《文艺争鸣》2015年第12期。

认为,1949年之后直至"文革",可以认为中国已经基本上没有了文学(或者说文学的丰富性丧失了),这就如同人的99%的血管被堵住了,所以80年代的文学实验就是安支架来畅通血管,先锋文学只是其中的几个支架。① 2006年,在复旦大学演讲回答学生提问,余华也曾谈到80年代写作的历史语境,说他在创作《一九八六年》《现实一种》等小说时,与现实的关系是"剑拔弩张的关系"②,"那时候有禁区,这个题材不能碰,那个题材不能碰,但是当时我们都有勇气要去冲破某些界限"③。很显然,先锋文学思潮是在对峙的情境中兴起的。先锋作家所面对的政治意识形态,当然和"伤痕文学""反思文学"的作家们是不一样的。先锋作家对峙的只是一种泛政治的历史情境,也因此,现实主义被作为一种假想的"政治力量"存在着。其实,这些作家的知识谱系中未必是真正反现实主义的。余华就说过,他刚刚起步创作小说时,巴尔扎克、沈从文的小说是同时读的,此外还有中国古代的笔记小说,他对于文学的接受其实是很芜杂的。④ 但现实主义在主流意识形态中是被政治化的、中心化的,这样的一元论在80年代的历史语境中无疑是要受到挑战的。甚至,官方主流文学媒体也默许对现实主义进行文学话语上的反拨。《人民文学》1987年第1、2期合刊集中刊发探索性很强的小说,即是一个典型例证。因为那个时代的《人民文学》希望"更自由地扇动文学的翅膀"⑤。但必须指出的是,先锋文学的反拨,采取的是迂回的"形式意识形态"的策略,它是以审美政治的形式加入80年代的文学话语权力博弈中的。

在西方批评家的视野中,先锋派往往被视为革命的象征符号,雷蒙德·威廉斯在《先锋派的政治》一文的开头曾这样描写革命政治的场景:"1912年1月,一列火炬游行队伍,由'斯德哥尔摩工人公社'的成员带

---

① 余华:《"先锋文学在中国文学所起到的作用就是装了几个支架而已"》,《文艺争鸣》2015年第12期。
② 余华:《文学不是空中楼阁——在复旦大学的演讲》,《文艺争鸣》2007年第2期。
③ 余华:《文学不是空中楼阁——在复旦大学的演讲》,《文艺争鸣》2007年第2期。
④ 余华:《"先锋文学在中国文学所起到的作用就是装了几个支架而已"》,《文艺争鸣》2015年第12期。
⑤ 这期合刊"编者的话"题为《更自由地扇动文学的翅膀》,参见《人民文学》1987年第1、2期合刊。

头,庆祝奥古斯特·斯特林堡63岁寿辰。队伍举着红旗,唱着革命颂歌"。① 后"文革"时代兴起的先锋文学,实际上就是对于"文学权威"的反抗。"形式意识形态"之所以被突出和强化,正是源于对"内容政治"规定性的冲击。文学形式的革命,无疑是先锋作家最为合适的选择。他们的人生经历不足以提炼出丰富中国文学的最优要素,他们创造的人物缺乏社会和历史的厚度,他们讲述的故事也不可能波澜壮阔,他们提供的只能是聚合了形式冲动激情的抽象文本,但缺陷并不能掩盖先锋文学冲击文学体制的意义。它对现实主义文学进行的政治抗辩,彰显了"形式意识形态"的主张。在解神话的同时,也创造了形式的神话。当然,任何文学形式都不可能是空中楼阁,现实在先锋文学中并非消失了,而是被形式实验遮蔽了。"先锋派那些胆大妄为的叙事实验,实际从生活中退却出去,通过创造一种新的形式主义神话把生活加以吸收。"② 这种"形式主义的神话"在80年代的历史语境消逝之后,面临着这样的难堪:一方面,在主流意识形态领域,"形式意识形态"不再为主流话语体系所支持,《人民文学》曾经顶着压力支持形式实验小说,但在90年代初期重申了"人民的阵地"这一定位,对杂志曾经被"少数精神贵族"把持的过去表示了检讨;③ 另一方面,在审美意义上,形式实验的美学追求,终究只是小圈子的游戏,缺乏更多的追随者。80年代后期逐渐兴起的大众文化,对于形式实验的先锋文学来说,无疑是加速其终结的催化剂。80年代先锋文学的接受群体被分化,对"文化英雄"充满崇拜的氛围,90年代之后不复

---

① [英]雷蒙德·威廉斯:《先锋派的政治》,《现代主义的政治》,阎嘉译,商务印书馆2004年版,第49页。

② 陈晓明:《无边的挑战——中国先锋文学的后现代性》,中国人民大学出版社2015年版,第381页。

③ 1990年第7、8期《人民文学》推出合刊,在题为《90年代在召唤》的"致读者"中,编辑部表示:"近一段时期以来,在资产阶级自由化错误导向下,脱离人民,脱离现实,发表了一些政治上有严重错误,艺术上又十分低劣的作品,在广大读者中造成很坏的影响,玷污了人民这一光荣、崇高的称号,这是十分令人痛心的。"同时,这期合刊编发了5篇读者来信:《一位人大代表的建议》《〈人民文学〉应该是人民的文学》《一个可羞耻的记录》《对近年文艺创作与评论的思考》《一位业余作者的建议》,这些来信的核心就是表达对于1987年《人民文学》第1、2期合刊的"愤怒",有读者指出:这是《人民文学》创刊以来令人失望和愤怒的一个可羞耻的记录。参见《人民文学》1990年第7、8期合刊,第4—5、223—225页。

存在。① 在 80 年代，经历漫长的文化匮乏期之后，整个社会对知识与文化的需求爆发式增加，对于异质性的文化亦毫无保留地予以接纳，而丝毫不顾及这种文化本身的缺陷。但 90 年代到来之后，文学的天然优越感慢慢消解。

1988 年，王蒙就发表过《文学失却轰动效应之后》（化名：阳雨）一文，提出了严肃文学和通俗文学进一步分化的问题。② 到了 90 年代，王蒙的预言似乎成了现实。王朔的走红是一个极为重要的文学风向。《收获》曾把王朔列入了先锋小说家的行列，1987 年第 6 期的头条小说就是王朔的《顽主》。③ 不过，王朔的先锋显然和马原、格非、余华们的"先锋"并不是一回事。王朔并没有将现实主义视为假想敌，他的作品对主流意识形态当然是有解构的，但终究不是着力于形式实验的。王朔脱离体制供养直接对接文化市场，这才是一次强力冲击中国作家观念的"先锋行动"，靠市场逻辑而非审美政治成功的王朔，极大地震撼了先锋作家阵营。④ 对抗的历史语境已然消失，商品化浪潮又带来了对作家的生存拷问。80 年代文学知识谱系所描述的先锋文学虽然宣告终结，但其实更多的是一种转型，是先锋作家与现实的妥协。当然，妥协在这里并不是一个贬义词，而只是对其文化态度的客观描述而已。

随着历史语境的消失，先锋文学转型自然而然。一个最为典型的转变就是对于形式实验的总体放弃。在文本上，先锋作家开始创作自己的

---

① 格非曾在随笔中回忆当时大学生们对于先锋作家马原明星般的追捧。1986 秋天，马原到华东师大演讲，许多学生将其视为"大师"，尽管当时马原也仅仅是刚发表几篇小说，也还没有被评论家大量研究，但依然受到神明一样的欢迎。格非写道："许多人后来回忆说，尽管他们到底也没弄清马原那天下午都说了些什么，但无疑却得到了许多的启示：仅仅是一种氛围即可打开一扇尘封多年的窗户。即便是那些心高气傲、目空一切的油画专业的艺术家，也并非一无所获，至少，他们认为马原的胡须很适合素描练习。"参见格非《塞壬的歌声》，上海文艺出版社 2001 年版，第 64 页。

② 阳雨：《文学失却轰动效应之后》，《文艺报》1988 年 1 月 30 日。

③ 程永新、桂琳：《谈王朔》，《文艺争鸣》2007 年第 12 期。

④ 陈晓明曾这样论述过王朔的先锋价值："90 年代中国文学颇有冷清之意，80 年代如火如荼的思想冲突已经偃旗息鼓，90 年代初在文化上是一个茫然的间歇期。这时王朔的出场显得异常醒目，他几乎是填补了历史空场，也因为背景的空旷，他的行为反倒有了一种奇怪的放任和胆大妄为的先锋性。"参见陈晓明《中国当代文学主潮》，北京大学出版社 2015 年版，第 371 页。

长篇小说。就 80 年代先锋文学的创作来看，往往表现出先锋小说的中篇（短篇）化态势，而当作家一旦开始写作长篇小说，又不可避免地回归到对现实主义的体认与遵从。这充分体现了先锋作家们的先天不足，即文本形式的借用与模仿，终究只能获得文学舆论上的关注效应，形式实验操作篇制规模有限，也限制了作家天分的发挥和创作能力的提升。在长篇小说的创作方面，文本结构的难度、叙事方式的新异性与文学语言的创新性异常艰难，回归生活与现实性因素，借助故事性因素来支撑篇幅扩张成为先锋作家必然的选择。

格非的《敌人》是先锋文学的首部长篇小说。这部长篇小说当然不是一篇上佳之作，但可以在这个作品中看到从形式实验向故事讲述转型的作家尝试。《敌人》在故事的编制上体现了格非叙事的新开拓。当然，他依然没有丢掉制造"叙事空缺"这一习惯，《敌人》中赵家人一个又一个地死去，死因都是隐隐约约的。这种叙事空缺的存在，更加重了《敌人》中"仇家"无处不在的气氛。如果说在《敌人》这部长篇小说中格非依然在他熟谙的乡村历史中沉溺，在《欲望的旗帜》中格非已经与现实达成了和解。他不再逃避现实，而是勇敢地将现实纳入了自己的文学领地，直接关注商品社会中人的心灵困境。信仰失守后，欲望自然统摄了人的心灵。即使是从事高等教育的知识分子，一样被欲望所奴役。将《欲望的旗帜》与 90 年代"人文精神大讨论"[①]相联系，我们也可以认为，格非其实是以贾兰坡、宋子矜这样的文学形象作为"代言人"参与到人文精神讨论中的。

苏童小说在 80 年代对于读者的"冒犯"相对较弱。即使是在《一九三四年的逃亡》这种苏童式的先锋作品中，我们也感觉得到苏童讲故事的良好状态，他塑造的人物形象也较为丰满，而不仅仅是一个枯燥的形式符号。也许，正是这样的原因，有研究者认为苏童的小说并不属于先

---

① "人文精神大讨论"是 1993—1995 年中国知识分子自发的关于人文精神的民间性质的讨论。最初由《上海文学》发起，后来《读书》杂志加入，发表了"人文精神寻思录"的系列座谈讲话，引发了一次范围广、时间长的关于人文精神的热烈讨论和争论。《光明日报》《文汇报》等亦开设了专栏，一时间，"人文精神"成为流行词汇。参见王晓明《人文精神讨论十年祭》，《上海交通大学学报》（哲学社会科学版）2004 年第 1 期。

锋派。① 所以，苏童的"撤退"似乎要更为便捷些。《妻妾成群》获得一片叫好声，也证明了先锋作家苏童其实是故事编制的好手。而苏童一直坚持的对江南乡村的"民族志"书写，也天然地为他在 90 年代以后的转型奠定了基础。② 正因为苏童身上这样的特质，他的转型显得颇为顺当，仿佛他一直就在向着新的历史时期慢慢挺进的。王干把苏童称为"先锋派的守门人"，他甚至认为苏童《河岸》（2009 年）是"最后的先锋文学"。③ 将《河岸》归为先锋作品，当然是很勉强的。但王干作此判断，主要还因为 90 年代开始后，苏童对于现实靠拢得最不突出。苏童依然热衷于写被称之为"新历史主义"的作品，比如《我的帝王生涯》《武则天》这样的长篇小说。当然，从解构历史的意义上说，其先锋性依然隐约其间。其实，苏童在 90 年代的"香椿树街"系列小说中，除了继续青春成长题材的开掘外，其现实题材的短篇小说亦很出色。比如《一个礼拜天的早晨》，李先生本想买蹄膀，却买了一块肥肉，回到家被老婆抱怨，去找肉贩理论，却在追小贩的过程中被卡车撞死了。对于生活的原生态书写，对于底层人物命运的零度贴近，显示了苏童敏感的小说意识，"新写实主义"这样的命名亦被评论家安放在苏童小说头上，其实一点都不突兀。

余华转型的重要标志是从长篇小说开始的，《呼喊与细雨》（后改为《在细雨中的呼喊》）即是他标志性的作品。这部并不算长的长篇小说，真诚地表达了回到写实主义阵营的愿望和行动。这部以少年孙光林的成长经历为主线的小说，将余华擅长成长心理揭示的功力发挥得淋漓尽致。当然，这或许也是余华自身的"心理自传"，在《呼喊与细雨》中余华几

---

① 苏童、王宏图：《南方的诗学——苏童、王宏图对谈录》，漓江出版社 2014 年版，第 22 页。

② 王德威指出："检视苏童这些年来的作品，南方作为一种想象的疆界日益丰饶。南方是他纸上故乡所在，也是种种人事流徙的归宿。走笔向南，苏童罗列了村墟城镇，豪门世家；末代仕子与混世佳人你来我往，亡命之徒与亡国之君络绎于途。南方纤美耗弱却又如此引人入胜，而南方的南方，是欲望的幽合，是死亡的深渊。在这样的版图上，苏童架构——或虚构——了一种民族志学。"参见王德威《南方的堕落与诱惑》，《读书》1998 年第 4 期。

③ 王干：《最后的先锋文学——评苏童的长篇小说〈河岸〉》，《扬子江评论》2009 年第 3 期。

乎征用了全部的少年记忆。而《活着》和《许三观卖血记》这两部长篇小说，就不是简单地依靠成长记忆了，让更多的读者看到了余华的文学天分。《活着》对于余华具有转折性的意义，小说为余华赢得了更广泛的读者，商业价值也由此彰显，数十万册的销售业绩，加之被张艺谋改编为电影并在国际上获奖，更使《活着》的读者仿佛遗忘了80年代的余华，新的余华形象出现在中国文坛。如果说《活着》中的写实还有点"历史化"的隐喻，《许三观卖血记》则直接地对应了残酷的现实生存，也预示着"余华的写作走向更深沉的写实主义空间"[①]。

北村也与"倔强的艺术姿态"[②]告别，在宗教神性的启示下，进入人的精神困境的追问中。长篇小说《施洗的河》中无恶不作的刘浪，拥有了财富和地位之后却精神崩溃，最后靠对神的信仰得到了拯救。当然，神性写作对于转型后的北村来说，也只是他小说创作中的一部分而已。他对于世俗的体察变得更精细，叙述也变得更为残酷，《伤逝》中的超尘是一位生活在泯灭了爱的环境中的女子，老公和情人都无法承载她的"爱"，最终超尘只得割腕而死。"伤逝"这个题名对鲁迅小说《伤逝》的戏仿耐人寻味。走过了差不多一个世纪的中国妇女解放，似乎并不能从根本上拯救"子君"和"超尘"们。而"超尘"这样的小说人物名字，或许也暗含着北村的良苦用心——超越尘世。但超尘的自杀也说明：神性与人性，出世与入世，于人的存在而言，或许就是永远的悖论。《玛卓的爱情》中，玛卓与刘仁本来相亲相爱，但在日常生活的琐碎中爱却异化了，在丧失爱的能力的恐惧中他们选择了自杀。

叶兆言的先锋性和苏童颇为类似，他不紧不慢地写他的历史故事，似乎先锋的转型对他是不存在的。按王干调侃的说法，叶兆言属于先锋中的"摇摆人"[③]。这样的一种姿态倒很利于他顺利进入后先锋时期。相对而言，残雪是比较坚守的先锋作家。她甚至对余华等作家的转型表示

---

① 张学昕：《余华生存小说创作的精神气度》，参见洪治纲编《余华研究资料》，天津人民出版社2007年版，第356页。
② 南帆：《先锋的皈依——论北村的小说》，《当代作家评论》1995年第4期。
③ 王干：《最后的先锋文学——评苏童的长篇小说〈河岸〉》，《扬子江评论》2009年第3期。

了遗憾。她坚持认为"形式感是纯文学的一切"①。但正如陈晓明所指出的,由于残雪"过于独特的气质",她在先锋作家中其实一直较为游移。②先锋作家转型成为总体趋势后,她的坚守显得颇为孤寂,而伴随"先锋"历史语境的消失,残雪也很难再成为当代文学的话题中心了。孙甘露的长篇小说《呼吸》尽管看得出他想讲好故事的诸多努力,但这显然并非孙甘露所长,小说没有太大反响本在情理之中。

不论是将先锋文学作为一种文化现象,还是一种社会现象,在90年代上半期,基本上可以判定其日渐衰退的事实。但是,终结中包含着转型,这也是我们该持有的基本判断。形式实验的激情终有一天会消失,这是完全可以想见的。先锋文学从一开始就坚定地把现实主义作为"敌人"来反抗,但这种对现实的敌意最后也成了先锋文学自己挖下的陷阱。文学终究不是神祇般的呓语,与现实生活保持粘连和温度是必然的。极端的形式建构固然也对应着广义上的现实生活,语言游戏也体现着某种生活态度,但与现实生活展开深度的沟通交流,这是先锋作家迟早要经历的"成人礼"。"当代小说不会在极端个人化的心理经验和语言乌托邦世界里找到出路,如何与这个变动的社会现实对话,显然是一个无法回避的美学难题"③。先锋作家的转型正是对于这一美学难题的破解。苏童曾论及先锋文学的殉道色彩④,但先锋殉道的悲壮也注定只是在20世纪80年代的特定历史语境中生效。当一个充斥着文学革命激情的年代已经流逝,在对抗性的语境中塑形的"形式意识形态",面对又一个"大时代",做出调整是必然的。否则,这一批作家将丧失介入新的历史的能力和机会。当然,还有一个极为重要的原因也是不能忽略的,那就是先锋作家生活体验的日趋丰富和内容生产能力的日益成熟。叙事实验作为一种技术训练,奠定了他们扎实的操控小说的能力。相当一部分先锋作家

---

① 残雪:《为了报仇写小说——残雪访谈录》,湖南文艺出版社2003年版,第164页。
② 陈晓明:《2015年版自序》,《无边的挑战——中国先锋文学的后现代性》,中国人民大学出版社2015年版,第5页。
③ 陈晓明:《胜过父法:绝望的心理自传——评余华〈呼喊与细雨〉》,《当代作家评论》1992年第4期。
④ 苏童:《虚构的热情》,江苏人民出版社2003年版,第260页。

转型后立即占据了文学话语的权力中心，并持续地对中国当代文学产生重大影响，也证明了这批作家独特的文学天分和丰厚的叙事能力储备。对于这些作家而言，如果说先锋激进是他们的"青年时代"，向现实主义的贴近则标志着"人到中年"，成熟、平和与圆融逐渐地取代了生涩、狂躁与尖刻。[①]但需要指出的是，并不是所有的先锋作家都自动地享受了时间的馈赠。在告别"虚伪的形式"之后，其实更考验其纯粹的文学性，部分先锋作家在转型中"掉队"是自然而然的。"终结"之后的转型在更为广泛的领域成就了先锋文学，先锋作家的经典作品亦由此诞生，先锋作家（文学）的文学地位得到进一步确认，不论是作为一种自由精神，还是作为一种文学技术，先锋精神已经弥散于中国当代文学，这一点，无论何时来看都是弥足珍贵的。

第二节 先锋文化与大众文化

告别80年代之后，中国民众迎来了大众文化日渐兴盛的时代。大众文化带来了文化的平面化、世俗化、商业化。大众文化的众语喧哗与先锋文学的特立独行是对峙的两种文化趣味，仿佛是无法沟通的。实际上，大众文化与先锋文学之间同样款曲互通。西方批评家对于"先锋派"与"大众文化"之间的这种暧昧早有预见。格林伯格所提出的"黄金脐带"理论[②]，指向的就是先锋派向大众和市场妥协的可能性。布迪厄也认为，拒绝市场的"反经济"的先锋艺术，其实在艺术生产的过程中积累了大量的"象征资本"，尽管开始不被承认，但最后却实现了"合法化"，从

[①] 余华曾说："我一直是以敌对的态度看待现实。随着时间的推移，我内心的愤怒渐渐平息，我开始意识到一位真正的作家所寻找的是真理，是一种排斥道德判断的真理。作家的使命不是发泄，不是控诉或者揭露，他应该向人们展示高尚。这里所说的高尚不是那种单纯的美好，而是对一切事物理解之后的超然，对善和恶一视同仁，以同情的目光看待世界。"余华：《温暖和百感交集的旅程》，作家出版社2012年版，第129—130页。

[②] 格林伯格认为："没有社会基础，没有稳定的收入，文化不可能发展。对于先锋派艺术，这一切都是资产阶级社会的统治阶级精英提供的。先锋派自以为与资产阶级脱离了关系，但一条割不断的黄金脐带将它与资产阶级社会维系在一起。"参见周宪主编《文化现代性与美学问题》，中国人民大学出版社2005年版，第147页。

而转化为"经济资本"。① 尽管格林伯格和布迪厄讨论的是西方社会中的"先锋派",但由于现代性的全球化以及文化的可通约性,他们的理论对于我们认识中国的先锋文学艺术同样有启迪。在某种意义上说,对于先锋文学的经典化指认,就因为大众文化这样的背景使得先锋文学成为"纯文学"的重要标准,先锋作家才进入了文学史书写。而商品化、市场化体制规约下的大众文学,同样对于先锋文学的传播产生了重要影响。在80年代末期,即有学者预言了这种互补和融合——"先锋文学所展示的意义迟早将传送回大众文学并使之发生相应的变化;大众文学也将以自身的状态提示着先锋文学的活动幅度。一旦觉察到先锋文学与大众文学的相互促进与相互规约,文学将在我们眼中成为一个动态的、浑然的、蔚为大观的整体。"②

一 先锋文化与大众文化的通约性

在大众文化兴起之后,先锋作家的转型意味着先锋姿态的改变。先锋作家告别了形式自律的小圈子标榜,而尝试着与更多的读者产生文本关联,与大众文化的沟通成为必然。在80年代,先锋文学最重要的内在动力是对于一元化的文学话语的冲击,经由部分批评家和文学媒介的阐释和推举,在80年代末期渐成气候,形成了一个较为稳定的作家群体,形式的先锋成为他们最具标识度的特征。这样的一种选择,意味着先锋文学对于大多数读者的隔离。在80年代,由于独特的人文启蒙背景,以及文化载体的稀缺,文学读物是重要的文化消费品。文学期刊刊发先锋文学作品,迎合了80年代中国社会强烈的革新冲动,在探索文学的更多可能性的同时,其实某种意义上也是在生产"文化商品"③。但是,即使在80年代人文气息浓重的背景下,先锋文学作品也只是在小圈子受到欢迎。毕竟,这种文学样式颠覆了

---

① [法]皮埃尔·布迪厄:《艺术的法则——文学场的生成与结构》,刘晖译,中央编译出版社2001年版,第175页。

② 南帆:《先锋文学与大众文学》,《文艺理论研究》1988年第3期。

③ 余华在给程永新的信中称:"你是先锋小说的主要制造者,我是你的商品。"参见程永新《一个人的文学史》,天津人民出版社2007年版,第45页。

大多数读者的文学经验。甚至,过于极端的先锋探索,对于文学期刊本身的发行都会产生影响。

余华1988年4月2日在给《收获》编辑程永新的信中就提到,1987年《收获》第5期刊发了《四月三日事件》,文学朋友圈中对这期杂志评价不错,但也有不同意见,认为《收获》不该发这样的稿子。而且,据说因此那一期《收获》的发行量下降了几万份。余华在信中表示:"尽管我很难相信这个数字,但我觉得自己以后应该写一篇可读的小说给你们。"[1] 显然,余华心里也很清楚,先锋的叙事实验和语言游戏,"自绝"于读者是情理之中的事。

期刊作为一种商品,发行量终究是要讲究的。80年代中期以后,期刊经营体制悄然渐变,部分期刊的纯粹计划性的供养体制也受到了冲击,不得不对接日渐兴起的商品经济。身处上海的《收获》在这方面迈出的步子相当大。1985年,这家纯文学的期刊完全实现自负盈亏,不再享受拨款。而且,当年杂志上还出现了商业广告。[2] 纯文学杂志同样也需要考虑读者感受,即使不是为了赚取利润,也面临着文学话语权力的争夺问题,在市场资源导向逐渐取代了行政资源导向的背景下,实现象征资本的最大化也是文学刊物的重要目标。[3]

余华在90年代向《收获》提供了多篇可读性强的作品,而且一篇比一篇精彩:1991年第6期刊发《呼喊与细雨》、1992年第6期刊发《活着》、1995年第6期刊发《许三观卖血记》。对于《收获》而言,80年代对于先锋文学的推举也使它获得了主流文学大刊的身份。尽管没有苏童的《妻妾成群》改编成《大红灯笼高高挂》这样成功,但余华的《活着》被张艺谋改编成电影后在国际上获奖,又因种种原因在国内公映受阻,作为一部小众电影,一直在都市文化中是受到青睐的。这样的转型似乎印证了先锋精神与大众文化之间的可通约性,就像詹姆逊所指出的:

---

[1] 程永新:《一个人的文学史》,天津人民出版社2007年版,第44页。
[2] 李建周:《先锋小说的兴起》,中国社会科学出版社2014年版,第149页。
[3] 李建周:《先锋小说的兴起》,中国社会科学出版社2014年版,第142页。

"高级文化和所谓大众或商业文化间的旧的界线被取消了。"① 当然，文学的先锋性并非是消失了，而是以一种变体的形态存在着。

吴义勤在 1997 年出版的《中国当代新潮小说论》中曾论及新潮作家如何融艺术纯度和读者意识于一体，他指出了两条路径：一是借助影视提升文学的生存权利，二是适当地收敛先锋性。他认为苏童等作家做得较为成功，"在对先锋精神的内化与转化中，他们的小说秘密地把先锋性融化在小说深层血液中，小说的表层被赋予了一种读者乐于接近的形态"②。而这种转型所获得的反响，也会影响先锋作家的创作心态。与影视结缘有可能提升作家的商业价值，尽管这并非衡量文学价值的标准，但也在另外一个意义上确认了作家在市场规则中的地位。放弃过于极端的叙事方式，在获得更多的读者的同时，也有助于修复因"形式意识形态"阻隔而产生的意义生产与读者接受之间的断裂。文学作品当然可以谋求形式独立，但最后终究要接受"现实"的审查，读者的反应就是先锋文学必须接受的"现实"。"形式意识形态"的危机，事实上也是精英文化的危机。告别 80 年代的历史语境之后，先锋文学必须正视自身的存在危机，适时调整也是在所难免。大众文化的普泛性、民间性，正好提供了这样的契机。因此，"把形式的变革创新转化为一种商业操作，在能指符号的游戏中，以先锋的名义汲取大众文化的精神资源，采纳大众文化的流行形式"③，也就成为转型之后先锋文学的现实选择。

先锋文化向大众文化的嬗变，实际上标志着艺术自律观念的失效。先锋派的艺术实验所选择的自我封闭、自我立法，其实都源于艺术自律论的支持。但艺术自律并非艺术本身天然的属性，而是特定的社会历史文化的产物。在西方，缘起西方启蒙时代的艺术自律，它本来就是新兴市民社会中的资产阶级向贵族国家意识形态发动的一场"文化征讨"。艺术自律最核心的哲学基础就是康德哲学中的审美先验性。在 19 世纪，艺

---

① [美]詹明信：《晚期资本主义的文化逻辑》，张旭东、陈清侨等译，生活·读书·新知三联书店 1997 年版，第 75 页。詹姆逊的中文译名有詹明信、杰姆逊等，本书在文内统一用"詹姆逊"，在具体文献标注时依然沿用原译名。
② 吴义勤：《中国当代新潮小说论》，江苏文艺出版社 1997 年版，第 270—271 页。
③ 姚文放：《先锋文化与大众文化的对立与连通》，《江海学刊》1999 年第 2 期。

术观念上的唯美主义与形式主义成为艺术自律的两大路径。到了20世纪，审美救赎的观念成为艺术自律的核心。也正因如此，抵抗与逃亡成为艺术自律论美学的显著特征。波普艺术的出现使得艺术自律观念遭遇了挑战，甚至"艺术"这一概念本身即出现了合法性。而在启蒙语境消失后，尤其是大众文化全面夺取文化话语权之后，艺术自律的终结成为必然。但这样的悖论始终存在：即使在大众文化江湖独大的话语霸权中，自律性艺术的"纯艺术"意象依然存续其间。只不过，它是作为一种被拆解的文化事象进入到大众文化的生产机制中的。① 先锋文化与大众文化之间，其阻隔正是艺术自律观念的阻隔。艺术自律观念的瓦解，实际上已预示着两者在文化工业语境中融合的可能性。如果说先锋文化体现为一种价值型的文化观念，那么，大众文化则主要是一种功能型的文化模式。前者标举的是文化的观念，后者强调的是文化的形式。从观念到形式，这二者之间并不存在无法逾越的鸿沟。当支撑先锋文化观念的历史语境消失，先锋文化与大众文化的通约就会成为可能。一方面是先锋文化以破碎的状态进入大众文化之中，大众文化淹没了先锋文化；另一方面，由于大众文化场域中以"潜隐的形式"② 存在的艺术自律的反作用，大众文化中同样也存在着先锋的因子。由此，先锋派成为大众文化符号，其实并不令人惊奇。而大众文化留存了"尚未驯服的力比多"③，甚至催生新的先锋文化，同样也不令人诧异。因为，两者并非注定天然对立，而是具有极大通约性的。

二 先锋文化与大众文化的同质性

从先锋文化与大众文化这两种文化的精神特征来看，两者其实都具有反叛性，对于主流意识形态的消解和放逐是自然而然的。同时，先锋文化与大众文化都是现代性的产物。不管是西方资本主义社会中的先锋派，还是后"文革"时代改革开放背景下兴起的中国先锋派，都是一种

---

① 冯黎明：《审美现代性与艺术自律论》，《浙江社会科学》2015年第2期。
② 郭彧：《艺术自律与大众文化》，《文艺争鸣》2011年第11期。
③ 南帆：《边缘：先锋小说的位置》，参见南帆选编《夜晚的语言》（九十年代文学书系），社会科学文献出版社1998年版，第9页。

纯粹的现代文化。而大众文化产生的基础本就是现代商业社会和现代传媒业态。完全可以这样认为，在现代性语境中，先锋文化与大众文化是现代文化的两大结构。

在古典型文化形态中，主观体验与客观对象是一体的，融合于文化生产和阐释的整体结构之中。"到了现代，文化形态开始走向分化，它不是偏向主观，一味追求主体对意义的建构，就是偏向客观，一味任凭对象对意义的左右，先锋派与大众文化就是其典型体现"[1]。在政治意识形态上，先锋文化与大众文化其实都包含着对于文化民主的诉求。只不过，在美学意义上，先锋文化强调的是自律，大众文化追求的是他律。先锋文化是从个人自主性的张扬出发，通过对现实的否定对总体性话语进行文化反抗，大众文化则以一种广泛参与的组织动员，通过对现实的最大程度的整合来表达不同于主流价值的群体性狂欢。我们不妨以两个形象的比喻来区分两者之间的"民主诉求"——如果说先锋文化是"沙龙民主"，大众文化则是"广场民主"。"沙龙民主"注定先锋文化是以几乎绝缘于现实的标新立异来实现文化理想的，而"广场民主"则要求大众文化以最亲近现实的文化姿态来争取大众支持。先锋文化表征的是群体接受的断裂，而大众文化则是在努力弥合公众认同。

王朔80年代的作品其实先锋性十足，他同样参与了中国当代文学的叙事革命，属于在《收获》编辑程永新周围聚集的"先锋作家群"[2]。即使是向大众文化做出妥协，王朔的作品也充满了对主流意识形态的插科打诨式的揶揄。小说中随处可见的玩世不恭的主人公，充满了对于主流价值规定性的反叛，因此，王朔小说的"人"可以认为是对"大写的人"这样的现实主义叙事成规的颠覆。只不过，王朔在90年代受到市民读者追捧，往往遮蔽了他作品中天然的叛逆，甚至很容易被视为一种完全通俗化的文化产品。但还是有学者敏锐地看到王朔小说的反抗特质：王朔

---

[1] 王涌：《现代性、先锋派与大众文化——由本雅明引发的思考》，《文艺理论研究》2013年第6期。

[2] 程永新圈定的80年代中国先锋小说的代表人物有余华、苏童、马原、史铁生、王朔、格非、北村、孙甘露、皮皮等。参见程永新《一个人的文学史》，天津人民出版社2007年版，第180页。

对于先锋的身份其实是不排斥的，甚至是相当欢迎的，这在他与程永新的通信中可以看出来。即使后来向大众文化转型，他也愿意留守在先锋的阵营当中，以一种"纯文学"的姿态来获取专业文学批评的关注，积累更多的象征资本。王朔小说文本一方面表征了中国当代文学的危机，另一方面又显示出对于总体性宏大叙事的解构，"隐蔽在其游戏式的反讽和过分做作的戏拟之后的则是一股有其独特方式的先锋派的智力反叛"①。有评论者还将王朔小说人物的精神特征概括为充满后现代意味的"嘲谑虚无主义"，"他的叙述人尤其是顽主小说叙述人和一些重要人物，由于激进到虚无程度的人性嘲谑、人性呐喊，而成为反文化、反文明的先锋，成为脱却一切文化包装的灵魂裸泳人"②。

先锋文化具有抵抗美学特征，这是确定无疑的，而大众文化同样有着这样的美学追求。先锋文化的抵抗美学特征体现在它对于现实的美学拒斥。80年代先锋文学中无数奇谲怪诞的文本，就源于先锋作家对于现实采取的是一种不合作的美学姿态。而大众文化的抵抗美学，很大程度上来自它对于主流意识形态规训的回避甚至是放逐，因为它的根本立足点就是文化的民主性，而不是文化的权威性。拒绝崇高感、消解一元化、抹平阶层分化等特征，在大众文化中并不鲜见。正因两种文化形态共同的叛逆特征，使它们具有了同质的对抗主流的美学内核。也正是在这个意义上，费斯克指出，大众文化在本质上"永远是对宰制力量的反应，并永远不会成为宰制力量的一部分"③。如果说先锋文化的抵抗是形而上的，大众文化的抵抗则是形而下的，前者着重精神维度的革命，后者则着力身体形式的反拨。"逃避权力集团的社会规训"并体验美学"快感"，④ 其实是先锋文化与大众文化共同的目标和追求。

---

① 王宁：《后现代性和中国当代大众文化的挑战》，《中国文化研究》1997年第3期。
② 李之鼎：《文化万花筒与灵魂裸泳人——王朔创作的后现代性隅评》，参见张国义编《生存游戏的水圈》，北京大学出版社1994年版，第315页。
③ [美]约翰·费斯克：《理解大众文化》，王晓珏、宋伟杰译，中央编译出版社2001年版，第53页。
④ [美]约翰·费斯克：《理解大众文化》，王晓珏、宋伟杰译，中央编译出版社2001年版，第58页。

三　先锋文化与大众文化的时代性

"先锋是每个时代自由生长的结果"①，作为一种叛逆的艺术精神，先锋在本质上是不会固化的，其先锋性总是显现于具体历史时空中。而大众文化作为一种在场性的文化样式，又必须与它所处的时代同向而行，甚至亦步亦趋。在时代性这个维度上，先锋文学与大众文化其实是趋同的。

彼得·比格尔认为，先锋的历史化是必然的。后先锋时代的新先锋主义艺术之所以不再先锋，一方面是因为先锋主义早已不再拥有惊世骇俗的影响，而更为关键的原因是——"先锋主义者所想要实现的对于艺术的扬弃，它对生活实践的回归，在实际上并没有实现。在一个变化了的语境中，使用先锋主义的手段来重现先锋主义的意图，连历史上的先锋派所达到的有限的效果也不再能达到了"②。

一代人有一代人的文学。实际上，每一代人亦有每一代人的先锋。余华、格非、苏童们不再先锋或收敛了先锋，但新一代的先锋作家亦在不断涌现。只不过，脱离了对抗总体化的历史语境，先锋的公共精神价值已经消失殆尽，更多地体现为一种私语化的乖张，既无法提供启蒙的价值，也不可能产生叙事的革命，离开了总体化的规约，先锋实际上已经回到了自己狭窄的城堡中，生产的只不过是自怨自艾的异化的自律文本。如果说现代主义是80年代先锋文学的核心构件，到了90年代，文学的先锋性更多地体现为后现代主义的兴盛。

针对中国当代文学在20世纪90年代的变局，有学者提出"后新时期文学"这一概念，认为"后新时期"代表着新时期文学的转型，文学的整体性和秩序在复归，"在能指/所指，欲望/法则，激进性/稳定性之间，文化的天平都已摆向了后者"③，一个新的文化空间由此形成。正是在这个新的文化空间中，大众文化有了填补先锋派退潮之后的"文化政

---

① 谢有顺：《先锋就是自由》，山东文艺出版社2004年版，第57页。
② [德] 彼得·比格尔：《先锋派理论》，高建平译，商务印书馆2002年版，第131页。
③ 张颐武：《后新时期文学：新的文化空间》，《文艺争鸣》1992年第6期。

治"缺位的可能。在"后新时期文学"中,"有意躲避崇高,有意消解主体性,有意打破元叙事,有意张扬一种边缘和'草根'的'他者'立场"①,成为相当一部分作家作品共同的"文学性"。

"市场意识形态"在 90 年代与"主流意识形态"的分庭抗礼,使得"先锋的姿态"在大众文化中体现得似乎更充分、更广泛。以《一无所有》的姿态体现出先锋气质的崔健,其摇滚音乐在 80 年代屡受打击,他还因前卫的音乐探索被禁演甚至被单位开除。崔健的先锋性不仅是精神意义上的,更是身体意义上的,远远超过被体制圈养的绝大多数先锋作家。但 80 年代的摇滚乐,由于大众文化氛围的缺乏,其影响也是相当有限的。90 年代之后大众文化的兴起,为崔健和他的音乐提供了重要的传播契机。有学者认为,崔健的摇滚乐是"借助于西方最前卫的艺术即摇滚方式和最现代的文化传播方式而达成的,因而具有震撼人心的后现代效果"②。在人文精神缺失的 90 年代,当他唱起《一块红布》《新长征路上的摇滚》《快让我在雪地上撒点野》《一无所有》等拒绝崇高的摇滚歌曲时,其实崔健的先锋性丝毫不逊色于先锋作家的先锋性。

先锋电影同样是一个典型的例子,由于电影生产的"集体体制",中国电影的先锋探索实际上是大大滞后于文学的。甚至,文学作品的公开发表,并不代表以其为剧本底本的电影就能公映,由余华同名小说改编拍摄的电影《活着》即如此。由于文化娱乐方式的匮乏,1949 年以来相当长的一段时间内,电影在中国民众文化生活中融主流性和大众性为一体,也是主流意识形态控制极严的领域。90 年代以后,由于电视媒介强势进入市民生活,电影逐渐向边缘化和小众性蜕变,电影这个大众文化的载体反而成为电影艺术家的个体沉吟。"电影的社会影响力以及对广义的语境的渗透力变小了,而电影的自我意识以及广义的语境对电影的渗透力却变大了"③。对 1989 年后走出大学校门的"第六代导演"来说,他

---

① 谷鹏飞:《"后新时期文学":历史语境与文学现代性价值》,《宁夏社会科学》2010 年第 3 期。
② 王岳川:《90 年代中国先锋艺术的拓展与困境》,《文艺研究》1999 年第 5 期。
③ 程波:《滞后的先锋性:一个关于中国 90 年代以来先锋电影的文艺学解释》,《文艺理论研究》2006 年第 2 期。

们已经完全丧失主流文化体制的庇护，商业语境与主流语境都不可能接纳他们，他们只能在自己的艺术空间里盘桓。加之90年代初期西方与中国在政治上对抗的特殊历史语境，第六代导演私人制作的电影在国际上获奖，并不能获得张艺谋、陈凯歌那一代导演的荣光，反而更容易被主流意识形态甄别其"政治正确性"，这一代导演潜入"地下"成为无奈的选择。而这种"地下"状态的电影制作和生产，无疑刺激了"第六代导演"群体作品的先锋性。①

先锋不可能永远是先锋，大众文化也不可能一直拥有"大众"。在这个意义上，在先锋文化与大众文化内部其实都暗含"自戕"的因子。无论是内容的先锋还是形式的先锋，一旦被更为广泛的人群接受，先锋性实际上已经泯灭，并进入大众文化的体制之中。大众文化本身是基于文化民主的，但标准化的生产和传播机制最后则可能使其成为压制文化民主的载体，而受众对于平庸的造反，也可能催生具有先锋意味的新的大众文化。套用本雅明的说法，先锋文化与大众文化其实追求的皆是"震惊"的美学效果，而非古典沉静的"韵味"。美学追求上的暗合为两者的款曲互通提供了可能性。卡林内斯库即指出了表面上看截然对立的先锋艺术与大众文化"互相吸引"的两个重要原因："先锋派出于颠覆和反讽的目的对媚俗艺术感兴趣；媚俗艺术可运用先锋派的艺术来为其美学上的墨守成规服务。"②

伴随日常生活审美化，先锋文化与大众文化之间的互动更为频繁，先锋的面目也更为模糊，而伴随着中产阶级在社会结构中的不断壮大，其政治无意识和某种"雅好"，更加速了大众文化对于先锋文化的吸纳。而无论如何标新立异，先锋派也不得不借助于大众文化强大的传播功能实现自身文化观念的推广。两者由此在内容和形式上都实现了双重交换，基于"双重交换"而实现的两种文化频繁的"双重互动"，其实暗含着某种实现良性循环的可能性。③ 就像丹尼尔·贝尔指出的："现代性用迅速

---

① 朱晓艺：《中国先锋艺术之回顾及90年代中国先锋电影》，《电影艺术》2001年第1期。
② ［美］马泰·卡林内斯库：《现代性的五副面孔》，顾爱彬、李瑞华译，译林出版社2015年版，第279页。
③ 李朝阳：《大众文化潜在的先锋性之理论探究》，《前沿》2011年第3期。

接受的办法来阉割先锋派,就像它同样安之若素地把西方的过去、拜占庭的过去、东方的过去(还有现在)的种种因素,接收到它的文化大杂烩中一样。"①

第三节　先锋文化与消费主义

中国80年代先锋文学的终结,除了80年代历史语境的消失,还与中国社会商业气息的日趋浓郁密切相关。商品社会和市场经济所带来的消费主义倾向,对于当代中国文化产生了重要影响。消费主义成为主导中国人思想观念的一种新的意识形态。在消费主义意识形态的规训下,精神与物质都不可避免地要纳入消费领域,似乎只有如此,其价值和意义才能得到显现。"在现代性的宏伟叙事中被忽略和压抑的日常生活趣味变成了想象的中心,赋予了不同寻常的价值和意义。这种消费主义的话语在中国也已经变成了一种相当具支配力的话语"②。在这股渐趋汹涌的消费主义思潮中,文学的"物化"在所难免,文学接受由此加入消费要素。而文学作品在消费领域能否获得广泛接受,也成为文学评价的一个重要标准。市场对于文学艺术的控制力越来越强大,文学艺术与消费主义亲近也成为一种必然。伴随传媒霸权在中国的形成,传媒与消费迅速合谋,形成更为强大的消费主义潮流。这股潮流对文学艺术作品的生产和接受都产生了深刻影响。文学不再是一种"单向的主张","消费浪潮带来的一体化的趋势,十分有力地破除了以往那种认为文学仅仅是个人操作的封闭观念,使人们不得不放弃原先的文学主张,把自己的文学创造放到整个社会文化环境中予以考虑"③。市场机制的引入,打破了先锋自律的空间。"符号生产、日常体验和实践活动"④ 交织于转型后的先锋派艺术

---

① [美]丹尼尔·贝尔:《资本主义文化矛盾》,赵一凡等译,生活·读书·新知三联书店1989年版,第149页。
② 张颐武:《"纯文学"讨论与"新文学"的终结》,《南方文坛》2004年第3期。
③ 吴亮:《文学与消费》,《吴亮话语·批评者说》,浙江文艺出版社1996年版,第93页。
④ [英]迈克·费瑟斯通:《消费文化与后现代主义》,刘精明译,译林出版社2004年版,第165页。

内部,"它一方面表现出抵制商业化和商品化的冲动,即面对艺术的商品化力图保持高雅艺术的理想;另一方面又不可避免地呈现出与市场的暗中甚至直接的联系"①。商品化、趣味化、传媒化成为消费主义时代先锋文化变迁的主要特征。

一 商品化的先锋

90 年代之后,人文精神即使说不上衰败,也无法与 80 年代人文氛围的纯粹性相比。随着改革开放的深入和商品经济的繁荣,就先锋派的探索而言,最大障碍并不是来自政治意识形态,反而是越来越强大的商品意识形态。先锋文学 80 年代所实践的"形式意识形态",在 80 年代结束后立即遭遇了商业化这堵高墙。就像程永新评价王朔说的:"我甚至怀疑他都不会想到'写字''码字'和做买卖、开饭馆一样,也能成其为商品社会一种潇洒过瘾的生存方式。尽管他后来像宣言似的几次三番把写作与干其他营生等同起来。"②

整个中国社会对于财富的狂热和崇拜,对于先锋作家的影响是显而易见的。他们同样是俗人,也有七情六欲,也须养家糊口,也向往优越的物质生活。马原曾跑到海南经商。③ 潘军也去了海南做生意,在文坛消失了五年。推出一批先锋作家的《收获》编辑程永新,就曾创办公司,尽管并不成功,但也反映了那个时代文人融入商品经济的努力。④ 余华曾在致程永新的信中谈到电影《活着》剧本改编的事情,"不忍心看一万元落到别人的口袋里"⑤。1993 年,苏童、格非、北村等六位作家为张艺谋创作以武则天为题材的同题小说,似乎可以看作先锋商品化的一个典型象征。⑥

---

① [美] 马泰·卡林内斯库:《现代性的五副面孔》,顾爱彬、李瑞华译,商务印书馆 2015 年版,第 158 页。
② 程永新:《一个人的文学史》,天津人民出版社 2007 年版,第 11 页。
③ 程永新:《一个人的文学史》,天津人民出版社 2007 年版,第 15 页。
④ 程永新:《一个人的文学史》,天津人民出版社 2007 年版,第 123 页。
⑤ 程永新:《一个人的文学史》,天津人民出版社 2007 年版,第 47 页。
⑥ 1993 年,由张艺谋命题,约请苏童、北村、格非、赵玫、须兰、钮海燕六位作家写武则天,为巩俐量身定制剧本。参见陈墨《张艺谋电影论》,中国电影出版社 1995 年版,第 37 页。

较之与泛政治的意识形态之间的紧张关系,先锋作家对商品化的抵抗显然要松弛得多。在商品化社会中,"物化"是一种常态。文学也不可避免地被纳入"物化"的总体逻辑之中。商品拜物教的泛滥,更使得消费主义确立了统摄性的地位。文学因此也被总体上作为一种"物"的形态成为文化商品,被生产和包装出来推向市场。"先锋"成为商业的概念也就不足为奇。

市场是以供求关系的调整来运行的。这样的一种规则不同于显性的政治意识形态,它更具有隐蔽性,它并不直接地宣示主张,而是以"物"的交换来播撒观念。市场规则对于整个社会的重构是潜移默化的,"市场是社会结构和文化互相交汇的地方。整个文化的变革,特别是新生活方式的出现之所以成为可能,不但因为人的感觉方式发生了变化,而且因为社会结构本身也有所改变"[1]。市场逻辑对于文化的改造是不由分说的,先锋作家也不可能生活在一个屏蔽商品化的真空中。相反,由于"先锋"这样的象征符号,反而为其进入市场变成一种商品奠定了基础。就像詹姆逊所指出的:"在这个新阶段,文化本身的范围扩大了,文化不再局限于它早期的、传统的或实验性的形式,而是在整个日常生活中被消费,在购物,在职业工作,在各种休闲的电视节目形式里,在为市场生产和对这些产品的消费中,甚至在每天隐秘的皱折和角落里被消费,通过这些途径,文化逐渐与社会市场相连。"[2]

事实上,90年代以来的中国文学出版市场中,余华、苏童、格非这样的作家一直拥有着较多的读者。但对其"先锋"身份的强调并不是出于意识形态的对抗,而是在商品化的逻辑之下实现象征资本交换,获得更多的市场利益。布迪厄对于这种"交换"曾有论述:"象征资本开始不被承认,继而得到承认,并且合法化,最后变成了真正的'经济资本',从长远来看,它能够在某些条件下提供'经济'利益。"[3] 先锋与商品、

---

[1] [美]丹尼尔·贝尔:《资本主义文化矛盾》,赵一凡等译,生活·读书·新书三联书店1989年版,第136页。

[2] [美]詹姆逊:《文化转向》,胡亚敏等译,中国社会科学出版社2000年版,第108页。

[3] [法]皮埃尔·布迪厄:《艺术的法则——文学场的生成和结构》,刘晖译,中央编译出版社2001年版,第14页。

市场、消费这几个概念之间,不再是一种逻辑抵触的关系,而是在象征资本的交换中实现了互动、沟通甚至合谋。

在先锋文学形成过程中起到推波助澜作用的"先锋批评",在商品化的逻辑面前同样失去了批判性,而主要着力于强化先锋话语操作。这样的话语操作对"先锋"的"增值"也起到了助推作用。肖鹰曾结合 2005 年"《秦腔》事件"对"话语操作"现象进行了批评,认为先锋批评已经由"20 世纪 80 年代的新锐的文学批评变成了沉溺于当前消费时代的文化速写"①。肖鹰对于先锋批评的失望,代表了许多人文学者对"先锋"陨落的遗憾。先锋批评家对于《秦腔》"高度肯定",这样的同一化现象本来就值得反思。当年对于先锋文学反叛性的声援,何以变成了同声共气?除了文学圈子化的因素外,市场逻辑和商业法则对于学者们的规训功不可没。如南帆所言,"人民大众"这样的概念其实一直被主流文学观所强调,但在商业社会语境之下,"人民大众"这样的概念却被成功地置换为"文化消费者","大众身份的重新界定证明,强大的市场体系正在深刻地改造所有的社会关系"②。

二 趣味化的先锋

尽管努力与大众文化对接,或竭尽全力商品化,进入市场交换环节,先锋文化终究也只是一种小众文化,但正是这样的小众性,确保"先锋"将成为消费主义时代一种特别的趣味,得以获得了自己独特的交换价值。先锋文学在 90 年代"终结",这种文学史的判定,尽管目前已经被接受,但并不代表这样的判定具有普遍有效性。对于许多作家来说,先锋性并不一定就已在体内清除,而对于受众来说,先锋的趣味也不一定就此消失,反而有可能在"终结"之后被消费主义时代所成就。齐格蒙·鲍曼曾说:"前卫艺术的成功即是其失败的象征,而其失败又恰恰就意味着适得其所。"③这样的悖论对于中国先锋文学来说,其实同样是存在的。进

---

① 肖鹰:《沉溺于消费时代的文化速写》,《文艺研究》2005 年第 12 期。
② 南帆:《文学理论新读本》,浙江文艺出版社 2002 年版,第 124—129 页。
③ [英]齐格蒙·鲍曼:《后现代性及其缺憾》,郇建立、李静韬译,学林出版社 2002 年版,第 116 页。

入大众文化时代之后,先锋作家与身处的时代找到了某种平衡,这意味着先锋将获得更为广泛的认同。

消费主义对于文化的最大影响就在于:它总是把市场和消费放在最为重要的位置。这就意味着符号化的商品在消费过程中具有重要价值。消费品的实际用途往往被忽视掉,"商品变成了索绪尔意义上的记号,其意义可以任意地由它在能指的自我参考系统中的位置来确定"①。这意味着:进入现代商业社会之后的消费,其实是一种消费意识形态规训下的参与编码的行动,消费品进入意义生产领域,意味着"人"自身的消失,因为他只不过是编码过程中的一个环节。就像鲍德里亚所说的:"消费的主体,是符号的秩序。"② 由此,被消费意识形态所控制和支配的先锋文化,也产生了某种自我谐和的机制,主动抹平了先锋文化与大众消费之间的鸿沟。"先锋"不再纯粹地以怪异的姿态面对市场选择,它被包装成一种具有超越平庸、抵制世俗的文化产品,进入消费链条当中,以"盈利"来实现价值确认。当然,更为重要的是,先锋性在消费主义的语境中,也迎合了一部分消费者的需要,符合他们自身参与消费的编码需要,诸如格调、趣味、阶层等复杂的消费动机。在这个意义上,我们可以认为,在消费主义时代,先锋文化不会走向终结,而是成为某种消费编码符号融入了大众文化。"个体对个人自主性、自我界定、真实的生活或个人完善的需求,都转变成了占有和消费市场所提供商品的需求"③。吉登斯描述的情形在市场化、商品化日渐繁荣的当代中国,已经得到了极其充分的验证。

在叙事革命的意义上,余华、格非、苏童等作家向现实主义的回归,的确可以说先锋文学"终结"了,因为他们已经彻底地与当年极端、激进、叛逆的作家形象作别。当然,由于象征资本的不断累积,他们在消

---

① [英]迈克·费瑟斯通:《消费文化与后现代主义》,刘精明译,译林出版社2000年版,第124页。
② [法]让·鲍德里亚:《消费社会》,刘成富、全志钢译,南京大学出版社2014年版,第198页。
③ [英]安东尼·吉登斯:《现代性与自我认同》,赵旭东、方文译,生活·读书·新知三联书店1998年版,第232—233页。

费主义时代也拥有了足够的话语权。余华的长篇小说《兄弟》出版后所引发的争议，正好可以证明这种象征资本的重要性。有学者指出，余华的《兄弟》不过是"凭借他多年来积累的象征资本向大众兑取经济资本的一次提款"①。《兄弟》在商业运作上的成功表明了"纯文学"概念在消费主义时代的落魄。不要说普通的读者，若仅仅从《兄弟》的商业策略来看，甚至连余华这样的先锋派主将似乎也放弃了"纯文学"的追求。而后先锋时代的某些作家，他们的反叛姿态其实并不逊于余华他们那一代，但在批评家的解读中却并不那么"先锋"，至少不是80年代先锋的模样。以欲望的极端张扬为例，卫慧、棉棉这样的作家显然比苏童这一代的作家更为出位，"性"在卫慧、棉棉这里失去了革命性甚至叙事性的意义，更重要的意义在于它是文学商品化的一种"另类"包装，她们是以欲望书写来获取象征资本。若将这种并不具备公共性价值的反叛也视为广义上的先锋，我们会发现，先锋其实已经成为一种商业化的操作策略。

如果说卫慧、棉棉们的"身体"写作是赤裸裸地向大众文化献媚，那么，"先锋派"在消费主义时代的华丽转身，则具有了丹尼尔·贝尔所称的"中产阶级趣味"②的意味。先锋戏剧的商业化运作就是"中产阶级趣味"的经典案例。孟京辉80年代末90年代初本是以实验、先锋的姿态开始其戏剧之路的，但在消费主义时代到来之后，最终他也放弃了自我隔绝的创作姿态，主动地与大众进行沟通交流。但我们也应注意到，孟京辉的这种交流其实还是具有"提高"观众素养的自我精英化倾向的。③ 这种沟通交流正是驯化公众"中产阶级趣味"的一种方式，而这种"驯化"无疑是具有商业价值的。"中产阶级趣味"作为大众文化时代的

---

① 邵燕君：《"先锋余华"的顺势之作——由〈兄弟〉反思"纯文学"的"先天不足"》，《当代文坛》2007年第1期。

② [美]丹尼尔·贝尔：《资本主义文化矛盾》，赵一凡等译，生活·读书·新知三联书店1989年版，第90页。

③ 孟京辉曾说："我现在意识到，和公共的交往是最重要的，这也是我每天都到剧场来，和观众交流的原因。其实交流的很大部分是毫无意义的，但是你必须用坦诚的心态对待观众，观众也需要慢慢地提高，他这次不明白，下次就明白了。"参见孟京辉《先锋戏剧档案》，作家出版社2000年版，第353页。

一种新型审美观，既无启蒙精英的立场，也无代言底层的标榜，它只是"与今天的商业文化达成了利益默契的、充满消费性与商业动机的、假装附庸风雅的或者假装反对高雅的艺术复制行为"①。

三 传媒化的先锋

人类步入现代社会后，媒介成为人类认知世界的重要工具。现代传媒是当今社会的文化奇观。传媒不仅传播文化，而且参与建构文化。套用李普曼"拟态环境"②的说法，我们似乎也可以使用"拟态文化"这样一个概念。笔者在这里所使用的"拟态文化"概念，指的是传媒时代经由传播媒介建构起来的文化形态，它融生产性和消费性为一体，生产性指的是：它总是将文化作为一种产品来打造，消费性则指的是：它以商业利益的最大化为归依。文化产业要实现利益最大化，就不得不依托无所不在的现代传媒。传媒传递给公众的文化是经过了传媒重新改造的文化，离具体文本本身其实是有相当的距离和差异的。在这个意义上，我们甚至可以认为，中国语境中的所谓"先锋"也是一种"拟态文化"。

80年代先锋文学完全可以视为由作家、批评家、文学媒介共同建构起来的一种文学类型。当时上海的《收获》《上海文学》等杂志对于先锋文学的推出就有比较强烈的市场规划性。而80年代末以来"先锋文学"这一概念逐渐成为一个专用称谓，不再与"新潮小说""探索小说""现代派小说""实验小说"等概念混搭，也在于它找到了确定性的传播策略并已获得历史性的成功。③ 20世纪90年代以来，伴随市场经济的推进，中国传媒业获得了爆发式增长，中国进入传媒社会。"媒介时代的媒介已穿越了工具论的范畴而跃升为一种本体论意义的媒介，它不再是文学的外部他者，而是一种内外兼修的功能主体，一种魅力四射的'发动机'

---

① 张清华：《我们时代的中产阶级趣味》，《南方文坛》2006年第2期。
② "拟态环境"是李普曼在其著作《舆论学》中提出的概念。在李普曼看来，我们对于所处生活环境的真实情况并不了解，但却常常把自我认定的真实图景视为客观环境本身，也就是说，我们与真实环境之间其实还存在着一个拟态环境。大众媒介所从事的传播就是一种构建拟态环境的活动。参见［美］沃尔特·李普曼《舆论学》，林珊译，华夏出版社1989年版。
③ 程光炜：《如何理解"先锋小说"》，《当代作家评论》2009年第2期。

与'助推器'。"① 也正因如此，概念化、符号化的标举成为中国文坛的一种风气。"60后作家""70后作家""80后作家"这类以年代为划分标准的批评范式，除了可以更方便地归集更多的作家外，其实无助于文学批评视野的拓展，毕竟，文学批评不像伐木，只要切入内部就可以看清年轮，作家创作风格的形成，其因素是多种多样的。但这样的标举显然具有重要的文学传播价值，即争取更精准的文学受众（消费者）。而"新写实""新体验""新状态""底层写作""女性写作"这样的概念，则显然是基于传播的考虑。欲望化叙事反反复复地植入当代文学，就是对传媒文化的臣服，目的是获得更多的市场认同和商业回报。② 由此更进一步，传媒也参与到文学生产的过程中来，文学策划影响了作家创作。90年代"布老虎"丛书成为畅销书，就是文学策划的结果。不妨以先锋作家的加盟作为一个观察点来看先锋文学在传媒社会中的命运。在80年代先锋作家中，洪峰最早参加了"布老虎"丛书的写作，此前他写的《东八时区》辗转多家出版社均无结果，但他为"布老虎"丛书写的《苦界》却成了畅销书。新世纪开始后，苏童、叶兆言、李锐、阿来等中国作家参加的"重述神话"写作，同样是一个文学传媒化操作的经典案例。文学策划最重要的诉求就是市场。

"先锋文学"这一概念至今仍然具有重要的影响和传媒化的策略有关。2015年纪念"先锋文学三十年"也有着极强的文学传播诉求。其实，先锋文学在中国的兴起，追溯到20世纪20—30年代是没有任何问题的。鲁迅就具有相当的先锋性。而李金发等人的象征主义诗歌，直接就是在西方现代主义影响下的先锋探索。提"先锋文学三十年"，无非是重新确认"85新潮"这样的时间节点，同样也重申形式实验的先锋性。20世纪80年代末以来，传媒视野中的"先锋文学"正是这样的一种符号化的先锋。马原、格非、孙甘露、余华、苏童、北村等人的先锋形象在先锋传媒化的过程中也被固化，尽管90年代之后这些作家的创作其实已经不再

---

① 张邦卫：《媒介诗学——传媒视野下的文学与文学理论》，社会科学文献出版社2006年版，第174页。

② 刘文辉：《20世纪90年代传媒语境下的文学转向研究》，博士学位论文，福建师范大学，2008年。

先锋，但他们早已经成为中国当代先锋文学不易更改的符号。

先锋文化在现代传媒社会里还作为一种创意进入文化产业中，"北京798"就是一个典型例子。这个有着先锋、前卫、小众特点的艺术区其实是亚文化的产物，但在传播策略中坚定不移地传递其时尚、先锋这样的概念，一直以来它在公众认知中仿佛是当代先锋艺术的一个"圣殿"。先锋派的一些艺术家，比如刘索拉、窦唯等都曾入驻其中，带有"中产趣味""小资情调"的商业经营也在其中获得极大成功。①

1989年自杀的诗人海子，在"反经验性和反可认识反可感知性"②这个意义上，其诗歌无疑是先锋的。但海子在传媒化的当下语境中已经成为一个文化符号，甚至具有了某种心灵鸡汤的作用，附和了部分小资人群的消费，而诗人特立独行的诗歌与人生，已泯灭在消费主义的浪潮之中。这就是传媒拟态环境"文化修改作用"③的真实体现，传媒对于消费趣味具有重要的建构功能。

面对消费主义时代，先锋几乎没有退路。文学艺术的创作个体同样是消费主义意识形态规训的产物，依靠版税生存的作家、艺术家，当然有权利追求文学艺术的经济价值。先锋的商品化、趣味化、传媒化，皆是作为"物"的文学实现更多交换价值的重要手段，先锋艺术家不可能去抵拒。其"形式意识形态"和审美自律，也因此有了向消费领域漫溢的可能。在这个意义上，我们认为，在消费社会中，先锋其实有可能获得了文本增殖的空间。余华的《兄弟》《第七天》、格非的《江南三部曲》之所以在文学市场上拥有相当的号召力，就在于先锋这样的身份标识，其实一直对其作品走向市场发挥了关键作用。而孟京辉"先锋戏剧"为代表的小剧场话剧，是当下中国都市小众文化的热点之一。借助于明星加盟演出、传媒强力推广，孟京辉的先锋话剧也被列入了中国"中产趣味"的文化菜单。这样看来，先锋并未被消费主义消灭，而是基于交换价值的融入。但我们也必须意识到，消费其实"包含着赋予个人自由

---

① 周凤梅：《青年文化在消费主义时代的嬗变与当代建构》，《江淮论坛》2016年第2期。
② 张清华：《中国当代先锋文学思潮论》，中国人民大学出版社2014年版，第216页。
③ 参见雷世文《试论媒介"拟态环境"的文化修改作用》，《国际新闻界》2005年第4期。

和剥夺个人自由的双重属性"①。因此，消费主义意识形态规训下的先锋，看起来是一种自由选择的结果，实际上是以批判性、民主性、自主性的弃守为前提的，这一点值得我们警惕。先锋在消费社会中的命运，其实也隐喻了当代文化天然的软肋——主体性的缺失。对照 80 年代末先锋批评家吴亮代先锋派发出的"宣言"——"生活在想象里的文学先锋是不会向现实妥协的，他们不需要审时度势，他们照自己的方式感知世界组织世界，从来不需要多数人的首肯"②。当代的先锋无疑是有些尴尬的，但先锋的尴尬不只是这一文化样态的尴尬，而是我们这个时代文化精神矮化和粗鄙的缩影。"精神的真正功劳在于对物化的否定。一旦精神变成了文化财富，被用于消费，精神就必定会走向衰亡。"③ 法兰克福学派大师的担忧或许有点危言耸听，但在这个日益世俗和粗鄙的时代，值得我们警醒。

第四节 形式实验的价值重审

先锋文学进入中国当代文学史并占据重要位置，这已是不争的事实。这说明，80 年代先锋文学的形式实验和精神独立得到了更为广泛的确认。但对于进入文学史的先锋文学本身的历史地位，同样也有争议。

有学者认为，随着当代文学"历史化"而进入历史的先锋文学，却不能提供历史的信息，无论从历史还是美学的维度来重读，都是令人失望的，因为它无力对社会历史变迁做出反应。正是由于对形式与技术的迷恋，过于崇尚主观精神和历史"改写"，先锋作家对于现实的把握能力是有致命缺陷的。④ 更有学者直陈先锋文学对于中国当代文学带来的"副

---

① 肖鹰：《沉溺于消费时代的文化速写》，《文艺研究》2005 年第 12 期。
② 吴亮：《真正的先锋一如既往》（原载《文学角》1989 年第 1 期），参见吴亮《吴亮话语·批评者说》，浙江人民出版社 1996 年版，第 16 页。
③ ［德］霍克海默、阿道尔诺：《启蒙辩证法》，曹卫东译，上海人民出版社 2003 年版，第 4 页。
④ 董外平：《先锋小说家的精神症候》，《文艺报》2012 年 7 月 23 日。

作用",认为先锋文学为形式而形式,从而疏离现实,其价值不宜高估。①先锋针对现实的这种无力感被学者指为先锋作家的"空心化"②。在探讨中国文学孱弱的原因时,也将先锋文学的"不良遗产"归于其中。认为先锋作家的创作偏好缺乏对历史、民族命运的深入思考,甚至主动放弃了基本的担当,只是一味玩弄技艺,满足于表面功夫,思想修养成为其天然缺陷,这种创作倾向生产出来的作品只不过是"一碰就裂或碎的花瓶"③。因此,有学者认为,先锋文学的经典化还为时尚早。④ 程光炜注意到了先锋文学"历史化"的后果,认为"先锋文学"这样的表述其实已被固化进了文学史,而且要改写起来相当困难,因为这样的文学趣味已经一家独大。⑤

当然,力挺先锋文学独特价值的学者亦为数不少。多年来潜心于先锋文学研究,基本与先锋作家同行的批评家陈晓明在"先锋文学"三十周年(1985—2015)的节点上有过回顾,认为80年代先锋文学不仅有文学史的意义,而且具有文学文本的价值。那一批先锋作家的创作并非是像欧洲"先锋派"那样,是"贴上了艺术标签的社会骚乱",而是专注于文本的创新和革命。尽管由于特定的中国语境,其先锋性或被放大了,但先锋经验和先锋精神值得珍视。⑥ 另一位重要的先锋文学批评家张清华则认为,先锋文学经典化是一个自然而然的历史过程,一个重要的原因就在于先锋文学达到了中国当代文学写作难度系数的最高值。而对于先锋文学压抑了现实这样的说法,张清华强调:"在当代文学的历史上,还没有哪一种文学对于历史的反思和对于现实的'介入'与批判深度,能够超过先锋文学。"⑦

笔者以为,无论是作为一种文学现象,还是作为一个作家群体(尽

---

① 刘涛:《先锋文学的发生、影响及在今天的副作用》,《文艺报》2016年2月29日。
② 郭艳、马笑泉、李浩、弋舟:《我们是时间,是不可分割的河流——"70后"写作与先锋文学四人谈》,《文艺报》2015年12月21日。
③ 周明全:《说说中国文学孱弱的原因》,《文学报》2016年8月11日。
④ 杨庆祥:《先锋文学经典化为时尚早》,《北京青年报》2015年12月4日。
⑤ 程光炜:《如何理解"先锋小说"》,《当代作家评论》2009年第2期。
⑥ 陈晓明:《先锋派的历史、常态化与当下的可能性》,《文艺争鸣》2015年第10期。
⑦ 张清华:《关于先锋文学答问》,《文艺争鸣》2016年第3期。

管这样的划定难免挂一漏万，而且和批评家趣味相关），或是一种文学精神，80年代先锋文学的文学史价值都是不容否认的，而在文学性这个维度上，不管形式实验的成果如何，它都丰富了中国文学的可能性。就像詹姆逊所指出的："审美行为或叙事形式的生产将被看作是自身独立的意识形态行为，其功能就是为不可解决的社会矛盾发明想象的或形式'解决办法'。"① 形式与内容二分的观念长期统摄着中国人的文学认知，即使是将先锋文学狭义地定位于一种极端化的美学实践，作为一种"社会的象征性行为"②，其间依然潜藏了"形式意识形态"，这是80年代的特定历史语境所赋予的。形式自律的80年代先锋文学留下的遗产当然很丰富，撮其要，笔者认为，至少以下三个方面的价值是值得我们珍视的。

一 启蒙价值

论及新时期文学的先锋性，形式实验的先锋小说并不是唯一的考察对象。回溯到"文革"的"地下文学"，像黄翔、芒克、食指等人的诗歌，考虑那个时代的文化氛围，其先锋不仅仅是文学探索，更是政治性的行动了；王蒙的"意识流"探索尽管与乔伊斯、普鲁斯特的意识流小说相比有很大差距，但毕竟是冲击了现实主义的顽强规定性；"朦胧诗"带给中国文学的诗学新变是巨大的，如果没有那一代诗人的"诗歌造反"，很难想象，目前中国新诗会出现如今的民间繁荣；"寻根文学"固然只是昙花一现，也没有实现韩少功们的文化梦想。但值得注意的是，"寻根"作家当年所引发的中国现代化过程中的文化反思，至今依然是中国社会的文化主题，本土传统与全球化之间的文化冲突，依然是快速发展的中国无法回避的"成长中的烦恼"。

形式自律为鲜明美学特征的80年代先锋文学并不是空穴来风，既有来自域外文学的影响，同时也有对于80年代其他文学探索的继承和发扬，甚至还有对"五四"文学传统的重新发现。格非曾提及汪曾祺小说

---

① ［美］詹姆逊：《政治无意识》，王逢振、陈永国译，中国社会科学出版社1999年版，第67—68页。

② ［美］詹姆逊：《政治无意识》，王逢振、陈永国译，中国社会科学出版社1999年版，第8页。

对于先锋作家的影响,认为汪曾祺也是80年代先锋文学的一个源头。①这个事实也启示我们:不管形式实验表面上看起来多么乖张,实际上都不可能脱离当时的历史语境。"启蒙"这个80年代的人文思想主脉,对于先锋作家同样有着重大影响。

当残雪写出《黄泥街》《苍老的浮云》《山上的小屋》这样的作品时,事实上已经喻意着那个时代作家精神先锋性的诸种可能。残雪对于主流趣味没有任何的迎合。她显然受到了卡夫卡的影响,但在她的小说中所流动的强烈的主观化的世界,依旧有着她独特的"中国经验"。莫言《透明的红萝卜》《红高粱》对于主观感觉的瞬间捕捉,赋予了平淡无奇的故事以奇特的魅力。这两篇小说至今读来依然让人击节,奇谲的叙事和色彩的涂抹,这样的写法的确开了先河,也预示了莫言的文学道路:《透明的红萝卜》体现了他天启般的神秘的语言感觉,《红高粱》的成功使文学家莫言在"高密东北乡"安静栖居。正是沿着这两条道路,莫言一路走到了诺奖圣殿。"马原的叙述圈套"在当时的中国文坛无疑是石破天惊的实验,如果说残雪和莫言的先锋体现于精神和感觉层面,他们建构了中国当代文学史不曾出现过的精神意象,马原则一本正经地用形式为新时期文学确立了另外一种可能性。较早地在创作层面上体现强烈先锋性的残雪、莫言、马原对于比他们年轻一些的余华、苏童、格非、孙甘露等人无疑是有影响的。余华早期小说,对于暴力、血腥题材的不动声色的书写,和残雪颇多相似;苏童《一九三四年的逃亡》看得到莫言《红蝗》的影子;格非、孙甘露的形式化探索比马原走得更远。这些作家及其作品的出现,当然有着作家天才创造的成分在其中,但我们进入80年代先锋文学时,应当记得詹姆逊的提醒:"所有有关文学作品的形式上的陈述都必须有一个潜在的历史维度来支撑它们。"② 就像吴亮说的,我们不能孤立地看待这些作家及其作品,必须回到那个历史过程和环境中,

---

① 格非:《中国小说与叙事传统》,参见王尧、林建法主编《我为什么写作——当代著名作家讲演集》,郑州大学出版社2005年版,第248—249页。

② [美]詹姆逊:《批评的历史维度》,王逢振主编:《詹姆逊文集》(第1卷),中国人民大学出版社2004年版,第166页。

并拥有丰富的材料，做出的判断才有可能是客观的。① 那个时代最亮的人文底色就是启蒙。因此，先锋文学的"形式意识形态"是启蒙的产物，它反过来也启蒙了时代。

　　先锋作家之所以成其为先锋，来自"人"的价值在80年代所获得的解放。也正是"人"与"主体性"的确立，先锋文学的解构与反拨才有了坚实的基础，他们对于现实主义文学成规的拒斥才有了出发点和驱动力。但形式并不是虚无的存在，"对于先锋作家而言，形式本质上是他们主体精神感知世界的方式"②。在80年代整个中国社会和国家意识形态被卷入"现代化"这个新的总体性话语的大背景下，先锋文学的形式实验看起来仿佛是原子式的个体，但实际上依然是80年代新时期文学创新求变"大合唱"中的一个独特的"声部"。如何看待这种形式化的文学革新？詹姆逊给我们指出了方法——"把关于形式和美学特性的陈述等转换成真正的历史存在"③。先锋文学这种精英主义式的形式实验，其"形式意识形态"展现出来的政治和社会想象不可能超越80年代的历史语境，它与现代化中国这样的总体性话语之间的联系其实最为密切，与人文知识分子对于话语现代性的共同追求融为一体，正是在这样的一种话语构造中，先锋文学的启蒙价值得以彰显。当然，这样的启蒙明显带着布迪厄所说的"形式化重负"的特征——"形式化的重负使外行敬而远之，也保护了文本免受海德格尔所说的'琐屑化'之扰，为此，它根据内在阅读的要求将文本留存起来。内在阅读包含着两个方面的含义，一方面是将阅读限制于文本自身的边界之中，与之相随，另一方面将阅读留给了职业读者的小圈子"④。

　　对于80年代先锋文学启蒙价值的重审，必须要通过历史语境的还原来打破其形式化文本的阻隔，对形式话语予以解码。建构了"形式意识

---

① 吴亮、李陀、杨庆祥：《80年代的先锋文学和先锋批评》，《南方文坛》2008年第6期。
② 叶立文：《启蒙视野中的先锋小说》，湖北人民出版社2007年版，第175页。
③ [美]詹姆逊：《批评的历史维度》，王逢振主编：《詹姆逊文集》（第1卷），中国人民大学出版社2004年版，第166页。
④ Pierre Bourdieu, *The Political of Martin Heidegger*, Stanford, p. 89–90. 译文参见张旭东《改革时代的中国现代主义——作为精神史的80年代》，北京大学出版社2014年版，第25—26页。

形态"的先锋文学，最核心的"部件"其实就是西方现代主义（后现代主义）与中国独特的精英"文化政治"想象。"文化政治的崛起是一个后现代事件，后现代的知识状况注定了文化政治从一开始就是一种微观政治"①。发生在1982年至1984年的现代派论争，即预示着中国当代文学的"形式意识形态"对于文学话语权的争夺。对80年代中后期集体登场的先锋作家来说，在此之前发生的这一场争论的重要意义在于：为形式革命的反现实主义的文学做了广泛的动员，意外地营造了先锋激进的文学空间。

通过文化政治抗辩建构起来的"空间"显然具有了后现代地理学所指的"容器"的功能——"重建力量关系的任何斗争，都是一种重组它们的空间基础的斗争"②。不管是刘心武任主编时《人民文学》以专号大张旗鼓地推举③，还是李小林主持下的《收获》不打旗号却策略性十足地捏合先锋作家群④，其实都是一种文化政治的策略。更重要的是，先锋文学早期作品的出现，其实是与"清除精神污染"的大环境融合在一起的，"形式意识形态"的隐晦恰好为它提供了"隐身衣"。在文化政治的隐形抗辩中，表面上有着"反启蒙"色彩的先锋文学，即使是一种形式化的极端实验，但其潜在的启蒙价值也显而易见——先锋文学对于个体存在精神困境的关切，对于僵化的历史叙事的解构，其实就是基于建构现代化中国的高度隐喻的启蒙表达，"它事实上一直在形式试验中参与了80年代中国的现代化进程"⑤。

二 叙事价值

在最直观的认知上，先锋文学体现出来的"形式意识形态"首先来

---

① 姚文放：《文化政治与文学理论的后现代转折》，《文学评论》2011年第3期。

② [美]戴维·哈维：《后现代的状况——对文化变迁之缘起的探究》，阎嘉译，商务印书馆2003年版，第297页。

③ 1987年第1、2期《人民文学》合刊，推出了大量先锋探索的作品。刘索拉、莫言、马原、北村、孙甘露等具有实验色彩的作家作品皆在其中。

④ 先锋作家的代表性人物马原、余华、苏童、格非等都与《收获》颇有渊源，与《收获》编辑程永新有很深的交情。余华、苏童、格非等先锋作家的重要作品皆由《收获》首发。

⑤ 叶立文：《启蒙视野中的先锋小说》，湖北人民出版社2007年版，第222—223页。

自叙事革命的支撑。叙事主体、叙事时间、叙事空间、叙事视角……叙事学理论在中国的实践，如果缺了先锋文学这样一个对象，必然是不完整的。因为，只有先锋文学才真正地将叙事作为一种文学追求，从而提升了中国当代文学的叙事难度。当80年代的人文创新求变激情不再，当先锋文学在大众化、商品化时代转型，先锋文学留下来的遗产，或许最为丰厚的就是叙事。1989年，吴亮在《向先锋派致敬》一文中即指出，"精神、自由、想象、形式"是先锋文学最为核心的关键词，先锋作家用"文字造型"完成了"独特的叙事形式"。[1]

先锋作家们特立独行的叙事实验，几乎是将西方现代主义（后现代主义）文学进行了一次集中地模仿和展示。没有政治号召，也没有紧密的文学同盟，先锋作家在文学现代化的探索中，将叙事作为核心的攻坚难点，借助西方作家的经验和技巧，创造了先锋文学的中国形式和中国经验。标举形式实验的先锋文学从它出现之日起，对它的批评就不绝于耳，但不能否认的是：正是先锋文学的叙事探索，极大地丰富了中国文学的表意形式。人物、故事、时间在现实主义文学成规中具有自己的法则。人物，要有典型形象，要塑造典型性格。故事，要制造悬念，要高潮迭起。时间，要有始有终，要遵循物理规定性。但这些现实主义的规定在先锋文学中丧失了合法性，故事不再作为好小说的绝对判断标准。人物也不再对叙事具有统治权，甚至角色也可能是随时切换的。时间自然也不再和现实的物理时间对应，而是作为一种心理时间被模糊掉。文学真正地回到了文学本体。

"马原的叙述圈套"曾经风靡一时，"我就是那个叫马原的汉人"在文学圈人尽皆知，而且实实在在地影响了一批青年作家。[2] 但后马原

---

[1] 吴亮：《向先锋派致敬》，《上海文论》1989年第1期。
[2] 格非曾在随笔《十年一日》中谈及马原对于先锋作家的影响，他在文中说："我无意于对马原先生的那些风格独特的作品提供全面的评价，我只是想重新反省一下如下的事实：马原的写作方式对于当时矫揉造作之风盛行、缺乏想象力的文学界形成了怎样的冲击。我相信，当余华先生在辽宁文学院的一次讲课中谈道，他之所以决定来沈阳仅仅是为了向马原表达一种敬意，并不是虚妄的奉承之语。"参见格非《塞壬的歌声》，上海文艺出版社2001年版，第66页。

时代的先锋作家似乎更加不讲规范。格非的"叙事空缺"超越了马原的"叙述圈套"。相对于在作品中生硬地闯入作者,对小说中的人物以及小说外的读者发言,"格非"在其小说叙事推进过程中的出现更为自然而不露痕迹。《褐色鸟群》被认为是格非最极端的叙事实验作品,但这篇作品从容不迫的叙事节奏,对于叙事迷障不动声色的制造,整个文本中弥漫出来的先锋精神气质,即使在今天看来也堪称经典,而这个前卫且成熟的作品面世时,格非仅仅24岁,叙事先锋的"青春范"让人敬仰。

苏童被归入先锋作家向来有争议,但如果深入其小说文本内部,除了他文字的纯净和情感的细腻之外,他在叙事上也是极为讲究的,不管是枫杨树乡系列还是香椿树街系列,都有形式化的叙事探索在其中。他80年代末的作品《仪式的完成》极具形式实验特色,甚至不逊色于他的先锋代表作《一九三四年的逃亡》。在这篇小说中,民俗学家因对"捉人鬼"作人类学考察,亲自参与了一场虚拟仪式,仪式因恐惧而中止,但最终他依然被神秘的力量召唤,死在了"捉人鬼"所用的大缸里,彻底完成了仪式。这篇先锋小说之所以显得出色,关键就在于苏童借助了中国神秘文化的叙事范式,打通了先锋小说叙事和形式的栓塞。

余华80年代的小说,除了风格的冷峻外,还在于他对现实生活的高度抽象后的符号化叙事。《现实一种》《世事如烟》《难逃劫数》等作品展现了生活的残酷和荒诞,但更展现了命运之于人的存在暴政。从这种叙事风格出发来看《活着》《许三观卖血记》,我们不难看出这种叙事训练对于余华转型的深刻影响。当作家一旦"用同情的目光看待世界""对善和恶一视同仁"[①],与现实的紧张关系被他自己解除,抽象的叙事符号被还原为具象的生活图景,一个更为出色更为丰满的作家余华就诞生了。

莫言的创作尽管芜杂,但早期小说形式实验色彩依然较为强烈,《红高粱》《透明的红萝卜》等自不必言,有着现实主义倾向的《球形闪电》《白狗秋千架》等小说同样有建构小说精神意象形式的野心。在某种意义上说,形式观念也一直是莫言叙事探索的主脉,最终,历经90年代多部

---

① 余华:《活着》,南海出版公司1993年版,第3页。

长篇小说的锤炼,莫言小说中"形式所隐藏的活力终于得到了完整的解放"①。

在80年代先锋作家中,孙甘露在叙事革命这条路上走得最远也最为辛苦。他把小说的叙事变成了诗一样的意象铺陈,也模糊了文类之间的界限。他这样的探索当然是不讨巧的,连形式实验的先行者马原当时亦表示了困惑。② 如今,孙甘露小说的写法拥有的读者无疑更少。但这样的一种叙事实践却有打破语言与文体牢笼的勇气,为中国小说的叙事作了近乎殉难的试验。③ 孙甘露与他同时代的叙事革命同行者"为晚期革命运动年代的文学所付出的最后的激情和真诚"④,无疑值得今天的中国文学珍视。

残雪的先锋姿态坚持得最久。她视人性为一种结构,并不过于看重形式实验,残雪小说保持了她80年代的先锋风格,着力于一种精神写真,因此她的叙事就像她自己所说的:"切入自我这个可以无限深入的矛盾体,挑动起对立面的战争来演出自我认识的好戏。"⑤ 残雪作品在海外拥有较多读者⑥,也说明了先锋文学之于当代阅读者的价值。

潘军对于叙事尤其用心,这一点在《流动的沙滩》(中篇小说)、

---

① 南帆:《80年代、话语场域与叙事的转换》,《文学评论》2011年第2期。

② 马原在1987年10月26日的信中对《收获》编辑程永新说:"孙稿可实在看不下去。说起来真对不住甘露老弟。没法子。"参见程永新《一个人的文学史》,天津人民出版社2007年版,第37页。

③ 陈晓明曾用"走向墓地"这样的比喻来描述孙甘露极端的先锋性——"创造一个远离世俗的,并且否定生活世界常规秩序的语言幻想世界,这是孙甘露的梦想,这也是整个先锋小说家的梦想,只不过孙甘露断然拒绝了一切世俗生活的规范,作为我们这个时代最孤独的语言梦游症患者,孙甘露无可救药毫无障碍地走向小说的墓地。"参见陈晓明《无边的挑战——中国先锋小说的后现代性》,时代文艺出版社1993年版,第83页。

④ 程德培:《对白天来说,黑夜很可能是他的一束光照——由孙甘露引发对先锋小说的思考》,参见郭春林编《为什么要读孙甘露》,上海人民出版社2014年版,第298页。

⑤ 残雪:《残雪的文学观》,广西师范大学出版社2007年版,第75页。

⑥ 日本早稻田大学的千野拓政2009年参加由张旭东主持的"关于当代文学六十年的对话"中曾提供这样的信息——"所谓先锋作家,在日本影响最大的,不是格非,也不是余华,而是残雪。另外,2001年我去美国的俄勒冈州的波特兰市,那儿有一个很大的书店,我就去那里看了一下有什么样的中国文学作品。因为正好是高行健刚获得诺贝尔文学奖的时候,他的书最多。除了高行健以外,我发现的是残雪,还有两本是莫言的。"参见张旭东等《当代性·先锋性·世界性——关于当代文学六十年的对话》,《学术月刊》2009年第10期。

《悬念》(短篇小说)中体现得极为充分。在《流动的沙滩》中,潘军声称自己这篇小说是"抄袭之作",真正的"作者"其实是他邂逅的一位老人。潘军的责任只是配合这位老人完成《流动的沙滩》。老人生命的终结,也就意味着这篇小说的最终完成。所以,《流动的沙滩》的完成其实是一次叙事历险。而《悬念》则是对小说"生产"流程的再现,潘军在这篇小说中完整地向读者"供述"了一个虚构性文本的制作过程。

对于叙事作品而言,叙事能力是创作的重要保障。以形式实验为主要特征的先锋文学的叙事革命,最重要的意义就在于:它既打开了叙事迷宫的大门,让中国当代文学看到了叙事艺术的深邃,但同时也展示了叙事的迷途,甚至是可能遭遇的断崖。先锋作家的这场叙事历险消除了叙事的神秘感,让中国作家体验到了叙事游戏中的快意。甚至,80 年代先锋作家所经历的"失败的形式"[1],也是一笔可观的文学遗产。因为,它提醒了后来者:形式的极端很有可能是饮鸩止渴。先锋文学进入当代文学史,无论是创作者还是阅读者,其实都共同分享了先锋派一路走来的叙事甘苦。由于先锋文学的"历史文献价值"几近于无,这也成为诟病先锋文学的一个火力点。但任何一种文学形式都不可能穷尽文学的所有功能,"形式意识形态"支撑的先锋文学,在叙事革命中积累下来的遗产,对于 90 年代以后中国小说的影响是渗透性的,"它的主观化的语言和叙述,特别是对个人化的经验的发掘等等,这都已经变成非常普遍化的文学经验"[2]。

三 美学价值

在美学意义上,先锋文学隐含的"形式意识形态"体现为一种艺术

---

[1] 詹姆逊承认卢卡契对于总体性与形式的研究对自己的启发,但同时也指出:"卢卡契谈的总是成功的、为人所把握的形式。而在我看来我们一样应该注重种种失败的形式,注重某种再现方式在特定语境中的困难甚至不可能性,注重形式的残缺、疏漏、局限和障碍。[美]詹姆逊:《马克思主义与理论的历史性》,张旭东译,王逢振主编《詹姆逊文集》(第 1 卷),中国人民大学出版社 2004 年版,第 136 页。

[2] 参见张旭东等《当代性·先锋性·世界性——关于当代文学六十年的对话》,《学术月刊》2009 年第 10 期。

自律。先锋美学也伴随着先锋文学的兴起而弥散。从美学维度来观察80年代先锋文学，我们更能清晰地梳理其形式实验背后的"政治无意识"。

余虹曾将20世纪中国审美主义分为五大话语样式，即审美心理主义、审美浪漫主义、审美形式主义、审美神秘主义与审美消费主义。① 显然，80年代先锋文学在美学内涵上属于"审美形式主义"。先锋文学的泛政治抗辩其实是通过形式自律的审美乌托邦来实现的。这样的一种判断，既是对其"形式意识形态"作政治性的剖析，又是在审美意义上对其予以重审。马尔库塞指出，审美形式往往面临着秩序所带来的压抑性的力量，这种力量迫使"生命本能"予以屈从，即"承认现存东西的合理性秩序"②。相较于西方先锋派强烈的政治意愿，中国先锋派显得并不那么直接，因为它更多地集中在艺术秩序的打破上。80年代先锋文学"美学造反"的最大原动力就是对于现实主义文学成规的拆解，政治之维与审美之维在形式自足的先锋文学中得到了统一。也正是在这个意义上，先锋文学总是在实践着艺术自律的形式革新，形式实验因此成为它持续不断的自我美学完善。将文学作为形式游戏的先锋作家们，其游戏精神正是审美自由的本真表达，"游戏是人存在的最自由状态，人一旦达到这一状态便已达到了人存在的至境"③。

先锋文学作为一种艺术表达，要实现对于已经内化为主流意识形态的现实主义成规的反拨，它最可倚重的也只能是这种高度的形式自律。"艺术通过其审美的形式，在现存的社会关系中，主要是自律的。在艺术自律的王国中，艺术既抗拒着这些现存的关系，同时又超越它们。因此，艺术就要破除那些占支配地位的意识形式和日常经验。"④ 这种形式自律就是余华念念不忘的精神真实，是马原精心设计的叙述圈套，是格非智

---

① 余虹：《革命·审美·解构——20世纪中国文学理论的现代性与后现代性》，广西师范大学出版社，第226—228页。
② [美]赫伯特·马尔库塞：《审美之维》，李小兵译，广西师范大学出版社2001年版，第154页。
③ 吴亮：《游戏的权利》，《吴亮话语：批评者说》，浙江文艺出版社1996年版，第29页。
④ [美]赫伯特·马尔库塞：《审美之维》，李小兵译，广西师范大学出版社2001年版，第189—190页。

慧聪颖的叙事空缺,是苏童暗含玄机的历史叙事,是孙甘露乐此不疲的语词迷宫,是北村如痴如醉的叙述冒险,是莫言神秘奇谲的精神意象,是残雪突发奇想的异端情景……文学形式的演化表面上看起来仿佛是极为简单的,其实它触及的是中国文学中"形式"这个命门。吴义勤即指出,生活、思想、深度等在中国文学中其实并不缺乏,但中国文学的"艺术形式"却长期滞后。在他看来,形式的滞后"其实是与艺术创造力、艺术创新、艺术思维、艺术观念紧紧相连的"[1]。对于先锋文学来说,不管是什么文学主张或是什么文学实践,审美形式的自律自足都是最为根本的。自律空间的建构使得先锋文学的象征资本不断累积,并在形式上最终形成了对体制化的主流文学意识形态的对抗。

90年代之后先锋文学的总体上终结,正是源于其形式自律空间的解体。苏童曾说,当初的写作并不是为了先锋而先锋,而后来离开了"先锋文学",也不是什么背叛和决裂,而是为了探索创作的更多可能性。[2]苏童的说法"供述"的正是形式自律同盟的崩塌。但这一自律空间的崩塌并不意味着形式主义审美的消亡,相反,正因80年代先锋文学的文学实践种下了形式自律的美学种子,形式作为文学审美的本体地位才得以确立。正如格非所言:"所谓'形式的意味'是沉在小说的叙述结构之下的,而不是浮在表面的。"[3]

"写什么"与"怎么写",并不仅仅是创作重心的差异,更重要的是美学观念的分野。李劼在1987年时即论述过先锋文学"怎么写"的形式美学价值。在他看来,形式就是文学的本体,而这一形式本体的最终目的就是审美功能的实现。也正是形式的价值在先锋作家笔下获得了美学释放,内容对于形式不再是单向的控制,形式也向内容展示了自身的决

---

[1] 吴义勤:《"民间"的诗性建构——论吕新长篇新作〈草青〉的叙事艺术》,《当代作家评论》2002年第1期。

[2] 苏童、王宏图:《南方的诗学——苏童、王宏图对谈录》,漓江出版社2014年版,第22页。

[3] 格非等:《小说本体与小说意识》,《上海文学》1989年第6期。

定权,不同的形式选择可以赋予同一叙述对象截然不同的审美效果。① 李劼的分析指出了先锋文学"形式意识形态"的自我审美指涉——"内容完全消解在形式之中,以至于艺术品不可能完全或部分地还原为自身以外的任何东西"②。这种审美自我指涉就是80年代建构起来的"纯文学"的审美标准。在学理意义上,尽管"纯文学"概念其实并没有明确的缘起时间,但并不影响这一观念对于中国新时期文学的深刻影响。"纯文学"追求的就是一种自律论美学。作为80年代"纯文学"的探索者,先锋作家有着更为激越的自律美学向往。

当然,所谓的"纯文学"并不仅仅是一个审美象牙塔。作为80年代"纯文学"的目击者,吴亮在与李陀的"纯文学"论辩中即指出,"纯文学"这一概念其实对总体性有着天然排斥,作家们争取的不过是"表达'非主旋律'的权利"③。余华也曾说过,"西方先锋派是在文学发展之中出现的,而中国先锋派是文学断裂之后开始的"④。因此,中国先锋文学填补了极"左"政治造成的文学叙述缺陷。80年代先锋文学的美学政治显而易见:艺术自律的美学理想只不过是时代政治的曲折表达。但艺术自律的美学理想的价值就在于:确立了形式独立的美学价值,它可以不依赖任何外部规定性。先锋文学从最初的莽撞的"闯入者",最终变成了"立法者"。⑤

80年代先锋文学的生成与繁荣是审美主义的延展、新启蒙的延续以及西学资源渗透三方合力的结果。从审美主义视角来看,先锋派以激进的文学姿态完成了形象、语言、结构、叙事等多方面的革命,是美学对文学的积极介入,体现出从审美自律、审美主义到美学意识形态的审美化走向;从新启蒙的视角来说,80年代先锋文学所秉承的差异性、独立

---

① 李劼:《试论文学形式的本体意味》(原载《上海文学》1987年第3期),参见李洁非、杨劼选编《寻找的时代——新潮批评选萃》,北京师范大学出版社1992年版,第187—203页。

② Clement Greenberg: *Avant-garde and Kitsch. Art and Culture*. Boston: Beacon Press, 1968, pp. 5–6.

③ 吴亮:《我对文学不抱幻想》,参见李陀《雪崩何处》,中信出版集团2015年版,第5页。

④ 余华:《我能否相信自己》,人民出版社1999年版,第179页。

⑤ 陈阳:《先锋散落后的精神碎片》,《文艺研究》2005年第10期。

性、身体性和实验性的特质,其实正是在"告别历史"的维度中完成了知识分子的公共性启蒙,先锋文学在对主流文学意识形态和总体化理性的抗辩中,获得了感性启蒙的价值。而在西学资源渗透这个维度上,先锋文学是西方现代文学和文论的映射,也是作家和知识分子"现代性焦虑"的重要表征。由此,中国和西方、现代和传统、文本和政治等构成了二元对抗的框架关系,而先锋文学则在其中充当了"先遣队"和"排头兵"的角色。正是先锋作家不计后果甚至是孤注一掷的"形式哗变",打破了中国当代文学一元化的总体格局,并逐渐走向创作技巧探索和文学价值判断的多元化时代。当然,"形式哗变"的另一个显性后果就是——先锋文学以形式抗辩主流意识形态,同时也以形式回避了主流意识形态。先锋作家制造了语言的迷津,自己也有可能陷入了迷津。也许正是这样的原因,有学者认为,中国先锋文学中其实暗含着"激进的暧昧",它以"虚假满足"回避了可能的现实斗争。[①] 这样的观察视角提醒我们:对任何文学现象的评析,都应警惕非此即彼的单一的价值判定,只有将它置于具体的历史结构之中,才有可能获得较为客观、公正的结论。因为,"语言、实践和想象"往往产生于"被视为一种结构和主从关系的历史"。[②]

不管是作为文学思潮的建构,还是作为文学技巧的演示,先锋作家的集体性形式实验都是80年代一道令人瞩目的文化风景。以上所论及的启蒙价值、叙事价值、美学价值,自然不可能将先锋文学之于中国当代文学的意义全部概括,但至少聚焦了先锋文学"形式意识形态"这一典型特征。关于如何把握先锋派艺术的遗产,卢卡契对于形式与总体性关系的探究给我们以提示:"艺术中意识形态的真正承担者是作品的形式,而不是可以抽象的内容。"[③] 先锋文学的形式实验特征是80年代的独特语

[①] 吴义勤:《秩序的他者——再论"先锋小说"的发生学意义》,《南方文坛》2005年第6期。

[②] [美]伊丽莎白·杰克斯-杰诺韦塞:《文学批评和新历史主义的政治》,孔书玉译,参见张京媛主编《新历史主义与文学批评》,北京大学出版社1997年版,第62页。

[③] [英]特里·伊格尔顿:《马克思主义与文学批评》,文宝译,人民文学出版社1980年版,第28页。

境所决定的,整个时代的文学创新其实都包含着对于既定秩序的挑战和超越。"独立的文学史"并不存在,其背后交织着"文化"与"政治"的对立。① 就马原、莫言、残雪、余华、格非、孙甘露、苏童、吕新、潘军等先锋作家的创作来说,审美诉求与政治表达(体现为政治无意识)在文本中其实是均质的。如马尔库塞所言:"艺术作品只有作为自律的作品,才能同政治发生关系。就艺术作品的社会功用看,审美形式是根本的。"② 因此,我们今天来讨论先锋文学的"政治性",不是庸俗地将"文学"与"政治"捆绑,而是基于其形式自律的审美文本的。在20世纪90年代先锋作家的整体转型中,他们其实对于自身创造的"先锋遗产"同样有着自觉的继承与创新,他们的小说,"形式"的冲动平和了,但心灵的探索却更为扎实——"有效地矫正了80年代艺术革命中的玄学气质,艺术革命不再是一种不着边际的字词迷津,不再是单纯美学的艺术,它也显现为存在的艺术;艺术不单是技术,也是一种心灵形式"③。一代人有一代人的文学,时过境迁,先锋使命已经远去,但先锋精神必将永存。

---

① 贺桂梅:《"新启蒙"知识档案——80年代中国文化研究》,北京大学出版社2010年版,第281页。

② [美]赫伯特·马尔库塞:《审美之维》,李小兵译,广西师范大学出版社2001年版,第225页。

③ 谢有顺:《先锋就是自由》,山东文艺出版社2004年版,第59页。

结　　语

　　行文至此，无疑意味着本书即将完成，在写作过程中，"先锋"这个概念一直在我的脑海里回旋：何谓"先锋"？"先锋"何为？

　　从文学研究的语境回到具体的文学文本，作为普通的阅读者，对于80年代先锋文学的阅读体验将会如何？

　　我想，至少这个时代的大多数读者，不会钻入马原的叙述圈套，不会参与孙甘露的语词游戏，不会闯进格非的叙事迷宫，不会流连余华的暴力美学……

　　第一次读余华的《十八岁出门远行》，我正好也是十八岁，是在大学图书馆的过刊室里读到的。那个时候，我根本不知道，我读到的是先锋作家余华的成名作，正是这篇作品让他挥别过去加盟"先锋"，由此走上成名成家的康庄大道。我现在依然记得读完这部短篇小说的复杂心情：不知道为什么，竟然有一种深切的感伤。现在想来，或许是小说中那个"我"，他青春远行的挫败感，深深地打动了刚刚开始人生远足的自己吧。但在准备撰写本书的前期重读《十八岁出门远行》，我却再也读不出那份感动。以研究的视角去审视，和自由阅读的体验当然不可能一样，但同样也不排除这样的因素：人到中年沧桑初悟的我，再也无法对余华小说中的"我"感同身受。

　　读格非的《褐色鸟群》，我同样是在大学本科学习期间。说来惭愧，尽管是中文系的学生，也还算喜欢阅读文学作品，但我根本就看不下去，觉得这部小说实在是莫名其妙装神弄鬼。确定80年代先锋文学这个研究选题后，格非80年代的小说里，我首先重读的就是这篇《褐色鸟群》。

很奇妙的是，我觉得阅读的体验极其愉悦。所谓的叙事空缺啊、叙事迷宫啊，事实上一点都不阻碍我的阅读，我甚至在其中读出了格非"小布尔乔亚"的浪漫气质。我认为，这是格非80年代最为出色的作品。阅读就是这么奇妙。当你在不同的年纪、不同的心境与同一文本相遇，体验很有可能是颠覆性的。

何谓"先锋"？

在我看来，"先锋"无非就是某种不同于主流、不附和世俗、不流于平庸的文化历险。即使在"先锋派"身处的时代，根本没有人理解这种叛逆，他们甚至被视为异端，但"先锋"的探索也不会停止。因此，所有的"先锋"其实都是为文化提供更多的可能性而已。

若没有卡夫卡，我们或许不会想到，一个在现实中站着的人是可以在小说中成为一只低到尘埃的甲虫的；若没有博尔赫斯，我们或许不会认为，小说这样的文本，它的结构其实本身就弥漫着文学性；若没有马尔克斯，我们或许不会领略，神话、现实、寓言的交织，竟然幻化出如此震撼的美学效果；若没有福克纳，我们或许不会体验，一个邮票大小的文学地理空间，竟然会有核爆般的文学威力。据说，马尔克斯在写《百年孤独》时极度兴奋，时常跑到老婆的房间里说："我这哪里是在写作，我是在发明文学。"是的，马尔克斯的确是在"发明文学"！这就是先锋！这是货真价实的先锋！

和上面所提到的大师们相比，80年代中国的先锋作家或许真的够不上先锋，甚至连先锋的跟班都当得不甚合格。只不过，倘真作这般判断，就是典型的不食人间烟火、不问世故人情了。文学研究必须得有点"历史的同情"。"历史的同情"不是让我们放弃批判附丽中庸，而是要让研究对象回到它的历史语境中，尽可能地让它丰满起来，尽可能地让它有点现场感，尽可能地让它有点温度，而不能成为被阐释肢解得一地狼藉的文献碎片。

正是基于这样的理解，我在本书中总体上选择了"历史还原"的路径，将文学史料、文学事件、文学文本予以对参。正是由于交织性地阅读文献，抽象的"先锋"慢慢地变得具象起来，在当代文学史书写中固化的先锋作家也慢慢生动起来，而在批评阐释中被"本质化"的文本也慢慢地读出了些许新的意味，我也慢慢体会到了"先锋"之于中国80年代文学的特有价值——经历人文凋敝的十年"文革"之后，中国知识分子的挫败和虚空不言而喻。相对于经济快速地向商品（市场）经济转型，思想文化的转轨其实颇为艰难。由于极"左"年代庸俗文学政治的后遗症，文学改革更是举步维艰。在整个国家向着现代化这个梦想快速行进之时，20世纪80年代初期的中国文学其实是惶然的。因为，那一时期的中国文学离文学的本来已经很远很远，甚至与这块土地上萌生起来的"五四"文学都已是形同陌路。当配合形势揭伤痕、诉苦痛的文学使命结束之后，改革开放时代的中国文学实际上面临着极大的危机。在全面现代化的国家总体性面前，文学到底以什么样的姿态汇入其中而又不失却文学性的独立？"先锋"的姿态正是在这样的期待中出现的。

"先锋"不是一夜之间破空而出的。

当黄翔悄然留下这样的诗句——"即使我只剩下一根骨头/我也要哽住我的可憎年代的咽喉"（《野兽》）；当知青的手抄本上工整地抄着食指的《相信未来》——"当蜘蛛网无情地查封了我的炉台/当灰烬的余烟叹息着贫困的悲哀/我依然固执地铺平失望的灰烬/用美丽的雪花写下：相信未来"；当根子吟诵着《三月与末日》——"这大地的婚宴，这一年一度的灾难/肯定地，会酷似过去的十九次/伴随着春天这娼妓的经期，它/将会在，二月以后/将在三月到来"；当芒克写下——"太阳升起来/天空——这血淋淋的盾牌"；这，是先锋！

"卑鄙是卑鄙者的通行证/高尚是高尚者的墓志铭/看吧，在镀金的天空中/飘满了死者弯曲的倒影"（《回答》），当北岛用这样的诗句"回答"时代的困惑；"在这里/我无数次地被出卖/我的头颅被砍去/身上还留着锁链的痕迹/我就这样被埋葬/生命在死亡中成为东方的秘密"（《纪念碑》），当江河用这样的诗句建筑了一座中国新诗"纪念碑"；"沿着江岸/金光菊和女贞子的洪流/正煽动新的背叛/与其在悬崖上展览千年/不如在爱人的肩头痛哭一晚"（《神女峰》），当舒婷用这样的诗句回望"神女峰"；这，是先锋！

当凌乱的主观感觉成为残雪小说的全部依托，当诡异的叙述圈套成为马原小说的基本属性，当繁复的精神意象成为莫言小说的根本支撑，当迷幻的叙事迷宫成为格非小说的障碍设置,当冷峻的暴力叙事成为余华小说的核心要件,当雕琢的语词游戏成为孙甘露小说的魅惑所在,当孤独的语言探险成为北村小说的关键密匙,当肆意的历史解构成为苏童小说的独特气质……这,更是先锋!

不管"先锋"这个概念如何来界定,它最鲜明的特质永远不能忽略——不盲从于时代,保持艺术独立,与庸常不可通约。站在时代的最前沿,这样艺术家就是时代的"先锋"。"先锋"永远只能当少数派。"先锋派文学乃是对一个时期文学趣味和文学教养的公然蔑视,对大众阅读甚至对有修养的知识界阅读的骚扰,它意味着对宁静、平庸、教养所构成的文学平衡态的破坏"[①]。就像奥尔特加说的"艺术家的艺术",就像比格尔说的"形式自律的艺术",就像博尔赫斯写的"小说中的小说"……

"先锋"何为?

"先锋"的确是拒绝大众的。正因如此,"先锋"孤独寂寞的命运,在全世界都差不多。"先锋"必须要通过艺术法则建立一个与庸常相隔离的世界。在这个封闭自足的世界里,"先锋"自我"立法",拒斥传统,无视当下,建构了它独特的美学政治。"先锋"与大众之间并非是不可沟通的,但从"先锋"融入大众的那一刻起,它就已成为一种大众化的趣味,而大众趣味在日益变得俗套之后,又将激发"先锋"的诞生。

"先锋"的确是要警惕商业化的。格林伯格所说的"黄金脐带"、布迪厄所说的"象征资本",都点中了"先锋"的软肋——在资本和市场面前,"先锋"似乎毫无退路。只不过,有一个疑问也在人们心中萦绕——"先锋"这样的文化旨趣进入市场,难道就真的毫无价值?从另一个角度来看,先锋文化的漫延其实并非不可接受。"先锋"的初衷不就是要创造另外一种价值观吗?当这样的价值观获得更多的公众认同,事实上也可视为"先锋"的胜利。当然,这只是硬币的一面,在另外的一面,则是"先锋"的失败,一旦"先锋"被大多数人所认同,"先锋派"其实已在胜利中自断经脉。在这个意义上来理解,80年代先锋文学的终结,是先

---

① 吴亮:《向先锋派致敬》,《上海文论》1989年第1期。

锋文学的"溃败",但同时也是先锋作家的"凯旋"。这样的情形正好契合了尤奈斯库的精彩描述:"一种制度建立之日,已是它过时之时。当一种表达形式被认识,那它已经陈旧了。"①

距"85新潮"已经三十余年,考察80年代中国先锋文学,时间长度已经足够。将其"历史化"并加以重申无疑是可行的,而且也可能是目前最有效的路径。但"历史化"的考察同样会遮蔽文学本身的丰富性。相对于历史事件的考察,对于文学现象的回溯更为艰难。作家与作家之间有差异性,文本与文本之间有差异性,哪怕是同一作家,不同文本之间也可能风格迥异。以概念来统筹文献,自然是有风险的。但既然是学术研究,就只能是撮其要,在尽可能地保持对象完整性的同时,最重要的是要突出研究的差异性。

"文变染乎世情,兴废系乎时序"②。选择从"形式意识形态"这样的视角来考察80年代中国先锋文学,一方面是因为必须要对纷繁复杂的文学现象做出理性的判断和探析,另一方面也因为80年代先锋文学本就生长在意识形态的丛林之中。先锋作家们也许并没有意识形态的自觉,但他们践行的形式自律的文学实验,本质上就是对主流文学意识形态的挑战。这样的挑战并不需要政治号召,因为,在改革开放的80年代中国,超越传统、谋求革命、打破陈规,本来就是整个中国社会的主流诉求,这就是格非所说的"背后支持的力量"③。正是在这个意义上,"形式意识形态"获得了话语空间,先锋文学在不断的形式实验中实现了先锋话语的增殖。这是先锋文学对于80年代的卓越文化贡献,同时也是那个充满理想的时代对于先锋作家的丰厚馈赠。正是80年代中国现代性的激情与梦想,一下子将先锋作家与其他作家的差异性拉大,他们作为文化现代性的一部分,被接纳、被宽容,当然也被审视。这对曾经视现实主义文学为唯一真理的中国当代文学来说,已经是相当极端的突破了。这在今天看来也许不足为奇,但在80年代,哪怕是一点点突破,也是足

---

① [法]尤奈斯库:《论先锋派》,《法国作家论文学》,王忠琪等译,生活·读书·新知三联书店1984年版,第569页。
② 周振甫:《文心雕龙今译》,中华书局1995年版,第404页。
③ 格非:《先锋文学的幸与不幸》,《文艺争鸣》2015年第12期。

以改写历史的,先锋作家无疑是改写了中国当代文学史的一群文学工匠。

80年代先锋文学是社会结构张力的产物,先锋作家与主流文学观念有一种天然的紧张关系,所以余华说当时的写作是要"冲破一切"①,而仿佛沉稳内敛的苏童说得更为悲壮——"殉道"②。这种紧张无疑有着主流文学意识形态的制约在其中。但我们更应该看到,这种文化心理上的紧张,本来就是中国从古典社会向现代社会转轨的必然。在丹尼尔·贝尔看来,在古典社会中,文化与社会结构是高度统一的,"古典文化通过它的理性和意志在追求美德时的和谐如一体现出自己的统一"③;在现代社会中,文化与社会结构则有明显的断裂,因为,物质主义和经验主义主导的现代社会更"富于感应性"④。近代以来的中国,现代化就是坚定不移的国家和民族梦想。即使百余年中叠加了革命政治的诸多波折,但这样的目标从来都没有变更过(革命政治其实也曾是中国现代化的一种选项)。这样来看,百年中国的文化断裂其实是一个常态。尽管其间曾有革命意识形态规制下的高度一元化,但这只不过是其中的一个片断而已,甚至我们可以认为,正是高度一元化的社会结构才蓄积了强大的文化断裂动能。80年代思想文化蔚为大观的新变,正是文化断裂动能迸发的多重表征。80年代先锋文学只是现代中国社会文化断裂的征候之一,其叙事革命的动力就来自文化新变。海登·怀特即指出:"叙事远非仅仅是可以塞入不同内容(无论这种内容是实在的还是虚构的)的话语形式,实际上,内容在言谈或书写中被现实化之前,叙事已经具有了某种内容。"⑤

海纳百川,有容乃大。百年中国的文化变迁告诉我们:只有保持对于异质性的包容和开放,我们的文化才是真正有活力、有希望的文化。

---

① 余华:《"先锋文学在中国文学所起到的作用就是装了几个支架而已"》,《文艺争鸣》2015年第12期。
② 苏童:《虚构的热情》,江苏人民出版社2003年版,第260页。
③ [美]丹尼尔·贝尔:《资本主义文化矛盾》,赵一凡等译,生活·读书·新知三联书店1989年版,第82页。
④ [美]丹尼尔·贝尔:《资本主义文化矛盾》,赵一凡等译,生活·读书·新知三联书店1989年版,第83页。
⑤ [美]海登·怀特:《形式的内容:叙事话语与历史再现》,董立河译,文津出版社2005年版,第3页。

周虽旧邦，其命维新。百年中国的文学风云启示我们：只有保持对于创新求变的不竭动力，我们的文学才是真正有生命、有价值的文学。

　　尽管我们可以在80年代先锋文学作品中挑出无数的硬伤，甚至某些作品还有着邯郸学步般的拙劣，但先锋文学形式实验的激情和梦想，先锋作家对于文学规则的勇敢颠覆，依然值得我们致敬，并再度给予掌声。

　　没有人告诉我们，中国文学的未来是什么样子。更不会有人告诉我们，中国的作家应该写什么、怎么写。即使莫言进入了诺贝尔文学奖的圣殿，莫言也不会成为中国作家的标准样本，莫言的作品更不会提供关于文学未来的标准答案。

　　先锋就是独立！

　　先锋就是自由！

　　先锋就是革命！

　　中国文学的先锋，本应永远在路上！

主要参考文献

一 中文论著

查建英：《80年代访谈录》，生活·读书·新知三联书店2006年版。

陈思和主编：《中国当代文学史教程》，复旦大学出版社2005年版。

陈晓明：《表意的焦虑：历史祛魅与当代文学发展》，中央编译出版社2002年版。

陈晓明：《无边的挑战：中国先锋文学的后现代性》，时代文艺出版社1993年版。

陈晓明：《无边的挑战：中国先锋文学的后现代性》，中国人民大学出版社2015年版。

陈晓明：《中国当代文学主潮》，北京大学出版社2013年版。

程代熙编：《马克思〈手稿〉中的美学思想讨论集》，陕西人民出版社1983年版。

程光炜：《当代文学的"历史化"》，北京大学出版社2011年版。

程光炜：《文学讲稿："八十年代"作为方法》，北京大学出版社2009年版。

程光炜、杨庆祥主编：《文学史的潜力：人大课堂与八十年代文学》，文化艺术出版社2011年版。

冯黎明：《走向全球化——论西方现代文论在当代中国文学理论界的传播与影响》，中国社会科学出版社2009年版。

甘阳编：《八十年代文化意识》，上海人民出版社2006年版。

高行健：《现代小说技巧初探》，花城出版社1981年版。

何望贤编选：《西方现代派文学问题论争集》，人民文学出版社 1984 年版。

贺桂梅：《"新启蒙"知识档案——80 年代中国文化研究》，北京大学出版社 2010 年版。

洪治纲：《守望先锋——兼论中国当代先锋文学的发展》，广西师范大学出版社 2005 年版。

洪子诚等著，程光炜编：《重返 80 年代》，北京大学出版社 2009 年版。

洪子诚：《中国当代文学史》，北京大学出版社 2016 年版。

孔范今、施战军等编选：《中国新时期文学思潮研究资料》（上、中、下），山东文艺出版社 2006 年版。

孔范今、施战军等编选：《中国新时期新文学史研究资料》，山东文艺出版社 2006 年版。

李建周：《先锋小说的兴起》，中国社会科学出版社 2014 年版。

李洁非、杨劼：《寻找的时代——新潮批评选萃》，北京师范大学出版社 1992 年版。

李茂增：《现代性与小说形式》，东方出版中心 2008 年版。

李扬：《拯救与逍遥：新时期文学发展的精神向度》，上海交通大学出版社 2013 年版。

李泽厚：《实用理性与乐感文化》，生活·读书·新知三联书店 2005 年版。

李泽厚：《美学四讲》，天津社会科学院出版社 1999 年版。

廖亦武主编：《沉沦的圣殿：中国 20 世纪 70 年代地下诗歌遗照》，新疆青少年出版社 1999 年版。

罗荣渠：《现代化新论——世界与中国的现代化进程》，商务印书馆 2014 年版。

孟繁华、程光炜：《中国当代文学发展史》，北京大学出版社 2015 年版。

南帆：《文学的维度》，福建教育出版社 2016 年版。

钱理群、黄子平、陈平原：《二十世纪中国文学三人谈》，人民文学出版社1988年版。

钱理群、温儒敏、吴福辉：《中国现代文学三十年》，北京大学出版社2014年版。

陶东风：《文学理论的公共性——重建政治批评》，福建教育出版社2008年版。

童庆炳：《在历史与人文之间徘徊：童庆炳文学专题论集》，北京师范大学出版社2007年版。

汪晖、陈燕谷主编：《文化与公共性》，生活·读书·新知三联书店1998年版。

汪政、何平编：《苏童研究资料》，天津人民出版社2007年版。

王尧、林建法主编：《我为什么写作：当代著名作家讲演集》，郑州大学出版社2005年版。

王尧：《作为问题的八十年代》，生活·读书·新知三联书店2013年版。

王一川：《修辞论美学：文化语境中的20世纪中国文艺》，中国人民大学出版社2009年版。

王永兵：《欧美先锋文学与中国当代先锋小说》，人民出版社2015年版。

吴亮：《文学的选择》，浙江文艺出版社1985年版。

吴亮：《吴亮话语：批评者说》，浙江文艺出版社1996年版。

吴义勤等编选：《韩少功研究资料》，山东文艺出版社2006年版。

吴义勤等编选：《中国新时期小说研究资料汇编》（上、中、下），山东文艺出版社2006年版。

吴义勤：《中国当代新潮小说论》，江苏文艺出版社1997年版。

萧元编：《圣殿的倾圮——残雪之谜》，贵州人民出版社1993年版。

谢有顺：《先锋就是自由》，山东文艺出版社2004年版。

熊修雨：《从"寻根"到"先锋"：中国当代文学观察》，中国戏剧出版社2016年版。

徐敬亚：《崛起的诗群》，同济大学出版社1989年版。

徐庆全：《知情者眼中的周扬》，经济日报出版社2003年版。

杨健：《1966—1976 的地下文学》，中央党史出版社 2013 年版。

杨庆祥等著，程光炜编：《文学史的多重面孔》，北京大学出版社 2009 年版。

杨小滨：《中国后现代——先锋小说中的精神创伤与反讽》，上海三联书店 2013 年版。

叶立文：《启蒙视野下的先锋小说》，湖北人民出版社 2007 年版。

叶立文：《"误读"的方法——新时期初西方现代主义文学的传播与接受》，中国社会科学出版社 2009 年版。

余虹：《革命·审美·解构——20 世纪中国文学理论的现代性与后现代性》，广西师范大学出版社 2001 年版。

於可训：《小说家档案》，郑州大学出版社 2005 年版。

张京媛主编：《新历史主义与文学批评》，北京大学出版社 1997 年版。

张清华：《中国当代先锋文学思潮论》，中国人民大学出版社 2014 年版。

张旭东：《改革时代的中国现代主义——作为精神史的 80 年代》，崔问津等译，北京大学出版社 2014 年版。

周宪主编：《文化现代性与美学问题》，中国人民大学出版社 2005 年版。

周韵主编：《先锋派理论读本》，南京大学出版社 2014 年版。

二　汉译论著

［英］A. 杰弗逊、D. 罗比等：《现代西方文学理论流派》，李广成等译，北京大学出版社 1992 年版。

［德］阿多诺：《美学理论》，王柯平译，四川人民出版社 1998 年版。

［法］阿兰·罗伯-格里耶：《为了一种新小说》，余中先译，湖南文艺出版社 1992 年版。

［美］爱德华·W. 苏贾：《后现代地理学——重申社会理论中的空间》，商务印书馆 2007 年版。

［英］安东尼·吉登斯：《现代性与自我认同》，夏璐译，中国人民大

学出版社 2016 年版。

［法］安托尼纳·贡巴尼翁：《现代性的五个悖论》，许钧译，商务印书馆 2013 年版。

［苏］巴赫金：《小说理论》，白春仁、晓河译，河北教育出版社 1998 年版。

［德］彼得·比格尔：《先锋派理论》，高建平译，商务印书馆 2002 年版。

［美］丹尼尔·贝尔：《资本主义文化矛盾》，赵一凡等译，生活·读书·新知三联书店 1989 年版。

［法］蒂费纳·萨莫瓦约：《互文性研究》，邵炜译，天津人民出版社 2003 年版。

［英］弗朗西斯·马尔赫恩编：《当代马克思主义文学批评》，刘象愚等译，北京大学出版社 2002 年版。

［美］弗雷德里克·杰姆逊：《后现代主义与文化理论》，唐小兵译，陕西人民出版社 1987 年版。

［美］弗雷德里克·詹姆逊：《马克思主义与形式》，李自修译，百花洲文艺出版社 1995 年版。

［美］弗雷德里克·詹姆逊：《文化转向》，胡亚敏等译，中国社会科学出版社 2000 年版。

［美］弗雷德里克·詹姆逊：《语言的牢笼》，钱佼汝译，百花洲文艺出版社 1995 年版。

［美］弗雷德里克·詹姆逊：《詹姆逊文集》（第 1—4 卷），王逢振主编，中国人民大学出版社 2004 年版。

［美］弗雷德里克·詹姆逊：《政治无意识》，王逢振、陈永国译，中国社会科学出版社 1999 年版。

［英］福斯特：《小说面面观》，朱乃长译，中国对外翻译出版公司 2001 年版。

［美］海登·怀特：《形式的内容：叙事话语与历史再现》，董立河译，文津出版社 2005 年版。

［美］赫伯特·马尔库塞：《爱欲与文明》，黄勇、薛民译，上海译文

出版社2012年版。

［美］赫伯特·马尔库塞：《审美之维》，李小兵译，广西师范大学出版社2001年版。

［英］克莱夫·贝尔：《艺术》，马钟元、周金环译，中国文联出版社2015年版。

［匈］卢卡契：《小说理论》，燕宏远、李怀涛译，商务印书馆2013年版。

［德］马丁·海德格尔：《存在与时间》，陈嘉映、王庆节译，生活·读书·新知三联书店1987年版。

［德］马克斯·霍克海默、西奥多·阿道尔诺：《启蒙辩证法》，曹卫东译，上海人民出版社2003年版。

［美］马泰·卡林内斯库：《现代性的五副面孔》，顾爱彬、李瑞华译，译林出版社2015年版。

［英］迈克·费瑟斯通：《消费文化与后现代主义》，刘精明译，译林出版社2000年版。

［法］皮埃尔·布迪厄：《艺术的法则——文学场的生成与结构》，刘晖译，中央编译出版社2001年版。

［英］齐格蒙·鲍曼：《后现代性及其缺憾》，郇建立、李静韬译，学林出版社2002年版。

［法］让·鲍德里亚：《消费社会》，刘成富、全志钢译，南京大学出版社2014年版。

［美］苏珊·桑塔格：《疾病的隐喻》，程巍译，上海译文出版社2003年版。

［俄］什克洛夫斯基等：《俄国形式主义文论选》，方珊等译，生活·读书·新知三联书店1989年版。

［英］特里·伊格尔顿：《马克思主义与文学批评》，文宝译，人民文学出版社1980年版。

［英］特里·伊格尔顿：《历史中的政治、哲学、爱欲》，马海良译，中国社会科学出版社1999年版。

［英］特里·伊格尔顿：《美学意识形态》，王杰、付德根、麦永雄

译，中央编译出版社 2013 年版。

［美］威廉·詹姆斯：《心理学原理》，田平译，中国城市出版社 2003 年版。

［美］韦恩·布斯：《小说修辞学》，付礼军译，广西人民出版社 1987 年版。

［美］韦勒克、沃伦：《文学理论》，刘象愚等译，江苏教育出版社 2010 年版。

［德］沃·伊瑟尔：《阅读行为》，金惠敏等译，湖南文艺出版社 1991 年版。

［法］伊夫·瓦岱：《文学与现代性》，田庆生译，北京大学出版社 2001 年版。

［美］约翰·费斯克：《理解大众文化》，王晓珏、宋伟杰译，中央编译出版社 2001 年版。

［美］詹明信：《晚期资本主义的文化逻辑》，张旭东编，陈清侨等译，生活·读书·新知三联书店 1997 年版。

三　期刊文章

北岛：《谈诗》，《上海文学》1981 年第 5 期。

蔡仪：《论人本主义、人道主义和"自然人化"说》，《文艺研究》1982 年第 4 期。

陈超：《"X 小组"和"太阳纵队"：三位前驱诗人——郭世英、张鹤慈、张郎郎其人其诗》，《当代作家评论》2007 年第 6 期。

陈默：《坚冰下的溪流——谈"白洋淀诗群"》，《诗探索》1994 年第 4 期。

陈晓明：《"动刀"：当代小说叙事的暴力美学》，《社会科学》2010 年第 5 期。

陈晓明：《空缺与重复——格非的叙事策略》，《当代作家评论》1992 年第 5 期。

陈晓明：《论〈罂粟之家〉——苏童创作中的历史感与美学意味》，《文艺争鸣》2007 年第 6 期。

陈晓明：《最后的仪式——"先锋派"的历史及其评估》，《文学评论》1991 年第 5 期。

程光炜：《当代文学学科的"历史化"》，《文艺研究》2008 年第 4 期。

程光炜：《批评对立面的确立——我观十年"朦胧诗论争"》，《当代文坛》2008 年第 3 期。

程光炜：《如何理解"先锋小说"》，《当代作家评论》2009 年第 2 期。

方克强：《孙甘露与小说文体实验》，《文艺理论研究》1999 年第 4 期。

冯黎明：《艺术自律：审美现代性的思想资源》，《江汉论坛》2014 年第 1 期。

冯黎明：《艺术自律与市民社会》，《文艺争鸣》2011 年第 11 期。

傅其林：《从"形式的意识形态"理论审视文学审美意识形态论的合法性》，《文化与诗学》2009 年第 2 期。

格非：《文体与意识形态》，《当代作家评论》2001 年第 5 期。

格非：《先锋文学的幸与不幸》，《文艺争鸣》2015 年第 12 期。

格非：《中国小说与叙事传统——在苏州大学"小说家讲坛"上的讲演》，《当代作家评论》2005 年第 2 期。

贺桂梅：《"纯文学"的知识谱系和意识形态》，《山东社会科学》2007 年第 2 期。

贺桂梅：《先锋小说的知识谱系与意识形态》，《文艺研究》2005 年第 10 期。

洪治纲：《启蒙意识与先锋文学的遗产》，《文艺争鸣》2015 年第 10 期。

洪治纲：《先锋文学与形式主义的迷障》，《南方文坛》2015 年第 3 期。

洪治纲：《现代性的追问与当代先锋的崛起》，《南方文坛》2005 年第 4 期。

黄发有：《〈收获〉与先锋文学》，《当代作家评论》2014 年第 5 期。

季红真：《文化寻根与当代文学》，《文艺研究》1989年第2期。

［美］柯提斯·L. 卡特：《那时与现在：中国当代艺术中的全球化与先锋派》，安静译，《社会科学战线》2013年第6期。

李建周：《在文学机制与社会想象之间——从马原〈虚构〉看先锋小说的"经典化"》，《南方文坛》2010年第2期。

李劼：《〈冈底斯的诱惑〉与思维的双向同构逻辑》，《文学自由谈》1986年第4期。

李洁非：《寻根文学：更新的开始（1984—1985）》，《当代作家评论》1995年第4期。

李敬泽：《1976年后的短篇小说：脉络辨——〈中国新文学大系1976—2000·短篇小说卷〉导言》，《南方文坛》2009年第5期。

李欧梵：《技巧的政治——中国当代小说中之文学异议》，尹慧珉译，《文学研究参考》1986年第4期。

李庆西：《寻根：回到事物本身》，《文学评论》1988年第4期。

李杨：《重返80年代：为何重返以及如何重返——就"80年代文学研究"接受人大研究生访谈》，《当代作家评论》2007年第1期。

李兆忠：《旋转的文坛——现实主义与先锋派文学研讨会简记》，《文学评论》1989年第1期。

刘锡诚：《1982："现代派"风波》，《南方文坛》2014年第1期。

鲁枢元：《文学的内向性——我对"新时期文学'向内转'讨论"的反省》，《中州学刊》1997年第5期。

毛时安：《小说的选择——新时期小说发展的一个侧面速写》，《当代作家评论》1986年第6期。

孟繁华：《90年代：先锋文学的终结》，《文艺研究》2000年第6期。

莫言：《文学创作的民间资源——在苏州大学"小说家讲坛"上的讲演》，《当代作家评论》2002年第1期。

南帆：《先锋文学与大众文学》，《文艺理论与研究》1988年第3期。

邵燕君：《"先锋余华"的顺势之作——由〈兄弟〉反思"纯文学"的"先天不足"》，《当代文坛》2007年第1期。

宋海泉：《白洋淀琐忆》，《诗探索》1994年第4期。

苏童：《从"裸奔"到"穿衣服"》，《文艺争鸣》2015 年第 12 期。

苏童：《重返先锋：文学与记忆》，《名作欣赏》2011 年第 7 期。

孙绍振：《新的美学原则在崛起》，《诗刊》1981 年第 3 期。

陶东风：《一个革命者的忠诚危机及其"化解"——重读王蒙的〈布礼〉》，《文艺理论研究》2014 年第 6 期。

王宁：《后现代性和中国当代大众文化的挑战》，《中国文化研究》1997 年第 3 期。

王士强：《一代人的"诗·生活"——口述历史中的"白洋淀诗群"》，《扬子江评论》2013 年第 3 期。

王晓明：《人文精神讨论十年祭》，《上海交通大学学报》（哲学社会科学版）2004 年第 1 期。

王尧：《冲突、妥协与选择——关于 80 年代文学复杂性的思考》，《文艺研究》2010 年第 2 期。

王尧：《"三个崛起"前后——新时期文学口述史之二》，《文艺争鸣》2009 年第 6 期。

王尧：《"重返 80 年代"与当代文学史论述》，《江海学刊》2007 年第 5 期。

王一川：《间离语言与奇幻性真实——中国当代先锋小说的语言形象》，《南方文坛》1996 年第 6 期。

王元骧：《实践论美学的思想精髓和理论价值》，《文艺研究》2016 年第 9 期。

吴亮、李陀、杨庆祥：《80 年代的先锋文学与先锋批评》，《南方文坛》2008 年第 6 期。

吴亮：《马原的叙述圈套》，《当代作家评论》1987 年第 3 期。

吴亮：《无指涉的虚构——关于孙甘露的〈访问梦境〉》，《当代作家评论》1990 年第 6 期。

吴亮：《真正的先锋一如既往》，《文学角》1989 年第 1 期。

吴义勤：《秩序的"他者"——再谈"先锋文学"的发生学意义》，《南方文坛》2005 年第 6 期。

吴中杰：《地火在地下运行、奔突——20 世纪 50—70 年代的中国地下文学》，《当代文坛》2014 年第 2 期。

肖鹰：《沉溺于消费时代的文化速写》，《文艺研究》2005 年第 12 期。

谢立中：《"现代性"及其相关概念词义辨析》，《北京大学学报》（哲学社会科学版）2001 年第 5 期。

谢冕：《新时期文学的转型——关于"后新时期文学"》，《文学自由谈》1992 年第 4 期。

谢有顺：《小说叙事的伦理问题》，《小说评论》2012 年第 5 期。

许振强、马原：《关于〈冈底斯的诱惑〉的对话》，《当代作家评论》1985 年第 5 期。

许子东：《先锋派小说中有关"文化大革命"的"荒诞叙述"——"文革小说"叙事研究》，《当代作家评论》1999 年第 6 期。

杨建刚：《文本与意识形态——马克思主义与形式主义对话中的一个关键问题》，《文艺研究》2010 年第 1 期。

杨建刚：《形式的意识形态——马克思主义的形式观及其意义》，《山东社会科学》2015 年第 3 期。

杨庆祥：《80 年代："历史化"视野中的文学史问题》，《文艺争鸣》2009 年第 11 期。

杨小滨：《意义嫡：拼贴术与叙述之舞——马原小说中的后现代主义》，《文艺争鸣》1987 年第 6 期。

叶立文：《神话思想的消解：从"伤痕小说"到"意识流小说"》，《天津社会科学》2004 年第 6 期。

叶舒宪：《文化寻根的学术意义和思想意义》，《文艺理论与批评》2003 年第 6 期。

余华：《文学不是空中楼阁——在复旦大学的演讲》，《文艺争鸣》2007 年第 2 期。

余华：《"先锋文学在中国文学所起到的作用就是装了几个支架而已"》，《文艺争鸣》2015 年第 12 期。

张闳：《"文革"后新文学的曙光——从食指到白洋淀诗群的诗歌写作》，《南方文坛》2010 年第 2 期。

张清华：《春梦，政治，什么样的叙事圈套——马原的〈虚构〉重解》，《文艺争鸣》2009 年第 12 期。

张清华：《从启蒙主义到存在主义——当代中国先锋文学思潮论》，《中国社会科学》1997 年第 6 期。

张清华：《关于先锋文学答问》，《文艺争鸣》2016 年第 3 期。

张清华：《我们时代的中产阶级趣味》，《南方文坛》2006 年第 2 期。

张清华：《先锋的终结与幻化》，《文艺研究》2016 年第 4 期。

张清华：《新时期文学的文化境遇与策略》，《文史哲》1995 年第 2 期。

张旭东等：《当代性·先锋性·世界性——关于当代文学六十年的对话》，《学术月刊》2009 年第 10 期。

周宪：《现代性的张力——现代主义的一种解读》，《文学评论》1999 年第 1 期。

朱大可等：《保卫先锋文学》，《上海文学》1989 年第 5 期。

朱光潜：《关于人性、人道主义、人情味和共同美问题》，《文艺研究》1979 年第 3 期。

四　学位论文

郝魁锋：《先锋之后的文学踪迹——二十世纪九十年代后"先锋小说"转型研究》，博士学位论文，河南大学，2012 年。

南志刚：《叙述的狂欢与审美的变异——叙事学与中国当代先锋小说》，博士学位论文，苏州大学，2005 年。

谢有顺：《中国小说叙事伦理的现代转向》，博士学位论文，复旦大学，2010 年。

翟红：《论 80 年代中国先锋小说的语言实验》，博士学位论文，苏州大学，2004 年。

张雅玲：《精神的追问——精神分析学说与现当代中国文学精神的流变》，博士学位论文，苏州大学，2007 年。

郑纳新：《新时期（1976—1989）的〈人民文学〉与"人民文学"》，博士学位论文，复旦大学，2009 年。